Markus Dullin

Mord am Wannsee

Kriminalroman

Querverlag

Handlung und Personen sind frei erfunden. Jede Ähnlichkeit mit tatsächlichen Ereignissen oder Personen wäre rein zufällig.

Erste Auflage September 2013

Lektorat: Regina Nössler

Umschlag und grafische Realisierung von Sergio Vitale
unter Verwendung eines Fotos von Fotolia
(© mmmauri – Fotolia.com)
Gesamtherstellung: FINIDR
ISBN 978-3-89656-213-5
Printed in the Czech Republic

Bitte fordern Sie unser Gesamtverzeichnis an:
Querverlag GmbH
Akazienstraße 25, 10823 Berlin
www.querverlag.de

Kapitel 1

„Was ist los mit dir? Ich dachte, wir hätten das besprochen."

Julia hob den Kopf und blickte ihrem Spiegelbild in die Augen, als würde sie einer möglichen Antwort misstrauen. Im Badezimmer, im grellen Licht der in die Decke eingelassenen Halogenstrahler, mit Philip dicht hinter ihr, dass sie seinen Atem im Nacken spüren konnte, verloren seine Argumente der letzten Tage an Glaubwürdigkeit. Niemals hätte sie Philips Vorschlag zustimmen dürfen. Sie hätte kategorisch ablehnen und ihn bitten sollen, allein zu fahren. Das hatte sie nicht getan.

Statt einer Antwort griff sie nach einem der beiden Ohrringe, die auf der Ablage vor dem Spiegel über dem Waschbecken lagen und die Philip ihr zu ihrem ersten Jahrestag letzten Sonntag geschenkt hatte. Den Kopf nach rechts geneigt, führte sie den Ring durch ihr linkes Ohrloch, verschloss das winzige Scharnier und wiederholte mit dem zweiten Ring die Prozedur. Sie ließ sich Zeit dafür. Es waren tropfenförmige Ohrringe aus einem Geflecht dünner Goldfäden und einem roten Edelstein jeweils in der Mitte. Julia hatte sie ihm bei einem Spaziergang über den Kurfürstendamm im Schaufenster eines Juweliers gezeigt, nicht ohne Hintergedanken. Philip war hilflos, wenn es darum ging, die Wünsche und Bedürfnisse anderer zu erkennen, und dankbar für jeden Hinweis. Die Ringe, erinnerte sie sich, waren unverschämt teuer gewesen. Aus diesem Grund hatte Julia sie gewählt. Sie hatte wissen wollen, inwieweit er bereit war, Opfer zu bringen.

Philip betrachtete sie weiterhin im Spiegel. Wie immer, wenn er nervös wurde, zeigten sich wellenförmige Falten auf seiner Stirn, begannen der Adamsapfel oberhalb des enganliegenden Kragens seines Hemdes zu hüpfen und seine Ohrmuscheln zu erröten. Sein Blick aus den dunklen, müde wirkenden Augen blieb starr auf sie gerichtet. Julia erwiderte ihn mit einem Lächeln, von dem sie aus Erfahrung wusste, wie er darauf reagieren würde. Diesmal allerdings blieb ihr Lächeln ohne Erfolg.

„Es ist doch nur für diesen einen Tag", sagte er, ohne ihr die Möglichkeit zu bieten, ihre Entscheidung zurückzunehmen, und rückte mit beiden Händen die Krawatte zurecht, dessen Knoten sie ihm wortlos und etwas nachlässig vor wenigen Minuten gebunden hatte. Wie ausweichend und schweigsam sie geworden war, mit jeder Minute, die der Aufbruch näher rückte, hatte Philip spüren können. Deshalb war er ihr ins Badezimmer gefolgt.

„Hast du eine Ahnung", erwiderte Julia, „was dieser Tag für mich bedeutet? Ich werde durch die Hölle gehen."

„Ich weiß. Aber wir wussten beide, dass es irgendwann so weit sein würde. Je früher, desto besser. Dann haben wir es hinter uns."

„Ich", verbesserte sie und nahm einen der zahlreichen Flakons, um ihren Hals und ihr Dekolleté mit dem Parfum zu besprühen. „Ich muss da durch. Nicht du."

„Natürlich, Schatz. Du hast ja recht."

Das Badezimmer roch nach Flieder, nach Sandelholz und zartem Weihrauch. Julia hasste es, wenn er so mit ihr sprach. In einem Tonfall wie zu einem Kind, das er besänftigen musste. Womöglich, schoss es ihr durch den Kopf, waren die Ohrringe der Versuch gewesen, sie für den geplanten Besuch bei seiner Familie zu entschädigen.

„Ich bin sicher", fügte Philip hinzu, „niemand wird dich verurteilen oder auch nur ein einziges, abschätziges Wort über dich verlieren."

Er lehnte sich vor, strich ihr die schulterlangen, naturblonden Haare zur Seite und küsste sie sanft auf den Nacken. Sie ließ ihn gewähren, angespannt und reglos. Den Impuls, sich abzuwenden und das Badezimmer zu verlassen, unterdrückte sie. Es hatte keinen Sinn, abermals einen Streit anzufangen. Denn natürlich stimmte sie ihm zu.

Die abfälligen Blicke und Bemerkungen, die es unweigerlich geben würde, wären ausschließlich an sie gerichtet. Sie war der Eindringling, der Feind. Die Neue, die seiner Gattin den Mann ausgespannt, die die Idylle und Familie zerstört und auseinandergetrieben hatte. Dass Philip daran ebenso viel Mitschuld trug wie sie, ja, dass er sich allein dafür verantwortlich zeigen müsste, da Julia erst Wochen nach ihrer ersten Begegnung von seiner Ehe erfahren hatte, würde niemanden interessieren. Darüber war sie sich im Klaren. Damit wusste sie umzugehen. Was sie ärgerte, war seine Wortwahl gewesen, die diese Verantwortung abzuschieben versuchte, als wäre sich Philip keiner Schuld bewusst. Für ihn war die Welt eine Scheibe. Zweidimensional, überschaubar und flach. Für Philip gab es, sobald er die Dinge in eine subjektive Kausalität gezwungen hatte, keinen Grund, dieses Konstrukt zu korrigieren.

Und Julia wusste es besser, als ihm jetzt die Gegenargumente aufzuzählen, weil Philip nicht verstehen konnte, was er nicht verstehen wollte.

In der Reflexion des Spiegels lächelte sie ihm erneut entgegen. Sie würde ihm den Gefallen tun und ihn begleiten. Sie würde es durchstehen, wie sie so vieles in ihrem Leben durchgestanden hatte, mit erhobenem Haupt und aufrechter Haltung. Um zu bekommen, was sie sich in den Kopf gesetzt hatte, waren ihr fast jedes Mittel und jede Konfrontation recht.

„Du hast es ihnen doch gesagt. Dass ich mitkommen werde, meine ich", sagte sie, nachdem Philip sie ein weiteres Mal auf den entblößten Hals geküsst hatte.

„Mutter weiß es natürlich", antwortete er. „Und ich bin sicher, sie hat es den anderen gegenüber erwähnt."

„Du hast mir versprochen, es Anna selbst zu sagen."

„Dann habe ich es wohl vergessen. Hör auf, dir darüber Gedanken zu machen. Was Anna denkt, kann uns egal sein."

Selbstverständlich wäre es Julia auch egal, gäbe es da nicht Philips Unfähigkeit, sich den Gegebenheiten zu stellen. Ein ganzes Jahr hatte immerhin vergehen müssen, ehe er sich zu ihr bekannte. Zwölf Monate, in denen sie die heimliche Geliebte blieb, so klischeehaft wie abgedroschen, mit den Treffen in Hotelzimmern oder bei ihr zu Hause, mit dem Warten auf seinen Anruf, ob er es einrichten konnte, sich von seiner Frau und dem Sohn davonzuschleichen, und mit seinen ständigen Beteuerungen, sich endlich scheiden zu lassen. All das hatte Julia, zumindest vorerst, akzeptiert.

Vor zwei Monaten dann hatte sie eine Entscheidung verlangt. Es war ein Wagnis gewesen, da sie Philips Angst vor Veränderungen und dem damit womöglich einhergehenden Schaden seines Ansehens kannte. Die Vorstellung, ein geschiedener Mann zu sein, bereitete ihm Unbehagen. Ein Makel auf seiner weißen Weste, den er nicht würde abwaschen können. Doch ebenso hatte er gespürt, wie ernst es ihr war. Julia hatte den Zwiespalt in seinen Augen sehen können, das verzweifelte Ringen mit sich selbst. Drei Tage lang hatte er sich nicht bei ihr gemeldet. Drei Tage, in denen auch sie nicht zum Telefon gegriffen hatte, um ihren Standpunkt zu erhärten. Damit er endlich einsah, dass sie keine Kompromisse mehr eingehen würde. Sie hatte hoch gepokert.

Was in diesen drei Tagen geschehen war, darüber verlor Philip kein einziges Wort. Und Julia wusste es besser, als danach zu fragen. Die anschließend gefällte Entscheidung war ihr Sieg genug.

Seinen Ehering, nachdem sie Philip wiedersah, hatte er abgestreift. Was blieb, war ein blasser Abdruck um den Ringfinger und eine ständige Unruhe, sobald ihre Gespräche versiegten und er sich zurückgeworfen fühlte auf seine Gedanken und Zweifel, von denen er nicht wusste, wie er sie eindämmen konnte. Er hatte das gemeinsame Haus mit Anna verlassen, hatte Julia den Zweitschlüssel seiner neuen Wohnung ausgehändigt und ihr die Scheidungspapiere vorgelegt. Als Beweis für die Einlösung eines Versprechens. Als Zeichen seiner Loyalität. Eine großzügige Geste, die Julia, anstatt zu besänftigen, verunsicherte, da sie plötzlich befürchten musste, Philip über sein zumutbares Maß hinaus bedrängt zu haben. Denn solange die Scheidung nicht vollzogen war, blieb ihre Zukunft so ungewiss wie zuvor.

„Machst du mir den Reißverschluss zu?“, fragte sie, ohne auf seine letzte Bemerkung einzugehen. Sie würde nicht streiten. Nicht wegen Anna. Sie würde Philip wie versprochen begleiten und sich seiner Familie stellen, ganz egal, ob diese von ihrer Anwesenheit vorgewarnt worden war oder nicht. Und sie würde Tatsachen schaffen, die Philip weder ignorieren noch rückgängig machen konnte.

„Wunderschön siehst du aus“, sagte Philip, seine ungeschickten Finger an ihrem Rücken, die den Reißverschluss nach oben zogen, sein Becken dabei fest gegen ihr Gesäß gedrückt, dass sie seine Erektion deutlich spüren konnte. Sie ließ ihn gewähren und betrachtete sich im Spiegel. Nicht, weil sie an seinen letzten Worten gezweifelt hätte, sondern um sich ihrer zu vergewissern.

„Meinst du, das Kleid ist unpassend?“, fragte sie und drehte den Oberkörper mehrmals zu beiden Seiten, damit sie sich vom Resultat ihrer Wahl überzeugen konnte. Es war ein knöchellanges, smaragdrotes Kleid mit tiefem Ausschnitt, das ihre Figur betonte und von dem sie wusste, wie sehr es Philip gefiel.

„Es ist perfekt.“

„Ich könnte auch das dunkelblaue anziehen. Du weißt schon, das mit den langen Ärmeln. Ich möchte niemanden schockieren.“

„Bleib, wie du bist“, sagte er, sein Gesicht in ihrem Nacken und den blonden Haaren vergraben, seine Arme um ihre Hüften geschlungen.

Julia lachte und wand sich aus seiner Umarmung. Es war so einfach, ihn glücklich zu machen. Ihn vergessen zu lassen, was ihn bedrückte. Das rote Kleid war kein Zufall gewesen. Eine bewusste Provokation, mit der sie sich einen Schutzwall errichten wollte, eine Barriere zwischen sich und seiner Familie. Unnahbar musste sie in ihrer Jugend und Schönheit sein, damit die Anfeindungen, mit denen sie rechnete, an ihr abprallen würden.

„Wie spät ist es?“, fragte Julia, da sie bereits einige Zeit im Bad vertrödelt hatten. Philips Komplimente und Berührungen waren seine Art, das Unausweichliche hinauszuschieben. Sie bräuchte nur auf die Annäherungen einzugehen und er würde im Rausch des Augenblicks den bevorstehenden Besuch verdrängen. So sehr er selbst diesen Termin forciert und sie dazu überredet hatte, so sehr verlangte sein Unterbewusstsein nach einem Weg, ihn zu umgehen. Er musste gespürt haben, dass eine Begegnung mit ihr und seiner Frau ihm mehr Schaden zufügen als nützlich sein könnte.

Julia dagegen hatte sich entschieden. Anna war keine Konkurrenz. Auf Fotos wirkte sie unscheinbar und immer ein wenig verkniffen, als hätte die Kamera sie jedes Mal im falschen Augenblick erwischt. Nie schien sie direkt in die Linse zu blicken, den Kopf wie zufällig zur Seite gedreht, ihr Lächeln erzwungen und starr. Eine Frau in Philips Alter. Ihr Äußeres konnte Julia nicht schrecken. Was sie beunruhigte, waren die Macht der Gewohnheit und der familiäre Druck, die beide schwer auf Philip lasteten und gegen die sie ankämpfen und sich behaupten musste.

Während Philip auf seine Armbanduhr sah, blickte sie ihn abschätzend an. In seinem hellgrauen Anzug mit dem schwarzen Hemd und der schwarzen Krawatte wirkte er steif und seriös. Einen Eindruck, den sie unbedingt vermeiden wollte.

„Warte einen Moment", sagte sie und löste behutsam den Knoten der Krawatte.

„Was ist damit?", fragte er erstaunt, ohne sie zu hindern. Dann legte sie die Krawatte neben das Waschbecken und öffnete die beiden obersten Knöpfe seines Hemdes.

„So ist es besser."

Philip betrachtete sich im Spiegel. Unwillkürlich legte er seine Hand an die Brust, als fühlte er sich plötzlich entblößt. Julia war zufrieden. Mit dem geöffneten Hemd schien er unbefangener und weniger verkrampft. Eine winzige Veränderung, die zumindest nach außen hin sichtbar wurde und von der sie sich eine entsprechende Wirkung versprach.

„Ich weiß nicht recht", murmelte er. „Ist das nicht zu salopp?"

„Es macht dich jünger", antwortete sie. „Mit der Krawatte sahst du aus, als wolltest du auf eine Beerdigung."

Sein zweifelnder Blick auf sie suchte nach der möglichen Ironie hinter den Worten. Philip reagierte empfindlich, ging es um den Altersunterschied, der sie trennte. Jede Anspielung darauf missverstand er als Angriff auf seine verlorene Jugend. Auf seine ehrlichen Gefühle für eine rein zufällig jüngere Geliebte. Solchen Illusionen gab Julia sich nicht hin. Und es amüsierte sie, wenn er glaubte, sich dahingehend verteidigen zu müssen.

„Ich kann dir die Krawatte wieder binden", kam sie ihm zuvor, „wenn es dir nicht gefällt."

„Nein, nein. Lass nur", sagte er, den Blick erneut auf sein Spiegelbild gerichtet, seine schmalen Lippen dabei unschlüssig nach innen gewölbt. „Es ist nur so ungewohnt."

„Wir sollten jetzt wirklich gehen."

Philip drückte sie mit einer unbeholfenen Geste an sich, seinen rechten Arm zu fest um ihre Brust geschlungen, und flüsterte ihr ins Ohr. „Es wird alles gut", sagte er. „Ganz bestimmt. Du kannst mir vertrauen."

Julia hob ihr Gesicht und versuchte zu lächeln.

Lange würde Martin das Schweigen nicht mehr ertragen. Seit sie vor einer knappen halben Stunde ins Auto gestiegen, dem Wochenendverkehr der Innenstadt entkommen und der kerzengeraden Heerstraße in Richtung Spandau gefolgt waren, hatten weder er noch Konrad ein einziges Wort miteinander gewechselt. Martin konzentrierte sich auf den Verkehr, während sein Freund, den Kopf gegen die Nackenstütze gelehnt, starr wie in Gedanken versunken aus dem Seitenfenster blickte. Nur aus dem Radio, das Martin gleich nach Antritt der Fahrt eingeschaltet hatte, erklangen leise, von Popmusik unterbrochene Stimmen, gedacht als Rechtfertigung, nicht selber reden zu müssen.

Für beide war ihr Schweigen keineswegs ungewöhnlich, auch wenn sich die Gründe hierfür langsam verschoben. Waren es früher Momente der inneren Ruhe und Zufriedenheit gewesen, die Sprache überflüssig machten, so erschienen sie Martin in den letzten Wochen und Monaten immer häufiger wie ein Ausdruck einer schleichenden Entfremdung. Es gab keinen Streit, keine Auseinandersetzungen, die das Verstummen durchbrochen oder zumindest zu einer Offenlegung ihrer Differenzen geführt hätten. Es gab lediglich diese Verschlossenheit, die über das Notwendigste ihres Alltagslebens nie hinauskam. Eine Stille, die belastender wurde mit jeder unterdrückten Äußerung.

Auch jetzt, beim Überqueren der Havel, auf deren ruhigem, in der Sonne glitzerndem Wasser die Segelboote trieben, hätte Martin gern etwas gesagt. Doch wie so oft fehlten ihm dafür die Worte. Worte, die nicht bloß klangen, als wollte er Banalitäten kundtun, wie über das Wetter oder diesen Blick von der Brücke, sondern Worte, die etwas bewirken konnten, die zu Konrad durchdringen und einen neuen Anfang finden würden. Worte also, die er nicht fand, weil es für das, was sie ausdrücken sollten, womöglich gar keine Worte gab.

Dabei hatte es heute früh einen Anfang beinahe gegeben. Konrads fordernd vorgetragene Bitte, ihn zu chauffieren, gepaart mit dem unterschwelligen Vorwurf, Martin würde sowieso nichts Besseres vorhaben, hatte in ihm eine angestaute Wut aufkommen lassen, die sich endlich hätte entladen sollen. Stattdessen war Martin, wie die unzähligen Male zuvor, der Konfrontation einfach ausgewichen und hatte widerstandslos seine Zustimmung signalisiert. Die Angst vor dem, was eine Auseinandersetzung zutage fördern könnte, ließ ihn wie immer verstummen. Zumal Konrad mit dem, was er ihm unterstellte, nicht ganz Unrecht hatte.

Seit Wochen kam Martin mit seiner Arbeit nicht voran. Er fühlte sich blockiert, unfähig, etwas auf die Leinwand zu bringen, das seinen und vor allem Konrads Ansprüchen genügte. Die geplante Ausstellung hatte Konrad deshalb, ohne Absprache, zu Gunsten eines anderen, jüngeren Künstlers verschoben. Eine Entscheidung, die Martin ihm nicht einmal verübeln konnte, weil er wusste, wie es um die finanziellen Belange der Galerie bestellt war, die einen Verkaufsgewinn dringend erforderlich machten. Was als kongeniale Beziehung begonnen hatte, zwischen dem Galeristen und seinem aufstrebenden Maler, kehrte sich nun, da die Erfolge ausblieben, in jene schweigsame Schuldzuweisung um, von der Martin nicht wusste, wie er sie rückgängig machen sollte. Für seine Bilder brauchte es Zeit. Inspiration ließ sich nicht erzwingen. Und dennoch spürte er in den Blicken und den Gesten seines Freundes eben diesen stummen Zwang, der jede Eingebung, jeden Pinselstrich von vornherein zum Scheitern verurteilte. Was er brauchte, war Ruhe. Und die finanzielle Sicherheit im Nacken, die diese Ruhe gewährleisten konnte.

Von der Heerstraße bog Martin, ohne dass Konrad seinen Kopf ein einziges Mal ihm zugewandt hatte, nach links in die

Gatower Straße in Richtung Süden. Die Hälfte der Strecke war geschafft. Wieder verlief die Straße kerzengerade, vorbei an Einfamilienhäusern, an ehemaligen Rieselfeldern und kleineren Wäldern, bis sie irgendwann hinter Gatow und Kladow vor einer Villa am Wannsee Halt machen würden. Dort würde Konrad aussteigen und Martin umkehren, um am Abend denselben Weg noch einmal zurückzulegen und Konrad abzuholen. Ein zeitlicher Aufwand von insgesamt dreieinhalb Stunden, die er, in Erwartung einer künstlerischen Eingebung, im Atelier hätte verbringen können. Dreieinhalb Stunden ohne Konrad. Nur mit sich und den zurzeit leeren Wänden und den Ankündigungen der nächsten Vernissage, die über Scheitern und Überleben der Galerie entscheiden sollte. Dreieinhalb Stunden, in denen Martin gehofft hatte, den nötigen Abstand zu finden und seinen Kopf von den bedrückenden Gedanken an eine fehlgeschlagene Beziehung zu befreien. Stattdessen aber verbrachte er den Tag als Chauffeur.

Kurz vor der Ausfahrt eines Gasthauses, inmitten eines Kiefernwaldes, konnte Martin ihr Schweigen nicht länger ertragen. Er verlangsamte den Wagen, scherte seitlich auf den ungepflasterten Weg und hielt an. Konrad zeigte endlich eine Reaktion. Er rückte in eine aufrechte Position, die Augenbrauen ungläubig zusammengezogen, den Blick über die Schulter geworfen, als befürchtete er, in eine Polizeikontrolle geraten zu sein.

„Was ist?", fragte er. „Warum hältst du an?"

„Ich habe mich umentschieden", erwiderte Martin, schaltete das Radio aus und starrte gebannt durch die Windschutzscheibe. „Ich fahre dich hin, aber ich hole dich nicht wieder ab. Du musst den Bus nehmen oder ein Taxi."

„Und das fällt dir jetzt ein?"

Martin zuckte mit den Schultern. Gründe zu nennen, darauf war er nicht gefasst gewesen. Er hatte lediglich seinen Standpunkt kundtun wollen, in der Hoffnung, Konrad würde diese Entscheidung stillschweigend akzeptieren, weil auch hier die Gefahr bestand, sich mit Reden in ausweglose Diskussionen zu verstricken, für deren Klärung das beengte Auto nicht genügend Raum bieten würde.

„Ich habe gedacht", begann er, „es macht mir nichts aus. Aber das stimmt nicht. Es macht mir sehr wohl etwas aus. Dich dorthin zu fahren und allein wieder umzukehren. Das ist … demütigend."

Konrad wandte den Kopf und sah durch das Seitenfenster den Waldweg entlang, so dass Martin den Ausdruck auf seinem Gesicht nicht erkennen konnte.

„Du weißt, wie sie ist", sagte er. „Das weißt du seit Jahren. Warum regst du dich plötzlich darüber auf?"

„Ich rege mich nicht auf. Ich sehe es bloß nicht mehr ein, dich zu chauffieren, nur um an der Tür abgewiesen zu werden. Warum setzt du dich nicht einfach mal über ihre verknöcherten Ansichten hinweg?"

Nie zuvor hatte Martin diese Gedanken geäußert. Bisher war es ihm egal gewesen, was Konrads Mutter über ihren Sohn und dessen Freund dachte. Wenn sie diese Beziehung verachtete, dann war das nicht sein Problem. Bei familiären Anlässen wie heute hatte es ihn nie gestört, allein in der Wohnung zu bleiben. Er hatte seine Arbeit, seine Malerei. Und er hatte Konrad, der, sobald er zurückkehrte, ihn umarmte, küsste und sich für das Verhalten seiner Mutter entschuldigte. Was bedeuteten schon ein paar Tage im Jahr, in denen Konrad ihn verleugnete, wenn die Welt sich anschließend weiterdrehte wie zuvor?

Konrad antwortete nicht. Auf der Gatower Straße fuhren vereinzelt Autos in Richtung Kladow, deren an- und abschwellende Motorengeräusche durch die geschlossenen Türen drangen. Martin spürte das Versagen aufsteigen, das ihn in immer kürzer werdenden Abständen überfiel, das er verdrängte und bagatellisierte und das dennoch nie gänzlich verschwand. Was er als nichtig hatte abtun können, solange seine Beziehung zu Konrad die Kraft besaß, über Hürden zu springen, drohte in der Krise seiner künstlerischen Blockade und den erdrückenden Geldsorgen unüberwindbar zu werden.

„Könntest du nicht wenigstens mit ihr reden?", fragte er schließlich, nachdem das Schweigen erneut unerträglich geworden war. „Oder mit Philip?"

„Philip hat eigene Sorgen", erwiderte Konrad.

Dessen war Martin sich bewusst. Letztens, als Philip bei ihnen zum Essen erschienen war, hatte er das Scheitern seiner Ehe mit Anna verkündet. Ein Eingeständnis, das für ihn selbst wohl unerwarteter gekommen war als für jeden anderen. Was immer Philip sich vorgemacht haben mochte, die Risse waren seit Jahren deutlich sichtbar gewesen.

„Er bringt sie heute mit", ergänzte Konrad so leise, dass Martin ihn verblüfft ansehen musste.

Sie, das war Julia, die Neue.

„Weiß deine Mutter davon?", fragte er, während Konrad, dessen Blick ihn nur flüchtig gestreift hatte, eilig den Kopf senkte und die Hände um seine Knie klammerte. Diese Geste war Martin Antwort genug.

„Sie erlaubt die Anwesenheit seiner Geliebten und weigert sich weiterhin, mich zu sehen?"

„Philip lässt sich scheiden", sagte Konrad, um seine Mutter wie gewohnt zu verteidigen. Eine Rechtfertigung, die auf einer engen Bindung und nicht zuletzt auf einer finanziellen Abhängigkeit beruhte. „Mutter hat endlich eingesehen, dass eine Trennung unausweichlich ist. Es ist besser für alle. Besonders für meinen Neffen."

„Wieso soll das besser sein für Tim?"

Abgelenkt von einem Schatten, der im Unterholz des Waldes neben der Einfahrt verschwand – von einem Fuchs oder einem Kaninchen vielleicht –, sah Konrad erschrocken aus dem Seitenfenster und zuckte mit den Schultern.

„Klare Verhältnisse, nehme ich an. Keine Heimlichtuereien mehr. Tim wird die Spannungen seiner Eltern natürlich mitbekommen haben. Und das ist das Letzte, was er jetzt gebrauchen kann."

„Was ist mit Anna?"

„Ich weiß nicht, wie sie es aufnimmt. Das werde ich nachher sicher erfahren. Jedenfalls, wenn du irgendwann gedenkst weiterzufahren."

Martin legte die Hände ums Lenkrad, ohne den Motor anzulassen. Ihr Gespräch war vom eigentlichen Thema abgekommen. Weg von ihm und hin zu Konrads Familie, an deren Leben er nur begrenzt teilnehmen durfte und deren Sorgen seinem Freund mehr am Herzen lagen als die Spannungen in ihrer Beziehung. Womöglich, befürchtete Martin, löste auch Konrad sich langsam von ihm, so wie Philip es bei Anna getan hatte, und ihr Schweigen war weniger den Folgen externer Faktoren, wie den Geldsorgen, geschuldet als vielmehr einer inneren Unzufriedenheit, deren Ursachen er nicht einmal genau benennen konnte. Und jede Gelegenheit, diese Gefühle in Worte zu fassen, hatte Martin bisher verstreichen lassen. So wie hier, zwischen Straße und Wald, auf einem schmalen Streifen einer ungepflasterten Ausfahrt, eingepfercht in einem Auto, dessen begrenzter Innenraum keine Nähe erzeugte, sondern die erdrückende Enge und Ausweglosigkeit stärker verdeutlichte. Konrad scheute eindeutige Antworten, weil er selbst die eindeutigen Fragen nicht zu stellen wagte.

Er griff nach dem Zündschlüssel, den Blick in den Rückspiegel gerichtet, und legte den ersten Gang ein. Erst beim vierten Mal sprang der Motor an. Lange würde der Wagen nicht mehr durchhalten. Sie hatten ihn bereits als Gebrauchtwagen gekauft, mit dem restlichen Geld, das Konrads Mutter ihm als Starthilfe für die Galerie geliehen hatte. Kapital, das sich bisher, trotz der anfänglichen Erfolge, nicht amortisiert, das den Traum vom Leben als Künstler nicht ermöglicht hatte und das zurückzuzahlen ihnen niemals gelingen würde. Im Gegenteil. Sie bräuchten mehr davon. In der vagen Hoffnung, dass mehr Geld ihnen mehr Zeit verschaffen könnte.

Schneller als zuvor legte Martin das letzte Drittel der Strecke zurück, Konrad erneut schweigend neben ihm, die Augen geschlossen. An der Bundeswehrkaserne, kurz hinter Kladow, bog er links ab und hielt wenig später vor dem Grundstück, dessen Garten auf der Rückseite der Villa direkt an den Wannsee grenzte. Konrad löste den Gurt und öffnete die Beifahrertür.

„Fährst du zurück in die Galerie?“, fragte er, weil er wohl glaubte, noch etwas sagen zu müssen.

„Ich denke schon. Ruf mich einfach an, wenn du abschätzen kannst, wann die Feier zu Ende geht.“

Es war ein leises Entgegenkommen. Der Versuch, seine Weigerung, Konrad am Abend abzuholen, zaghaft zu revidieren. Im Atelier würde ihm nichts gelingen, das konnte er spüren. Die leeren, weißen Leinwände wüssten ihm nichts mitzuteilen, sie würden leer und weiß bleiben, ganz egal, wie sehr er sie mit bunter Farbe auch bemalte.

„Es wird nicht ewig dauern", sagte Konrad und nahm den in Seidenpapier eingewickelten Blumenstrauß von der Rückbank. „Sobald ich kann, melde ich mich."

„Okay."

Martin blickte seinem Freund hinterher. Wie er ausstieg, wie er an seiner schlanken Gestalt herabsah, das weiße Hemd am Hosenbund zurechtzupfte, den Kragen umlegte, der sich im Laufe der Fahrt hochgestellt hatte, und wie er mit weiten, eiligen Schritten durch das offene Gartentor eilte, den Strauß gelber Rosen seitlich von sich gestreckt. Was Martin ihm eigentlich hatte sagen wollen, darüber hatte er, wie so oft, geschwiegen. Es gab Dinge, die einfach geschehen mussten, weil sie, einmal ausgesprochen, unwiderruflich blieben. Worte trafen Entscheidungen. Im Schweigen dagegen herrschte Ambivalenz, blieben Alternativen denkbar, die auf das Gute hoffen ließen, ohne am Schlechten verzweifeln zu müssen. Daran hielt Martin unbeirrt fest.

Er wendete, nachdem Konrad die Stufen zum Haupteingang bestiegen hatte, den Wagen. Auf der schmalen Straße kam ihm ein Auto entgegen, dem er ausweichen musste. Philip saß dort am Steuer und winkte ihm zu. Neben ihm eine Frau in einem auffallend roten Kleid. Ihre blonden, schulterlangen Haare unterstrichen die großen, blauen Augen und den im gleichen Rot wie das Kleid bemalten Mund. Auffallend jung schien sie zu sein, um einiges jünger jedenfalls als Philip. Martin sah in den Rückspiegel. Der BMW bog durch das Gartentor auf das Grundstück und verschwand aus seinem Blickfeld.

Kapitel 2

Anna Wohlfarth lehnte auf der Balustrade des schmalen Balkons, der die Veranda vor der Rückfront des Hauses überdachte, und blickte hinüber zum Wannsee. Tim stand dort am Ende des Stegs, den Rücken ihr zugewandt, die Hände in den Taschen seiner tiefhängenden Jeans vergraben. Den Kragen seiner Sportjacke hatte er hochgestellt und der böige, für diese Jahreszeit angenehm warme Wind zerzauste ihm seine ohnehin struppigen, rotbraunen Haare. Minuten bereits verharrte er in dieser Stellung, bewegungslos und die Schultern ein wenig nach vorn gekrümmt, als starrte er gedankenverloren ins trübe Wasser.

Sie griff nach dem Glas Weißwein, das sie auf der Balustrade abgestellt hatte, und nahm einen tiefen Schluck. Die Sonne stand über den Wipfeln der anliegenden Bäume, die ihre gefärbten Blätter langsam zu Boden warfen. Es roch nach dem gestrigen Regen und dem schlammigen Ufer des Sees. Nach dem zweiten Schluck stellte Anna das Glas zurück. Sie hätten nicht herkommen dürfen, weder sie noch Tim. Nicht bei all den bevorstehenden Veränderungen, die die Familie endgültig auseinandertreiben und aus denen unweigerlich neue Allianzen und neue Brüche entstehen würden, von denen sie nicht wusste, wie sie damit umgehen sollte. Dass ihre Ehe gescheitert war, darüber machte Anna sich keine Illusionen mehr. Lange genug hatte sie die Anzeichen ignoriert, hatte mit erfundenen Ausreden Philip in Schutz genommen und die Augen verschlossen. Damit war Schluss. Sie musste die Realität akzeptieren, die in Form der Scheidungspapiere zu Hause in Zehlendorf auf ihre Unterschrift warteten, um anschließend als geschiedene Frau Mitte vierzig ein neues Leben zu beginnen.

Wie Tim damit zurechtkam, darüber konnte sie nur spekulieren. Seit über einem Jahr verlor er kaum mehr ein Wort. Er igelte sich ein. Sein Schweigen wie Stacheln zum Schutz gegen die Ohnmachts- und Wutanfälle seiner Mutter, die sich Sorgen machte und verzweifelt versuchte, ihn aus seiner selbstgewählten Isolation zu befreien. Bisher ohne Erfolg. Die Ereignisse um ihn herum nahm er stoisch hin, ohne ein sichtbares Zeichen der Ablehnung oder der Zustimmung, als wäre ihm alles egal. Beim Auszug seines Vaters aus der gemeinsamen Wohnung ebenso wie bei der Ankündigung der Scheidung hatte er keine Miene verzogen. Wenn er Philip in der neuen Wohnung besucht hatte, verschloss er sich anschließend in seinem Zimmer und übte Tonleitern auf der Trompete. Zu der neuen Freundin an Philips Seite, zu der Anna ihn aus Neugier und Eifersucht befragt hatte, besaß er keine eigene Meinung. Desinteressiert hatte er mit den Schultern gezuckt und gesagt, das ginge ihn nichts an.

Erneut griff sie nach ihrem Glas. Tim hatte sich weiter vorgewagt, war in die Hocke gegangen und versuchte vergeblich, mit den Fingerspitzen die Oberfläche des Wassers zu berühren.

„Was ist mit ihm?"

Erschrocken, da Anna ihre Schwiegermutter nicht hatte kommen hören, drehte sie sich um. Christin stand in der offenen Balkontür, in der rechten Hand den metallenen Stock mit den drei Füßen, auf den sie sich stützte, und ihre linke über die Augen zum Schutz gegen die Sonne erhoben.

Anna schwieg, weil ihr die Frage wie Hohn erschien, oder zumindest wie Gedankenlosigkeit, für die sie im Moment nicht die Kraft besaß, sich dagegen aufzulehnen. Sie trank den Rest des Weißweins und wartete, bis Christin die wenigen Schritte zur Brüstung gemeistert hatte.

„Er hat mich nicht einmal richtig begrüßt", sagte sie mürrisch. „Geschweige denn mir gratuliert."

„Nimm es nicht persönlich", antwortete sie. „Am besten, du lässt ihn einfach in Ruhe."

„Wie, glaubst du, soll ich sein Verhalten denn sonst auffassen? Natürlich nehme ich es persönlich."

„In diesem Fall könntest du dich vielleicht ein bisschen mehr um deinen Enkel kümmern. Es ist nicht seine Schuld, dass du ihn vernachlässigt und dass du …" Anna hielt inne.

Beide Frauen wandten leicht den Kopf und sahen einander in die Augen, die mehr verrieten als ihre unbedacht gewählten Worte. Tims Verhalten ließe sich ohne weiteres erklären. Es gab nichts Geheimnisvolles an seinem Schweigen und dem ausweichenden Verhalten seiner Oma gegenüber oder an seinem einsamen Aufenthalt auf dem Steg. Die Gründe hierfür waren beiden bekannt. Gründe, die Christin niemals aussprechen würde und auf die sie lediglich indirekt hinwies, als erwartete sie, dass Anna etwas dagegen unternahm. Es ging Christin nicht darum, die Handlungsweise ihres Enkels zu begreifen oder zumindest zu akzeptieren, sondern darum, sie zu unterbinden.

„Ich möchte nicht, dass er so dicht am Wasser steht. Das ist alles."

„Dann rede mit ihm", antwortete Anna, ihr Tonfall so hart und auflehnend, dass sie selbst darüber erschrak. Doch worauf, fragte sich Anna, sollte sie Rücksicht nehmen? Sie gehörte nicht mehr hierher. Ihre Rolle in dieser Familie, in die sie vor siebzehn Jahren eingeheiratet hatte, neigte sich unaufhaltsam dem Ende entgegen. Sie war die Übergangsfrau geworden, degradiert zur Zweitbesetzung, bis sie endgültig, als Ehefrau wie als Mutter, abgelöst und ersetzt werden würde.

Ein Gedankengang, den Christin offensichtlich gespürt hatte, da sie nicht sofort auf die tadelnde Bemerkung eingegangen war. Weder ein Wort des Vorwurfs noch des Bedauerns oder der Anteilnahme über den Verlauf der letzten zwei Jahre. Damit hatte sie gerechnet. Von ihrer Schwiegermutter brauchte Anna keinen Trost zu erwarten. Dafür empfand sich Christin, mit ihren beinahe siebzig Jahren, zu sehr als das eigentliche Opfer, als die Gedemütigte und Betrogene, um solche Gefühle in anderen wahrzunehmen.

Noch immer sahen beide sich an. Für Anna gab es keinen Anlass mehr, Christins Blicken auszuweichen und sich ihnen zu unterwerfen. Was konnte sie jetzt noch verlieren, das sie nicht schon verloren hatte?

Die Leere in ihrem Weinglas, dessen Kelch sie mit den Fingerspitzen hielt und drehte, wurde ihr plötzlich unangenehm bewusst. Es war nicht einmal Mittag und zum Trinken deutlich zu früh. Vor allem, weil sie später mit Tim im Auto zurückfahren musste. In ein Zuhause, das ohne Philip zu groß für sie beide geworden war und das, je weiter ihr Sohn sich von ihr entfernte, immer größer und einsamer werden würde.

Während des Blickwechsels hatte Christin die ohnehin schmalen Lippen zusammengepresst, ihr Kinn dabei leicht erhoben, das von der schleichenden Krankheit zu zittern begann. Wie ein Leguan bei der Brunst wackelten die Hautfalten am Hals rhythmisch mit. Sie war alt geworden, fiel Anna auf. Nicht nur der Stock, auf den sie sich stützen musste, sondern hauptsächlich ihre Augen, auf die sich ein milchiger Film gelegt hatte, zeugten davon. Und mit der Gebrechlichkeit schien auch ihre Unnachgiebigkeit und Willensstärke zu schwinden, da sie Annas Zurechtweisung weiterhin so stoisch ignorierte wie einen schmerzenden Kiesel im Schuh.

„Gehen wir nach unten“, sagte sie. „Die anderen werden jeden Moment hier sein.“

Anna sah noch einmal zum Steg. Tim hatte sich erhoben und zupfte Blütenblätter von einer Rose, die er ins Wasser warf, eins nach dem anderen. Er musste die Rose in der Innentasche seiner Jacke versteckt gehalten haben, als hätte er sich ihrer geschämt. Auch Anna schämte sich. Darüber, nicht mehr auf die Sorgen ihres Sohnes einzugehen und ihn im Stich zu lassen. Doch was sollte sie tun, wenn er sich derart verweigerte?

Unterdessen hatte ihre Schwiegermutter den Balkon verlassen. Anna wandte sich dem Wannsee ab und betrat das Zimmer, das Christins Bruder, seit sie selbst die Treppe in den ersten Stock nur noch mühsam erklimmen konnte, als Bibliothek und Rückzugsort diente. Es gab einen selten benutzten Kamin, deckenhohe Regale an den Wänden – voll mit den gesammelten Büchern dreier Generationen, von denen die meisten wohl nie gelesen worden waren – und zwei wuchtige Ledersessel mit einem kleinen, runden Tisch in ihrer Mitte. Zuvor war dies Christins Wohnzimmer gewesen, mit der Durchgangstür gegenüber dem Kamin zu ihrem Schlafzimmer. Letztes Jahr erst, als die Schmerzen in der Hüfte und den Knien unerträglich geworden waren, hatten Möbelpacker ihre Einrichtung ins Erdgeschoss und die Regale und Bücher nach oben getragen. Seitdem kam Christin äußerst selten hierher, so dass Walter den ersten Stock für sich allein beanspruchen konnte.

Vor dem Kamin, bemerkte Anna, nachdem sie ihr Weinglas auf dem runden Tisch abgestellt und Christin die Tür geöffnet hatte, stand Tims Notenständer mitsamt einigen Notenblättern. Daneben lag seine Trompete in ihrem schwarzen Kasten. Zumindest durch dieses Instrument, von dem sie niemals gedacht hätte, dass er die Geduld, es zu erlernen, tatsächlich aufbringen würde, schien ihr Sohn lebendig zu sein. Stundenlang übte er selbstvergessen und konzentriert und war glücklich dabei. Tonleitern, Melodien, selbst ganze Konzerte. Allein aus diesem Grund hatte sie ihm erlaubt, die Trompete mitzubringen, damit er auf der Geburtstagsfeier seiner Großmutter – ihre Einwilligung vorausgesetzt – ein wenig proben konnte. Ansonsten hätte Tim sie niemals hierher begleitet.

„Warum bist du überhaupt nach oben gekommen?", fragte Anna, bevor sie die Tür hinter sich und ihrer Schwiegermutter schloss. „Doch hoffentlich nicht meinetwegen."

Christin zögerte, beugte sich tiefer über den Stock und zog ihre zu zwei dünnen Strichen gezupften Brauen zusammen. „Nein, ich … ich weiß gar nicht mehr. Ich habe etwas gesucht, glaube ich. Ich kann mich bloß nicht erinnern."

„Warum hast du Walter nicht gebeten, es dir zu holen?"

„Ach, wer weiß, wo der steckt. Und außerdem will ich das Treppensteigen nicht völlig verlernen."

„Ich habe übrigens die beiden Rosenstöcke mitgebracht, die du unbedingt haben wolltest", sagte Anna, während sie langsam den schmalen Flur entlang zur Treppe gingen.

„Das ist lieb von dir. Stell sie einfach auf dem schmalen Beet zwischen Haus und Garage ab. Walter wird sich später darum kümmern und sie einpflanzen."

Vor der breiten Treppe mit verziertem Geländer, die hinunter in die Eingangshalle führte, machte Christin, sichtlich unsicher geworden, Halt.

„Es ist besser", bot Anna ihr an, „du nimmst meinen Arm."

Christin ignorierte das Angebot, griff mit der rechten Hand nach dem Geländer und nahm vorsichtig, mit Unterstützung des Stockes in der linken, eine Stufe nach der anderen. Den

Schmerz, der so offensichtlich mit jedem Schritt durch ihre Knochen fuhr, versuchte sie zu unterdrücken.

Auf halbem Wege klingelte es.

Anna blieb stehen. Vom mittleren Treppenabsatz aus konnte sie die Haustür gut erkennen. Eine schwere Tür aus massiver, dunkel gebeizter Eiche mit goldenem Knauf.

„Das wird Philip sein", sagte ihre Schwiegermutter. „Mit seiner ... Wie heißt sie doch gleich?"

„Julia?"

Der Name lag ihr schwer wie Blei auf der Zunge. Christin, bemerkte sie, beobachtete ihre Reaktion. Das Ballen ihrer Hände zu Fäusten, die Anspannung in den Schulterblättern und den versteinerten Ausdruck auf ihrem Gesicht.

„Ja, richtig", sagte Christin. „Hat Philip dir nichts gesagt?"

Nein, das hatte er nicht. Und Anna hatte nicht danach gefragt. Niemals wäre sie auf die irrwitzige Idee gekommen, dass Philip ihr das antun oder dass Christin seinem Vorschlag zustimmen könnte. Was wollte er damit erreichen? Glaubte er wirklich, ein Zusammentreffen würde die ohnehin verworrene Situation entspannen und die ihr zugefügte Erniedrigung erträglicher machen? Wenn Anna auch nur geahnt hätte, der Ehebrecherin hier über den Weg zu laufen, sie wäre mit Tim daheim geblieben.

„Wie kommst du dazu, sie einzuladen?", fragte sie leise, fast flüsternd.

Christin blieb unbeeindruckt von der Härte ihrer Stimme. „Du solltest langsam die Situation begreifen und dich damit abfinden, Anna. Es hat keinen Sinn, die Augen weiter zu verschließen."

Es klingelte ein zweites Mal.

Sie starrte gebannt auf die Tür, hinter der die Zukunft lauerte, von der sie tatsächlich geglaubt hatte, sie aussperren zu können. Ein kurzer Flirt, eine Affäre, das Aufbegehren vor dem Alltäglichen und dem Älterwerden, das hatte sie sich einzureden versucht. Nichts Ernstes. Philip würde irgendwann zur Vernunft und kleinlaut zu ihr zurückkehren, allen Scheidungspapieren zum Trotz.

„Und du billigst sein Verhalten?“, fragte Anna, mehr erstaunt als verärgert, weil sie bis eben in ihr die Verbündete gesehen hatte. Nicht aus Freundschaft oder Anteilnahme, sondern allein aus Christins Überzeugung heraus, dass der Bund der Ehe unantastbar war.

„Er ist mein Sohn“, sagte Christin, ihre Enttäuschung deutlich hörbar, und nahm erneut eine der Stufen, den Stock voran. „Es ist seine Entscheidung.“

„Was ist mit Konrad?“, rief Anna ihr nach. „Wo ist dein Mitgefühl bei ihm? Oder empfängst du seinen Freund heute mit den gleichen offenen Armen, wie du es bei Julia tust? Warum verzeihst du Konrad nie etwas und Philip alles?“

Christin hob schwerfällig den Kopf. Anna sah lediglich ihren Hinterkopf, das weiße, toupierte Haar, die schmalen Schultern, den gekrümmten Rücken in der beigefarbenen Bluse und die Perlenkette um ihren fleckigen Hals. Ihre Söhne hatten ihr nie etwas recht machen können, ganz gleich, wie sehr beide auch darum bemüht gewesen waren. Philip zumindest hatte geheiratet und ihr Enkel geschenkt. In Christins Augen ein winziger Trost. Konrad dagegen war selbst dazu nicht in der Lage gewesen.

„Ich habe keine Ahnung“, erwiderte sie, „wovon du sprichst. Und jetzt geh und öffne die Tür.“

Kapitel 3

„Mach jetzt bitte keine Szene. Ich bin hier, um zu feiern, und nicht, um schon wieder mit dir zu streiten."

Anna schloss, während Philip dies sagte, so leise wie möglich die Tür. Es kostete sie einiges an Überwindung, da sich ihr Ärger in den vergangenen Minuten ins Unerträgliche gesteigert hatte und Türenknallen ihr ein wenig Erleichterung verschafft hätte. Stattdessen musste sie sich beherrschen. Zumindest solange die anderen, solange Christin davor in der Eingangshalle jedes Geräusch, jedes zu laut geäußerte Wort mitanhören konnten. Annas letzter Blick zurück durch den Türspalt hatte Julia gegolten, die inmitten der ihr unbekannten Familienmitglieder stand, alleingelassen und sichtlich verstimmt.

Nachdem Philip sie seiner Mutter vorgestellt hatte, war auch sein Onkel Walter die Treppe heruntergeeilt, um die Gäste zu begrüßen. Anna hatte gewartet, bis die Förmlichkeiten und Geburtstagsglückwünsche ausgetauscht worden waren, hatte Konrad gebeten, im Garten nach Tim zu sehen, und Philip anschließend aufgefordert, mit ihm unter vier Augen sprechen zu dürfen. Wahrscheinlich war es ihr Tonfall gewesen, unangemessen kalt und herrisch, der die anderen hatte verstummen lassen. Inmitten dieser Stille und trotz Julias Bemühen, ihn mit der Berührung seines Armes zurückzuhalten, hatte Philip nicht gewagt zu widersprechen. Er war ihr wortlos gefolgt.

Jetzt, während sie angespannt an der Tür stehenblieb, im Halbdunkel des Esszimmers, dessen schwere Vorhänge zugezogen waren, eilte Philip um die längsgestellte Tafel herum, als bräuchte er einen Wall zum Schutz gegen die kommenden Vorwürfe. Links neben ihm, am oberen Ende des langen Tisches, warteten das Geschirr und die Gläser für das Mittagsessen auf ihre Verteilung. Er nahm eine der Gabeln in die Hand, überprüfte mit dem Daumen die Zinken, ohne aufzusehen, ehe er sich der Sinnlosigkeit dieser Handlung bewusst wurde und die Gabel über die blütenweiße Tischdecke zurück zu den anderen schob. Auch Anna hatte zur Seite geblickt, schräg nach unten auf das dunkle Parkett. Auf den Perserteppich mit seinem irritierenden Muster aus verschlungenen Arabesken, das ihre Gedanken verwirrte und ihren Unmut in Resignation verwandelte.

„Warum", fragte Anna, weil sie jetzt etwas erwidern musste, „hast du es mir nicht wenigstens vorher gesagt?"

„Wozu? Damit du dich tagelang darüber aufregen kannst? Du wärst ja nicht mal gekommen, wenn du es gewusst hättest."

„Das wäre dir doch nur recht gewesen. Du hättest dir das alles hier ersparen können."

Philip wandte sich ab und zog die Vorhänge zurück, so dass Anna vor dem grellen Licht kurz die Augen schließen musste.

„Wie alt ist sie?", fragte sie, da es ihre Rivalin gewesen war, die sie hinter den geschlossenen Lidern gesehen hatte. Julia, wie sie vor der geöffneten Haustür stand, hinter Konrad und neben Philip, in einem aufdringlich roten und enganliegenden Kleid, mit ihrem runden, gebräunten Gesicht und den schmalen, vollen und ebenso roten Lippen.

Von wem sie als Ehefrau abgelöst werden sollte, hatte Anna bisher nie interessiert. Die Tatsache allein war ihr genug gewesen und jede Einzelheit zuwider. Nun wurde sie die Bilder im Kopf nicht wieder los.

„Was spielt das für eine Rolle?"

„Sie ist nicht mal dreißig, Philip. Sie könnte deine Tochter sein!"

Er blieb am Fenster stehen, vor dem der Zaun entlanglief, der das Grundstück vom angrenzenden trennte, beide Arme eng über der Brust verschränkt und den Kopf leicht zur Seite geneigt. Seine Haare, bemerkte sie, trug er anders. Sie waren kürzer, sorgfältig geschnitten und weniger grau.

„Wo hast du sie überhaupt aufgegabelt?"

Bei diesen Worten zog er die Schulterblätter zurück und spannten sich die Sehnen an seinem Hals. Er würde auf ihre Frage nicht eingehen. Sie hatte auch kein Interesse daran. Es ging um die Anspielung, um den Versuch, ihn zu verletzen. Philip war niemand, der leicht Bekanntschaften schloss, schon gar nicht mit Frauen. In ihrer Gesellschaft fühlte er sich unbehaglich und ein Gespräch zu beginnen, kostete ihn eine Überwindung, die er, wenn möglich, lieber vermied. Dass Julia deshalb die Initiative ergriffen haben musste – ob in einer Bar oder einem dieser fragwürdigen Internet-Chaträume –, daran brauchte Anna keinen Augenblick lang zu zweifeln.

Endlich löste sie sich von der geschlossenen Tür in ihrem Rücken, ging die wenigen Schritte zur Tafel und verteilte die Teller. Philip schwieg, trat aber näher, die Tischplatte zwischen ihnen, und half. Anna beobachtete ihn. Sein Gesicht wirkte erschöpft, die Wangen eingefallen und blass. Er nahm die Gläser in die Hand, platzierte sie akkurat neben die Teller und schien mit seinen Gedanken an einem anderen Ort. Sie wusste nicht mehr, was sie empfinden sollte und durfte. Ihre Hoffnung, dass Philip seine Meinung ändern würde und dass alles nur eine lächerliche, dem männlichen Ego geschuldete Episode gewesen war, diese Erwartung schwand. Es lag nicht bloß an seinem verletzten Stolz, der es ihm erschwerte, sich seinen Fehler einzugestehen. Dafür kannte sie ihn zu gut. Philip würde, naiv wie er war, tatsächlich geglaubt haben, einfach unbeschadet und ohne Widerspruch in ein neues Leben wechseln zu können, weil es seine Vorstellungskraft überstieg, was er den Mitmenschen mit diesen Entscheidungen antat.

„Liebst du sie denn?“, fragte Anna, eines der Steakmesser unbeabsichtigt auf ihn gerichtet.

„Natürlich liebe ich sie.“

„Und sie dich auch?“

Er lächelte, sein Blick diesmal frei von Unsicherheiten.

„Ansonsten würde sie mich wohl kaum heiraten wollen“, erwiderte er.

Es gäbe andere Gründe, ihn vor den Altar zu zerren, dachte sie. Gründe, die Anna um einiges plausibler erschienen und ihr bereits auf der Zunge lagen.

„Hast du schon unterschrieben?“, kam Philip ihr zuvor.

Sie schüttelte den Kopf und legte das Messer ab. „Nein. Ich hatte noch keine Zeit, alles durchzulesen.“

„Es wäre schön, wenn du es bis Anfang der Woche schaffst.“

„Habt ihr es derart eilig?“

Sie trat einen Schritt zurück und betrachtete den gedeckten Tisch, als hätte sie ihre eigene Frage überhört. Kerzen, schoss es ihr durch den Kopf, es fehlen Kerzen. Und Blumen vielleicht.

„Ich werde meine Entscheidung nicht rückgängig machen, Anna", sagte er mit einer Entschlossenheit in der Stimme, die sie selten bei ihm vernommen hatte. „Bitte finde dich damit ab. Es ist besser für uns alle, wenn die Verhältnisse klar geregelt sind. Vor allem für Tim."

Bei der Erwähnung ihres Sohnes kehrte die anfängliche Wut zurück. Sie sah ihn über den Tisch hinweg an, mit einer solch ruckartigen Bewegung des Kopfes, dass Philip erschrocken die Brauen hob.

In den ersten Wochen nach seinem Auszug, und selbst die Monate davor, als längst deutlich geworden war, dass etwas im Argen lag, hatte er sich um Tim nicht gekümmert. Dass er sie und ihre Gefühle überging, nun, damit hätte sie sich abfinden können. Seinen Sohn aber weder zu besuchen noch mit ihm zu telefonieren, war ein Zustand gewesen, den sie Philip mehr als alles andere verübelte. Denn auch jetzt, seit Tim an manchen Wochenenden bei ihm in der neuen Wohnung übernachtete, schien ihr Verhältnis weiterhin gestört.

„Seit wann interessiert es dich", fuhr sie ihn an, „was gut für Tim ist?"

Diese Bemerkung kränkte ihn. Sein Adamsapfel hüpfte über dem geöffneten Hemd, seine Wangen erröteten und verlegen glättete er eine Falte in der weißen Tischdecke vor ihm. Tim in ihren Streit mit hineinzuziehen war ein Fehler gewesen, dessen er sich unangenehm bewusst wurde. Zumindest ihm gegenüber fühlte er sich offensichtlich schuldig. Der Versuch, sein schlechtes Gewissen abzuwälzen, solange sie es war, die die Scheidung verzögerte, war misslungen.

„Wo ist er überhaupt?", wich er, wie erwartet, der Frage aus.

„Draußen, am Ufer. Wo sonst? Und weißt du, was er dort macht?", fragte sie aufgebracht und fuhr in einem Atemzug fort: „Er wirft Rosenblätter ins Wasser!"

Nun war es an Philip, die Augen kurz zu schließen. Als er sie öffnete, starrte er an ihr vorbei, als könnte er durch Wände und Zimmer sehen, bis hinaus auf den Steg.

„Ich hatte ja keine Ahnung", murmelte er.

„Natürlich nicht. Wie solltest du auch? Dein Sohn ist dir ja vollkommen egal, wenn du nur kriegst, was du willst."

„Das ist nicht wahr", verteidigte sich Philip und schlug, wie zur Bekräftigung seiner Worte, mit der flachen Hand gegen eine der Stuhllehnen. „Tim kann jederzeit zu mir kommen. Ganz egal, um was es geht. Und das weiß er auch."

„Was erwartest du, Philip? Er ist sechzehn. Selbstverständlich kommt er nicht zu dir gerannt. Du hast auf ihn zuzugehen. Du hast mit ihm zu reden, nicht umgekehrt."

Diese Anschuldigungen ließen Philip verstummen. Er legte die Stirn in Falten, als ereilte ihn eine verblüffende Erkenntnis, gepaart mit einhergehender Scham. Das Gesicht blutleer, sah er alt und erschöpft aus. Früher in solchen Momenten hätte Anna ihn in den Arm genommen und ihm sanfte Ermutigungen zugeflüstert, bis sein Selbstvertrauen zurückgekehrt war. Dafür fühlte sie sich längst nicht mehr zuständig. Sollte Julia sehen, wie sie mit seinem kindlichen Narzissmus fertig wurde.

„Okay", sagte er schließlich mit einem Seufzer, der seine Bereitschaft für ein Gespräch signalisieren sollte, das ihn sichtlich überforderte.

„Bemüh dich nicht", sagte sie. „Ich habe Konrad bereits gebeten, mit ihm zu reden."

Philip nickte. Diese Peinlichkeit zumindest blieb ihm erspart. Alleingelassen mit seinem Sohn hätte er nicht gewusst, wie er über ein Ereignis sprechen sollte, für das er selbst keine Worte fand. Für das niemand in der Familie je ein einziges Wort gefunden hatte.

Dass dieses Ereignis, welches zu benennen auch ihr unmöglich geworden war, nicht folgenlos bleiben und Konsequenzen nach sich ziehen würde, die ihr bisher verborgen blieben, hatte Anna schon immer befürchtet. Diese Ungewissheit wenigstens war verflogen. Nichts geschah ohne Grund. Weder Tims Schweigen noch Julias Erscheinen. Alles ließe sich zurückverfolgen auf einen einzigen, winzigen Punkt in der Zeit. Auf wenige Minuten, die ewig andauern und irgendwann alles zerstören würden.

Während des kurzen Schweigens hatte Philip sie angesehen und für einen winzigen Augenblick fühlte Anna so etwas wie Mitleid mit ihm. Wenn jemand vor zwei Jahren ihr gesagt hätte, dass sie beide hier stehen sollten, inmitten eines misslungenen Lebensentwurfs, sie hätte gelacht. Trotz aller Widrigkeiten war sie davon überzeugt gewesen, die Scherben kitten und die Bruchstellen übertünchen zu können. Sie hatte sich geirrt. Philip, hatte sie damals geglaubt, würde daran zerbrechen. Dabei war er es gewesen, der eher als sie, ja selbst als Tim, seinen Ausweg gefunden zu haben schien. Einen Ausweg, bei dem für sie kein Platz mehr vorgesehen war und der sie in der Katastrophe zurückließ.

„Konrad“, sagte Philip leise, „hat schon immer die besseren Worte gefunden.“

Er war der Einzige, dachte sie, der überhaupt Worte dafür gefunden hatte. Worte, die niemand hören wollte, auch sie nicht.

„Vielleicht solltest du trotzdem zu ihnen gehen“, änderte sie ihre Meinung, da Konrads Anwesenheit nur hilfreich sein konnte. Zumindest er würde wissen, wie man ein Gespräch zu führen hatte, das ansonsten nach wenigen Sätzen im Sande verlaufen wäre. „Tim wird sich freuen.“

„Ich weiß nicht. Ich sollte vielleicht nach Julia sehen. Du weißt, wie meine Mutter sein kann.“

„Mein Gott, Philip! Merkst du denn nicht, was mit deinem Sohn passiert? Ich mache mir Sorgen um ihn, ernsthafte Sorgen. Und alles, an das du denken kannst, ist deine, deine …“

Annas Stimme war laut geworden und sie hätte ihn angeschrien, hätte ihre Verzweiflung, ihre Wut an ihm ausgelassen, wenn nebenan in der Küche nicht etwas zu Boden gefallen wäre. Ein metallener Gegenstand – ein Topfdeckel oder eine Kelle vielleicht –, der scheppernd über die Fliesen hüpfte. Philip errötete erneut, unangenehm berührt von der Möglichkeit, dass ihr Gespräch mitangehört worden war.

„Sabine?“, rief Anna der Schwenktür entgegen. „Ist alles in Ordnung?“

Eine Frau um die vierzig, eine weiße Schürze um ihre füllige Figur gebunden, mit kurzen, dunkelbraunen Haaren und einem Lächeln, das die Peinlichkeit des Augenblicks überspielen sollte, öffnete mit der Schulter die Tür, in den Händen eine Rührschüssel und einen Quirl.

„Entschuldigt bitte. Nur ein kleines Missgeschick. Hallo, Philip."

Ohne sie direkt anzusehen, murmelte Philip eine kurze Begrüßung.

„Ich bin ein wenig in Verzug", fuhr Sabine fort. „Aber ich denke, ihr könnt wie geplant in einer Stunde essen. Und wie ich sehe, habt ihr mir einiges an Arbeit bereits abgenommen. Sehr lieb von euch."

Mit dem Kinn deutete sie auf den gedeckten Tisch, ohne mit dem Schlagen des Quirls innezuhalten. Philip, bemerkte Anna, griff sich mit der einen Hand an den Ringfinger der anderen. Eine nervöse, bedeutungslos gewordene Geste, da er den Ehering, an dem er drehen wollte, längst abgelegt hatte.

„Es ist wohl besser", sagte er, mit leicht verwirrtem Blick auf seine Finger, „ich lasse euch jetzt allein."

Beide Frauen warteten, bis Philip die Tür zum Esszimmer hinter sich geschlossen hatte und seine Schritte auf dem Marmorboden der Eingangshalle verklungen waren. Sabine ließ den Quirl in dem Eierschaum stecken und hob fragend die Augenbrauen.

„Du hast alles gehört, nehme ich an", sagte Anna zu ihrer Freundin, vor der sie sich in keiner Weise zu erklären oder rechtfertigen brauchte, da Sabine in die Hintergründe des Gesprächs mit Philip eingeweiht war.

Schon seit der Kindheit verband die beiden Frauen eine innige Freundschaft, die lediglich durch die Jahre nach Annas Hochzeit und die Geburt ihres Sohnes unterbrochen worden war. In dieser Zeit hatte Sabine ihr Glück mit einem Amerikaner in dessen Heimatstadt – einer Kleinstadt im mittleren Westen der USA – gesucht und nicht gefunden. Enttäuscht war sie nach Berlin zurückgekehrt und hatte sich mit einem Catering-Service selbstständig gemacht. Die Aufträge kamen schleppend, weshalb Anna sie, in Absprache mit Christin, gebeten hatte, das heutige Mittagessen und das anschließende Kuchenbuffet auszurichten. Dass ihre Freundin nebenan in der Küche arbeitete, war ihr in der Anspannung und dem Groll auf Philip völlig entgangen.

„Ja, habe ich", sagte Sabine und setzte sich auf einen der Stühle, die Schüssel in ihrem Schoß.

Anna verzog die Mundwinkel und nahm ebenfalls Platz. „Ich weiß einfach nicht, was ich tun soll", seufzte sie.

„Unterschreib endlich die Papiere. Oder glaubst du immer noch, er kommt zu dir zurückgekrochen?"

„Nein, natürlich nicht."

„Warum zögerst du dann? Abgesehen davon, dass du ihm die Heirat mit dieser Julia vermiesen willst."

„Das will ich ja gar nicht. Ich will nur …" Anna hielt inne, überrascht von der plötzlichen Erkenntnis, gar nicht genau zu wissen, was sie eigentlich wollte. Als Ersatz für die fehlenden Worte vollführte ihre Hand eine kreisende, unbeholfene Bewegung, bevor sie mit einer Frage abzulenken versuchte. „Hast du gar keine Rachegefühle verspürt, als Marc dich verlassen hat?"

Sabine entkam ein unterdrücktes Räuspern, eine Mischung aus Heiterkeit und Schmerz. „Ach, ich war eigentlich ganz froh, als es endlich vorbei war. Das Kleinstadtleben war nichts für mich. Schon gar nicht inmitten dieser christlichen Fanatiker. Als Ungläubige warst du so eine Art Aussätzige. Und Marc hat, wie ich dir erzählt habe, getrunken. Im Nachhinein glaube ich sogar, er war schwul."

„Wie kommst du denn darauf?"

„Ehrlich gesagt", antwortete sie, den Blick in die Schüssel gerichtet, „habe ich das schon immer vermutet. Ich habe es nur nicht wahrhaben wollen. Es gab da diesen Mann aus der Kirchengemeinde, ganz heimlich, versteht sich. Wie auch immer, es ist besser ohne ihn. Viel besser. Das wirst auch du begreifen, wenn die Sache mit Philip endlich überstanden ist."

Mag sein, dachte Anna, lehnte sich zurück und betrachtete ihre Freundin, die nicht unbedingt den Eindruck einer mit sich selbst zufriedenen Frau vermittelte. Ein dumpfer Schmerz würde wohl immer bleiben, sobald die vermeintlichen Konstanten im Leben endeten und neue auf sich warten ließen.

„Ich habe Angst davor", gestand sie, „was danach geschieht."

Sabine stellte die Schüssel auf einem der Teller ab und beugte sich vor, um nach Annas Hand zu greifen. „Steig mit ins Geschäft ein. Wir wären ein großartiges Team. Ich habe da ein paar Kunden an der Hand, denen ich bisher absagen musste, weil ich allein nicht die Zeit dazu habe. Zu zweit wäre das kein Problem. Und mit etwas Kapital ..."

„Ich bezweifle stark, dass Philips Unterhalt ausreichen wird, um mich als Unternehmerin durchzuschlagen."

„Was ist mit deiner Schwiegermutter?"

Anna schüttelte den Kopf. Sie zog ihre Hand aus Sabines Umklammerung, ihre Gedanken zurück bei der Familie hinter der geschlossenen Tür. Eine Familie, die dabei war, sie abzusondern und auszuspucken wie einen unliebsam gewordenen Fremdkörper. Sie wäre bloß die Erinnerung an einen Fehltritt, eine Persona non grata, wie Konrads Freund. Christin würde schon dafür Sorge tragen, alle Spuren zu verwischen, um Philips beflecktes Image reinzuwaschen.

„Warum sollte sie mich unterstützen wollen?", fragte sie. „Sie hält selbst ihre Söhne an der kurzen Leine. Nein, von ihr kann ich nichts erwarten. Sie duldet mich ja nur, weil die Scheidung noch nicht vollzogen ist."

„Und Tim? Hat er nicht Einfluss auf sie?"

„Ich werde Tim da auf keinen Fall mit hineinziehen!", erwiderte Anna schroff, weil sie es leid war, sich für ihn erklären zu müssen. Diese ständigen Fragen nach seiner Befindlichkeit und seinem Schweigen, als läge der Grund dafür in einem undurchdringlichen Dunkel und als wäre seine Mutter für alles verantwortlich.

Ihre Worte wirkten wie ein Schlussstrich unter dem Gesagten, den Sabine deutlich vernahm. Sie spitzte die Lippen, hob leicht die Hände, beide Innenflächen nach außen gewandt, und stand auf.

„Entschuldige, Anna", sagte sie, nicht verärgert, eher mitfühlend und vorwurfsvoll sich selbst gegenüber. „Ich sollte zurück in die Küche."

„Vergiss deinen Eischnee nicht. Was gibt es überhaupt?"

„Oh, ich halte mich da strikt an die Vorgaben. Kürbiskernsuppe, Schmorbraten und Blaubeer-Parfait. Die Suppe und den Braten habe ich gestern Abend bereits vorgekocht. Was fehlt ist das Parfait und natürlich die Dekoration auf der Torte."

„Klingt nach ordentlich viel Kalorien." Anna lächelte. Als Entschädigung für ihre ungehaltenen Worte, für die Sabine nicht der richtige Adressat gewesen war.

„Das verkraftest du schon", antwortete augenzwinkernd die Freundin und verschwand, mitsamt der Schüssel, durch die Schwenktür.

Anna blickte ihr nach. Auch sie sollte zurück.

Zurück zu ihrer angeheirateten Familie, die sie irgendwie verkraften musste, zumindest heute noch. Was danach geschah, das würde sich zeigen. Ihr Bedürfnis nach Rache, wie sie es Sabine gegenüber genannt hatte, war ein zu starkes, zu hässliches Wort gewesen. Sie bevorzugte ein sanfteres, versöhnlicheres Wort: Wiedergutmachung.

Julia war erleichtert gewesen. Anders als auf den Bildern, die sie bei Philip gesehen hatte, war Anna nicht die scheue, ängstliche Frau, für die Julia sie gehalten hatte. Natürlich, ihr Äußeres war dasselbe wie auf den Fotos: nichtssagend und blass, in diesem dunkelblauen Kostüm, den flachen Schuhen, mit ihrem schmalen Gesicht und den streng zu einem Zopf gebundenen, rotbraunen Haaren. Solch einer Nebenbuhlerin gegenüber hätte Julia sich normalerweise schuldig gefühlt. Schuldig aufgrund Annas Chancenlosigkeit bei einer Gegnerin, die um fünfzehn Jahre jünger war und der sie optisch nicht das Wasser reichen konnte. Es wäre nicht fair gewesen, zu einfach.

Denn Männer wie Philip, das wusste Julia, waren blind auf dem Auge ihrer Urteilskraft, ging es um das angeschlagene und sich selbst zu bestätigende Ego einer Midlife-Crisis, das sich plötzlich – Mitte vierzig – um all die verpassten Eroberungen betrogen fühlte. Einer unscheinbaren Frau wie Anna den Mann auszuspannen, wäre ein Sieg über eine am Boden liegende Kontrahentin gewesen.

Mit Annas unverhohlenem Blick allerdings, der Julia vor der Eingangstür getroffen hatte, war deutlich geworden, dass sie sich um einen ungleichen Kampf keine Sorgen zu machen brauchte. In diesen kalten Augen hatten eine solche Widerstandskraft und Willensstärke gelegen, die es Julia erlaubten, ohne Rücksicht ihre Trümpfe auszuspielen. Denn Hass war eine Regung, mit der sie durchaus vertraut war. Je stärker Anna ihre Abneigung offenlegte, desto geringer würden ihre Argumente ins Gewicht fallen. Julia zu verteufeln, bedeutete schließlich nichts anderes, als Philip seinen vermeintlichen Fehler vor Augen zu führen. Ein Vorwurf, gegen den er sich nur würde behaupten können, indem er ihn umso energischer bestritt.

Mit diesen Gedanken versuchte Julia sich zu beruhigen, nachdem Philip mit Anna im Nebenzimmer verschwunden war und sie seiner Mutter und seinem Onkel durch die Eingangshalle folgte. Christin Wohlrath ging voran, leicht gebückt auf einen dreifüßigen Stock gestützt, mit einer versteinerten Miene, die schwer zu durchschauen war. Was Julia bisher von ihr wusste, waren bedeutungslose Anekdoten, Jahreszahlen und Kindheitserinnerungen, die nichts über ihre Gefühle hinsichtlich Philips Privatleben und seiner neuen Beziehung verrieten. Julias eigene Fragen dahingehend hatte er jedes Mal mit einem Schulterzucken abgetan, als wäre ihm die Meinung seiner Mutter egal. Dabei versuchte Philip verzweifelt, sich nicht anmerken zu lassen, wie viel ihm ihr Einverständnis bedeutete. Eine Anerkennung, die auf sich warten ließ.

Christins Ausdruck, sowohl durch ihre Mimik als auch durch die wenigen Worten, die sie bisher an Julia gerichtet hatte, blieb seltsam neutral und desinteressiert. Allein die Tatsache, dass sie Julia überhaupt eingeladen hatte, verriet eine innere Zustimmung, die Christin nicht anders ausdrücken konnte oder wollte. Allerdings, so vermutete Julia, lag diese Zustimmung weit mehr in einer Abneigung Anna gegenüber und weniger in ihr selbst begründet.

Bei Philips Onkel dagegen verhielt es sich anders. Jünger als seine Schwester, mit Mitte fünfzig, machte er aus seiner spontanen Sympathie zu ihr keinen Hehl. Mit dieser Art Mann war

Julia bestens vertraut. Seine hellen, aufmerksamen Augen, als er von der Treppe auf sie zugeeilt kam, hatten sie eingehend gemustert. Ohne Skrupel war sein Blick von ihren Schuhen hoch zu ihrem Dekolleté gewandert und erst dann, mit einem schelmischen Lächeln, zu ihrem Gesicht. Sein Handschlag und die angedeutete Verbeugung wirkten verspielt, ohne die Erregung dahinter vollständig verbergen zu können. So wie sein Neffe war auch Onkel Walter ganz offensichtlich nicht gegen die Reize einer jüngeren Frau gefeit, der gegenüber er sich beweisen musste. Mit ihm also hätte sie leichtes Spiel.

„Sie haben ein wunderschönes Haus“, sagte Julia, kurz bevor sie hinter Christin und an Walters Seite eines der Zimmer betrat, das hinaus in den Garten führte. „Ist es nicht etwas groß für zwei Personen? Ich kann mir vorstellen, wie viel Arbeit das macht.“

Walter hielt ihr die Tür auf, während er seinen Blick erneut schweifen ließ, hinunter zu ihrem Busen und ihrer Taille in dem enganliegenden, roten Kleid.

„Früher“, antwortete er und schloss die Tür, „war es eher zu klein. Bevor Philip und Konrad ausgezogen sind, meine ich. Aber ja, jetzt ist es zu groß für uns geworden. Zweimal die Woche kommen zwei Reinemachefrauen und um den Garten kümmere ich mich, soweit es geht. Wir haben immer gehofft, dass zumindest einer der Jungs zurückkommen würde. Mit seiner Familie.“

„Philip?“

„Nun ja, er ist der Einzige mit einer Familie, nicht wahr?“

Julia drehte sich zu ihm um, unschlüssig darüber, wie er seine Äußerung gemeint haben könnte. Walter sah an ihr vorbei auf seine Schwester, die sich in einen der wuchtigen, dunkelbezogenen Ledersessel nahe der gläsernen Fensterfront gesetzt und ihr linkes Bein auf dem davor platzierten Fußschemel ausgestreckt hatte. Sein Gesicht hatte ein wenig die rote Farbe verloren, die Julia einem erhöhten Alkoholgenuss zuschrieb, und er fuhr sich einmal kurz mit der Zungenspitze über seine rasierte Oberlippe.

„Entschuldigen Sie bitte die Unhöflichkeit“, sagte Christin, ihren Bruder ignorierend, und deutete mit dem Stock auf ihren Fuß. „Ich hätte nicht den ganzen Tag Treppen steigen sollen.“

„Sie müssen wissen, dass wir erst letztes Jahr das ganze Haus wortwörtlich auf den Kopf gestellt haben", warf Walter hastig ein, offenbar um seine vorherigen Worte nicht spezifizieren zu müssen, die Julia nur allzu gern hinterfragt hätte. Denn immerhin besaß Philip zurzeit gleich zwei Familien auf einmal. Und selbst Konrad war nicht gänzlich alleinstehend.

„Das hier war früher der Salon", erläuterte Christin. „Seit damals, als mein Großvater die Villa erworben hat. Doch seit ich kaum mehr laufen kann, haben wir mein Wohn- und Schlafzimmer nach unten verlegt. Das ist wesentlich einfacher für mich. Jetzt brauche ich nur nach nebenan zu gehen, wenn ich schlafen will."

Julia folgte ihrer Handbewegung hin zur der Tür neben einem alten Sekretär.

„Haben Sie keine Bedenken, so ganz allein im Erdgeschoss? Ich würde mich nachts bestimmt ein wenig fürchten."

„Was soll denn passieren? Das Unheil", sagte Christin und sah sie durchdringend an, „kommt selten von außerhalb. Und falls doch, habe ich immer eine Pistole griffbereit in meinem Nachttisch."

„Wissen Sie, wie man damit umgeht?"

„Wie schwer kann das schon sein? Das Ding gehörte meinem Vater. Als er starb, hat niemand danach gefragt und ich habe auch gar nicht vor, auf irgendjemanden damit zu schießen, soweit es sich vermeiden lässt. Andererseits ist es beruhigend zu wissen, dass ein einziger Finger in der Lage wäre, das Schlimmste zu verhindern."

Julia nickte zustimmend, obwohl sie die Vorstellung einer geladenen Waffe im Nebenzimmer für überzogen und gefährlich hielt. Um Christin jedoch nicht unnötig gegen sich einzunehmen, verzichtete sie auf eine Vertiefung des Themas und versuchte es stattdessen mit einem unverfänglichen Kompliment.

„Jedenfalls haben Sie sich sehr hübsch eingerichtet", sagte sie freundlich, was gänzlich gelogen war. Die Möbel waren ihr zu schwer und dunkel, der Teppich unter ihren Füßen zu gediegen und die samtenen Vorhänge seitlich der Fenster viel zu altbacken. Lediglich der Kamin mit dem Marmorsims gefiel ihr, ebenso wie der alte Sekretär. Und das Panorama hinter der Fensterfront war unbezahlbar. Am Ende der breiten Terrasse, mit den zusammengeklappten Gartenmöbeln und den Buchsbäumen in schweren Kübeln, fiel der Garten leicht ab. Er verlief über einen sorgfältig gepflegten Rasen, unterbrochen von kreisrunden Blumenbeeten, hinunter zum Ufer und öffnete den Blick auf das spiegelnde Wasser des Wannsees.

Fasziniert von der Aussicht trat Julia weiter vor, hinter Christins Sessel vorbei bis dicht an die Glasscheibe. Sie selbst hatte nie in einem eigenen Haus gelebt, geschweige denn in einem wie diesem. Hochhäuser war sie gewohnt gewesen, mit engen, kärglich möblierten Zimmern und niedrigen Decken, aus deren schmalen Fenstern sie auf andere Hochhäuser geblickt hatte, auf Mülltonnen und heruntergekommene Spielplätze.

„Sie müssen sehr glücklich hier sein, Frau Wohlfarth", sagte Julia, mehr zu sich selbst und verzaubert von der Aussicht. Unten am Ufer bemerkte sie Konrad, der sich auf dem Steg zu Tim gesellt hatte und auf ihn einredete.

„Es ist nicht das Haus, das einen glücklich oder unglücklich werden lässt, Frau … Verzeihen Sie, ich habe Ihren Namen vergessen."

„Schubert", erwiderte sie lächelnd und wandte sich ihr zu. „Aber bitte nennen Sie mich Julia."

Auf diesen Vorschlag reagierte Christin nicht sofort, sondern sah Julia ausdruckslos an oder einfach durch sie hindurch, mit einem leichten, kaum wahrnehmbaren Nicken des Kopfes, als hätte sie soeben etwas bestätigt gefunden, dessen sie sich bisher nicht sicher gewesen war. Dass ihre Anwesenheit dazu dienen sollte, ihre Tauglichkeit als Annas Nachfolgerin unter Beweis zu stellen, hatte Julia natürlich geahnt und war auf offene Ablehnung vorbereitet gewesen. Damit hätte sie jederzeit umgehen können. Diese Kälte allerdings, die Christin ihr entgegenbrachte, ohne eine offene Konfrontation zu forcieren, machte Julia nervös.

„Waren Sie schon einmal verheiratet, Frau Schubert?", fragte Christin und fuhr Julia, noch bevor sie antworten konnte, über den Mund: „Ich halte generell nichts davon, solch einen geheiligten Bund leichtfertig aufzugeben, wie Philip es im Begriff ist zu tun. Dennoch ich bin keineswegs so blind, um nicht zu erkennen, dass er gar keine Wahl hat. Nur diesmal möchte ich sichergehen, dass ihm ein derartiger Fehler kein zweites Mal widerfährt."

„Und das, glauben Sie, hängt allein von mir ab?"

„Das, Frau Schubert, habe ich nicht behauptet. Doch ich kenne meinen Sohn besser als Sie. Er ist beeinflussbar und kann nicht verstehen, dass es Menschen gibt, die um des Vorteils willen andere hintergehen würden. Mein Mann und ich, wir hatten früher gehofft, ihm die Leitung der Firma zu übertragen, die er zweifellos in den Ruin gewirtschaftet hätte. Für die harte Realität ist Philip leider nicht geschaffen. Als mein Mann vor sechs Jahren starb, habe ich deshalb alles verkaufen müssen, was meine Familie sich über drei Generationen mühselig aufgebaut hat. Ein angesehenes, lukratives Unternehmen, müssen Sie wissen, das mit Kolonialwaren, wie das damals hieß, begann und bis zum Schluss mit Spezialitäten aus der ganzen Welt handelte. Lebensmittel, Gewürze und Delikatessen, die ansonsten in Deutschland schwer zu bekommen waren. Schon mein Urgroßvater nannte es schlicht *Wohlfarths*, nachdem der Gründungsname etwas umständlich geklungen hatte. Vielleicht ist er Ihnen ja ein Begriff."

„Tut mir leid, nein", sagte Julia, irritiert von Christins kleinem Monolog und dem abschließenden Lächeln, das sie ihr zuwarf und wie eine Herausforderung wirkte.

„Die Menschen vergessen schnell heutzutage, Frau Schubert. Was nicht immer ein Segen ist, glauben Sie mir."

Darauf wusste Julia nichts zu erwidern, obwohl die geschickt verpackten und gegen sie gerichteten Anschuldigungen deutlich genug gewesen waren. Christin erwartete wohl auch keine Erwiderung, da sie den Kopf gesenkt hatte und die Stimme während der letzten Worte schwermütig geworden war, als hätte sie ihre Kritik längst vergessen.

Ratlos warf Julia den Blick auf Walter, der sich von seiner Position an der Tür keinen Schritt fortbewegt hatte und dem Gespräch stumm gefolgt war. Seine Hände auf dem Rücken verschränkt, wirkte er wie der Wächter vor dem Ausgang einer für Julia noch undurchschaubaren Hölle, der zu entfliehen für sie nicht in Frage kam. Worte mochten verletzend sein, kränkend und erniedrigend. Die Gegebenheiten zu verändern vermochten sie nicht. Was auch immer Christin ihr vorwerfen würde, Julia hätte alles bereits gehört. Dem wusste sie standzuhalten. Denn so lange Philip ihr treu ergeben war, so lange hatte Christin, wie sie selbst es zu ahnen schien, nicht die geringste Chance.

„Meine Schwester", sagte Walter, der ihren Blick mit einem verschmitzten Funkeln in den Augen entgegnete, „ist nie darüber hinweggekommen, dass ihre beiden Söhne von Zahlen und Bilanzen so wenig verstehen wie eine Horde Affen. Das waren doch deine Worte, als du alles verkauft hast, Christin, oder nicht?"

Christin entkam ein abfälliges Grunzen, ohne ihren Bruder dabei anzusehen. „Es war das einzig Vernünftige. Ich allein hätte das nicht geschafft."

„Aber wir. Wir hätten es geschafft."

In Walters Tonfall hatte sich plötzlich eine Härte eingeschlichen, die Julia ihm nicht zugetraut hatte. In seinem karierten Hemd unter der zugeknöpften Strickjacke, in den weiten Stoffhosen und den grauen Socken, die zwischen den Riemen seiner Sandalen hervorlugten, wirkte er wie ein älterer, leicht vertrottelter Professor, dessen Rolle in dieser Familie sie nicht einschätzen konnte. Ein ewiger Junggeselle, hatte sie geglaubt, dem alle irdischen Vergnügungen abhandengekommen waren, weil sie ihn nicht interessierten und weil der finanzielle Rückhalt des Familienerbes ihm gestattete, diese zu ignorieren. Womöglich aber hatte Julia sich getäuscht und Walter war keineswegs freiwillig in diese Rolle geraten, sondern hatte sich dem Willen seiner Schwester gefügt.

„Wir werden das jetzt nicht schon wieder ausdiskutieren", sagte Christin, die ihren Bruder wie zuvor ignorierte und lediglich die Hand hob, um mögliche Einwände abzuwehren. „Vielleicht möchte unser Gast ja was trinken."

Walter wippte leicht in seinen Sandalen vor und zurück, die Hände weiterhin auf dem Rücken verschränkt. Sein Lächeln war eine Maske, mit der er vergeblich versuchte, sich die Zurechtweisung seiner Schwester nicht anmerken zu lassen, während er die glasigen Augen an Julia vorbei auf die Anrichte neben dem Kamin richtete und damit seinen dringenden Wunsch nach Alkohol verriet.

„Ich würde gern etwas trinken", ging Julia auf seine Blicke ein. Nicht, weil sie sich Walters Gunst vergewissern wollte, sondern vor allem, damit das Gespräch eine andere Wendung nahm. Immerhin war sie nicht hergekommen, um anderer Leute Problemen beizuwohnen. Sie war hier, um Präsenz zu zeigen und ihre neuerworbene Stellung in Philips Familie zu festigen. „Wir sollten gemeinsam anstoßen. Auf Ihren Geburtstag."

„Ich trinke so früh am Tag keinen Alkohol", sagte Christin. „Aber ich will Sie keinesfalls davon abhalten."

„Auch nicht einen winzigen Schluck auf Ihr Wohl?"

„Also gut. Meinetwegen."

Schwerfällig nahm Christin ihren Fuß von dem Schemel und erhob sich, mit Hilfe des Stocks, aus dem Sessel. Walter war bereits zur Anrichte geeilt, auf der Wein- und Sektgläser mit den Kelchen nach unten sorgsam aufgereiht standen, und entnahm dem kleinen, im unteren Teil der Anrichte eingebauten Kühlschrank eine Flasche Champagner.

Während er die goldene Folie um den Flaschenhals entfernte und den Draht über dem Korken entzwirbelte, suchte Julia nach einem geeigneten Aufhänger für ein weiteres, unverfängliches Gespräch. Viel Persönliches allerdings schien es in diesem Zimmer nicht zu geben. Da stand in einem der wuchtigen Schränke ein CD-Player. Auf dem Tisch, neben dem Sessel, lag ein dickes Buch mit Lesezeichen und auf dem Sekretär eine aufgeschlagene Schreibmappe und ein Füllfederhalter. Die beiden Ölbilder – das eine über dem Kamin, das zweite über dem Sekretär – zeigten Ansichten der Pfaueninsel, deren Uferlandschaften Julia, wenn sie hinaus über den Garten und den Wannsee blickte, wiedererkannte. Lediglich auf dem weißen Marmor des Kaminsimses befand sich ein einsames Foto in einem silbernen Rahmen.

Weil sie in diesem Bild ihre Möglichkeit sah, die stockende Unterhaltung in Gang zu bringen, ging Julia zum Kamin und nahm den Rahmen in die Hand. Sie sah einen Jungen, der etwas steif in die Kamera lächelte, einen Fußball unter den rechten Arm geklemmt, in kurzen Hosen und einem weiten Trikot, dem die braunen Haare wirr und verschwitzt in die Stirn fielen. Im Hintergrund leuchtete die weißgetünchte Fassade dieser Villa vor einem wolkenverhangenen Himmel und ganz links im Bild saß verschwommen ein zweiter Junge auf der Terrasse in einem Liegestuhl, sein Gesicht dem Fotografen halb abgewandt.

„Ist das hier Tim?", fragte sie an Christin gerichtet, die auf halbem Weg zu ihr stehenblieb, ihre Wangen gerötet, als hätten die wenigen Meter zwischen Sessel und Kamin sie erschöpft. Neben Julia knallte der Korken aus der Champagnerflasche. „Wie alt ist er da?"

Zunächst schienen weder Christin noch Walter gewillt, ihr zu antworten. Beide warfen sich einen beinahe entsetzten Blick zu, während der Champagner in die Gläser sprudelte und Walter gleichzeitig die Hand nach dem Foto ausstreckte.

„Nein, das ist nicht Tim", sagte er. „Der da im Hintergrund, das ist Tim."

Sie sah noch einmal auf das gerahmte Bild und ignorierte Walters in ihre Richtung ausgestreckte, zitternde Hand. Julia war Tim bereits mehrfach begegnet und sie hatte andere Fotos von ihm vor Augen, die Philip in seiner Brieftasche aufbewahrte. Und obwohl der Junge vor ihr um einige Jahre jünger wirkte, so war sie sich sicher gewesen, ihn erkannt zu haben. Annas schmales Gesicht, ihre rotbraunen Haare, die zusammengewachsenen Augenbrauen und das markante Kinn seines Vaters. Die Ähnlichkeit war unverkennbar. Doch auch der zweite Junge im Liegestuhl, selbst in der Profilansicht, zeigte dieselben Merkmale. Das Kinn stach deutlich hervor, ebenso wie die leicht nach außen gewölbte Nase und die buschige Augenbraue darüber.

„Na, so was", antwortete sie. „Ich hätte schwören können ..."

Walters Finger bekamen den silbernen Rahmen zu fassen und entzogen ihr, bevor sie den eigenen Griff verstärken konnte, das Bild. Er nickte entschuldigend, legte es, mit der Rückseite nach oben, auf die Anrichte neben der Flasche und reichte ihr mit der gleichen, fließenden Handbewegung eines der gefüllten Gläser.

„Stoßen wir auf den Geburtstag meiner Schwester an. Christin?“ Er nahm die beiden anderen Gläser und ging Christin entgegen, die ihre schmalen Lippen zusammengekniffen hatte und Julia vorwurfsvoll ansah.

Dem Toast, den Walter feierlich aussprach, hörte sie nicht wirklich zu. Ihr Blick ruhte starr auf dem nach unten gekehrten Foto, verwirrt und verärgert über die unangebrachte Zurückweisung und die unmissverständliche Aufforderung, sich nicht in Dinge einzumischen, die sie nichts angingen. Denn noch, so lautete die stumme Botschaft, war sie kein Teil dieser Familie, sondern lediglich ein geduldeter Gast, dem das Stellen persönlicher Fragen untersagt blieb. Wer immer der zweite Junge gewesen sein sollte, über ihn zu reden schien mit einem Tabu behaftet zu sein, von dem selbst Philip ihr gegenüber bisher nichts erwähnt hatte.

„Frau Schubert?“

Christins Worte ließen sie erschrocken aufhorchen und sich eilig den beiden Geschwistern zuwenden, die dicht beieinander standen, die Gläser erhoben. Julia stieß mit ihnen an, murmelte ein paar passende Glückwünsche und sah zwischen ihnen hinaus auf das Ufer des Wannsees und den ins Wasser ragenden Steg.

„Hat meine Mutter dich geschickt?“

„Warum sollte sie mich geschickt haben?“

Tim zuckte mit den Schultern, den Blick wie zuvor über den See gerichtet, nachdem er sich kurz vergewissert hatte, wer sich ihm näherte. Er warf den Stängel einer blütenlosen Rose ins Wasser und vergrub seine Hände in den Taschen seiner weiten Jeans. Konrad hielt Abstand, wohl wissend, wie sehr Tim eine allzu große Nähe verabscheute. Jedes Mal, wenn er seinen Neffen wiedersah, überraschten ihn die Veränderungen, die Tim in den Wochen zwischen den Begegnungen durchlaufen hatte. Erneut schien er weiter in die Höhe geschossen zu sein, seine Arme und Beine zu lang für den schlaksigen Körper. Seine Wangenknochen traten stärker hervor und der Flaum über der

Oberlippe war dunklen Bartstoppeln gewichen, die seinem ansonsten noch kindlichen Gesicht etwas Linkisches und Unfertiges verliehen.

„Ich weiß es einfach“, sagte Tim. „Weil Mama es nicht erträgt, wenn ich auf dem Steg bin. Du sollst mich hier wegholen.“

„Kannst du ihr das verübeln?“

Tim drehte den Kopf in Konrads Richtung. Nicht weit genug, um seinen Onkel direkt anzusehen, jedoch weit genug, um auf seinem gekränkten Gesicht die Antwort erraten zu können.

„Du denkst also auch, ich benehme mich kindisch.“

„Nein“, erwiderte Konrad. „Das denke ich keineswegs.“

Über diese Worte schien Tim gründlich nachzudenken. Die Anspannung in seinem Nacken wich und ließ den Kragen seiner blauen Sportjacke einige Zentimeter nach unten gleiten, so dass Konrad seinen verbissenen Ausdruck bemerkte, der eine voreilige Antwort verhindern sollte.

„Ich verstehe dich sehr gut, Tim. Und ich bewundere dich dafür, ehrlich. Ich weiß genau, wie schwer es ist, wenn alle anderen die Augen verschließen. Aber versuche auch zu verstehen, wie deine Mutter sich fühlen muss. Sie hat ihren Grund, warum du hier nicht stehen sollst.“

„Warum muss ich das verstehen?“, rief Tim, seine Stimme laut und erregt, während er gleichzeitig die Hände aus den Hosentaschen zog und zu gestikulieren begann. „Wieso immer nur ich? Mich fragt ja auch keiner, was los ist.“

Diese plötzliche Reaktion seines Neffen – mit der angestauten Wut in den Augen und den tief nach unten gezogenen, miteinander verbundenen Brauen – kam für Konrad völlig unerwartet. Tim war immer der ruhigere, introvertierte von beiden gewesen, derjenige, der lieber schwieg und sich zurückzog, anstatt, wie sein Bruder, die offene Konfrontation zu suchen. Schon als Kind hatte Tim bei jeder Anschuldigung und jedem noch so leisen Vorwurf den Kopf gesenkt, den Tränen nahe, ganz gleich, ob die Schuld nun bei ihm gelegen hatte oder nicht, und war auf sein Zimmer gestürmt. Dort, in der Abgeschiedenheit seiner vier Wände, hatte er allein mit sich gehadert und die Angelegenheit verarbeitet. Die Stimme zu erheben und dem Blick des anderen direkt zu begegnen, dazu wäre er früher nie in der Lage gewesen.

„Dann sag es mir, Tim. Sag mir, was dich bedrückt."

Konrad trat einen Schritt vor, die rechte Hand vorsichtig ihm entgegengestreckt, weil er nicht wusste, wie sein Neffe darauf reagieren würde. Instinktiv wandte Tim seinen Oberkörper zur Seite, als wollte er einen vermeintlichen Schlag abwehren, der nie beabsichtigt gewesen war.

Erst dann erkannte Tim den eigentlichen Zweck dieser Geste und sofort verschwand die Wut auf seinem Gesicht und fingen seine Mundwinkel beschämt zu zittern an. Konrad senkte die Hand, irritiert von Tims Verhalten, das er schwer nachvollziehen konnte. Doch womöglich lag seine Reaktion weniger in der erhobenen Hand, sondern vielmehr in der damit verbundenen Aufforderung begründet, seine Gefühle preiszugeben. Denn was ihn bedrückte, war offensichtlich. Es auszusprechen, würde nichts Neues zu Tage fördern. Am besten wäre es, dachte Konrad, ihn endlich zu einem Therapeuten zu schicken, auch wenn dies bedeutete, dass Philip und Anna, ja dass die gesamte Familie sich mit dem auseinandersetzen müsste, was vor zwei Jahren geschehen war und worüber seitdem so beharrlich geschwiegen wurde.

„Es hat niemand geholfen", sagte Tim leise. „Ich war ganz allein."

„Weil niemand da war, um zu helfen. Es war ein tragischer Unfall."

Tim senkte den Kopf und folgte mit Blicken dem Stängel und den letzten Rosenblättern, die auf den Wellen des Wannsees gegen das Ufer trieben. Es schien, als würde er Konrads Worte akzeptieren. Er holte tief Luft und antwortete: „Ich habe sein T-Shirt angehabt und seine Kappe getragen, weil ich keinen Sonnenbrand kriegen wollte."

Im ersten Augenblick wusste Konrad nicht, worauf er hinaus wollte. Eine Kleinigkeit, die für den Hergang des Unfalls keine Relevanz besaß. Warum also betonte Tim dies mit einem solchen Nachdruck in der Stimme?

„Was willst du damit sagen?", fragte Konrad, obwohl er zu ahnen begann, wie die Antwort ausfallen würde.

„Es muss doch so ausgesehen haben, als ob Oliver im Boot gesessen hat und nicht ich. Und wenn ich im Wasser am Ertrinken war und nicht Oliver, dann war es schließlich egal, ob …" Tim brach ab und zuckte erneut mit den Schultern.

„Was wäre dann egal?" Konrads Stimme wurde ungehalten. Benachteiligt hatte Tim sich schon immer gefühlt, überschattet von seinem Bruder, der, obwohl als eineiiger Zwilling ihm äußerlich gleich, von seiner eigenen Art und Weise unterschiedlicher nicht hätte sein können. Olivers Fähigkeit, auf Menschen zuzugehen und Freundschaften zu schließen, sie mit seinem Lachen und seinem Charme zu begeistern, waren Eigenschaften, die Tim nie besitzen würde und die er, im Grunde seines Herzens, auch gar nicht besitzen wollte. Er sah nur die Aufmerksamkeit, die Oliver damit erzielte, und setzte sie mit einer Herabstufung seiner eigenen Person gleich. Dass sich dieses Minderwertigkeitsgefühl mit Olivers frühzeitigem Tod Schritt für Schritt legen würde, hatte sich, wie es schien, nicht bewahrheitet.

„Ich mein ja bloß", sagte Tim. „Oliver hätte bestimmt jemand geholfen."

„Da war aber niemand, Tim! Ihr wart allein auf dem Wasser und niemand hat euch gesehen. Niemand, hörst du!"

Im Affekt hatte Konrad ihn an den Oberarmen gepackt. Nur ein, zwei Sekunden lang, ehe er die Hände wieder fallen ließ. Und obwohl Tim diesmal allen Grund gehabt hätte, erschrocken zurückzuweichen, schien er keineswegs von der überzogenen Reaktion seines Onkels überrascht. Vielmehr wirkte er resigniert und sah an ihm vorbei. Konrad drehte sich um, in der Vermutung, beobachtet zu werden. Doch da war niemand, weder im Garten oder auf der Terrasse noch auf dem Balkon darüber. Nicht heute.

War es das, was Tim ihm mitteilen wollte? Dass damals jemand aus der Familie die beiden Jungs gesehen und nicht eingegriffen hatte? Das war absurd. Es war heiß gewesen an jenem Tag, drückend und schwül, und die Erwachsenen hatten alle den frühen Nachmittag im Haus verbracht. Oliver und Tim waren die Einzigen, die mit dem Boot auf den Wannsee hinausgerudert waren, immer in Sichtweite des Hauses, wie von den Eltern zur Sicherheit verordnet. Was dann geschah, basierte auf Tims polizeilichen Aussagen. Vom Schock gezeichnet und mit Medikamenten betäubt, um das Zittern und die Tränen einzudämmen, war er nur bruchstückhaft und schuldbeladen dazu in der Lage gewesen. Und auch später, nach Olivers Beerdigung, hatte er seinen ersten Schilderungen nie etwas hinzugefügt, da er sich selbst kaum erklären konnte, was geschehen war.

Glatt wie ein Spiegel hatte der See in der Sonne gelegen, es wehte kein einziges Lüftchen und Oliver war ein guter Schwimmer. Er gab Tim sein T-Shirt und seine Kappe und sprang, nachdem er seinen Bruder aufgefordert hatte, die Zeit zu messen, die er unter Wasser bleiben konnte, in Shorts bekleidet kopfüber aus dem Ruderboot. Das war schon alles. Oliver tauchte nicht wieder auf. Tim zählte gewissenhaft die Sekunden, zunächst beeindruckt, dann mit wachsender Sorge und mit Blick über das trübe Wasser und mit der schwindenden Hoffnung, Oliver würde sich einen schlechten Scherz erlauben. Schließlich schrie Tim um Hilfe und ruderte in Panik zurück zum Ufer. Philip rannte ihm bereits entgegen und watete, ohne innezuhalten, in den See, vorbei an dem Boot, immer weiter voran ins tiefere Wasser und tauchte bekleidet nach seinem Sohn. Tim blieb im Boot sitzen, unfähig auszusteigen und unfähig, sich später daran zu erinnern, was in den nächsten Stunden geschah. Sein Bruder konnte nur noch tot geborgen werden. Eine eindeutige Ursache wurde nie gefunden. Oliver hatte eine Prellung an der linken, oberen Schläfe, die er sich durch den Sprung ins zu flache Wasser gegen einen Stein auf dem schlammigen Grund zugezogen und dadurch das Bewusstsein verloren haben könnte. Aber auch ein Wadenkrampf wurde nicht ausgeschlossen, ebenso wie ein plötzlicher Herzstillstand aufgrund von bis dahin nicht diagnostizierten Rhythmusstörungen. Was immer es gewesen sein mochte, eine Schuld an seinem Tod trug niemand. Und selbst wenn jemand den Vorfall bereits vor Tims Hilfeschreien beobachtet hatte, wäre es unwahrscheinlich, dass Olivers Leben durch ein paar gewonnene Minuten hätte gerettet werden können.

„Du glaubst nicht im Ernst, dass einer von uns tatenlos zugesehen hat, oder?“ Konrad sprach leise und ein wenig bevormundend, wie zu einem naiven Kind, dessen blühende Fantasie mit ihm durchgegangen war. „Das bildest du dir ein, weil es wehtut. Es hat aber keinen Sinn, nach einem Schuldigen zu suchen, wo es keinen Schuldigen gibt.“

Tim verzog schweigend die Mundwinkel, den Kopf gesenkt, als hätte er mit keiner anderen Antwort gerechnet. Konrad schloss verzweifelt die Augen. In den letzten zwei Jahren hatte Tim eine Mauer errichtet, ließ niemanden an sich heran und hätte jegliche Hilfe, selbst wenn die Familie in der Lage gewesen wäre, sie ihm zu bieten, verweigert. Vielleicht hatte sich Konrad zu wenig um seinen Neffen gekümmert. Er hätte bemerken müssen, wie sehr Tim unter dem Schweigen der Familie litt, die den Unfall verdrängte und ihre Erinnerungen an Oliver mit ihm begraben hatte. Sein Name wurde mit dem Tag des Begräbnisses aus den Gesprächen gelöscht und Fotos, auf denen er abgebildet war, verschwanden. Tims Anwesenheit, als sein Zwillingsbruder und somit Ebenbild, war wohl schwer genug zu ertragen gewesen und musste Tim schließlich das Gefühl vermittelt haben, der falsche Überlebende zu sein.

„Warum gehen wir nicht rein?“, schlug Konrad vor, völlig ratlos darüber, wie er Tim, zumindest kurzfristig, aufmuntern konnte. „Es wird sowieso gleich Mittagessen geben. Und deine Oma wird dich sicherlich schon vermissen.“

„Ich hab keinen Hunger. Und Oma vermisst uns ganz bestimmt nicht.“

Erneut durchzog Verbitterung seine Worte, stärker als zuvor. Dass Tim ihn mit einbezog, war Konrad nicht entgangen. Den Arm, den er um seinen Neffen hatte legen wollen, um ihn sanft in Richtung des Hauses zu leiten, zog er deshalb zurück. Tim, der die stockende Geste bemerkte, sah ihn an.

„Wie erträgst du das bloß?“, fragte Tim, weder herausfordernd noch enttäuscht. Es lag ein ehrliches Interesse in seiner Stimme, das Konrad mehr erschütterte, als jede Wut oder jedes Selbstmitleid es vermocht hätten. Er selbst hatte sich längst damit abgefunden, von seiner Mutter aufgrund seines Lebenswandels verurteilt zu werden und einen Teil seiner Persönlichkeit beim Betreten dieses Hauses abzulegen. Für Tim aber, der in seinem Spiegelbild nur die äußere Erscheinung seines Bruders sah und die damit einhergehende Anklage, eben nicht Oliver zu sein, musste dies eine relativ neue Erfahrung darstellen, die ihn mit seinen sechzehn Jahren überforderte.

„Ich werde Oma nicht mehr ändern können", sagte Konrad. „Und was dich angeht, so ist es nichts weiter als ihre Trauer, die sie manchmal etwas merkwürdig reagieren lässt. Das hat nichts mit dir zu tun. Du darfst das nicht persönlich nehmen."

Tim entkam ein höhnisches Grunzen, während er seine Hände erneut in den Taschen seiner Jeans vergrub, die Schultern verkrampft nach vorn gebeugt, als versuchte er, sich weit in sein Innerstes zurückzuziehen. Eine Reaktion, die Konrad nicht anders verdient hatte. Wie sollte Tim es nicht persönlich nehmen, wenn sein bisheriges Leben seit dem Unfall auseinanderfiel, wenn seine Eltern sich scheiden ließen und sein Vater gedankenlos seine neue Geliebte präsentierte?

„Glaubst du, das hört irgendwann auf?", fragte Tim, nachdem er mit langsamen, leicht schlurfenden Schritten den Steg bereits verlassen und Konrad ihn eingeholt hatte. „Ich meine, dass ich nicht mehr an ihn denken muss. Oder nicht mehr so oft?"

„Es wird nie ganz aufhören", antwortete er seinem Neffen und vollendete die vorherige Umarmung, die Tim diesmal ohne merkliche Reaktion gestattete. „Aber es wird leichter werden. Das verspreche ich dir."

„Wann denn?"

„Nun, das kommt darauf an. Je nachdem, wie schnell du bereit bist, die Tatsache seines Todes zu akzeptieren, ohne dabei dein eigenes Leben aus den Augen zu verlieren. Oliver hätte bestimmt nicht gewollt, dass du dich seinetwegen so lange grämst. Versuche einfach, nach vorn zu schauen und die Dämonen, die dich daran hindern wollen, zu vertreiben."

„Dämonen?"

Tim verlangsamte seinen Schritt, so dass Konrad ihn aus der Umarmung verlor. Seine zu einem durchgehenden Strich verwachsene Braue zog sich tief über die Augen, sein Blick dabei seltsam fokussiert, als hätte er erneut auf der leeren Terrasse oder dem Balkon etwas wahrgenommen, das nur er erkennen konnte. Gleichzeitig umspielte ein Lächeln seine Lippen, das zu dem nachdenklichen Ausdruck seiner Augen nicht ganz passen wollte.

„Keine wirklichen Dämonen", erläuterte Konrad, da er befürchtete, falsch verstanden worden zu sein. „Ich meine das eher als Metapher für deine Gedanken. Dass deine Trauer ..."

Tim unterbrach ihn. „Keine Angst, Onkel. Ich weiß schon, was du sagen willst."

Diesen Eindruck hatte Konrad nicht, auch wenn er sich die plötzliche Veränderung in Tim nicht erklären konnte. Das Niedergeschlagene, Verzweifelte schien vollständig aus seinem Neffen gewichen, abgelöst von einer Euphorie, die im Kontext ihres Gesprächs beinahe unangebracht und verstörend wirkte. Und als wäre dieser Wandel bis ins Haus hinein spürbar geworden, glitt die Terrassentür einige Meter vor ihnen geräuschlos zur Seite. Christin beugte sich reglos in der offenen Tür über ihren Stock und starrte wortlos zu ihnen herüber. Hinter ihr, im Schatten des Zimmers, standen Philip und Julia dicht beieinander, während Walter, mit einem Glas in der Hand, abseits gegen die Anrichte lehnte.

„Na los, bringen wir's hinter uns", sagte Tim gutgelaunt und eilte über den Rasen ins Haus.

Kapitel 4

Anders als von Philip erhofft, verlief das gemeinsame Essen erzwungen und steif. Er saß neben seiner Mutter, die links von ihm ihren angestammten Platz am Ende des Tisches eingenommen hatte, mit Julia zu seiner Rechten. Konrad, ihm gegenüber, in Jackett und korrekt gebundener Krawatte, aß nur spärlich und blickte, seine hohe Stirn in Falten gelegt, zwischen jedem Bissen an Anna vorbei zu Tim. Was immer die beiden am Ufer besprochen hatten, es schien Tim ein wenig aufgeheitert zu haben. Natürlich verlor er auch bei Tisch kaum ein Wort, doch zumindest hatte er den Schmollmund aufgegeben, seine immer beleidigt verzogenen Lippen und den angespannten Unterkiefer, als kostete ihn jede Minute seines Lebens enorme Überwindung. Ihre Begrüßung, nachdem Tim sich endlich bequemt hatte, vom Garten ins Haus zu kommen, war so förmlich erfolgt wie jedes Mal und Julias herzliche Worte hatte er lediglich mit einem kaum verständlichen Murmeln erwidert.

Wie sollte Philip mit seinem Sohn einen nachsichtigen Umgang pflegen, wenn dieser sich weigerte, ihm entgegenzukommen? Alles erdenklich Mögliche hatte er getan, damit Tim den Vorfall endlich vergaß. Er hatte ihm Geld für eine Reise nach New York geschenkt, für einen neuen Computer und eine neue Trompete. Jede Art der Ablenkung war Philip recht und billig gewesen, wenn sie bloß dazu diente, seinen Sohn aus seiner Lethargie zu befreien, was nie geschah. Tim blieb die stumme Mahnung an einen Unfall, für den sich Philip unsinnigerweise verantwortlich fühlte, sobald seine Bemühungen, Tim zu zerstreuen, misslangen.

Oft und lange genug hatte er sich fragen müssen, ob das Schicksal nicht anders verlaufen wäre, wenn er das Boot vom Haus aus im Auge behalten, wenn er schneller das Ufer erreicht und Oliver in seinem Todeskampf auf dem Grund des Sees rechtzeitig gefunden hätte. Gedanken, die nutzlos blieben und nichts anderes bewirkten, als gemeinsam mit Tim und Anna in einem Strudel der Schuldgefühle abwärts gezogen zu werden, tiefer und tiefer in einer Blase der Trauer und des Selbstmitleids. Dazu war Philip irgendwann nicht mehr bereit gewesen. Für ihn bestand der Ausweg in einer klaren Trennung zwischen dem Davor und dem Danach, in der Abnabelung von dem Vergangenen, ohne den schmerzhaften, sinnlos gewordenen Blick zurück.

Mit diesen Gedanken wandte er sich von seinem Sohn ab und griff, während Annas Freundin die Teller des Hauptgangs entfernte, nach Julias Hand, deren Finger ihre Serviette angespannt umklammerten. Sie ließ es geschehen, das Gesicht demonstrativ von ihm abgekehrt, und lauschte Walters Erzählungen, der als Einziger die ansonsten stockende Unterhaltung am Laufen hielt. Dass Philip sie so lange mit Christin und seinem Onkel allein gelassen hatte, nahm sie ihm übel. Wie dieses Aufeinandertreffen auch gelaufen sein mochte, den erwünschten Erfolg hatte es nicht erzielt. Weder Julia noch seine Mutter zeigten Zeichen einer Annäherung. Kein Lächeln, keine freundlichen Worte, nur Julias verkrampfte Haltung und Christins erhobenes Kinn und ihr herablassender Ausdruck in den schmalen, verkniffenen Augen, wenn sie ihn ansah, als hätte er seine Mutter um etwas betrogen. Dabei war er es, der sich betrogen fühlte und nicht begreifen konnte, was in seiner Vorstellung so reibungslos und versöhnlich hätte ablaufen sollen. Denn gerade Christin, hatte Philip geglaubt, würde seine neue Ehe willkommen heißen, selbst wenn dies eine vorherige Scheidung miteinschloss. Der Makel einer Trennung, davon war er überzeugt gewesen, würde in ihren Augen weit weniger schwer ins Gewicht fallen, als weiterhin einen überlebenden Enkel und seine Mutter zu ertragen, die durch ihre Anwesenheit den Verlust und die Leere, die der Unfall gerissen hatte, in ständiger Erinnerung hielten. Eine Leere, die nie verschwinden würde, solange die beiden Personen, die dieses Vakuum erst ermöglichten, sie umgaben. Mit einer neuen Frau an Philips Seite bestünde für Christin endlich die Möglichkeit, Anna und Tim zu verdrängen und die schmerzende Lücke zu schließen. Weshalb also schien sie trotz allem nicht gewillt, diese Chance zu ergreifen und Julia zu akzeptieren? Eine Frage, deren Antwort Philip verborgen blieb und die ihn zutiefst beunruhigte, da ohne Christins Zustimmung sein bisheriges, zumindest finanziell sorgenfreies Leben vermutlich nicht mehr aufrechtzuerhalten war.

Er griff nach seinem Glas und nahm einen tiefen Schluck von dem Wein. Sollte Christin bei ihrer sturen Haltung bleiben und eine Scheidung ablehnen, wäre sie niemals bereit, seine Geliebte mit ihrem Geld zu unterstützen. Sie würde den Geldhahn zudrehen. Und was dies für seine Beziehung mit Julia bedeuten könnte, war ihm mehr als bewusst.

Erneut trank Philip von dem Wein, sein Blick zur Seite auf Julia gerichtet, die sich seiner Berührung längst entzogen hatte und gelangweilt ihre lackierten Fingernägel betrachtete. Wunderschön sah sie aus, selbst mit ihrem unverkennbar gelangweilten Gesichtsausdruck und mit ihren kalten, auf die Nägel ihrer gespreizten Finger gerichteten, blauen Augen und den naturblonden Haaren, die ihr leicht ins Gesicht fielen. Wie konnte jemand nicht von ihr ergriffen sein?

Und dennoch verfehlte Julia die Wirkung, die er sich durch ihre Anwesenheit erhofft hatte. Niemand außer ihm wollte erkennen, dass diese neue Verbindung der einzig vernünftige Ausweg war, die Vergangenheit für immer zu begraben. Auch und vor allem nicht Anna, obwohl sie es gewesen war, die seine Ehe so unerträglich gemacht hatte. Von einem Tag auf den anderen erlosch selbst der äußere Schein einer seit langem erkalteten Beziehung, die um ihrer beiden Söhne willen aufrechterhalten worden war und der man, nach Olivers Tod, noch den letzten Funken geraubt hatte. Anna erstarrte in einem Zustand der Unnahbarkeit und der inneren Isolation. Sie verweigerte jede Berührung, jeden Zuspruch und verschloss ihre Trauer an einem Ort, an den ihr niemand folgen durfte und konnte. Über das Vorgefallene verlor sie nie ein einziges Wort, sondern blickte sehnsuchtsvoll und stundenlang in eine nur ihr zugängliche Ferne, die alles andere um sie herum verblassen ließ. Es war, als versuchte sie angestrengt, Oliver in eine Parallelwelt zu folgen, deren Tor ihr verschlossen bleiben musste. Das reale, alltägliche Leben dagegen betrachtete sie aus einer verkehrten Perspektive, wie durch beschlagenes Glas hindurch, unfähig oder unwillig, auf die Seite der Überlebenden zurückzukehren. Für Anna wandelten er, ja selbst Tim sich zu Schatten am Rande ihrer Wahrnehmung, ohne zu erkennen, dass sie es war, die sich entzog, sich heimlich davonschlich und entbehrlich machte.

Dass Anna ihm im Gegenzug vorwarf, die Familie zu zerstören, nachdem er notgedrungen seine Konsequenzen gezogen hatte, empfand er wie einen unfairen Schlag ins Gesicht. Möglicherweise hatte sie gehofft, er würde ihr in ihre Trauer und Entrücktheit folgen, und empfand seine Weigerung und seine Abkehr von ihr und ihrem Eheversprechen als Verrat. Wie aber hätte er weitermachen, wie fortan in einem Haus leben sollen, das von Geistern vereinnahmt worden war, die er, einmal beschworen, nie wieder loswerden würde? Diese Vorstellung wäre unerträglich gewesen. Selbst Anna hätte das verstehen und seine Entscheidung für eine eigene Wohnung zumindest akzeptieren können. Stattdessen verweigerte sie ihm hartnäckig die Scheidung, als befürchtete sie, mit ihrer Unterschrift jenen letzten, dünnen Faden zu durchtrennen, der sie noch in ihrer Scheinwelt hielt und ohne den sie gänzlich den Verstand verlor.

Dass er Julia zur Geburtstagsfeier mitgebracht hatte, war also nur zu Annas Bestem. Sie musste endlich erkennen, so wie er längst erkannt hatte, dass allein das Neue ein sinnvolles Weiterleben ermöglichte und nicht das Vergangene. Was verlangte sie denn von ihm, dass sie seine Gegenwart weder ertrug noch bereit war, ihn freizugeben?

Argwöhnisch sah Philip zu Anna, die flüsternd auf Tim einredete, als versuchte sie, ihm ihre Sicht der Dinge aufzutischen und ihn über die wenigen Tage im Monat auszuhorchen, die er mit seinem Vater und Julia verbrachte. Viel darüber erfahren würde sie nicht. Die meiste Zeit hockte Tim im Gästezimmer, vor dem Computer oder an seinem Smartphone, und war launisch und wortkarg, sobald er das Zimmer verließ. Ob er Julia mochte oder sie verachtete, war aus seinem Verhalten nicht abzuleiten. Ihr gegenüber benahm er sich wie bei jedem anderen auch. Desinteressiert, gelangweilt und mürrisch. Er schien keine Freunde zu haben, von einer Freundin ganz zu schweigen, und er ging nicht auf Partys oder Veranstaltungen oder unternahm Dinge, die Jugendliche ansonsten bei Laune hielten. Nichts dergleichen interessierte ihn. Er lebte, wie Anna, in seiner eigenen Welt, zu der Philip keinen Zutritt hatte und von der er nur hoffen konnte, dass sie irgendwann ihren Reiz verlieren und verblassen würde.

„Philip! Hörst du mir überhaupt zu?"

Die Stimme seiner Mutter riss ihn aus den trüben Gedanken. Er zwang sich, sie anzusehen, und lächelte.

„Entschuldige bitte", antwortete er.

Christin, die ihn eingehend musterte, als hätte sie seine stillen Überlegungen mitverfolgen können, schüttelte leicht den Kopf. Sie wartete, bis Frau Krumm ihren Teller abgeräumt hatte. Von dem Schmorbraten war die Hälfte übriggeblieben und selbst von den Kartoffeln und den Karotten hatte sie kaum etwas gegessen.

„Ich sagte, es ist Zeit, mich ein wenig auszuruhen. Am besten, du gehst mit deiner … mit Frau Schubert spazieren oder zeigst ihr den Garten. Sie scheint sehr an dem Grundstück interessiert. Oder zumindest an dessen Wert."

Dass sie derart abfällig und noch dazu in der dritten Person von seiner zukünftigen Ehefrau sprach, obwohl Julia direkt neben ihm saß und jedes Wort deutlich verstehen konnte, ließ ihn peinlich berührt erröten. Glücklicherweise hatte Julia sich abgewandt und folgte höflich dem eintönigen Redeschwall seines Onkels, der, wie nicht anders zu erwarten, bereits betrunken war. Walters Augen wirkten glasig und seine Stimme schleppend und schwer. Weit über den Tisch gelehnt, gestikulierte er wild mit beiden Händen und richtete seine Worte an den einzigen Gast, dem seine immer gleichen Anekdoten noch unbekannt waren.

„Du könntest ein wenig netter zu ihr sein", sagte Philip zu Christin, seine Stimme gesenkt. „Du weißt, wie viel sie mir bedeutet."

Seine Mutter schnaubte hörbar durch die Nase. Ein verächtliches Geräusch, als wollte sie die Gegensätzlichkeit ihres Sohnes und seiner Geliebten damit verdeutlichen.

„Du glaubst doch nicht wirklich", sagte sie dann, ebenso flüsternd, „dass deine Gefühle ernsthaft erwidert werden. Euren Altersunterschied hin oder her, ich brauche sie mir bloß anzusehen, um zu wissen, worauf sie aus ist."

„Du bist einverstanden gewesen, Mutter. Du hast gesagt, es wäre das Beste für mich."

„Dass du sie mitbringen kannst, habe ich gesagt. Wenn ich gewusst hätte …"

„Das ist nicht fair", unterbrach Philip und vergaß in der Empörung sein Flüstern. Der Satz übertönte selbst Walters Monolog und ließ ihn augenblicklich verstummen.

„Wir reden später darüber, Philip. Ich bin müde."

Christin legte ihre Serviette vom Schoß auf den Tisch und rückte scharrend mit dem Stuhl zurück. Julia lächelte und tat weiterhin, als hätte sie nichts gehört. Ihre Hand legte sie unter der Tischplatte tätschelnd auf sein Knie. Eine Geste, die Philip für den Moment besänftigte, auch wenn die Berührung bedeutete, dass sie trotz allem jedes Wort verstanden hatte. Und selbst Konrad ihm gegenüber dürfte nichts von der kleinen Auseinandersetzung entgangen sein, was das Rümpfen seiner Nase und der vorwurfsvolle Blick bestätigten. Warum ausgerechnet er sich in solchen Situationen auf Mutters Seite schlug, hatte Philip nie nachvollziehen können. Vor allem er sollte wissen, was es hieß, von Christin für einen in ihren Augen unangemessenen Lebenswandel verurteilt zu werden.

„Bevor du gehst", sagte Anna, die als Erste das Schweigen durchbrach, „hat Tim, glaube ich, noch eine Bitte an dich."

Sofort richtete sich alle Aufmerksamkeit auf Tim, der erschrocken aufsah und errötete. Für eine peinliche Stille herhalten zu müssen, missfiel ihm zutiefst. Er rutschte auf seinem Stuhl hin und her und sackte deutlich in sich zusammen.

„Na los, Tim, frag sie schon."

Philip hatte keine Ahnung, worauf Anna hinauswollte. Dass Tim nicht sofort verneinte, sondern begann, um Worte zu ringen, und sich verlegen auf die Unterlippe biss, zeigte ihm jedoch, wie sehr seinem Sohn diese Bitte am Herzen liegen musste.

„Ich dachte", sagte er, ohne missgelaunt und mürrisch zu klingen, sondern ungewohnt kindlich erregt, „ich könnte vielleicht ein bisschen üben."

Christin, ihre Hände auf die Armlehnen gestützt, um sich mit ihrer Hilfe zu erheben, hielt inne.

Philip wusste, wie sehr seine Mutter unvorhergesehene Änderungen im gewohnten und immer gleichen Ablauf verabscheute. Für ein, zwei Stunden würde sie sich in ihr Zimmer zurückziehen und im Sessel sitzend ein Nickerchen halten, bei dem sie unter keinen Umständen gestört werden durfte. Währenddessen würden er und die anderen spazieren gehen, im Garten herumsitzen und in Zeitschriften blättern oder sich ebenfalls in einem der Zimmer verkriechen und darauf warten, dass Christin erwachte und es Zeit fürs Kaffeetrinken wurde. Daran hatte sich über Jahre hinweg nichts geändert. Lediglich das Paddeln und das Schwimmen im See hatten ein jähes, im stillschweigenden Einverständnis erzieltes Ende genommen, was Tim der einzigen beiden Aktivitäten beraubte, an denen er bei diesen Familientreffen seinen Spaß gehabt hatte.

„Es muss ja nicht lange sein", bekräftigte Anna, da Christin nicht sofort geantwortet hatte, sondern sich erst langsam auf die Sitzfläche zurückgleiten ließ. „Nur für eine halbe Stunde. Du wirst sehen, was für erstaunliche Fortschritte er gemacht hat. Über die schrecklichen Tonleitern ist er längst hinaus. Er kann dir spielen, was du willst. Telemann, Bizet, Mozart … Du magst doch Mozart."

„Verdi", erwiderte Christin schroff. „Ich mag Verdi. Mozart kann ich nicht ausstehen."

„Natürlich, wie konnte ich das vergessen. Dann wird Tim dir natürlich was von Verdi spielen. Den Triumphmarsch aus Aida, zum Beispiel. Ganz zum Schluss, als Geburtstagsständchen sozusagen. Was hältst du davon?"

„Ich weiß nicht recht", sagte Christin, nicht wirklich überzeugt. „Vielleicht doch lieber was Heiteres."

„Aber den Triumphmarsch spielt er besonders gut. Nicht wahr?", fragte Anna an Tim gerichtet. „Den kannst du perfekt."

„Ja, kann ich“, antwortete er mit einem plötzlichen Leuchten in den Augen, das Philip seit Olivers Tod in ihnen vermisst hatte.

Warum sein Sohn sich für eine Trompete entschieden hatte, war Philip lange Zeit ein Rätsel geblieben. Jedes andere Instrument hätte er ohne Weiteres nachvollziehen können, wäre es nun eine Gitarre, ein Saxophon, ein Klavier oder eine Geige gewesen. Dass Tim ausgerechnet dieses laute und in seinen Ohren scheppernde und aufdringliche Blechinstrument wählen musste, war ihm deshalb wie eine kleine Rebellion erschienen. Wie der verzweifelte Versuch, sich irgendwie Gehör zu verschaffen. Erst später dann hatte Philip erkannt, wie sehr Tim im Spiel mit der Trompete und den unter Anstrengung erzeugten Tönen verschmolz und wie tief ihn die Musik berührte, die ihn für die Dauer eines Konzertsatzes oder auch nur eines einzigen Liedes alles zuvor Erlittene vergessen ließ. Die lauten, markanten und teils militärisch anmutenden Töne galten weniger Tims Empörung anderen gegenüber, sondern schienen vielmehr dafür bestimmt, die eigene, innere Aufruhr zu überstimmen. Eine Strategie, die Philip nachvollziehen konnte und für die er den für sein Empfinden ohrenbetäubenden Krach gern ertrug.

„Also, meinetwegen“, gab Christin schließlich nach. „Aber nicht sofort. Ich brauche erst etwas Ruhe. Sagen wir in einer Stunde.“

„Okay. Kein Problem.“ Tim sah auf die Armbanduhr.

„Und wie gesagt, er wird nicht länger als dreißig Minuten spielen“, warf Philip ein, da er das Gefühl verspürte, sich beteiligen zu müssen. Es ärgerte ihn, dass Anna das Thema aufgebracht hatte und nicht er, der als sein Vater die Wünsche seines Sohnes ebenfalls hätte erraten müssen. „Das genügt dir doch, oder?“

„Genau dreißig Minuten“, wiederholte Tim, mit einem sarkastischen Unterton, der Philip nicht entging. „Keine Sekunde länger. Und zum Abschluss den Triumphmarsch.“

„Fein. Hätten wir das endlich geklärt.“ Christin erhob sich schwerfällig aus ihrem Stuhl, während Konrad aufsprang, um ihr den Stock zu reichen, der neben der Schwenktür an der Kommode lehnte.

„Soll ich dich begleiten?", fragte er.

Christin winkte ab. „Das schaffe ich schon allein", sagte sie und nahm den Stock entgegen. „Aber ich möchte, dass Anna mit mir kommt. Anna?"

„Natürlich, Christin", sagte sie und warf Philip, als sie an ihm vorbei an die Seite ihrer Schweigermutter eilte, einen kurzen und wie ihm schien herausfordernden Blick zu.

Dass ausgerechnet Anna sich ihr anschließen sollte, war für Philip ein ungutes Zeichen. Schließlich gab es, seit Christin unter Vorbehalt der Scheidung zugestimmt hatte, keinerlei Anlass mehr, Anna in irgendeiner Weise zu hofieren. Und dass seine Mutter ihr lediglich die Vorteile einer Trennung darlegen wollte, davon durfte er, in Folge ihres ablehnenden Verhaltens Julia gegenüber, nicht mehr ausgehen. Eher musste er befürchten, dass hinter seinem Rücken alte Allianzen wiederhergestellt werden sollten, die seine Bemühungen, Julia in die Familie zu integrieren, vollständig zunichtemachen könnten.

In der Zwischenzeit hatten sich alle von ihren Stühlen erhoben. Walter war schwankend auf Julia zugegangen und sprach unablässig auf sie ein. Julia blickte unbeholfen zu Boden, lächelte angestrengt und zupfte unablässig an den teuren Ohrringen. Die senkrechte Falte zwischen den gezupften Augenbrauen verriet ihre Anspannung, auf die Philip jetzt nicht eingehen wollte. Beide Hände über die Rücklehne seines Stuhls geklammert, verfolgte er aufmerksam das kleine Theater, das Anna da gerade vollzog, indem sie, wie seit ihrer Verlobungszeit nicht mehr, verzweifelt versuchte, Christins Zuneigung zurückzugewinnen.

„Soll ich dir noch etwas bringen?", fragte sie. „Ein Buch oder ein Glas Wasser?"

„Danke, nein", antwortete Christin. „Es sei denn, du hast meine Stola irgendwo gesehen. Philip hat sie nicht finden können."

Die Betonung seines Namens versetzte ihm einen erneuten Stich, so als wäre seine Unfähigkeit, diese Stola vor dem Essen aufgespürt zu haben, eine Metapher für sein Versagen allgemein. Dafür, dass er Olivers Unfall nicht verhindert, seine Ehe nicht gerettet und Julias Anwesenheit nicht unterbunden hatte.

Kurz gesagt, für all die Unannehmlichkeiten und Spannungen, deren Ursache er in ihren Augen gewesen war.

„Ich habe überall nachgesehen“, verteidigte er sich. „Wer weiß, wo du sie hingelegt und vergessen hast.“

Niemand achtete auf seinen Einwand.

„Meinst du eine der beiden Stolen, die ich uns letztes Jahr gehäkelt habe?“, fragte Anna.

„Ja, genau die. Ich muss sie vorhin mit nach oben genommen haben. Du weißt, wie schnell mir bei diesem Wetter kalt wird.“

„Ich werde noch mal gründlich nachschauen. Sicher hat Philip nicht richtig gesucht. Ansonsten hole ich dir meine aus dem Auto.“

Christin nickte anerkennend und ging langsam, noch steif vom langen Sitzen, zur Tür. Anna legte ihren Arm um Christins Schulter und begleitete sie hinaus.

Misstrauisch blickte Philip ihnen nach. Am liebsten wäre er beiden gefolgt, damit er gegebenenfalls eingreifen konnte, sollte Anna seine Mutter in irgendeiner Weise beeinflussen wollen. Doch Julia hatte längst ihren Arm unter den seinen gehakt und ihm damit schweigend zu verstehen gegeben, dass sie es ihm niemals verzeihen würde, sollte er sie ein zweites Mal einfach stehenlassen.

Er musste sich gedulden.

Kapitel 5

Walter saß auf der Kante seines Bettes und starrte an die Wand gegenüber. Er war nicht müde, nur ein wenig erschöpft und keineswegs betrunken genug, um sich hinzulegen. Vermutlich sollte er raus an die frische Luft und sich im Garten die Beine vertreten, aber dazu fehlte ihm, wie gewöhnlich, die Lust.

Gleich nach dem Mittagessen hatte er zwei Löcher in die harte Erde gegraben, dort, wo Anna die beiden Rosenstöcke für ihn bereitgestellt hatte. Auf diesem schmalen Beet zwischen Haus und Garage würden die Rosen niemals genügend Sonne abbekommen, worauf er sie und Christin deutlich hingewiesen hatte. Genützt hatte es nichts. Selbst bei solchen Kleinigkeiten blieb seine Schwester stur wie ein Bock. Also war er auf die Knie gefallen und hatte, wie befohlen, gegraben. Einpflanzen konnte sie die armen Dinger später selbst, da schon das Buddeln ihn völlig erschöpft hatte.

In den letzten Monaten war seine Antriebskraft mehr und mehr geschwunden. Jeder Vorsatz, seine Tage mit etwas Sinnvollem zu bestreiten – mit einem Ausflug, einem Museums- oder Theaterbesuch oder auch nur mit einem Spaziergang durch die Nachbarschaft –, scheiterte an der Überwindung seiner Trägheit und dem unbestimmten Gefühl, außerhalb der Villa die Kontrolle über etwas zu verlieren, das er nicht einmal wirklich benennen konnte. Den Sinn für Orientierung vielleicht, das Abdriften in eine ihm fremd gewordene Umgebung, aus der er nie wieder zurückfinden würde, sollte er die selbst gesetzten Grenzen erst einmal überschritten haben. Ein irrationales Gefühl, das ihn bereits beschlich, sobald er aus dem Fenster über den Vorgarten hinweg auf die Straße sah. Mit dem Verlassen des Grundstücks, befürchtete er, wäre ihm der Rückweg für immer versperrt oder hätten das Haus und der Garten sich aufgelöst. Dann stünde er, wie in seinen schlimmsten Träumen, genau an der Stelle auf dem Bürgersteig, an der die beiden Nachbargrundstücke sich trafen, so als hätte ein Knick in Raum und Zeit sein eigenes Haus verschluckt.

Walter erhob sich, strich die Tagesdecke, auf der sein Hintern einen Abdruck hinterlassen hatte, sorgfältig glatt und blickte durch den Spalt der geschlossenen Vorhänge. In der Auffahrt vor der Garage stand Philips BMW hinter Annas rotem Volvo. Er beugte sich vorsichtig nach vorn, konnte aber weder im Vorgarten noch auf der Straße jemand erkennen.

Sein Schlafzimmer, wie auch sein zweites Zimmer nebenan, lagen über dem Haupteingang im ersten Stock. Am anderen Ende des Flurs befand sich die sogenannte Bibliothek, von deren Balkon aus er seine Schwester oftmals beobachtete, wie sie im Garten auf einem der Liegestühle saß oder kritisch die Blumenbeete begutachtete, die er ausschließlich zu ihrem Vergnügen bestellte und pflegte. Manchmal lauschte er auch am oberen Treppenabsatz, wie sie mit dem Stock in die Küche oder ins untere Badezimmer humpelte und wieder zurück. Dann wartete er, bis sich die Tür ihres Zimmers geschlossen oder sie das Haus für Besorgungen verlassen hatte, ehe er selbst hinunterging. Lediglich das Abendessen verbrachten sie noch gemeinsam, saßen zu zweit an dem riesigen Tisch, das Klappern ihres Bestecks auf den Tellern die einzige Untermalung, und sprachen, wenn überhaupt, von Nichtigkeiten.

Schon als Kinder hatten sie sich kaum etwas zu sagen gehabt. Er der Junge und sie die heranwachsende Frau, ehrgeizig und willensstark wie der Vater, an die der kleine Bruder niemals heranreichen würde. Walter war der Störfaktor in einer Familie, die sich bereits vor seiner Geburt in ihrer verschworenen Dreiergemeinschaft eingerichtet hatte. Er blieb der ungewollte Nachzügler, mit dem seine Schwester und auch seine Eltern wohl nicht mehr gerechnet hatten und der dieses Haus mit siebzehn Jahren verließ, um niemandem weiter zur Last zu fallen. Dreißig Jahre lang hatte er den Kontakt unterbrochen, hatte sich als Lagerarbeiter in einem Neuköllner Industriebetrieb durchgeschlagen und war erst nach dem Tod seiner Eltern hierher zurückgekehrt. Christins eigene Kinder waren da längst aus dem Haus. Philip, der Schmarotzer, war verheiratet mit Zwillingen und Konrad schwul. Zu dieser Zeit verbrachte Christins Mann seine letzten Jahre in einem Pflegeheim, weil

Christin sich nicht mehr in der Lage gefühlt hatte, seine Demenz zu ertragen. Nur aus diesem Grund, weil das Haus für sie allein viel zu groß geworden war, hatte sie Walter wieder aufgenommen. In die Villa, in der er geduldet wurde und die nach ihrem Tod an ihn übergehen sollte. Vorher würde er – abgesehen von dem Pflichtteil, mit dem er seine alten Schulden beglichen hatte – von dem Erbe seiner Eltern keinen Cent bekommen.

Noch immer war draußen vor dem Fenster niemand in Sicht. Dabei hätte Walter gern beobachtet, wie Julia mit dieser unnachahmlich erotischen Handbewegung ihr Haar zurückstrich, wie das Kleid im Wind zwischen ihre Beine wehte, und um zu erfahren, wie ihre straffen Brüste von oben aussahen.

Zu schade, dass Christin sie niemals als Philips neue Frau akzeptieren würde. Das hatte er schon gewusst, noch bevor Julia vor der Tür gestanden und Christin sie zum ersten Mal gesehen hatte. Dabei ging es seiner Schwester nicht um die soziale Herkunft, das Aussehen oder gar Sympathie. Es ging um Prinzipien – ihre Prinzipien. Was Christin nicht in den Kram passte, duldete sie nicht, sei es nun Konrads Sexualität oder Philips angedrohte Scheidung. Also würde Philip, dieses Muttersöhnchen, seine Julia notgedrungen aufgeben müssen, da er von Christin viel zu abhängig war, als dass er sich über ihre Entscheidung einfach hinwegsetzen konnte.

Walter wandte sich ab und sah zur Tür. Tim hatte angefangen, in der Bibliothek Trompete zu spielen. Irgendetwas Klassisches war es, wehmütig und wunderschön. Seit vergangenem Jahr hatte Tim enorme Fortschritte gemacht. Bei der letzten Feier, als er vor versammelter Familie etwas zum Besten geben sollte, hatten die Töne gebrochen, unsicher und falsch geklungen. Davon war nichts mehr zu hören. Vielleicht gelang es ihm endlich, mit dieser Trompete seine Trauer um den toten Bruder zu überspielen und langsam über den Unfall hinwegzukommen. Niemand sonst schließlich half ihm dabei.

Genaugenommen war es eine Schande, wie in dieser Familie mit Tim umgegangen wurde. Schon als sein Bruder noch lebte, hatte vor allem Christin ihren Enkel deutlich spüren lassen, nur ein Sohn zweiter Klasse zu sein, da er mit Olivers offener und lebenslustiger Art nicht mithalten konnte. Charaktere waren nun mal, selbst bei Zwillingen, verschieden, ohne dass sie deshalb den einen zu einem besseren oder schlechteren Menschen machten. Dieses Argument aber lehnte seine Schwester grundsätzlich ab und Walter musste sich an die eigene Nase fassen, weil er gegen die Ungleichbehandlung nie etwas unternommen hatte. Wie alle anderen hatte er die unfaire Bewertung der Brüder als gegeben akzeptiert und schämte sich zutiefst. Wann immer sich ihm demnächst die Gelegenheit bot, würde er Abbitte leisten und Tim zur Seite stehen. Ganz egal, um was es sich dabei auch handeln sollte.

Als die Trompete einen Moment lang verstummte, stand Walter vor der geschlossenen Zimmertür, die Hand auf der Klinke, und konnte sich nicht erinnern, was er eigentlich vorgehabt hatte. Er musste betrunkener sein als gedacht.

Er war fünfundfünfzig, beinahe mittellos und allein. Für sein Alter war er ganz ansehnlich und kerngesund. Doch die Möglichkeiten, sein Leben zu ändern, schwanden. Christin zu bitten, ihm das Haus abzukaufen oder ihm zumindest einen Teil des Wertes auszuzahlen, damit er sich eine eigene Wohnung leisten konnte, diese Gelegenheiten hatte er aus Angst vor einer Abfuhr immer verstreichen lassen.

Es war noch immer dasselbe Spiel. Wie damals, als der kleine Junge nach ihrer Pfeife tanzen musste.

Mit dem Einsetzen des Triumphmarsches fuhr Walter erschrocken zusammen. Tim spielte gehetzt und mit einer Kraft, die er so bei ihm nie zuvor gehört hatte. Aggressiv und fatalistisch beinahe, als wollte Tim mit dieser Interpretation das tragische Ende der Oper vorwegnehmen.

Durch die mit einem Stuhl offengehaltene Schwenktür beobachtete Sabine ihre Freundin von der Küche aus. Anna deckte nebenan den Esstisch für den Nachmittag und lächelte, während sie das Kaffeeservice verteilte, seltsam verklärt und summte leise vor sich hin. In den letzten Wochen hatte Sabine sie selten lächeln, geschweige denn singen hören. Zu sehr war sie in ihrer ungebrochenen Trauer und der zerbrochenen Ehe gefangen, als dass sie so etwas wie Zufriedenheit oder gar Glücksgefühle ausstrahlen konnte. Dass Anna ausgerechnet heute, bei ihrem ersten Zusammentreffen mit der Rivalin, einen freudigen Gesichtsausdruck zeigte, war Grund genug, darüber verwundert zu sein.

Sabine legte das Messer, mit dem sie die beim Transport beschädigte Buttercreme auf der zweistöckigen Torte ausgebessert hatte, zur Seite und brachte Anna das Besteck.

„Was ist los mit dir?“, fragte sie. „Warum auf einmal diese Freude auf deinem Gesicht? Oder sollte ich lieber sagen: Schadenfreude?“

Anna nahm ihr die Kuchengabeln ab, den Blick beschämt gesenkt, ohne das Lächeln dabei aufzugeben, und schob eine der Gabeln behutsam, als könnte sie unter ihren Fingern zerbrechen, akkurat neben einen der Teller.

„Niemand hat sich um sie gekümmert“, sagte sie und drehte den Henkel der Kaffeetasse vor ihr im rechten Winkel zur Kante des Tisches. „Na, wenn das kein Grund ist, fröhlich zu sein ...“

„Julia, meinst du.“

„Natürlich meine ich Julia. Du hättest dabei sein sollen. Es war so schrecklich offensichtlich. Christin wird dieser Verbindung auf keinen Fall zustimmen. Ganz gleich, wie sehr Philip auch betteln mag.“

Noch immer hatte Anna nicht aufgesehen, trat vor den nächsten Teller und wiederholte die penible Prozedur. Sabine verfolgte jeden ihrer sorgfältig ausgeführten Handgriffe, erstaunt und ein wenig beunruhigt über die einer Zwangsneurose ähnelnde Präzision.

„Wie kannst du dir da so sicher sein?“, fragte sie.

Annas Lächeln verwandelte sich in ein schelmisches Grinsen, den Kopf dabei leicht erhoben, als hätte sie gegenüber hinter dem Fenster etwas bemerkt. Doch da war nichts, außer vielleicht der Ausblick auf eine nahe Zukunft, die ihr unerwartet rosig erschien. Sabine schüttelte den Kopf.

„Ist es das, was du willst? Philip zurückerobern? Ich dachte, du liebst ihn nicht mehr.“

Ihr Lächeln fiel augenblicklich in sich zusammen und als hätte das Silber Feuer gefangen, zog Anna die Finger, die auf einer der Gabeln geruht hatten, erschrocken zurück.

„Darum geht es überhaupt nicht", erwiderte sie unerwartet schroff und verfehlte absichtlich Sabines fragenden Blick. Sie wirkte verändert, ohne dass Sabine – von der offensichtlichen Schadenfreude abgesehen – den Grund dafür benennen konnte. Was glaubte Anna denn, würde sich ändern, selbst wenn Julia von der Familie nicht akzeptiert werden sollte? Immerhin war ihre Ehe bereits zerbrochen gewesen, lange bevor Anna von Julias Existenz überhaupt erfahren hatte.

„Es geht nicht um Philip", wiederholte Anna. „Du weißt selbst, wie viel mehr daran hängt."

„Das Geld?"

Wie ein Kind, das ein schmutziges Wort vernommen hatte, verzog sie angewidert das Gesicht. „Natürlich nicht! Ich dachte eher an Tim. Obwohl … kann sein, dass Geld eine Rolle spielt."

„Und was, glaubst du, passiert, wenn Philip sie fallen lässt?"

Anna zuckte mit den Schultern. „Nichts wird passieren. Ich bleibe weiterhin seine Frau, Philip bleibt weiterhin in seiner eigenen Wohnung und Tim bei mir. Es würde sich gar nichts ändern. Und genau das will ich erreichen. Alles soll bleiben, wie es ist."

„Und du bleibst weiterhin unglücklich und allein."

Anna nahm den Tortenheber und starrte auf dessen spiegelnde Oberfläche. Nur kurz allerdings, bevor sie ihn eilig zurücklegte und auf die andere Seite des Tisches ging. Beide standen sich gegenüber und erneut war Anna nicht gewillt, sie direkt anzusehen. Ihr Blick wirkte sichtlich gekränkt.

„Das wäre ich nach einer Scheidung auch", sagte sie. „So oder so. Nur dass Julia nicht gewonnen hätte."

Sabine nickte zustimmend, obwohl sie Annas Gedankengängen keineswegs folgen konnte. Doch es war nicht an ihr, sie während der heutigen Feier eines Besseren zu belehren. Dafür wäre in den kommenden Tagen Zeit genug.

Unterdessen hatte Anna alle Gabeln und Löffel abgelegt und wusste nicht, wohin mit ihren Händen.

„Ist die Torte schon fertig?“, fragte sie, während gleichzeitig Trompetenmusik erklang, die vom Obergeschoss bis zu ihnen durch die geschlossene Esszimmertür drang. Anna sah auf die Armbanduhr.

„Bis auf die Pralinen zur Verzierung“, antwortete Sabine und ging nach nebenan in die Küche.

Die Spülmaschine zu benutzen, war ihr von Frau Wohlfarth untersagt worden, da das teure Service mit dem echten Goldrand in der Maschine womöglich gelitten und Schlieren hinterlassen hätte. Also hatte Sabine das Geschirr vom Mittagessen gleich nach dem Abräumen abgewaschen und neben dem breiten Spülbecken in die Abtrockständer gestellt. Das Besteck und die Töpfe hatte sie per Hand abgetrocknet und zurück in den Besteckkasten gelegt beziehungsweise in den Schränken verstaut. Chaos in der Küche empfand sie als unprofessionell. Ihre Kunden sollten jederzeit den Eindruck bekommen, dass Ordnung und Sauberkeit ihre obersten Gebote waren.

Auf dem kleinen, quadratischen Holztisch neben der schmalen Tür, die hinaus zu den Mülltonnen führte, standen deshalb auch nur die fertig mit Buttercreme glasierte Torte und die offene Pralinenschachtel mit den Zartbitterkugeln, die sie vorsichtig, eine nach der anderen, entnahm und in kleinen Abständen auf die Torte platzierte.

„Kann ich dir noch irgendwie helfen?“, fragte Anna, die ihr in die Küche gefolgt war und in einem unachtsamen Moment nach einer Praline griff.

„He, Finger weg!“, rief Sabine.

„Entschuldige“, antwortete Anna mit vollem Mund. „Ich konnte einfach nicht widerstehen.“

„Dein Glück, dass ich extra ein paar mehr gemacht habe. Und nun verschwinde.“

„Wie du meinst. Ich muss sowieso in der Garage nachsehen, ob dort der alte Werkzeugkasten versteckt ist, den Philip Christin vor Jahren ausgeborgt und den sie nie zurückgegeben hat. Bei mir zu Hause gibt es seitdem nicht mal einen Schraubenzieher.“

Sabine legte die letzte Praline exakt auf die Mitte der Torte, betrachtete zufrieden ihr Werk und wandte sich ihrer Freundin zu, die durch die Schwenktür verschwinden wollte. „Ach, und Anna?"

„Ja?" Anna schaute erneut auf die Uhr, wohl um sicherzugehen, dass Tim seine halbe Stunde nicht überschritt. Im Moment spielte er ein langsames, trauriges Stück, dessen Schwermut durch die dumpfe Akustik des Hauses verstärkt wurde.

„Falls du es dir anders überlegst … Ich meine, wegen des Catering-Service. Ich würde mich wirklich freuen, dich als Partnerin zu haben."

Anna warf einen ausweichenden Blick ins Esszimmer, bevor sie nickte und Sabine ein Lächeln zuwarf.

„Wie ich dir vor dem Essen schon gesagt habe", antwortete sie, „würde mir das wirklich sehr gefallen. Ich brauche wahrscheinlich dringend eine Beschäftigung. Die Tage allein zu Hause wachsen mir langsam über den Kopf. Aber ohne das nötige Kleingeld …"

„Ich bin sicher, wir finden eine Lösung."

„Lass uns ein andermal darüber reden. Wenn der ganze Trubel hier vorbei ist."

Mit dem Trubel, dachte Sabine, während die Tür hinter Anna auf- und zuschwenkte, war wohl weniger die Geburtstagsfeier gemeint, als vielmehr das ungelöste Problem ihrer Scheidung. Ein Umstand, der Anna einiges abverlangte. Sie sah übermüdet aus, wirkte niedergeschlagen und zerstreut. Dagegen hätte Sabine gern etwas unternommen, ohne zu wissen, wie sie ihr helfen oder zumindest Trost spenden sollte. Was ihr blieb, war, lediglich darauf zu hoffen, dass Annas verbleibende Kraft ausreichen würde, alles unbeschadet zu überstehen.

Mit etwas Küchenpapier, das sie von der Rolle über der Spüle abriss, wischte sie sich ihre buttercreme- und schokoladenverschmierten Hände ab und warf es in den Müllsack mit den Kartoffelschalen und den unbrauchbaren Essensresten. Sie müsste langsam damit beginnen, den Kaffee aufzusetzen, die Servietten neu zu falten und den Tisch zu schmücken. Die dafür angefertigte Dekoration befand sich in ihrem Lieferwagen, der halb auf dem Bürgersteig vor dem Haus parkte. Kleine Lebkuchenmännchen, winzige Knallbonbons und für Frau Wohlfarths Teller ein besonderes Blumengesteck. Danach wäre ihre Arbeit hier getan.

Sabine griff nach dem Müllsack und verließ durch die schmale Seitentür die Küche.

„Julia, sei bitte leise. Man hört dich ja bis ins Haus."

„Na und? Sollen die mich ruhig hören!"

„Beruhige dich doch."

Philip trat einen Schritt auf sie zu, die Hand nach ihr ausgestreckt, die Julia angewidert zur Seite schlug. Sie konnte es jetzt nicht ertragen, berührt oder weiterhin bevormundet zu werden. Sie war außer sich vor Wut, vor Zurückweisung und schmerzlicher Enttäuschung.

Enttäuscht war sie vor allem von Philip, der ihr versprochen hatte, dass alles geregelt, dass seine Mutter mit ihr als zukünftiger Ehefrau einverstanden und der heutige Besuch eine reine Formsache sei. Stattdessen aber hatte sie am Tisch gesessen wie eine Aussätzige und war von jedem der Anwesenden, ja selbst von Philip ignoriert oder von seinem Onkel angestarrt worden, als wäre sie käuflich. Und Christins Worte an Philip, die trotz ihrer scheinheilig gesenkten Stimme direkt an sie gerichtet waren, sollten ihr unmissverständlich zu verstehen geben, dass sie in dieser Familie nichts zu suchen hatte.

„Dann unternimm endlich was", fauchte sie ihn an und deutete mit dem Zeigefinger an Philip vorbei aufs Haus.

Sie standen unweit des Ufers, am südlichen Zaun zum Nachbargrundstück, im Schatten einiger uralter Kiefern. Hinter ihnen, vor dem gegenüberliegenden Zaun, befand sich ein Schuppen, in dem, wie Philip ihr gesagt hatte, alte Gartenmöbel aufbewahrt wurden, gemeinsam mit dem Ruderboot, das seit dem schrecklichen Unfall niemand mehr benutzen durfte. Von dem Schuppen führten brüchige Steinplatten entlang dem Ufer zu den Bäumen und von dort bis zu einem Seiteneingang des Hauses weiter oben.

Nachdem Philip und sie im Esszimmer allein zurückgeblieben waren, hatte Julia ihren Unmut kaum zu zügeln vermocht. Am liebsten wäre sie davongerannt, hätte alles aufgegeben, wofür sie seit einem Jahr hartnäckig gekämpft hatte, damit sie dieser Hölle unbeschadet entging. Stattdessen hatte sie sich zusammengerissen und ihren Stolz heruntergeschluckt. So kurz vor dem Ziel das Handtuch zu werfen, das kam ihr nicht in den Sinn. Philips hilflosen und stümperhaften Versuchen, sie mit abgedroschenen Floskeln um Verzeihung zu bitten, hatte sie widerwillig nachgegeben, da seine uneingeschränkte und blinde Liebe die wichtigste und einzige Waffe war, mit der sie sich gegen ihre Widersacher behaupten konnte. Mit mädchenhafter Scham und gekränktem Selbstwertgefühl hatte sie sich deshalb geziert und sogar ein paar Tränen vergossen. Anschließend hatte sie seine Küsse gebilligt und war mit seinem Vorschlag, sie durch den Garten zu führen, einverstanden gewesen.

Bis hinunter auf den Steg waren sie geschlendert, hatten Arm in Arm über den See geblickt, hatten am schlammigen Ufer die beiden Schwäne vertrieben und waren am Zaun zurück in Richtung der Villa spaziert. Die meiste Zeit hatte Julia dabei geschwiegen und auch Philip hatte offenbar nicht gewusst, wie er ein Gespräch beginnen sollte. „Weißt du“, hatte er schließlich gesagt, als sie bereits inmitten der Bäume angelangt waren, „ich glaube, sie mögen dich.“ Da hatte Julia endgültig die Geduld verloren und ihn angeschrien.

Dass Philip die Realität mit seinen Augen sah, verzerrt und subjektiv, daran hatte Julia sich längst gewöhnt. Und wenn sie ehrlich war, musste sie sich eingestehen, dass ihr diese Sicht auf die Dinge bisher mehr genützt als geschadet hatte. Philips Tunnelblick, immer auf sich selbst gerichtet, verleugnete die Hürden und Probleme anderer und ließ die Welt abseits seiner Wünsche verschwommen und vernachlässigt am Rande seiner Wahrnehmung zurück. Er wollte oder konnte nicht begreifen, dass das Glück, nach dem er trachtete, mit dem Glück seiner Mitmenschen unvereinbar war. Des einen Freud war des anderen Leid. Eine grundlegende Tatsache, die Philip außer Acht gelassen und die ihm Julia geradewegs in seine Arme getrieben hatte, ohne Rücksicht auf Anna und Tim. Bisher war ihr dies egal gewesen. Doch das Blatt hatte sich unerwartet gewendet.

Sie und nicht Anna war am Ende womöglich die Sitzengelassene, die Betrogene. Denn dass Philip aufbegehrte und sich gegen seine Mutter behauptete, war eine Prognose, die Julia nicht zu stellen wagte und die dennoch die einzige Chance blieb, in diesem Spiel zu gewinnen.

„Rede mit ihr", befahl sie ihm, „oder willst du, dass sie dich abserviert?"

Philip stand mit dem Rücken zu ihr, die Schultern gesenkt, und starrte zum Haus. Seine Zuversicht, ebenso wie seine Weigerung, das heutige Treffen als gescheitert anzuerkennen, schwand. Der goldene Löffel, mit dem er zur Welt gekommen war, entglitt ihm schrittweise aus seinem Mund. Und wenn er fiel, würde sie mit ihm fallen. Zurück auf den Boden harter Tatsachen, zurück in ihre Einzimmerwohnung, hinter die Theke einer Kaufhausparfümerie und in die Monotonie ihres, wie sie geglaubt hatte, längst vergangenen Lebens. Dahin zurückkehren zu müssen, wäre eine Niederlage, die Julia nicht ertragen würde.

Seit einem Jahr nährte sie Philips Vorstellung von einer besseren Zukunft. Von einer Zeit ohne Anna, deren stumme Vorwürfe ihn erdrückten und die Vergangenheit gegenwärtig hielten. Julia hatte gelernt, ihn in seinen Fantasien zu leiten, ihm die Richtung vorzugeben und ihm das ersehnte Glück jeden Abend in neuen Dessous und für ihn neuen sexuellen Varianten vor Augen zu führen. Der Sieg war in greifbare Nähe gerückt. Dass ihr dieser Erfolg durch die Finger zu gleiten drohte, weil Philips Unsicherheit und sein Verlangen nach Anerkennung ihn zurück in die vermeintliche Geborgenheit alter Bande treiben könnten, durfte sie nicht riskieren.

„Willst du denn", fuhr sie fort und schlang ihre Arme sanft um seine Hüften, ihre Wange von hinten gegen die seine gelegt, „dass Anna dich weiter zum Narren hält? Warum glaubst du, ist sie früher als alle anderen hier eingetroffen? Sie hat deine Mutter für sich einnehmen wollen. Um ihr Lügen über mich aufzutischen. Und über dich."

Während Julia dies sagte, fühlte sie deutlich die Anspannung seines Körpers und ein leichtes Zittern, als hätte die Erde unter seinen Füßen sich bewegt. Philips Selbstbezogenheit ertrug die Möglichkeit nicht, dass hinter seinem Rücken über ihn geredet wurde und dass die Welt sich außerhalb seiner Wahrnehmung weiterdrehen könnte. Er wandte seinen Kopf ihr zu, sein Blick getrübt und die Stirn in Falten gelegt.

„Meinst du wirklich?", fragte er und sie schwieg, weil der Zweifel längst in ihn eingedrungen war. Durch den Garten erklang, aus der offenen Balkontür im ersten Stock, Tims Trompetenspiel. Eine melancholische Melodie, schwermütig und verdammt traurig. Erneut drehte Philip den Kopf, diesmal hoch zum Balkon. Tim war nicht in Sicht. Nur seine Musik war zu hören und Julia wusste, wie sie Philip überzeugen konnte.

„Hörst du das? Diese Musik sagt mehr als genug. Oder willst du, dass dein Sohn an der jetzigen Situation zerbricht? Für ihn ist sie doch ebenso schwer zu ertragen wie für dich. Er weiß ganz genau, wie unglücklich du bist, und er will, dass sein Vater endlich wieder Freude am Leben hat. Weil auch sein Leben dadurch leichter wird."

Julia hielt Philip noch immer von hinten umschlungen. Sie spürte seinen tiefen Atem und die Anstrengung, sich durchzuringen. Dann trat er einen Schritt nach vorn. Nicht, um sich von ihr zu befreien, sondern um endlich ihrer Aufforderung nachzukommen.

„Du hast recht", sagte er. „Ich rede mit ihr. Mutter muss einsehen, dass sie ansonsten alles nur schlimmer macht."

Philip beugte sich vor und gab ihr einen Kuss auf die Wange. Sie lächelte zufrieden und stieß ihn sanft von sich, bis er, nicht ohne ein letztes Zögern, den Pfad zur Terrasse einschlug und schließlich zwischen den Bäumen verschwand.

Julia blieb stehen, die Arme unter ihrer Brust verschränkt, ihre Zweifel keineswegs ausgeräumt. Selbst wenn Philip den Mut aufbringen sollte, mit Christin zu reden und tatsächlich Forderungen zu stellen, so wusste sie dennoch, wie schnell er einbrechen und aufgeben konnte. Womöglich schwand ihm bereits vor Christins Tür die Zuversicht und Philip würde sich kampflos ergeben und ihre gemeinsame Zukunft dem Schicksal überlassen.

Von ihrem Standort aus ließ sich nicht erkennen, was hinter der Terrassentür unterhalb des Balkons vor sich ging. Das Glas reflektierte im Schein der Sonne die zusammengeklappten Gartenmöbel, den seitlich errichteten Sichtschutz aus Holz und die Kübel der Buchsbäume. Was Christin allein in ihrem Zimmer tat, ob sie im Sessel saß und ein Buch las oder mit Konrad oder Anna über Philips neue Geliebte herzog, blieb ihr verborgen. Sie wandte sich ab und ging langsam hinunter zum Ufer.

Im Garten schien außer ihr niemand zu sein, als vermieden die anderen absichtlich ein Zusammentreffen mit ihr. Der Wind hatte aufgefrischt und trug das Trompetenspiel klarer und lauter an ihr Ohr. Die halbe Stunde, die man Tim gestattet hatte zu üben, dürfte zur Hälfte bereits überschritten sein. Das tragisch-traurige Stück von vorhin war einem schwungvolleren Stück gewichen, fordernd, kraftvoll und kämpferisch. Eine Melodie, die sie kannte und mitsummen konnte. Eine Melodie, die ihr verdeutlichte, dass sie die Initiative ergreifen musste, wenn sie Philips Versagen verhindern wollte. Sie selbst würde Christin zur Rede stellen, ganz gleich, ob Philip anwesend war oder nicht. Ein paar Minuten noch, dann würde sie handeln.

Und so lange starrte sie hinaus auf den Wannsee. Auf die stärker werdenden Wellen mit ihren schäumenden Kronen und den beiden über dem Wasser davonziehenden Schwänen.

Anna war allein, als sie das Haus durch den Seiteneingang neben der Treppe betrat und in der verlassenen Halle stehenblieb. Tims Trompete war seit einigen Minuten verstummt, nachdem er, wie seiner Großmutter versprochen, zum Abschluss den Triumphmarsch aus Verdis *Aida* geschmettert hatte. Jetzt herrschte eine ungewohnte Stille. Sie durchschritt leise die Eingangshalle, warf erst einen Blick die Treppe hinauf, dann zu Christins geschlossener Zimmertür, und gelangte ins Esszimmer.

„Sabine?"

Anna erhielt keine Antwort und ging weiter voran in die Küche. Die Tür zu den Mülltonnen, bemerkte sie, war lediglich angelehnt. Ein schmaler Streifen Sonnenlicht fiel durch den Spalt und quer über den gefliesten Fußboden auf ihre Schuhe.

Unter kaltem Wasser und mit etwas Spülmittel reinigte Anna ihre verschmutzten Hände, trocknete sie an einem Spültuch, bevor sie zurück ins Esszimmer wechselte, und setzte sich an den Tisch. Es war Viertel vor drei. Tim hatte seine halbe Stunde exakt eingehalten.

Dass ihr niemand begegnet war, verwunderte sie. Philip und Julia spazierten sicherlich durch den Garten und Walter würde oben in seinem Zimmer hocken und heimlich trinken. Wo aber steckte Konrad und wo Sabine? Leicht beunruhigt stand Anna auf und stellte sich an eines der Fenster, die hinaus auf das Nachbargrundstück blickten. Zwischen den Kiefern und hinter dem Zaun befand sich ein alter, seit langem geschlossener Ruderclub, auf dessen verwildertem Rasen manchmal Camper widerrechtlich ihre Zelte aufstellten. Heute allerdings wirkte das Grundstück verlassen.

Zum wiederholten Male sah Anna auf die Uhr. Sie zog ihr Handy aus der Hosentasche und tippte, nach einem flüchtigen Zögern, die Nummer ihrer Nachbarin. Während es klingelte, sah sie über die Schulter zur Esszimmertür. Noch immer war im Haus nichts zu hören.

Nach dem vierten Klingeln meldete sich eine weibliche Stimme.

„Hallo?"

„Manuela?"

„Anna! Ich dachte, du bist auf deiner Feier."

„Bin ich auch. Hör zu, ich hab nicht viel Zeit. Ich wollte nur kurz …"

Plötzlich erschütterte ein lauter Knall die Stille des Hauses. Anna erschrak und vergaß einen Moment lang ihr Telefonat.

„Was war das denn?", fragte Manuela von weit entfernt, am anderen Ende der Verbindung. Anna brachte das Handy zurück an ihr Ohr.

„Ich … ich weiß nicht genau."

„Habt ihr Handwerker bei euch?"

„Nein, keine Ahnung. Ich lege besser wieder auf und sehe nach. Entschuldige die Störung."

Sie klappte das Handy zu. Mit wenigen Schritten war Anna an der Tür zur Eingangshalle und riss sie auf. Philip stand vor dem Zimmer seiner Mutter, eine Hand an der Klinke, und blickte Anna verängstigt an.

„Es kam aus ihrem Zimmer“, sagte er, seine Stimme erregt und außer Atem. „Ich war auf der Toilette, als …“ Er brach ab, den freien Zeigefinger gegen Christins Tür gerichtet. Sie eilte auf ihn zu und blieb dicht neben ihm stehen.

„Sie hat abgeschlossen“, sagte Philip, der verzweifelt und erfolglos die Klinke auf- und niederdrückte. „Mutter!“, schrie er. „Mach auf! Ist alles in Ordnung? Ist dir was passiert?“

Hinter ihnen hörte sie Walter die Treppe herunterrennen, in der Hand einen altmodischen Schlüssel, den er Philip bereits im Laufen entgegenhielt.

„Nimm diesen hier“, rief er. „Es sind alle die gleichen.“

Philip nahm Walter den Schlüssel ab und steckte ihn zitternd ins Schloss. Nach zweifacher Umdrehung öffnete er vorsichtig die Tür.

„Was ist los?“, fragte Anna, da Philips und Walters Rücken ihr die Sicht versperrten. Beide hatten sie unerwartet und schlagartig innegehalten.

Niemand antwortete ihr.

Kapitel 6

Kriminalhauptkommissarin Monika Seyfarth saß am Schreibtisch ihres Büros im dritten Stock des Landeskriminalamts, das Kinn in die linke Hand gestützt, und kritzelte gelangweilt Verworrenes auf einen Notizblock.

Seit Wochen bereits fühlte sie sich antriebslos und schlaff. Nichts, an dem sie Freude oder zumindest keine Abneigung gegenüber empfunden hätte, weder im Beruf noch privat. Die sicherlich aufrichtig gemeinten Versuche ihrer Kollegen und selbst die ihres Sohnes, sie mit witzigen Anekdoten, mit liebgemeinten Blumensträußen oder kalorienüberfrachteten Süßigkeiten aufzuheitern, hatten allesamt nichts genutzt. Sie hatte die Sträuße lieblos entgegengenommen, hatte gekünstelt über die Witze gelacht und die Schokolade in sich hineingestopft. Die erhofften Resultate aber waren ausgeblieben und damit verbunden auch die immer spärlicher werdenden Aufmerksamkeiten. In den Augen der anderen verwandelte sie sich schrittweise von einem bedauernswerten in einen hoffnungslosen Fall.

Monika starrte auf ihr Gekritzeltes und ließ den Kugelschreiber fallen. Nie im Leben hätte sie geglaubt, sich derart von ihren Gefühlen leiten und deprimieren zu lassen. Bisher hatte sie immer gewusst, wo ihr der Kopf stand, und ihn dementsprechend benutzt. Was nicht heißen sollte, dass sie zurzeit keinen klaren Gedanken zu fassen bekam. Im Gegenteil. Seit der Verfolgungsjagd des Serienmörders vor drei Monaten hatte sie mehrere, zugegebenermaßen weitaus unspektakulärere Fälle gelöst. Da war zum Beispiel die Fahrerflucht mit Todesfolge oder das Verschwinden einer frustrierten Hausfrau gewesen – ein Selbstmord, wie sich herausgestellt hatte. Und auch zu Hause brachte sie Abend für Abend das Essen auf den Tisch und hörte ihrem Sohn stundenlang zu, wenn dieser von seiner ersten großen Liebe schwärmte, bei deren Erwähnung sie jedes Mal innerlich aufstöhnen und die Finger kreuzen musste. So etwas hielt in den meisten Fällen keine Ewigkeit und verursachte tränenreiche Nächte, denen Monika mit Grauen entgegensah, während sie Sven gegenüber angestrengt lächelte und versuchte, sich für ihn zu freuen.

Nein, ihre Arbeit als Mutter und Polizistin vernachlässigt zu haben, das konnte ihr wahrlich niemand vorwerfen. Es war lediglich der Spaß, den sie dabei verloren hatte, wobei „lediglich" in diesem Zusammenhang mehr als zynisch klang. Schon immer war sie mit Engagement und Freude bei der Sache gewesen: als Gesetzeshüterin ebenso wie als Alleinerziehende, auch wenn ihre Art, mit ihren Mitmenschen umzugehen, für Außenstehende oftmals schroff und herrisch wirken musste.

Nun, damit war es bis auf Weiteres vorbei. Im Moment wirkte sie bloß noch phlegmatisch und stumpf. Ein Zustand, den Monika und ihre Kollegen unerträglicher fanden als ihren Despotismus zuvor.

Mit einem selbstbemitleidenden Seufzer starrte sie verdrießlich auf den Notizblock. Was sie gezeichnet hatte, wirkte wie ein Labyrinth aus in sich geschlossenen Kreisen mit unregelmäßig gesetzten Lücken. Sie nahm den Kugelschreiber, setzte ihn in der Mitte dieses Gebildes an und suchte von dort einen Weg hinaus, als wäre sie eines der Kinder, denen man in Restaurants Irrgärten auf papierenen Untersetzern unter die Nase schob, damit sie Ruhe gaben. Und tatsächlich schien diese Strategie aufzugehen. Das Suchen nach dem Ausgang lenkte Monika von den Grübeleien und dem Frust über die eigene Befindlichkeit ein wenig ab.

So lange jedenfalls, bis sie bemerkte, dass ihr Labyrinth gar keinen Ausgang besaß.

Angewidert riss sie das Blatt aus dem Notizblock, zerknüllte es zu einem Ball und warf ihn mit voller Wucht in Richtung des Mülleimers neben der Tür. Genau in diesem Augenblick ging sie auf und Kommissar Lüders steckte unerwartet seinen runden Kopf ins Büro.

„Komme ich ungelegen?", fragte er, mit dem Blinzeln eines Fassungslosen, nachdem das Papierknäuel an seiner glänzenden Stirn abgeprallt und zu Boden gefallen war.

„Keine Ahnung. Frag das Orakel da."

Lüders bückte sich nach dem Papier, entfaltete es und blickte auf das undurchdringliche Wirrwarr aus Kreisen und Strichen. „Die Zeichen, wie ich sehe, stehen auf Sturm", sagte er und setzte sich auf den Stuhl vor ihrem Schreibtisch. Zwischen den ungeordneten Stapeln von Akten, die sich links und rechts von Monika auftürmten, schob er ihr den Zettel entgegen.

Beschämt darüber, den von ihrem Unterbewusstsein gelenkten Malkünsten irgendeine Bedeutung zugeschrieben zu haben, starrte sie auf ihre Schmiererei. Da hätte sie sich ja gleich die Karten legen, Horoskope lesen oder den eigenen Kaffeesatz befragen können.

„Was gibt's?", fragte sie ausweichend und wischte das Papier zur Seite.

„Ich bin hier, um dich aufzumuntern", erwiderte er, lässig bemüht, das eine Bein über das andere zu schlagen, was aufgrund seines ausladenden Bauches einiger Anstrengung bedurfte. Gleichzeitig lehnte Lüders sich in seinem Stuhl zurück und überprüfte mit einer routinierten Handbewegung den korrekten Sitz seiner penibel gescheitelten und vor Pomade glänzenden Haare.

„Lieb von dir. Ich gebe dir zwei Minuten."

Von dem desinteressierten Tonfall ihrer Stimme ließ Lüders sich nicht beirren. Besser als jeder andere kannte er schließlich den Grund ihrer seit Wochen andauernden Apathie und die daraus resultierende Antriebslosigkeit. Einen Grund, den sie zwar ebenfalls spüren, aber weder sich eingestehen noch äußern konnte, aus Angst, ihren Gefühlen damit Tür und Tor zu öffnen.

„Mehr Zeit haben wir auch nicht", sagte er. „Nach Kladow ist es ein ziemlich weiter Weg."

„Was willst du in Kladow?", fragte sie und richtete dabei den Kugelschreiber sowie zwei weitere Stifte waagerecht zum Sockel der Schreibtischlampe aus, als wäre ihre vorherige Asymmetrie schuld an ihrem eigenen seelischen Ungleichgewicht gewesen.

„Wir. Die Frage muss lauten, was wollen wir in Kladow", verbesserte Lüders, seinen Zeigefinger belehrend in die Höhe gestreckt.

Monika zwang sich, die Stifte in Ruhe zu lassen, und trommelte stattdessen mit den Fingerspitzen nervös auf der Schreibtischplatte.

„Es gibt kein *wir* in Kladow, Harald. Such dir für deinen Ausflug jemand anderes. Ich habe zu tun."

Als Antwort weitete Lüders seine kleinen Augen, die Brauen weit in die Höhe gezogen, und ließ seinen Blick über ihren unaufgeräumten Schreibtisch fahren, der ihre Worte Lügen strafte. Was sich dort stapelte, waren durchweg erledigte Akten, die Monika seit Monaten hätte ablegen sollen. Diese Akten sah Harald Lüders fast jeden Tag und konnte deshalb ganz genau einschätzen, dass der Berg keinen einzigen Zentimeter gewachsen war.

„Na schön", erwiderte sie und ließ sich resigniert in die Lehne ihres Stuhls zurückfallen. „Überzeuge mich."

„Mord."

Dieses eine Wort, von Harald präzise und mit rollendem R artikuliert, genügte und Monika spitzte die Lippen. Mord wäre tatsächlich eine willkommene Abwechslung zu der Fahrerflucht, dem Selbstmord und der Messerstecherei am Alexanderplatz, mit der sie zurzeit beschäftigt war. Alle drei waren Routinefälle, die sie in keiner Weise herausforderten und bei denen sie ihrer Lethargie unbehelligt frönen konnte, ohne befürchten zu müssen, durch geistige Anstrengung aus ihr herausgerissen zu werden.

„Ich weiß nicht recht", wog sie ab, während ihre Fingerkuppen sanft über die Tischplatte strichen, als müsste sie sich von der Staubschicht erst überzeugen. „Da sind noch die Zeugenaussagen wegen der Messerstecherei einzuholen und außerdem …"

Lüders ließ sie nicht ausreden. „Alles bereits erledigt. Die Sache übernimmt Kommissar Hoffmann. Unterberg ist einverstanden. Du bist abkommandiert und zwar von höchster Stelle."

Ein abgekartetes Spiel also, dachte Monika, ohne aufzusehen. Unterberg, Leiter der Abteilung für Delikte am Menschen, dem sie und Lüders unterstellt waren, wäre nie allein auf die Idee gekommen, sie anzufordern. Harald musste ihn hinter ihrem Rücken darauf angesetzt und wer weiß was über ihren prekären

Gemütszustand ausgeplaudert haben, damit Unterberg die laufenden Ermittlungen einem Grünschnabel wie Hoffmann übertrug. So viel Hinterlist hätte sie Harald nicht zugetraut.

„Sei mir nicht böse", sagte er, da er ihre Gedanken an ihrem verbissenen Gesichtsausdruck ablesen konnte. „Aber du brauchst dringend etwas Abwechslung. Glaubst du denn, ich merke nicht, was mit dir geschieht? Jeder hier im Amt merkt es. Du bist nicht mehr du selbst, du versteckst dich hinter diesen banalen Akten, die sich von alleine lösen und die dir weiterhin die Gelegenheit geben, vor Selbstzweifeln und Schuldgefühlen zu zerfließen. Das ist kein Zustand, Monika. Das wird langsam zu einem Problem. Und ich werde nicht länger tatenlos zusehen, als wäre nichts geschehen. Deshalb dachte ich, ein Mord könnte dir gefallen. Kein Serienkiller, kein Gemetzel, nur ein ganz gewöhnlicher Mord."

Bei der Erwähnung der Serienmorde schloss Monika die Augen. Daran wollte sie jetzt nicht erinnert werden. Weder an die verstümmelten Opfer oder die Verfolgungsjagd noch an den Tod ihres jungen Kollegen Lohmeyer. Und schon gar nicht an Kommissar Vincent Schröter, dessen Vergangenheit die Morde erst ins Rollen gebracht hatte und der nur knapp einem qualvollen Foltertod entkommen war.

„Wie geht es Vincent überhaupt?", fragte Harald, der auch weiterhin in ihr las wie in einem offenen und in ihrem Fall reichlich zerfledderten Buch. „Hast du was von ihm gehört?"

Auf diese Äußerung würde sie nicht eingehen. Nicht jetzt.

„Also schön, meinetwegen", lenkte sie ein und setzte sich kerzengerade auf, beide Hände auf dem Schreibtisch ineinander verschränkt. „Worum geht's?"

Lüders schien sichtlich zufrieden. Er hatte gewusst, dass sie auf den ersten Vorschlag eingehen musste, wollte sie das zweite, schmerzhafte Thema vermeiden. Eine weitere, hinterlistige Falle, mit der sie hätte rechnen können, wenn sie nur ein klein wenig aufmerksamer gewesen wäre.

„Viel ist bisher nicht bekannt", sagte Harald. „Der Anruf kam vor einer knappen Stunde. Die Beamten in Kladow haben eine Frau erschossen in ihrer Villa aufgefunden. Kopfschuss aus nächster Nähe."

„Gibt es schon einen Täter?"

„Soweit ich weiß, nein. Obwohl etliche Familienmitglieder im Haus anwesend waren. Baumbach ist bereits unterwegs, zusammen mit den Kollegen von der kriminaltechnischen Untersuchung. Wir sollten uns beeilen."

Monika machte keine Anstalten, sich zu erheben. Sie presste Daumen und Zeigefinger ihrer rechten Hand über der Nasenwurzel zusammen, den Kopf dabei gesenkt, um Zeit zu schinden und auf eine Eingebung zu warten, die ihr einen kurzen, erhellenden Blick in die Zukunft erlauben würde. Eine Rückkehr in ihre alte Realität bedeutete schließlich nicht bloß die Rückkehr zu komplizierteren und gefährlicheren Einsätzen, die manchmal ihr eigenes Leben und das ihrer Kollegen in Gefahr brachten. Sie bedeutete vor allem, in eine private Normalität zurückfinden zu müssen, die die Ereignisse vor drei Monaten zerstört hatten und der zu begegnen sie sich kaum gewappnet fühlte. Aus Angst, in den alten Trümmern und in Vincents gekränkten Augen nicht genügend wiederzuerkennen, das einen Neuanfang rechtfertigen könnte.

Doch wie lange wäre sie in der Lage, alles weiterhin zu ignorieren? Wie lange, ehe sie sich dafür hassen würde, weil sie nichts unternommen, nichts geändert und somit aus ihrem Leben eine sich selbst erfüllende Prophezeiung gemacht hatte? Vielleicht, dachte sie, war es wirklich an der Zeit, gewisse Verdrängungsmechanismen endgültig aufzugeben und sich den Gegebenheiten, so unangenehm sie auch sein mochten, zu stellen.

„Wie kommt man überhaupt nach Kladow?", fragte Monika als indirektes Zeichen ihrer Einwilligung. Sofort sprang Harald von seinem Stuhl auf, eilte, bevor sie ihre Meinung ändern konnte, zum Garderobenständer neben dem Schrank und nahm ihre Jacke vom Haken.

„Ein schwieriges Unterfangen", scherzte er und hielt ihr die Jacke geöffnet entgegen. „Zuerst nehmen wir die Postkutsche nach Wannsee und von dort wird uns ein Fährmann auf seinem

Floß bei stürmischer See ans andere Ufer übersetzen. Aber denk dran! Bezahlt wird erst, wenn wir drüben sind."

„Sehr witzig, Harald."

„Ich dachte, du bist Berlinerin."

„Ja, aber Kladow ist Spandau. Das zählt nicht", belehrte sie ihn mit einem Lächeln, das sie verblüffte. Bloßgestellt darüber, wie schnell und unbemerkt sie ihr trübsinniges Ich vergessen hatte, senkte sie den Kopf und schloss übertrieben langsam den Reißverschluss ihrer Jacke. Was ihr gefehlt hatte, war wohl nicht mehr als ein bisschen Sarkasmus und die Aussicht auf einen ordentlichen Mordfall gewesen. Eine Therapie, auf die sie auch früher hätte kommen können, wenn sie nicht so genüsslich vor Selbstmitleid zerflossen wäre.

„Das letzte Mal", fügte sie deshalb eilig hinzu, um ihre gute Laune nicht zu gefährden, „bin ich als Kind mit meinen Eltern dort gewesen. Zum Baden im Glienicker See. Als die Mauer stand, war das für uns Westberliner eines der beliebtesten Ausflugsziele. Die Grenze verlief mitten durch den See. Daran kann ich mich erinnern, weil man nur bis zu den roten Bojen schwimmen durfte. Aber ich habe keine Ahnung mehr, wie wir dahin gekommen sind."

„Dann lass dich überraschen", sagte Harald, hielt ihr die Tür auf und ließ sie, begleitet von einer galanten Handbewegung, vorangehen.

Eine geschlagene, dem Berufsverkehr auf der Heerstraße geschuldeten Stunde später bogen sie in Haralds altem Volvo in eine der engen, mit Villen und Luxusapartments gesäumten Straße ein.

Die gesamte Fahrt über hatte Monika, in der Erwartung, ihre Kindheitserinnerungen aufzufrischen, konzentriert aus dem Fenster gestarrt und war gründlich enttäuscht worden. Nur einmal, als sie den strengen Geruch von Rieselfeldern zu vernehmen glaubte, hatte sie ein kurzes Déjà-vu verspürt. Eine Täuschung ihres Riechorgans, wie Monika ernüchternd feststellen musste, da die Rieselfelder seit den neunziger Jahren verschwunden waren. Harald, zwischen Sitz und Lenkrad eingeklemmt, hatte die meiste Zeit geschwiegen. Ab und zu hatte er sie unauffällig aus den Augenwinkeln heraus betrachtet, als würde er auf einen geeigneten Moment gewartet haben, sie erneut nach ihrer Befindlichkeit und vor allem nach Vincent Schröter zu befragen. Glücklicherweise war er taktvoll genug gewesen und hatte geschwiegen.

Wenige Meter vor einer weißverputzten, zweistöckigen Villa hielten sie an. Drei Polizeiautos parkten vor dem Volvo bereits am Straßenrand und einige Nachbarn und Spaziergänger hatten sich neugierig versammelt und wurden von uniformierten Beamten daran gehindert, zu dicht an den Zaun heranzutreten.

Während Lüders noch verzweifelt mit seinem Gurt kämpfte, war Monika ausgestiegen und ließ die Umgebung auf sich wirken. Zwischen einem verlassenen Grundstück und einer imposanten Villa befand sich ein zweistöckiges Haus, dessen dunkle Eingangstür von zwei dorischen Säulen unter einem schmalen Vordach eingerahmt wurde. Ansonsten wirkte die Fassade eher schmucklos und wurde von Fenstern mit nach außen aufgeklappten, dunkelrot gestrichenen Läden unterbrochen. Den Giebel, der über dem zweiten Stockwerk spitz zulief, zierte eine von der Witterung angefressene Darstellung mehrerer antiker griechischer oder römischer Götter und das Dach selbst war mit dunkelroten Ziegeln gedeckt. Links neben dem Hauptgebäude, durch einen schmalen Weg von diesem getrennt, befand sich die Garage. Dieser Anbau, breit genug für mindestens zwei Fahrzeuge, war offensichtlich erst später errichtet worden und störte mit seinem grauen Beton den ansonsten so gefälligen Gesamteindruck.

„Ganz hübsch, was?" Harald stand neben ihr, den Blick ebenfalls auf das Haus und vor allem auf den Vorgarten gerichtet. „Nur den Gärtner, den würde ich feuern. Sieh dir bloß mal die Hecke an. Die ist völlig schief geschnitten."

Monika, die seine Vorliebe für Gartenarbeit kannte, lächelte. Harald besaß einen kleinen Schrebergarten, in dem er seine Freizeit verbrachte und Tomaten züchtete. Ein Hobby, von dem er glaubte, es nach seiner Pensionierung in wenigen Monaten dringend zu brauchen. Für Monika dagegen war dies lediglich eine andere Art der Beschäftigung, damit er die durch den Ruhestand gewonnene Zeit wieder totschlagen konnte.

„Weißt du, wem das Prunkstück gehört?“, fragte sie.

„Einer gewissen Frau Wohlfarth oder ihrem Bruder. Ich habe kurz recherchiert, bevor ich Unterberg gedrängt habe, dir den Fall zu übertragen. Eine ziemlich alte Kaufmannsfamilie. *Wohlfarths Delikatessen*. Vielleicht sagt dir das noch was. Meine Eltern haben früher da eingekauft, wenn es etwas Besonderes zu essen geben sollte, zu Feiertagen oder wenn Gäste kamen. Jetzt gehört der Laden zu einer großen Handelskette. Frau Wohlfarth hat das Unternehmen verkaufen müssen, kurz nach dem Tod ihres Mannes. Der übrigens bei der Heirat den Namen seiner Frau angenommen hat. Höchstwahrscheinlich, um den Stammbaum zu retten.“

„Sehr rücksichtsvoll von ihm. Ich wusste gar nicht, dass das damals schon möglich war.“

„War es auch nicht. Jedenfalls nicht offiziell.“

Monika hob den Blick zum Giebel der mondänen Villa und konnte sich ihren Teil denken. „Verstehe. Und die Ermordete ist Frau Wohlfarth?“

„Gut möglich“, sagte er. „Gehen wir rein und sehen uns den Schlamassel mal an.“

Nachdem beide dem wachhabenden Beamten ihren Dienstausweis präsentiert hatten, betraten sie durch das gusseiserne Tor das Grundstück und von dort, über einen gepflasterten Weg und die wenigen Stufen hinauf zur Tür, das Haus. Die Eingangshalle war großzügig angelegt. Es gab einen Boden aus Marmor und einen altmodischen Kronleuchter an der Decke. Die Wände waren mit einigen, sicherlich wertvollen Ölgemälden behangen, deren Motive aus Landschaften und Stillleben kaum erkennen ließen, wo die Kunst endete und der Kitsch begann. Monikas Geschmack jedenfalls entsprachen sie nicht. Links von ihr schwang sich eine breite Treppe ins obere Stockwerk und verschlossene Türen auf beiden Seiten der Halle führten in die angrenzenden Zimmer. Lediglich die Tür am anderen Ende der Halle, hinter der geschäftiges Treiben herrschte, stand offen.

Monika ging darauf zu, gefolgt von Lüders und begleitet vom Quietschen seiner Sohlen auf dem Marmor und dem Klackern ihrer Absätze.

Im Zimmer angekommen, schienen die Kollegen von der kriminaltechnischen Untersuchung mit ihrer Arbeit fast am Ende. Dr. Gunther Baumbach aus der Rechtsmedizin stand abseits neben einem Sessel. Er trug einen weißen Tyvek-Anzug, der ihn von Kopf bis Fuß vollständig einhüllte, mit Überziehern an den Schuhen und Gummihandschuhen an den Händen. Als Baumbach sie bemerkte, eilte er ihnen entgegen, beide Arme weit ausgebreitet und freudig erregt wie immer, wenn er seiner Arbeit nachgehen durfte. Eine Begeisterung, die auf Monika jedes Mal, sobald sie sich vergegenwärtigte, worin seine Arbeit bestand, ein wenig unheimlich wirkte. Baumbach war Ende vierzig, nicht besonders groß, untersetzt, mit rundem Gesicht, und sah in seinem zerknitterten Anzug aus wie eine gutgenährte Raupe in ihrem selbstgesponnenen Kokon.

„Wir sind hier so gut wie fertig“, begrüßte er sie und streifte die Handschuhe ab. „Sie können sich also frei bewegen. Bis auf die Terrasse, da sind die Herren von der KTU noch dabei, die Spuren auf den Fliesen zu sichten. Ach, und übrigens. Schön, Sie wiederzusehen, Seyfarth. Obwohl ich dachte …“ Er warf einen fragenden Blick auf Lüders.

„Es gab eine winzige Planänderung“, erläuterte Harald. „Kommissarin Seyfarth ist kurzfristig eingesprungen.“

„Großartig“, sagte Baumbach, was für Monikas Ohren eine Nuance zu überschwänglich klang. Doch mit diesem Vorbehalt musste sie leben. Immerhin war jedem im Kriminalamt bewusst gewesen, wie sehr ihr letzter, großer Einsatz sie aus der Bahn geworfen hatte, auch wenn die Kollegen von den eigentlichen Gründen nichts ahnten. Und ihre seitdem ausweichende, manchmal desinteressierte Art hatte ihnen den Eindruck vermittelt, als hätte sie sich innerlich von ihrem Beruf längst verabschiedet. Ein enttäuschtes Vertrauen, das sie erst schrittweise zurückgewinnen musste.

„Also, dann“, lächelte sie Baumbach entgegen, ohne auf seine unterschwelligen Zweifel zu reagieren. „Wo ist die Leiche?“

„Da drüben im Sessel. Es handelt sich um eine Frau Wohlfarth, die Eigentümerin des Hauses."

Bevor sie Baumbach dorthin folgte, sah Monika sich im Zimmer um. Rechts von ihr an der Wand befanden sich ein Kamin, daneben eine Anrichte aus gebeiztem Holz und ein wuchtiger Schrank. Gegenüber gab es eine Verbindungstür und einen schönen, alten Sekretär. Eine breite Fensterfront führte hinaus auf die Terrasse. Die rechte Hälfte der Front verdeckte ein schwerer, samtener Vorhang, der das Licht im Zimmer ein wenig dämmte. Vor diesem Vorhang stand der Sessel mit Fußschemel und in ihm, von Monikas Standpunkt aus betrachtet von der hohen Lehne halb verdeckt, saß eine tote Frau in einem dunkelblauen Rock und beigefarbener Bluse. Ihr Kopf, umrahmt von weißem, toupiertem Haar, lag seitlich verdreht und vornübergekippt auf der Brust.

Monika näherte sich dem Sessel, Baumbach im Schlepptau, und beugte sich vor. Die Frau war um die siebzig, die Finger ihrer Hände im Schoß zu Klauen verkrampft, ihr linkes Bein ausgestreckt neben dem Schemel. Um die Schultern trug sie einen gehäkelten, dreieckigen Umhang mit Fransen in verschiedenen Farben. Das Einschussloch befand sich unterhalb der rechten Schläfe, eingerahmt von geronnenem Blut, das teils die weißen Haare und die untere Gesichtshälfte verklebte.

„Die Kugel", erläuterte Baumbach und deutete mit dem Finger auf die Einschussstelle, „wurde aus nächster Nähe abgefeuert. Sie drang hier oberhalb des Jochbeins ein, direkt am Keilbein, und zertrümmerte von innen den Knochen der Augenhöhle. Deshalb auch die rote Färbung und die Schwellung des rechten Auges. Keine Austrittswunde, was ungewöhnlich ist bei einem Schuss aus dieser Entfernung. Wahrscheinlich steckt die Kugel in der gegenüberliegenden Schädeldecke fest. Der Tod, denke ich, dürfte unmittelbar eingetreten sein und ihrer Haltung nach zu urteilen, hat sie ihn auch nicht kommen sehen."

„Mit welcher Waffe wurde sie erschossen?"

„Schwer zu sagen", antwortete Baumbach schulterzuckend. „Wir haben keine Waffe gefunden. Lediglich die Patronenhülse. Sie lag dort zwischen dem Sessel und der Wand. Der Hülse und der Eintrittswunde nach zu urteilen, handelt es sich um ein Kaliber von neun Millimetern. Ich werde die Kugel erst aus ihrem Kopf entfernen müssen, um Gewissheit zu haben.“

„Es gibt keine Waffe?“, wiederholte Monika und ließ ihren Blick ungläubig über das dunkle Parkett und anschließend auf Harald gleiten, der, seine Hände auf dem Rücken ineinandergelegt, wie ein aufmerksamer Museumsbesucher durch das Zimmer wanderte.

„Hier unten haben die Kollegen alles abgesucht“, sagte Baumbach. „Bisher ohne Erfolg. Aber ich bin sicher, die taucht wieder auf.“

Monika nickte und wandte sich den ausschließlich männlichen Kollegen der kriminaltechnischen Untersuchung zu. Von einer Frauenquote schien auch in diesem Bereich der Polizei niemand etwas gehört zu haben. „Wer leitet die Spurensicherung?“, fragte sie.

„Der da drüben.“ Baumbach machte eine Kopfbewegung hin zu einem Mann Mitte dreißig, der den oberen Teil seines Tyvek-Anzugs abgestreift und die Ärmel um seine Hüften geknotet hatte. „Herr Gökdal“, rief er ihm zu. „Würden Sie bitte mal kommen?“

Monika hatte bereits mit einigen Sachverständigen der Kriminaltechnik zusammengearbeitet, doch diesen Herrn Gökdal sah sie heute zum ersten Mal. Er war nicht besonders groß, trug schwarze, sehr kurze Haare und einen schmalen Oberlippenbart. Sein Händedruck, als Baumbach ihn ihr als Erkan Gökdal vorstellte, war kräftig und sein Lächeln offen und ungekünstelt.

„Freut mich sehr“, sagte er. „Ich habe schon einiges von Ihnen gehört.“

Darauf ging Monika lieber nicht ein, sondern lenkte, nach ein paar unverfänglichen Worten, das Gespräch auf die Ermittlungen.

„Ist etwas in diesem Zimmer verändert worden?“, fragte sie.

Herr Gökdal schüttelte den Kopf. „Nein. Wir wollten erst auf die Kripo warten. Lediglich zwei benutzte Gläser, die drüben auf der Anrichte standen, habe ich schon versiegeln lassen. Wie auch ein weiteres Glas, das auf dem winzigen Tisch neben dem

Sessel stand. Ansonsten ist alles so, wie wir es vorgefunden haben."

„Wer hat die Leiche entdeckt?"

„Soweit ich weiß, drei der Familienangehörigen. Der Bruder der Verstorbenen, ihr Sohn und dessen Frau. Sie hatten einen Schuss gehört und kamen durch die Eingangshalle ins Zimmer. Die Tür war von innen verschlossen, ließ sich aber mit einem Zweitschlüssel öffnen. Das war um vierzehn Uhr fünfzig. Fünf Minuten später hat der Bruder die Polizei gerufen."

„Wie viele Personen waren im Haus, als der Mord geschah?"

„Sieben. Mit der Ermordeten acht. Die Personalien und ihre ersten Aussagen hat einer der Kollegen von der Streife aufgenommen, die zuerst am Tatort waren. Ob eine fremde Person hier eingedrungen ist, werden wir wissen, wenn die Spuren und die Fingerabdrücke ausgewertet sind. Die Terrassentür war nicht verschlossen. Gut möglich also, dass der Täter von außerhalb gekommen ist."

Monika trat an die Fensterfront, dort, wo der Vorhang die Aussicht nicht blockierte. Die Beamten davor packten ihre Utensilien zurück in ihre Koffer. Einer von ihnen hob seinen Daumen, um ihr zu verstehen zu geben, dass die Terrasse wieder betreten werden durfte. Sie entschied sich dagegen und stellte lediglich die Gegebenheiten fest: die zusammengeklappten und gegen einen Tisch gelehnten Gartenstühle, die steinernen Kübel und den Holzzaun an der linken Seite der Terrasse.

„Ist das da das Schlafzimmer der Toten?", fragte Harald, der in der offenen Tür neben dem Sekretär stand und ins Nachbarzimmer sah. Monika wandte sich von der Aussicht auf den Wannsee ab und gesellte sich zu ihm.

„Ja", antwortete Herr Gökdal, der sich seine Gummihandschuhe abstreifte und sich mit dem Handrücken den Schweiß von der Stirn wischte. „Sie können ruhig reingehen."

Das zweite Zimmer war quer zum Wohnzimmer ausgerichtet worden. Rechts neben der Tür blieb Platz für einen wuchtigen Schrank an der Außenwand zur Terrasse. Links gab es ein breites Bett und einen Nachttisch gegenüber einem Fenster und dahinter eine weitere Tür, die zurück in die Eingangshalle führte. Zudem eine dritte, weißgestrichene und angelehnte Tür am hinteren Ende des Zimmers, die den Blick in ein kleines Badezimmer freigab. Auf dem Bett lag eine Tagesdecke, auf dem Nachttisch ein Buch. Monika lief einmal quer durch das Zimmer, ohne etwas Auffälliges zu bemerken. Nur, dass auch dieses Fenster, das nach Norden auf das Nachbargrundstück und seitlich auf die Rückfront der Garage zeigte, einige Zentimeter offenstand.

„Gibt es Fingerabrücke am Fenstergriff?“, fragte sie laut genug, dass Herr Gökdal es nebenan hören konnte.

„Verschiedene“, kam die Antwort ebenso laut zurück.

„Einbruchspuren sind keine zu sehen“, sagte Harald neben ihr, der Rahmen und Griff genauer betrachtete.

„Es wäre auch ziemlich gewagt gewesen, hier einzudringen, wenn gleichzeitig acht Personen im Haus oder im Garten herumspazieren.“

Harald richtete sich auf und fuhr behutsam über sein von Pomade glänzendes Haar, das weder Sturm noch Hagel durcheinanderbringen konnten. „Du gehst also davon aus, dass es sich um ein Familiendrama handelt?“

„Dem ersten Eindruck nach zu urteilen, ja“, bestätigte Monika. „Keinerlei Hinweise auf ein gewaltsames Eindringen. Und Frau Wohlfarth machte nicht den Eindruck, als hätte sie sich gewehrt oder als wäre sie überrascht gewesen. Das lässt auf einen Täter schließen, den sie kannte. Oder ist dir nebenan etwas aufgefallen?“

„Nichts Ungewöhnliches. Auf dem Tisch neben dem Sessel befand sich ein feuchter, runder Abdruck. Aber der wird von dem Glas stammen, das Herr Gökdal eingepackt hat. Und der CD-Player in dem riesigen Schrank war eingeschaltet.“

„Was hat sie gehört?“, fragte Monika, während sie die Schubladen des Nachttisches öffnete, hineinsah und wieder schloss. Außer einem Tiegel Nachtcreme und einem kleinen Reisewecker gab es nichts zu entdecken.

„Da war keine CD drin. Und es liegen auch keine daneben oder, soweit ich sehen konnte, irgendwo sonst. Wer weiß, wie lange der Player schon an war. Merkwürdiger finde ich eher den halb zugezogenen Vorhang.“

„Vielleicht hat Frau Wohlfarth ein Nickerchen gemacht", schlug sie vor.

„Warum hat sie dann nicht den Vorhang ganz zugezogen?"

„Du meinst, der Täter wollte verhindern, dass jemand vom Garten aus zusieht?"

„Ich weiß noch nicht, was ich meine", murmelte Harald und folgte Monika zurück ins Wohnzimmer, wo Gökdal auf sie wartete und Baumbach einen schwarzen Leichensack auf einer Bahre ausbreitete.

„Wenn es recht ist", sagte Baumbach und gab einem der Beamten auf der Terrasse ein Zeichen, ins Zimmer zu kommen, „dann nehme ich sie jetzt mit. Es wird Zeit, ihr die Kugel aus dem Kopf zu holen. Herr Gökdals Kollegen werden den restlichen Garten und die Garage durchkämmen. Weit kann die Mordwaffe ja nicht gekommen sein." Nach diesen Worten bedeutete er dem herbeigeeilten Beamten, die Beine der Toten zu fassen, und griff ihr selbst vorsichtig unter die Arme. Gemeinsam hoben sie die Leiche aus dem Sessel.

Monika warf einen letzten Blick auf Frau Wohlfarth, deren Gesichtszüge so friedlich aussahen, als hätte sie tatsächlich nichts geahnt.

„Was ist mit den sieben Verdächtigen?", fragte sie an Gökdal gerichtet.

„Der Bruder" sagte er und richtete den Zeigefinger gegen die Decke, „ist oben in seinem Zimmer. Die anderen haben wir nach Hause geschickt. Leider hatten wir keinen Grund, sie weiter festzuhalten. Außerdem hätten sie uns bei der Arbeit nur gestört. Der Kollege von der Streife hat eine Liste mit ihren Namen und Anschriften."

„Okay. Eine letzte Frage. Gehören alle sieben zur Familie?"

„Da ist eine Frau von einem Catering-Service. Der Rest, glaube ich, gehört dazu. So genau habe ich mich nicht damit befasst."

Monika bedankte sich bei Herrn Gökdal für seine Einschätzung, rief Baumbach, der den Leichensack verschloss, eine Verabschiedung zu und ging mit Harald im Schlepptau hinaus in die Eingangshalle.

Kapitel 7

Walter Wohlfarth stand vor der geschlossenen Balkontür der Bibliothek, in der Hand ein halbgeleertes Glas Whiskey, und blickte über die Balustrade hinweg in den Garten. Mehrere Polizisten durchkämmten gebückt wie Kinder zu Ostern seine Blumenbeete, die Hecken am Zaun und den kiefernnadelbedeckten Boden zwischen den Bäumen. Einer der Beamten näherte sich dem Ufer, blieb dicht davor stehen und starrte gebannt auf das in der Nachmittagssonne glitzernde Wasser. Sicherlich ging auch ihm durch den Kopf, was Walter sich längst zurechtgelegt hatte: nämlich, dass Taucher keinerlei Mühe hätten, die Tatwaffe vom schlammigen Grund des Wannsees zu bergen. Die Pistole dort hineinzuwerfen, wäre leichtsinnig gewesen. Und doch würde spätestens morgen einer der Polizisten im Neoprenanzug und mit Sauerstoffflasche auf dem Rücken hinabtauchen müssen, um sicherzugehen.

Über die anderen Indizien, die die Kriminalpolizei zu finden hoffte und zweifellos auch finden würde – wie Fuß- und Fingerabdrücke oder winzige DNA-Partikel –, machte sich Walter keine Gedanken. Jeder der heute Anwesenden hatte sicherlich unzählige Spuren an Türen, Tischen und Gläsern hinterlassen, die in ihrer Vielzahl keinen Aufschluss über den Täter mehr geben konnten.

Walter hob sein Glas, starrte in die bernsteinfarbene Flüssigkeit, die er sanft rotieren ließ, und trank. Die Geräusche aus dem unteren Stockwerk – das hektische Gerenne auf dem Parkett und das gedämpfte Stimmengewirr –, die ihm geholfen hatten, die Bilder seiner toten Schwester zu verdrängen, indem sie den Fokus auf das Kommende lenkten, wurden leiser. Die Arbeit der Beamten schien getan. Er nahm einen weiteren Schluck, um sein Gedächtnis zu betäuben, und sah zurück auf die offene Tür zum Flur. Bald würden sie die Treppe heraufkommen und ihm weitere Fragen stellen: nach dem Hergang der Tat, seinem Alibi und natürlich nach seinem Motiv. Letzteres bereitete ihm Sorgen. Zu verschweigen, dass das Haus und das

Grundstück seit einigen Stunden ihm gehörten und dass der Tod seiner Schwester ihm endlich die Freiheit gewährte, nach der er sich so lange gesehnt hatte, wäre eine Lüge von kurzer Dauer. Ebenso wie die Trauer, die er nicht wirklich empfand.

Vor dem Kamin stand Tims Notenständer, seine Trompete daneben quer über den Instrumentenkoffer gelegt, als würde er jeden Moment das Zimmer betreten und unbeirrt weiterspielen. Auf dem Boden, rund um den Notenständer, lagen verstreut die Auszüge der Musik, die Walter durch das Haus hatte schallen hören: Konzertsätze und Arien von Telemann und Bizet. In der Halterung des Ständers klemmte noch Verdis Triumphmarsch, den Tim am Ende seiner halben Stunde geschmettert hatte, und Walter beugte sich vor, um die verwirrende Anordnung der Noten zu entziffern. Sein Verständnis für Musik war gering und seine Klavierstunden, die er als Kind hatte absolvieren müssen, weil das Erlernen eines Instruments in den Augen seiner Eltern zu einer gutbürgerlichen Erziehung zwangsläufig dazugehörte, lagen Jahrzehnte zurück. Und dennoch gelang es ihm, mit Hilfe der bekannten Melodie im Kopf, aus den hüpfenden Klecksen auf dem Papier die entsprechenden Töne zu formen, die er mit wachsender Freude und Lautstärke in einem rauchigen Bariton vor sich hin brummte.

„Wir unterbrechen Sie nur ungern."

Erschrocken zuckte Walter zusammen und hatte Mühe, den Whiskey in seinem Glas, das er rhythmisch hatte mitschwingen lassen, nicht zu verschütten. Sein letzter, hoher Ton verkam zu einem kläglichen Krächzen.

„Wie lange stehen Sie da schon?", fragte er, ebenso beschämt wie erzürnt über den plötzlichen Einbruch in seine Privatsphäre.

„Nicht lange", antwortete die Frau, die ihrem älteren Kollegen verschmitzt einen kurzen Blick zuwarf. „Aber wir hätten gern ein paar Dinge mit Ihnen geklärt. Danach können Sie ungestört weitersingen."

Walter war versucht, den Whiskey in einem einzigen, betäubenden Zug zu leeren, was er, das Glas bereits erhoben, noch rechtzeitig vermeiden konnte. Stattdessen stellte er das Glas auf dem Kaminsims ab und hoffte, dass sein Atem nicht allzu stark nach Alkohol roch. Mit der Hand fuhr er sich anschließend durch die ungekämmten Haare, sich seiner nachlässigen Erscheinung durchaus bewusst. Zum Geburtstag seiner Schwester einen Anzug zu tragen, wäre ihm nie in den Sinn gekommen. Er war bei seiner Strickjacke und den Sandalen geblieben, die ihm jetzt, nach Christins plötzlichem Tod, mehr als unpassend erschienen.

Die beiden Beamten waren weiter ins Zimmer getreten und die Frau stellte sich und ihren Kollegen vor. Kriminalhauptkommissarin Seyfarth war Mitte bis Ende dreißig, schlank, etwas kleiner als Walter und sicherlich keine Schönheit. Dennoch ging von ihr eine Ausstrahlung aus, der Walter sich kaum entziehen konnte. Anders als bei Julia lag ihre Anziehungskraft nicht in den makellosen Zügen eines ebenmäßigen Gesichts, sondern in den aufmerksam funkelnden Augen und dem sinnlich lächelnden Mund, hinter dem er eine falsche Freundlichkeit vermutete, vor der er sich in Acht nehmen sollte. Ihre Haare, bemerkte er, könnten einen neuen Schnitt vertragen, da der Pagenkopf, den sie trug, ihr längliches Gesicht zu sehr betonte. Sie trug einen türkisfarbenen Pullover unter einer dünnen Jacke, enganliegende Jeans und braune Schuhe mit – für seinen Geschmack – viel zu flachen Absätzen. Kommissar Lüders, der die sechzig längst überschritten haben dürfte, blieb einige Schritte hinter ihr zurück, mehr an der Umgebung interessiert als an ihm. Er wirkte wie eine lächerliche Figur aus einem Roman des letzten Jahrhunderts: klein, dick, in einem schlecht sitzenden Anzug und mit schmierigen Haaren und kleinen Augen inmitten eines hochroten Gesichts.

„Zunächst einmal“, sagte Frau Seyfarth, „möchte ich Ihnen mein aufrichtiges Beileid aussprechen, auch im Namen meines Kollegen. Ich weiß, wie schwer es für Sie ist, uns so kurz nach dem tragischen Vorfall Rede und Antwort stehen zu müssen.“

„Ich verstehe schon“, erwiderte er, seinen Blick irritiert auf Kommissar Lüders gerichtet, der, die Hände auf dem Rücken verschränkt, an die Balkontür getreten war und auf den Fußballen vor- und zurückwippte wie ein Aufstehmännchen.

„Sie sind der Bruder der Verstorbenen?“, fragte sie.

„Ja."

„Und Sie wohnen in diesem Haus?"

Walter sah sie an, unschlüssig darüber, ob er ihr einen Platz anbieten sollte, da er im Sitzen seine aufkeimende Nervosität besser in den Griff bekommen hätte. Doch er entschied sich dagegen.

„Ich bin hier geboren worden, ja. Das Haus gehört meiner Schwester. Oder besser gesagt, es gehörte ihr. Denn jetzt, um Ihre nächste Frage gleich vorwegzunehmen, gehört es wohl mir. So hatten es meine Eltern damals verfügt."

„Kein schlechtes Erbe", entgegnete die Kommissarin mit diesem schelmischen Grinsen, das ihrem schmalen, fast mädchenhaften Gesicht etwas Verschlagenes und Heimtückisches verlieh und Walter zutiefst verunsicherte. „Und gar kein abwegiges Motiv, finden Sie nicht? Haben Sie deshalb so triumphierend vor sich hin geträllert?"

„Oh, das", lachte er verlegen und vollführte eine derart ausschweifende Handbewegung, dass seine Finger die Notenblätter streiften, die er erschrocken festhalten musste. „Nein, nein, ich habe nur … Ich weiß auch nicht, wieso. Tim, mein Großneffe, hat vorhin auf der Trompete gespielt, und als ich hier gewartet habe, habe ich …"

„Wie würden Sie das Verhältnis zu Ihrer Schwester beschreiben?", unterbrach sie ihn.

Walter trat vom Notenständer zurück und stützte sich lässig mit dem Ellenbogen auf dem Kaminsims ab. Sein Mund war trocken geworden, doch nach dem Whiskey zu greifen, der in unmittelbarer Reichweite stand, wagte er nicht.

„Wir haben uns sehr gut verstanden. Immerhin hat Christin mich hier wohnen lassen, wozu sie keineswegs verpflichtet gewesen wäre. Wir haben uns ergänzt, könnte man sagen. Bruder und Schwester, Sie wissen schon. Blut ist trotz allem dicker als Wasser."

Frau Seyfarth nickte zustimmend, nur um nach einer winzigen Pause hinzuzufügen: „Wieso trotz allem?"

Er begegnete ihrem starren Blick, seine Hände unfreiwillig zu Fäusten geballt. „Meine Schwester", antwortete er, „war zwölf

Jahre älter als ich. Es ging ihr gesundheitlich nicht besonders gut, sie hatte Schmerzen in den Beinen und brauchte einiges an Zuwendung. Das konnte ziemlich anstrengend sein. Daraus haben sich gelegentlich kleinere Spannungen ergeben. Ich habe sie nicht gehasst, falls Sie das damit andeuten wollten."

„Natürlich nicht, Herr Wohlfarth. Doch Sie werden hoffentlich verstehen, dass ich alle Möglichkeiten in Betracht ziehen muss, wenn wir den Schuldigen so schnell wie möglich finden wollen. Warum setzen wir uns nicht?"

„Entschuldigen Sie. Bitte, nehmen Sie Platz." Walter deutete auf einen der beiden Ledersessel und wartete, bis Frau Seyfarth es sich in den weichen Polstern bequem gemacht hatte. Sie lehnte sich weit zurück, schlug das rechte Bein über das linke und verschränkte ihre Hände auf dem rechten Knie. Ihren Kollegen ebenfalls zu bitten, schien unnötig. Er hatte die Balkontür geöffnet, war hinaus bis dicht an die Balustrade getreten, den Oberkörper weit vorgebeugt, und winkte jemandem auf der unteren Terrasse zu.

„Ich würde Ihnen ja gern etwas zu trinken anbieten", sagte er, noch abgelenkt von Herrn Lüders auf dem Balkon, „aber dazu müsste ich runter in die Küche."

„Machen Sie sich keine Umstände. Kommen wir lieber zum Ablauf des heutigen Tages."

Mehr denn je überkam Walter das Verlangen nach dem Whiskey. Seine Handflächen schwitzten. Verlegen wischte er sie an der Strickjacke trocken und setzte sich in den zweiten Sessel, der Kommissarin gegenüber. Um seine Hände ruhig zu halten, presste er beide Unterarme fest auf die breiten Lehnen und die Finger um deren Enden. Für seine Nervosität gab es keinen Grund. Er wusste schließlich, wo er den Tag über gewesen war und dass Anna und Philip bezeugen konnten, ihm nach dem Schuss in der Halle begegnet zu sein.

„Man hat mir gesagt", begann die Kommissarin mit der Vernehmung, „dass Sie es waren, der die Polizei benachrichtigt hat. Ist das richtig?"

„Ja, das stimmt", bestätigte er. „Gleich nachdem ich meine Schwester gefunden habe, gemeinsam mit meinem Neffen und seiner Frau. Die Tür zu ihrem Wohnzimmer war abgeschlossen. Zum Glück hatte ich einen anderen Schlüssel dabei, der passte."

„Wie viel Zeit, würden Sie sagen, verging zwischen dem Schuss und Ihrem Eintreffen am Tatort?"

„Schwer zu sagen. Ich bin nicht sofort losgerannt, weil ich mir nicht vorstellen konnte, dass im Haus jemand schießt. Es klang für mich auch mehr wie einer dieser grässlichen Knallfrösche zu Silvester. Trotzdem fand ich den Knall ziemlich merkwürdig, weshalb ich mich vergewissern wollte. Das war vielleicht nach zwei, drei Minuten. Länger nicht."

„Und die anderen beiden? Ihr Neffe und seine Frau?"

„Die standen bereits in der Halle und haben mich die Treppe herunterkommen sehen."

Die Kommissarin verzog keine Miene. Sie saß regungslos wie aus Wachs gegossen in dem Sessel, das eine Bein noch immer über das andere geschlagen, die Hände auf dem oberen Knie. Sogar ihre Gesichtsmuskulatur schien, wenn sie nicht gerade redete, völlig erstarrt und verhinderte eine Einschätzung dessen, was hinter ihrem stechenden Blick vor sich gehen mochte. Er selbst dagegen rutschte zu oft in eine andere Position, mal aufrecht, mal nach vorn gebeugt, und war sich der Signale, die er damit ausstrahlte, schmerzlich bewusst.

„Philip hat dann die Tür aufgeschlossen", fuhr Walter fort, weil Frau Seyfarth nicht auf seine Äußerung reagiert hatte. Es fiel leichter, einfach zu reden, anstatt unter ihren Argusaugen auf weitere Fragen zu warten. „Sie saß in ihrem Sessel, ganz friedlich, als wäre sie nur mal kurz eingenickt. Erst als ich dicht bei ihr war, habe ich bemerkt, dass da … dass sie tot war. Hinter mir hat Anna aufgeschrien und Philip stand bloß da und hat vor sich hin gebrabbelt. Dann kam mein anderer Großneffe Konrad vom Garten ins Zimmer gerannt und nach ihm Julia, Philips Freundin. Es war ein ziemliches Durcheinander, bis Konrad alle wieder hinausgetrieben hat, weil er nicht wollte, dass Tim etwas mitbekommt. Ich bin ebenfalls raus in die Halle gelaufen und habe die Polizei vom Festnetz aus angerufen."

„Haben Sie im Zimmer etwas Ungewöhnliches bemerkt? War etwas anders als sonst oder lag etwas auf dem Boden? Eine Pistole zum Beispiel?"

Walter kniff die Augen zusammen. „Haben Sie denn keine gefunden?"

„Nein", erwiderte Frau Seyfarth knapp. „Deshalb frage ich."

„Nun, ich … ich kann mich nicht erinnern. Es ging alles so schnell und wir waren alle so geschockt. Aber nein, da war keine Pistole. Ganz bestimmt nicht. Ansonsten hätte ich sie sicherlich gesehen, oder?"

„Besitzen Sie eine Waffe, Herr Wohlfarth?"

„Ich?" Seine Antwort, wie er selbst bemerkte, klang aufgesetzt und unehrlich, was der Kommissarin keineswegs entging. Sie entwirrte endlich ihre Beine und richtete sich kerzengerade auf, dass ihre Brüste unter dem Pullover deutlicher hervortraten. Walter wandte den Blick von ihnen ab und atmete einmal tief durch. Früher oder später, entschied er, wäre es sowieso kein Geheimnis mehr.

„Meine Schwester hat eine", sagte er. „Die stammt noch von unserem Vater. Ein ganz altes Ding, wahrscheinlich ein Überbleibsel aus dem Zweiten Weltkrieg. Christin hat sie in ihrem Nachttisch aufbewahrt, als Schutz vor Einbrechern."

„Im Nachttisch?" Für Walter bisher unbemerkt, war Kommissar Lüders vom Balkon zurück ins Zimmer getreten und stand seitlich von ihm zwischen Sessel und Kamin. Frau Seyfarth sah ihn an und schüttelte den Kopf.

„Da war keine", sagte sie und an Walter gerichtet: „Wer aus der Familie hat von der Waffe gewusst?"

„So ziemlich jeder, nehme ich an. Das war kein Geheimnis, im Gegenteil. Eher haben wir uns darüber lustig gemacht, weil wir uns nicht vorstellen konnten, dass Christin sie benutzen würde. Wahrscheinlich wusste sie nicht mal, wie sie funktioniert. Hin und wieder hat sie das Magazin kontrolliert, um zu sehen, ob alle Kugeln drin waren. Als hätte das einen Unterschied gemacht."

„Um was für ein Modell handelte es sich denn?", fragte Herr Lüders.

Walter zuckte mit den Schultern. „Damit kenne ich mich nicht aus. Ich kann mich auch nicht daran erinnern, wann ich die Pistole zuletzt gesehen habe."

Erneut sah Kommissarin Seyfarth an ihm vorbei auf ihren Kollegen. „Harald, könntest du …", sagte sie, während Kommissar Lüders bereits zielstrebig zur Tür eilte, wohl um in Christins Schlafzimmer den Verbleib der Pistole zu überprüfen. Walter blickte ihm nach, wie seine unförmige Gestalt auf den kurzen Beinen und mit dem wie Rohöl glänzenden Hinterkopf verschwand.

„Betrachten wir uns so lange die Situation vor dem Mord", lenkte Frau Seyfarth seine Aufmerksamkeit zurück auf den Hergang der Tat. Diesmal lehnte die Kommissarin gegen das Seitenpolster des Sessels, ihre Arme unter den Brüsten verschränkt und die Beine ausgestreckt vor dem runden Couchtisch. „Wie ist der Tag verlaufen und was taten Sie, bevor Sie den Schuss gehört haben?"

„Nun, da gibt es nicht viel zu erzählen", sagte er und ließ den Geburtstag Revue passieren. Er begann mit Annas und Tims Erscheinen gegen zehn Uhr, gefolgt von der Frau vom Catering-Service, die mit den vorbereiteten Speisen in der Küche verschwand, erwähnte die Ankunft von Konrad, Philip und Julia ungefähr eine Stunde danach, berichtete von seinem Gespräch mit Julia und Christin im unteren Wohnzimmer und von dem gemeinsamen Mittagessen. „Anschließend hat Christin sich zurückgezogen und die anderen haben gemacht, was sie wollten. Ich bin im Esszimmer geblieben und habe mit meinem anderen Neffen, mit Konrad, geredet und musste dann in einem der Beete neben der Garage zwei Löcher für die Rosenstöcke graben, die da rein sollen. Danach bin ich auf mein Zimmer gegangen, um mich auszuruhen. Ach ja, vorher habe ich kurz bei Christin vorbeigeschaut und gefragt, ob sie irgendetwas bräuchte. Das war aber nicht der Fall, da Anna ihr die Stola schon gebracht hatte, die sie unbedingt haben wollte. Also bin ich hoch in mein Zimmer. Wo die anderen waren, weiß ich nicht. Tim hat Trompete gespielt und zwar verdammt gut. Nur einmal, beim Triumphmarsch zum Schluss, hat er den hohen Ton nicht getroffen. Daran erinnere ich mich, weil der Ton völlig schief geklungen und Tim kurz darauf aufgehört hat zu spielen. Das muss etwa zehn Minuten vor dem Schuss gewesen sein. Na, und dann bin ich runtergerannt. Das können Anna und Philip bezeugen."

„Befand sich Tim noch in diesem Zimmer, als Sie zur Treppe gingen?"

„Ja, natürlich. Die Tür war zwar geschlossen, aber wo sollte er sonst gewesen sein?"

„Keine Ahnung. Ich versuche lediglich, mir ein Bild zu machen."

„Sie werden doch nicht andeuten wollen, dass …"

„Ich deute gar nichts an, Herr Wohlfarth. Aber selbst Ihnen dürfte nicht entgangen sein, so schrecklich diese Erkenntnis auch sein mag, dass mit höchster Wahrscheinlichkeit das Verbrechen an Ihrer Schwester von einem der heute hier Anwesenden begangen wurde."

Walter spürte, wie ihm das Blut in den Kopf schoss und er kurz davor war, aufzuspringen. Weniger gedacht als Ausdruck der Entrüstung als vielmehr, um endlich das Glas auf dem Kamin zu leeren. Nur mit Mühe konnte er sein Verlangen unterdrücken, riss sich zusammen und gab der Kommissarin notgedrungen recht. Jedes andere Szenario schien ausgeschlossen. Für jeden Fremden wäre es ein Ding der Unmöglichkeit gewesen, völlig unbemerkt auf das Grundstück und ins Haus zu gelangen.

„Wer von uns sollte so etwas Schreckliches denn getan haben?", fragte er, den Kopf gesenkt und die Stimme resigniert.

„Hat es innerhalb der Familie Streit gegeben? Irgendwelche Motive, die zu solch einer Tat geführt haben könnten?"

Walter blickte die Kommissarin durchdringend an. „Abgesehen von meinem Motiv, meinen Sie."

Da war es wieder, dieses tückische Lächeln, hervorgerufen allein durch die linke Hälfte ihres hübschen Mundes. Ein Lächeln, das Walter in jeder anderen Situation erotisch gefunden hätte.

„Ja", betonte sie, „abgesehen von einem Grundstück in bester und teuerster Lage der gesamten Stadt."

„Ich kann mir nicht vorstellen, dass jemand von uns, mich eingeschlossen, einen derartigen Hass auf meine Schwester gehabt haben soll“, antwortete er zögerlich, weil er unschlüssig war, inwieweit er hinter dem Rücken seiner Familie über sie herziehen sollte und durfte. „Sicherlich, es gab einige Spannungen, wie in jeder Familie. Aber das rechtfertigt doch keinen … keinen Mord.“

„Von welcher Art Spannungen reden Sie?“

„Also gut“, gab Walter nach, „Sie werden sowieso dahinterkommen. Christin war unentschlossen, was die Scheidung von Anna und meinem Neffen Philip betraf. Einerseits war sie einverstanden gewesen, andererseits hatte sich heute gezeigt, dass sie Julia, Philips neuer Freundin, keinen Fingerbreit über den Weg traute. Anna wollte natürlich, dass Christin die Scheidung verhinderte. Sie hätte ansonsten nur Anspruch auf einen Teil von Philips eigenem Vermögen gehabt, das, gelinde gesagt, nicht der Rede wert ist. Philip lebt vom Geld seiner Mutter. Darüber hinaus ist er so gut wie pleite. Mit Christins Tod wird sich seine Lage jetzt schlagartig ändern. Und damit auch die von Anna, ganz egal, ob als Ehefrau oder als Geschiedene.“

Kommissarin Seyfarth hatte aufmerksam und wie zuvor regungslos zugehört. Als er endete, sagte sie feststellend: „Ihre Schwester war also eine reiche Frau.“

„Sehr reich sogar.“

„Verstehe. Gibt es sonst noch etwas, das ich wissen sollte und das uns weiterhelfen würde?“

Natürlich, es gäbe Etliches, das Walter preisgeben könnte. Über Konrad zum Beispiel und sein zwiespältiges Verhältnis zu seiner Mutter – eine Hassliebe, wie er fand. Und über Olivers tragischen Tod, der sie alle in ein teuflisches Schweigen gezwungen und dem zu entkommen keiner von ihnen gemeistert hatte. Stattdessen waren nur Misstrauen und falsche Trauer aufgekeimt, unter denen vor allem Tim bis heute litt.

Doch Walter schwieg. Er hatte schon genug gesagt, um sein eigenes Motiv herunterzuspielen. In den nächsten Tagen würde die Polizei ohnehin in ihrem Privatleben wühlen und jede belanglose und vergessen geglaubte Verfehlung ans Tageslicht zerren. Da brauchte er jetzt nicht den Verräter zu spielen.

„Im Moment", sagte er, „habe ich nichts mehr hinzuzufügen."

Kommissarin Seyfarth schien zufrieden. Sie erhob sich aus dem Sessel und reichte ihm die Hand.

„Dann danke ich für Ihre Geduld. Leider werden wir Sie bestimmt noch mal belästigen müssen, sobald wir nähere Erkenntnisse haben. Sollte Ihnen jedoch in der Zwischenzeit etwas einfallen, stehen Kommissar Lüders und ich Ihnen selbstverständlich zur Verfügung. Und sobald meine Kollegen mit der Spurensicherung fertig sind, haben Sie hoffentlich etwas Ruhe."

Frau Seyfarths Händedruck war weich und mitfühlend. Walter bedankte sich ebenfalls, ohne genau zu wissen, wofür. Er blieb vor seinem Sessel stehen und wartete, bis sie das Zimmer verlassen und die Tür hinter sich geschlossen hatte. Welchen Eindruck er auf sie gemacht und ob sie seinem Alibi wirklich geglaubt hatte, darüber konnte er nur spekulieren. Womöglich war er zu kühl gewesen, zu wenig entsetzt und betroffen über die Tat. Im besten Falle hatte Frau Seyfarth seine fehlende Trauer einem Schock zugeschrieben, der sich erst später in Tränen und Verzweiflung auflösen würde. Ein Schock, von dem Walter allerdings nicht das Geringste spürte. Was er dagegen spürte, war eine ungeheure Müdigkeit und eine erdrückende Schwere in den Gliedern, die er mit ausreichend Alkohol vertreiben musste.

Endlich unbeobachtet, griff Walter nach dem Whiskey und trank, nach einem Toast auf sich selbst, auf die erste Nacht in seinem neu erworbenen Heim.

„Sie müssen entschuldigen, wie es hier aussieht", sagte Sabine Krumm und bot Kommissar Lüders und ihr einen Platz auf dem Sofa an. „Ich habe vorhin nur schnell den Lieferwagen ausgeräumt und alles irgendwo abgestellt. In der ganzen Aufregung habe ich sogar ein paar meiner Töpfe und Servierplatten in der Villa vergessen. Ich bin noch völlig durcheinander von dem, was passiert ist."

„Das ist verständlich", antwortete Monika lächelnd und stupste die beiden bestickten Kissen beiseite, damit sie neben Harald auf das schmale Sofa passte. „Wir wollen Sie auch nicht lange belästigen. Bloß ein paar erste Fragen, dann sind Sie erlöst."

Während der Fahrt zurück aus Kladow hatte Monika ihrem Kollegen den Vorschlag unterbreitet, trotz der späten Stunde bei einer der beiden Zeuginnen vorbeizuschauen, die nicht mit der Toten verwandt waren, um zumindest an diesem Abend die Familienangehörigen in ihrer Trauer nicht zu stören.

Deshalb saßen sie beide in einer kleinen, unaufgeräumten Zwei-Zimmer-Wohnung in Berlin-Steglitz, unweit der Schlossstraße, und Monika ließ ihren Blick durch das Zimmer schweifen, über den Schrank und die Regale, vorbei an dem kleinen Fernseher und zurück in den Flur, durch den sie gekommen waren. Die herrschende Unordnung rührte nicht allein von den Kochutensilien her, die Frau Krumm, wie sie sagte, einfach abgestellt hatte, sondern schien Programm. Jedes Regal, jeder freier Platz war vollgestellt mit Büchern, Krimskrams und Kartons.

„Es war furchtbar", sagte Frau Krumm, während sie einen Stuhl heranzog, den Stapel Zeitschriften auf den Boden legte und sich setzte. Ihre Hände spielten erregt in ihrem Schoß, ihre Augen blinzelten nervös oder bemüht, die Tränen zurückzuhalten, und glitten, unschlüssig darüber, an wen sie sich wenden sollte, zwischen Lüders und ihr hin und her.

„Haben Sie Frau Wohlfarth näher gekannt?", fragte Monika.

Frau Krumm schüttelte den Kopf. „Nein, nicht wirklich. Ich bin eine Freundin ihrer Schwiegertochter. Durch sie bin ich an den Job gekommen. Abgesehen von heute habe ich Frau Wohlfarth nur ein einziges Mal getroffen. Das war vor einer Woche, weil wir das Menü besprechen wollten."

„Welchen Eindruck hat Frau Wohlfarth bei diesem Treffen auf Sie gemacht?"

„Eindruck?" Sabine Krumm wandte sich an Harald, als hätte sie Monikas Frage nicht verstanden. Er jedoch schien mit seinen Gedanken woanders und schwieg. „Ich … ich weiß nicht recht. Sie war nett. Freundlich. Sie wusste ganz genau, was sie wollte, und hat meine Vorschläge allesamt abgelehnt. So gesehen war der Besuch bei ihr völlig überflüssig gewesen. Sie hätte mir ebenso gut eine Liste mailen können."

„Und die Schwiegertochter? Anna Wohlfarth? Wie stand sie zu der Ermordeten?"

Das Blinzeln erstarrte. Diesmal hatte Frau Krumm die Intention hinter der Frage durchschaut. Ihre Abneigung, darauf zu antworten, zeigte sich in der leichten Anspannung ihrer Mundwinkel und dem nervösen Wippen ihrer Füße.

„Darüber hat Anna nie viel erzählt", antwortete sie, was offensichtlich gelogen war.

„Gar nichts? Sie sind doch mit ihr befreundet, haben Sie gesagt. Ich bin sicher, Anna Wohlfarth hat sich Ihnen anvertraut. Was ist zum Beispiel mit der bevorstehenden Scheidung und Frau Wohlfarths Sorge, dadurch einen Teil ihrer finanziellen Zuwendungen zu verlieren?"

„Oh, das meinen Sie", erwiderte Frau Krumm mit einem derart gekünstelten Lachen, dass selbst Harald, der gedankenversunken vor sich hin gedöst hatte, aufhorchen musste. „Ja, so etwas in der Art hat Anna mal erwähnt. Aber deswegen würde sie ihre Schwiegermutter doch nicht umbringen! Zumal Christin niemals in die Scheidung eingewilligt hätte. Nein, nein, darüber brauchte sich Anna keine Sorgen zu machen. Ihr Mann wäre früher oder später sowieso zu ihr zurückgekehrt, schon allein wegen der Kinder. Ich meine natürlich", verbesserte sie sich, „wegen Tim."

Monika hob die Augenbrauen und lehnte sich vor. Sabine Krumm senkte den Blick zu dem Stapel Zeitschriften und dann vorsichtig auf Lüders, der als Erster den Versprecher aufgriff.

„Gibt es denn weitere Kinder", wollte er wissen, „die heute nicht anwesend waren?"

„Ich habe mich vertan, weiter nichts."

Es entstand eine Pause, in der Monika auf weitere Ausführungen hoffte, die nicht kamen. Frau Krumm schlang ihre Arme dicht um ihren fülligen Körper und signalisierte ihre Weigerung, weiter darauf einzugehen. Leider wusste Monika noch zu wenig über die Familie Wohlfarth und Frau Krumm, als dass sie mögliche Unwahrheiten von der Wahrheit unterscheiden konnte. Und solange dies nicht der Fall war, musste sie sich mit dem begnügen, was man ihr als Fakten offerierte.

„Dann versuchen wir jetzt, den Tathergang so gewissenhaft wie möglich zu rekonstruieren", sagte sie, nicht ohne ein unüberhörbares Misstrauen in der Stimme, das Frau Krumm mit einem leichten Erröten ihrer Wangen auch als solches verstand. „Wo waren Sie, als Sie den Schuss gehört haben?"

„Ich war auf dem Weg in die Küche", sagte sie, die Hände erneut in ihrem Schoß, „weil ich die Dekorationen für die Kaffeetafel im Lieferwagen vergessen hatte. Den Schuss habe ich gar nicht bewusst wahrgenommen. Ich kann mich bloß an einen dumpfen Knall erinnern, wie bei einem platzenden Luftballon oder etwas Ähnlichem. Da war ich bereits auf dem Rückweg durch den Vorgarten, ohne natürlich gleich an was Böses zu denken. Erst in der Küche habe ich dann die lauten Stimmen in der Halle gehört und bin nachsehen gegangen. Anna ist mir weinend entgegengelaufen und hat ständig nach Tim gerufen, damit er nicht aus Versehen ins Wohnzimmer lief."

„Sie kamen also nicht durch den Haupteingang."

„Nein, ich verließ die Küche durch die Seitentür und nahm den Weg am Haupteingang vorbei durchs Gartentor. Und genauso bin ich auch wieder zurückgegangen."

„Ist Ihnen währenddessen jemand begegnet?"

Frau Krumm schüttelte den Kopf. „Nein, niemand."

„Also könnte auch niemand bezeugen, Sie gesehen zu haben."

„Warten Sie!", rief sie und hob abwehrend die Hand. Ihre plötzliche Vermutung, nicht allein als Zeugin, sondern auch als Tatverdächtige vernommen zu werden, hatte sie sichtlich erschüttert. „Natürlich hat mich jemand gesehen. Wie konnte ich das vergessen? Philips Bruder hat mich gesehen. Er war draußen beim Briefkasten, als ich zum Lieferwagen ging. Wir haben sogar ein paar Sätze miteinander gesprochen, bevor er außen an der Garage ums Haus gegangen ist."

„Wann genau war das?", fragte Monika.

„Gleich zu Anfang, noch bevor ich die Sachen aus dem Wagen holen konnte. Ungefähr kurz vor halb drei, schätze ich. Tim hat Trompete gespielt, das weiß ich genau. Aber ich habe nichts damit zu tun", verteidigte sie sich. „Ich kannte Frau Wohlfarth ja überhaupt nicht. Wieso sollte ich so etwas Furchtbares auch nur denken?"

„Niemand verdächtigt Sie", schaltete sich Lüders mit einem solch besänftigenden Lächeln ein, wie Monika es nie zustande bringen würde. Ein Lächeln, das ehrliche Anteilnahme und Empathie vermittelte und das sie schon lange zu kopieren versucht, aber nie zu kopieren geschafft hatte. Und wie jedes Mal wirkte es Wunder. Frau Krumm atmete durch, lehnte sich zurück und entspannte ihre verkrampften Finger.

„Wir müssen uns ein Bild von dem Tathergang machen", fügte Lüders weiterhin lächelnd hinzu. „Das ist alles."

„Natürlich, entschuldigen Sie. Ich bin noch so schrecklich aufgewühlt. Wenn ich bloß daran denke, was Anna jetzt durchmachen muss ..." Frau Krumm beugte den Oberkörper zur Seite und zog aus der Hosentasche ein zerknittertes Papiertaschentuch. Damit betupfte sie nacheinander beide Augen, als wollte sie Tränen entfernen, von denen Monika nichts bemerkt hatte.

„Was geschah früher?", fragte sie. „Sagen wir, zwischen dem Ende des Mittagessens und dem Schuss."

„Da war ich die ganze Zeit in der Küche. Es gab schließlich einiges zu tun. Geschirrspülen, Abtrocknen, die Torte vorbereiten ... Anna hat mir später etwas Gesellschaft geleistet. Wir haben geplaudert und den Tisch im Esszimmer neu gedeckt. Dann wollte sie in die Garage, um nach irgendetwas zu suchen. Und ich bin nach draußen zu meinem Lieferwagen gegangen. Das war alles."

„Und in dieser Zeit haben Sie, außer mit Anna und Konrad Wohlfarth, mit niemandem sonst gesprochen?"

„Nein. Ich kannte ja sonst keinen. Abgesehen von Philip natürlich, dem ich manchmal begegnet bin, als er noch bei Anna wohnte. Und Tim. Aber der hat sich gleich nach dem Essen nach oben verzogen und hat Trompete gespielt. Wo Philip sich mit seiner neuen Freundin herumgetrieben hat, das weiß ich nicht." Bei ihren letzten Worten verdrehte Sabine Krumm das Taschentuch in ihren Händen, als wollte sie es erwürgen.

„Sie haben wohl nicht viel für ihn übrig", sagte Monika und deutete auf das Taschentuch.

„Wieso sollte ich", erwiderte Frau Krumm, ohne den Griff um das Tuch zu lockern, „nachdem, wie er Anna behandelt hat! Wie würde es Ihnen denn gefallen, wenn Ihr Mann vor Ihren Augen eine andere präsentiert?"

Von dieser direkten Ansprache überrumpelt, zuckte Monika zusammen. Unwillkürlich musste sie an Vincent Schröter denken und an ihre ständige Befürchtung, dass er in den Wochen, in denen sie sich nicht gesehen hatten, sie vergessen könnte. Eine Besorgnis, die Monika in der Phase ihrer Lethargie erfolgreich verdrängt hatte und die ihr nun erneut entgegenschlug. Das erste Mal seit Langem – dank Lüders und dem Mordfall – verspürte sie das Gefühl, lebendig zu sein, und sofort mussten all die negativen Empfindungen zurück an die Oberfläche drängen. Wo blieb da die Gerechtigkeit?

„War Anna Wohlfarth sehr aufgebracht deswegen?", fragte sie hastig, um die Gedanken an die eigene Situation zurückzustellen.

„Oh, sie war ziemlich wütend auf ihn", stimmte Sabine Krumm ihr zu, bevor sie die Aussage relativierte. „Aber das hatte nichts mit seiner Mutter zu tun. Mit Christin hat sich Anna immer blendend verstanden."

„Vielen Dank, Frau Krumm", sagte Monika abschließend und wandte sich an Harald, der mit den Schultern zuckte, weil auch ihm keine Fragen mehr einfielen. „Ich denke, für heute haben wir Sie lange genug belästigt. Es wäre schön, wenn Sie in den nächsten Tagen für weitere Vernehmungen zur Verfügung stehen würden."

„Wie Sie meinen. Ich hatte sowieso nicht vor, wegzufahren." Frau Krumm stand auf und geleitete sie und Lüders in den Flur.

„Läuft das Geschäft gut?", fragte Monika mit Blick in die beengte Küche, von der sie sich nicht vorstellen konnte, dass in ihr ganze Menüs gezaubert wurden.

„Mehr recht als schlecht, wenn ich ehrlich bin. Ich lebe von Mundpropaganda und die hat sich ziemlich schnell ausgereizt. Und für Werbung fehlt mir leider das Geld."

„Sie machen das ganz allein?“

„Was bleibt mir anderes übrig?“, sagte Sabine Krumm und fügte mit einem ironischen Lachen hinzu: „Aber wenn Sie mal eine andere Beschäftigung suchen und etwas Kapital mitbringen, stelle ich Sie gerne ein.“

Monika lachte mit. „Oh, Sie kennen meine Kochkünste nicht. Mit mir am Herd wären Sie im Handumdrehen pleite. Fragen Sie Kommissar Lüders. Der weiß, wovon ich spreche. Da wäre es Erfolg versprechender, Sie bitten Ihre Freundin, Anna Wohlfarth.“

Bei diesen Worten erlosch die Heiterkeit auf Frau Krumms Gesicht wie eine Kerze im Wind. Ihre Stimme, als sie endlich antworten konnte, klang zögernd und kalt. „Ja, warum nicht?“, sagte sie, drängte an Monika vorbei und öffnete die Wohnungstür. „Das sollte ich vielleicht tun.“

Von ihrer Reaktion überrascht, streckte Monika Frau Krumm zum Abschied die Hand entgegen, die sie scheu und kraftlos entgegennahm. Auch Harald verabschiedete sich, dem Monika, kaum hatte sich die Tür hinter ihnen geschlossen, einen zarten Stoß in die Rippen versetzte. Genau diese Momente waren es, dachte Monika gutgelaunt, die sie bei ihrer Kriminalarbeit so schmerzlich vermisst hatte.

„Das war ein Volltreffer“, sagte sie auf dem Weg zum Fahrstuhl. „Hast du gesehen, wie bleich sie geworden ist?“

„So bleich, wie du kurz zuvor“, kam Haralds Antwort, ohne eine Spur von Ironie.

„Ich?“

„Du weißt, was ich meine. Und obwohl ich mir vorgenommen habe, kein einziges Wort mehr darüber zu verlieren, weil es mich streng genommen gar nichts angeht …“

„Allerdings.“

„… werde ich meinen Vorsatz jetzt ein letztes Mal brechen.“ Er hielt Monika die Fahrstuhltür auf und ließ sie vorangehen. „Ganz egal, warum du Vincent nicht besuchst und warum du nicht einmal mit ihm telefonierst hast … denke bitte gründlich darüber nach, ob du ihn deswegen wirklich verlieren willst.“

Ihre Euphorie von eben war dahin. Sie drückte wütend den Knopf für das Erdgeschoss und starrte auf die sich schließende Tür, ohne zu wissen, worauf sie ihren Ärger richten sollte. Auf Harald, der sich einmischte, oder auf sich selbst, weil Harald schließlich nur das auszusprechen gewagt hatte, wovor sie seit drei Monaten die Augen verschloss. Den Grund für ihr Schweigen Vincent gegenüber kannte sie ganz genau. Daran verschwendete sie schon lange keinen Gedanken mehr. Es waren die Reaktionen und die Folgen, die Monika fürchtete, sollten Vincent und sie gezwungen sein, über diesen Grund miteinander zu reden.

Das Schweigen in der engen Fahrstuhlkabine erstickte langsam ihren Groll. Sie schloss die Augen in dem Bewusstsein, dass sie früher oder später – nämlich spätestens, wenn Vincent seine Tätigkeit als Kommissar wieder aufnahm – sich ihrem Konflikt würde stellen müssen. Denn ein Arbeiten an seiner Seite, während noch alles zwischen ihnen unausgesprochen blieb, das wäre um ein Vielfaches schlimmer, als endlich über ihren Schatten zu springen.

„Entschuldige, Monika“, sagte Harald hinter ihr. „Ich wollte wirklich nicht …“

Monika hob abwehrend die Hand. „Nein, nein. Du hast ja vollkommen recht. Ich sollte dir wirklich dankbar sein. Niemand sonst hat bisher den Mut gehabt, mir das ins Gesicht zu sagen. Dabei habe ich nichts anderes gebraucht.“ Sie sprach zu der geschlossenen Tür, weil sie ansonsten die Tränen, die sich in ihre Augen verirrt hatten, nicht länger zurückhalten könnte. „Also, danke, Harald. Dafür, dass du mir diesen Fall aufgedrängt hast, und vor allem für diesen überfälligen Tritt in den Arsch.“

Mit einem Ruck hielt der Fahrstuhl im Erdgeschoss. Harald, der wusste, wann es zu schweigen galt, erwiderte nichts. Er folgte ihr aus dem Haus in die anbrechende Nacht und den kurzen Weg zu seinem Volvo, der im Parkverbot stand. Er fischte den Bußgeldbescheid unter dem Scheibenwischer hervor, faltete ihn sorgsam zusammen und steckte ihn in die Innentasche seines Jacketts.

„Soll ich dich gleich nach Hause fahren?“, fragte er. „Das ist einfacher, als erst deinen Wagen im Amt abzuholen.“

„Das wäre lieb von dir“, sagte sie und ließ sich auf den Beifahrersitz fallen. „Sven wird schon sauer sein, weil er nichts zu essen kriegt.“

„Kann er sich nicht selber was kochen? Er ist erwachsen.“

Beinahe mitleidig sah Monika ihn an. Harald, damit beschäftigt, den Gurt um seinen ausladenden Bauch zu spannen, blickte völlig naiv und verständnislos zurück. „Was?“, fragte er. „Er ist achtzehn, oder nicht?“

„Sven weiß kaum, wie man den Herd anmacht. Kochen ist ein Wort, das in seinem Wortschatz nicht vorkommt. Aber wenn du willst, leihe ich ihn dir gern mal für ein Wochenende aus. Damit du weißt, wie Jugendliche heutzutage so ticken.“

Harald lehnte dankend ab. Er startete den Wagen und bog in die Schlossstraße ein, die nach Ladenschluss im Schein der Laternen verlassen und trostlos wirkte. Monika fühlte sich müde und rastlos zugleich. Die Erkenntnis, dass sie zumindest im Beruflichen dem selbstgegrabenen Loch ihrer Gleichgültigkeit langsam entkam, beflügelte sie. Es war wie das Durchbrechen einer Membran, hinter der sie sich gefangen gefühlt hatte, die Welt betrachtend, ohne an ihr teilhaben zu dürfen. Damit war es Gott sei Dank vorbei. Was ihr fehlte, wäre etwas Ähnliches im Privaten, damit sie die Balance ihres vorherigen Lebens wieder vollständig herstellen konnte.

„Was hältst du bisher von dem Fall?“, fragte Harald, der ihren sinnierenden Blick durch das Seitenfenster bemerkt hatte. Monika richtete sich auf und sammelte ihre Gedanken.

„Schwer zu sagen“, sagte sie. „Im Moment wissen wir einfach zu wenig.“

„Zumindest liegen die Motive auf der Hand. Von Frau Wohlfarths Vermögen wird wohl jeder profitieren. Ganz gleich, ob als Immobilie oder als Geld auf dem Konto. Und selbst Frau Krumm macht sich anscheinend Hoffnungen.“

„Glaubst du, sie hat Frau Wohlfarth erschossen? Um über die Tochter an neues Kapital für ihren Catering-Service zu kommen?“

Harald starrte auf die Straße. Dann schüttelte er leicht den Kopf. „Nein, eigentlich nicht. Obwohl wir nicht wissen, wie verzweifelt sie tatsächlich wegen ihrer Finanzen ist. Ein Alibi jedenfalls hat sie nicht vorweisen können."

„Wenn sie den Schuss abgegeben hat, muss sie durch die Terrassentür und den Garten zurück in die Küche gerannt sein. Durch die Eingangshalle zu flüchten, wäre weitaus riskanter gewesen."

„Allerdings", gab Harald zu bedenken, „hätte Frau Krumm selbst im Garten damit rechnen müssen, von einem der Gäste gesehen zu werden."

„Womit jeder andere Täter ebenso rechnen musste. Es gibt nur diese drei Fluchtmöglichkeiten. Die Tür zur Halle, die Terrassentür und das offene Fenster in Frau Wohlfarths Schlafzimmer."

„Einer von den Anwesenden ist das Risiko eingegangen, so viel steht fest."

Mit diesen Worten bog Harald in Monikas Straße ein. Morgen früh müsste sie mit den öffentlichen Verkehrsmitteln zur Arbeit fahren, aber das war ihr der direkte Weg nach Hause wert gewesen.

„Warten wir ab", sagte sie, als der Wagen vor dem mehrstöckigen Wohnblock zum Halten kam, „was die restlichen Zeugen uns morgen berichten und was Baumbach und Herr Gökdal bei ihren Untersuchungen herausfinden werden. Dem Hergang der Tat nach zu urteilen, denke ich, haben wir den Fall schnell gelöst."

„Da wäre ich mir nicht so sicher", murmelte Harald nachdenklich, als Monika die Beifahrertür bereits geöffnet und den Blick zu den dunklen Fenstern ihrer Wohnung erhoben hatte, die ihr unmissverständlich zu verstehen gaben, dass Sven nicht zu Hause war.

Kapitel 8

Vom Atelier aus hörte Martin Dörfler seinen Freund nicht kommen. Weder das Öffnen und Schließen der gläsernen Eingangstür noch seine ansonsten so forschen Schritte durch die Galerie und die offene Tür zur hinteren Werkstatt. Er hatte auch keine Ahnung, wie lange Konrad ihn bereits beobachtete, da die Staffelei ihm die Sicht versperrte und nur ein dumpfes Gefühl, als hätte die kühle Luft im Raum sich verdichtet, ihm seine Anwesenheit verriet.

„Wo warst du?", fragte Konrad, hörbar erschöpft und zu betäubt, um aus den Worten einen Vorwurf zu formen. Im Türrahmen zwischen Galerie und Atelier war er stehengeblieben, wie vor einer unüberwindbaren Barriere. „Ich habe mehrmals versucht, dich anzurufen."

„Mein Handy liegt oben im Wohnzimmer. Ist was passiert?" Martin legte den Pinsel beiseite und wischte sich die farbverschmierten Hände an einem Lappen ab. „Wie bist du überhaupt hergekommen?"

Konrad antwortete nicht, sondern ließ seinen Blick durch das fensterlose Atelier schweifen, über die fertigen Bilder, die gegen die Wand gelehnt standen und womöglich niemals gezeigt werden würden, über den brüchigen Linoleumfußboden mit seinen unzähligen Farbklecksern und die dreifüßige Staffelei, auf der ein weiteres, für das Vergessen bestimmtes Kunstwerk entstand. Es war einer dieser leeren Blicke, die alles zu registrieren und dabei nichts zu erkennen schienen.

„Sag schon. Was ist los?", wiederholte er.

Martin blieb neben dem Ölbild stehen, auf dem ein Chaos farbiger Symbole seiner Entschlüsselung harrte. Er hatte sich treiben lassen, ohne Absicht und Ziel, und war lediglich seiner Intuition gefolgt, indem er mit breitem Pinsel in Rot und Blau und Gelb alles Weiß auf der Leinwand bedeckte. Kurz vor Konrads Erscheinen dann hatte er einsehen müssen, dass um des reinen Malens willen nichts entstand.

„Meine Mutter ist tot", sagte Konrad. „Jemand hat ihr in den Kopf geschossen. Genau hier." Er hob langsam die rechte Hand, die Kuppe seines Zeigefingers gegen die Schläfe gepresst. Seine Stimme blieb gefühllos, zynisch und stumpf.

„Oh, mein Gott! Wer?"

„Ein Monster. Nur ein Monster kann so etwas getan haben. Ich gehe nach oben."

„Warte! Ich ..."

Konrad wartete nicht. Er wandte sich ab und stieg langsam die Stufen der Wendeltreppe hinauf, die gleich hinter der offenen Tür zu ihrer Wohnung im darüber liegenden Stockwerk führte. Martin schaute ihm nach, bis er aus seinem Blickfeld verschwand, und starrte zurück auf sein unvollendetes Bild. Auf die drei Grundfarben, aus denen sich alle anderen Farben mischen ließen, aber die er, wie so oft in den letzten Gemälden, nicht gemischt hatte. Er griff nach dem Pinsel und verschmierte die noch feuchte Farbe in der Mitte des Bildes zu einem dreckigen Braun. Dieser entstehende Wirbel erzeugte den Eindruck von Tiefe, der Martin gefiel. Er stellte den Pinsel in das Glas mit Terpentin, zog sich den zerschlissenen Kittel aus, warf ihn über den Hocker neben der Staffelei und folgte seinem Freund in den ersten Stock.

Konrad war ins Wohnzimmer im vorderen Teil der Wohnung gegangen und stand am Fenster über dem Eingang der Galerie. Martin hielt einige Meter Abstand und schwieg.

„Ich kann dein Handy nirgendwo sehen", sagte Konrad, mit Blick hinaus auf die Straße. „Wo ist es denn nun?"

„Da liegt es doch", erwiderte Martin und deutete auf den Tisch neben der Couch. „Hinter dem Buch. Warum fragst du andauernd danach?"

Halb drehte Konrad sich um und zuckte gleichgültig mit den Schultern. „Du bist nicht rangegangen. Ich hatte keine Ahnung, wo du steckst."

„Weil ich gearbeitet habe", sagte Martin. „Wo sollte ich sein?"

„Ich weiß nicht. Ich ..." Er verbarg sein Gesicht hinter beiden Handflächen, die angewinkelten Arme dicht gegen seine Brust gepresst. Wie ein aufrechter, dünner Stab wirkte er, wie verlassen in einem für ihn viel zu groß gewordenen Raum. Eine Haltung, die Martin an eine Skulptur von Giacometti erinnerte, seltsam verzerrt und sakral. Dem plötzlichen Drang, seinen Freund zu umarmen, gab er dennoch nicht nach. Zu unwirklich erschien ihm die Situation, zu konträr zu Konrads ansonsten so mühevoll antrainierter Selbstkontrolle, als dass er die Möglichkeit einer Zurückweisung riskieren wollte.

„Was genau ist geschehen?", fragte er stattdessen. „Sag es mir."

Konrad nahm die Hände von seinem Gesicht, hinter denen die Augen gerötet, aber trocken geblieben waren. Entschlossen hob er das Kinn, als müsste er sich für die kommenden Worte wappnen, ging an Martin vorbei und setzte sich aufrecht auf die Couch.

„Ich war im Schuppen, unten im Garten", begann er, „wo das Ruderboot liegt. Das Boot, aus dem Oliver gesprungen ist. Vor dem Essen hatte Tim eine merkwürdige Andeutung gemacht und ich wollte mir das Boot noch mal ansehen."

„Was für eine Andeutung?"

„Er ist der Meinung, jemand hätte sie beim Rudern beobachtet und nur deshalb nicht rechtzeitig eingegriffen, weil dieser Jemand dachte, der Junge im Wasser sei Tim. Er glaubt, wenn Oliver am Ertrinken gewesen wäre, hätte man ihm geholfen."

„Das ist kompletter Unsinn, oder?", fragte Martin, der sich langsam der Couch genähert und sich ebenfalls gesetzt hatte. Zwischen ihnen blieb eine Lücke, in die er flach seine Hand auf das Polster legte, sollte Konrad sie brauchen.

„Ich bin sicher, er bildet sich das ein. Er will eine Erklärung für das Unglück, weiter nichts. Jedenfalls, ich war im Schuppen und plötzlich fiel der Schuss. Natürlich habe ich nicht gewusst, dass es ein Schuss war. Ich dachte … keine Ahnung, was ich gedacht habe. Trotzdem bin ich rausgeeilt und …" Konrad hielt inne, die Stirn gerunzelt, als erinnerte er sich an eine Einzelheit, die ihm bisher entgangen war.

„Was?"

„Nichts. Ich … Da war niemand im Garten und alles schien in Ordnung. Ich wollte zurück in den Schuppen, um die Plane wieder über das Boot zu legen, da hat Anna geschrien. Also bin ich zur Terrasse gerannt. Die Glastür war nicht ganz zugezogen und im Zimmer … Mutter saß in ihrem Sessel. Ganz friedlich und still wie im Schlaf. Nur der Kopf … in ihrem Kopf war ein Loch."

Martins Finger in der Lücke zwischen ihnen ballten sich unfreiwillig zur Faust. Er betrachtete seinen Freund im Profil, dessen Worte mühevoll versuchten, jedes Gefühl aus ihnen zu vertreiben. Ohne eine Regung auf seinem Gesicht starrte Konrad ins Leere und verschränkte die Arme vor dem Bauch, als befürchtete er eine Berührung, die seiner Beherrschung nicht gewachsen sein könnte.

„Anna hat sie gefunden?"

Konrad nickte, schluckte angestrengt und fuhr fort: „Sie stand im Zimmer, mit Philip und Walter. Kurz darauf erschien Julia durch die Terrassentür. Ich wollte, dass alle schnell aus dem Zimmer verschwinden, bevor Tim etwas mitbekommt. Er sollte das auf keinen Fall mit ansehen. Walter hat die Polizei gerufen und danach haben wir alle im Esszimmer gewartet. Es war furchtbar. Anna hat die ganze Zeit geweint. Tim stand nur verwirrt in der Ecke und hat nicht verstanden, was los war, und Philip … Philip hat sich benommen wie ein Idiot. Er jammerte vor sich hin und lief hin und her und kümmerte sich weder um seinen Sohn noch um Anna, bis seine Freundin ihn irgendwann zurechtgerufen und auf einen Stuhl gezogen hat, damit er Ruhe gab. Am liebsten hätte ich ihn angebrüllt und ihm eine Ohrfeige verpasst. Zum Glück hörten wir kurz darauf die Sirenen. Wir haben den Beamten unsere Personalien genannt und mussten ein paar Fragen beantworten."

In der Pause, die unerwartet entstand, legte Martin die Hand auf das Knie seines Freundes. Ein erschrockenes Zucken durchfuhr dessen Oberschenkel, ohne dass Konrad das Bein unter der Hand seitlich fortzog oder die Berührung erwiderte.

„Wie konnte das passieren?", fragte Martin, so dass Konrad ihm das Gesicht zuwandte, weil er ahnte, wonach er wirklich gefragt worden war. In seinen Augen lagen Bestürzung und die Furcht vor der eigenen Antwort.

„Ich weiß es nicht", sagte er leise. „Obwohl … Nein! Machen wir uns nichts vor. Alles andere wäre absurd. Wenn jemand aufs Grundstück und in Mutters Zimmer eingedrungen wäre, dann hätten wir ihn oder sie gesehen."

„Aber dann …"

„Ich weiß."

„Hast du vorher etwas bemerkt? Bevor du den Schuss gehört hast? Gab es vielleicht Streit?"

„Es war wie immer. Abgesehen von Julia, die mit ihrer Anwesenheit natürlich für Wirbel gesorgt hat. Aber niemand hat sich ihretwegen gestritten. Wir haben sie alle mehr oder weniger ignoriert. Ich habe mit Tim unten am Wasser geredet, danach haben wir gegessen und danach darauf gewartet, dass es Zeit fürs Kaffeetrinken wurde. Jeder hat gemacht, was er wollte. Tim hat Trompete gespielt und Philip hat Julia den Garten gezeigt. Mutter ist nach dem Essen mit Anna in ihrem Zimmer verschwunden, wegen eines Umhangs oder so, und ich habe mit Walter im Esszimmer ein bisschen geplaudert, bevor ich runter zum Schuppen gegangen bin. Ach ja, vorher war ich draußen beim Briefkasten und habe mit der Frau vom Catering-Service ein paar belanglose Sätze gewechselt. Vom Briefkasten auf dem Weg zum Schuppen ist Philip mir entgegengekommen, danach war ich die ganze Zeit allein. Soweit ich weiß, hat es keinen Streit gegeben. Mutter wollte doch nur etwas ausspannen. Und jemand hat sie einfach erschossen. Warum? Sie hat niemandem etwas getan."

Noch wog das Unverständnis schwerer in seiner Stimme als die Anschuldigungen, die unweigerlich folgen würden, sollte einer von ihnen das Unaussprechliche in Worte fassen. Konrads Frage nach dem Handy war ein erster Vorgeschmack gewesen. Sein erstes Misstrauen, das Martin glücklicherweise aus dem Weg räumen konnte, auch wenn er ahnte, dass es bei diesem einen Vorwurf nicht bleiben würde.

„Wie wird es weitergehen?", fragte Martin, dem die Hand auf Konrads Knie immer schwerer wurde.

„Die Kripo wird uns verhören. Sie wird in unserem Privatleben schnüffeln und uns gegeneinander aufhetzen wollen."

Konrads Worte kamen gepresst aus seinem verkniffenen Mund. Sein Hass darin war unüberhörbar, als machte er die Polizei verantwortlich für das, was geschehen war. Dabei bräuchte es keine Staatsgewalt, um die Familie Wohlfarth gegeneinander aufzubringen. Das würde ihr, wie Martin wusste, ganz allein gelingen.

„Sie werden den Schuldigen finden, ganz bestimmt", sagte er und bemerkte seinen Fehler zu spät. Konrad wischte die Hand von seinem Knie und stand auf.

„Ich habe es nicht getan", erwiderte er kühl und blickte Martin, ohne ein einziges Mal zu blinzeln, direkt in die Augen. Konrads Schlussfolgerung aufgrund seiner neutral gemeinten Äußerung irritierte ihn. Doch er stritt sie nicht ab.

„Mutter hatte gewiss ihre Fehler", fuhr Konrad fort, „aber du weißt, wie sehr ich sie trotz allem geliebt habe. Und auch, wenn du das nicht verstehen kannst, weil sie dich nie akzeptiert hat, war sie immer noch … Und ich hätte sie niemals … sie nie …" In seinen Augen hatten sich Tränen gesammelt, die ihn die Sätze nicht vollenden ließen. Martin sah zu, wie die Tränen seinem Freund über die Wangen liefen und die Trauer ihn schließlich übermannte.

Er selbst spürte diese Trauer nicht. Konrads Mutter war ihm all die Jahre über eine Unbekannte geblieben, eine verstockte, alte Frau, der er lediglich ein einziges Mal, auf der Eröffnungsvernissage ihrer Galerie, begegnet war.

„Das also", waren ihre Worte gewesen, nachdem Konrad sie einander vorgestellt und Frau Wohlfarth ihren Blick abfällig auf ihn gerichtet hatte, „ist einer deiner Maler". „Sein Maler und sein Freund", hatte Martin freundlich und stolz geantwortet, woraufhin Frau Wohlfarth sich abgewandt und erwidert hatte: „Mein Sohn hat viele Freunde, Herr Dörfler. Seine Galerie, wie Sie sehen, ist voll davon." Danach war sie in der Menge und aus seinem Leben verschwunden.

Nein, Trauer empfand er keine und selbst sein Mitleid hielt sich in Grenzen, da Konrads Gefühle seiner Mutter gegenüber immer schon ambivalent gewesen waren. Seine Liebe zu ihr, die er jetzt, im Moment des Verlustes, beschwor, war von ständigen

Höhen und Tiefen begleitet gewesen, und auch, wenn er diesen Zwiespalt Martin gegenüber nie offen auszusprechen wagte, so hatte er ihn nie ganz verbergen können. Seine gespaltene Identität mit seinen zwei unabhängig voneinander existierenden Welten blieb ein in Martins Augen charakterloser Balanceakt, bei dem Konrad weder mit sich im Einklang war noch den nötigen Mut aufbrachte, seinen Lebenswandel vollständig zu akzeptieren.

Aus diesen Gründen fiel es Martin schwer, angemessen auf die Tränen zu reagieren. Und doch stand er auf und nahm seinen Freund in den Arm. Konrad ließ es geschehen und Martin drückte ihn fester an sich, bis Konrads Kopf auf seiner Schulter ruhte und beide reglos verharrten. Umarmungen waren selten geworden. Jede Berührung verkam zu einem Akt nicht des Begehrens, sondern des Willens und die damit einhergehenden Gedanken an eine mögliche Trennung hatten ihren Schrecken längst verloren. Es gab nicht mehr viel, das sie einander zu geben vermochten, und das verbliebene Wenige, das wie jetzt eine kurze, in Erinnerung getränkte Wärme aufkommen ließ, wurde wie so oft durch den bevorstehenden Bankrott ihrer Galerie weiter zerstört.

Allerdings, stellte er fest, waren diese Ängste im Begriff, sich aufzulösen.

Martin lächelte, während Konrads Wange an seinem Hals zu glühen begann. Vielleicht, weil auch ihm durch den Kopf ging, was er gerade dachte. Mit Frau Wohlfarths plötzlichem Tod war Konrad ein reicher Mann. Was ihre Beziehung belastet und an den nahen Abgrund geführt hatte, gehörte mit dem bevorstehenden Erbe endgültig der Vergangenheit an. Konrad wäre in der Lage, neue Künstler zu engagieren, die Werbetrommel zu rühren, und Martin könnte in der neugewonnenen Freiheit sein verloren geglaubtes Talent und seine ehemals von den Kritikern gelobte Farbgewalt wieder ungehindert aufleben lassen. Martin sah es bildlich vor sich. Die Erfolge, den Ruhm und die europaweiten Ausstellungen. Alles würde von Neuem beginnen und die letzten Jahre würden wie eine Fata Morgana verblassen.

Mit der Hand fuhr er Konrad sanft durch das Haar und flüsterte ihm beruhigend ins Ohr. „Du hast sie nicht umgebracht", sagte er. „Was auch immer du mir erzählst, ich werde dir glauben."

Was Monika Seyfarth bereits von Haralds Wagen aus hatte sehen können, bestätigte sich ihr beim Betreten der Wohnung. Sven war nicht zu Hause. Am Kühlschrank, unter einem länglichen Magneten, der in kitschigen Farben den Grand Canyon darstellen sollte, hing ein Zettel. Auf ihn hatte Sven die Worte „Bin noch mal weg" gekritzelt, über deren offenkundige Information sie die Augen verdrehte. Monika zog den Zettel unter dem Magneten hervor, zerknüllte ihn und warf das Papierknäuel in den Müll. Hunger verspürte sie keinen. Auf dem Weg zurück aus Kladow hatte Harald an einer Imbissbude gehalten und beide hatten sie je eine Currywurst mit Pommes verdrückt. Diese Wurst lag ihr schwer im Magen. Sie wählte aus den auf dem Fensterbrett aufgereihten Flaschen einen kalifornischen Rotwein, nahm sich ein Glas aus dem Hängeschrank und ging hinüber ins Wohnzimmer. Sven nachhaltig beizubringen, dass eine Mutter jederzeit den Aufenthaltsort, die Dauer und den Grund der Abwesenheit ihres Sohnes zu wissen wünschte, war ihr nie gelungen. Und jetzt, mit seinen achtzehn Jahren, musste sie wohl oder übel akzeptieren, dass Sven ihre Wünsche einfach ignorierte. Überhaupt eine Nachricht erhalten zu haben, war bereits mehr, als sie erwarten durfte.

Mit dieser ernüchternden Einsicht entledigte sie sich ihrer Jeans und schlüpfte in eine alte, bequeme Jogginghose. Während sie den Korkenzieher in den Flaschenhals drehte, klingelte im Flur das Telefon. In Erwartung, Sven würde sich melden und Bericht erstatten, nahm sie ab.

„Wo steckst du denn?", rief sie ein wenig beleidigt ins Telefon, bevor sie das irritierte Schweigen am anderen Ende bemerkte. „Entschuldigung. Wer ist da?"

„Hier ist Marcel", kam die hörbar eingeschüchterte Antwort.

„Marcel, natürlich. Wie geht es dir? Ich vermute, du rufst an, weil Sven die Nacht über bei dir bleiben will. Was natürlich völlig in Ordnung ist."

„Äh, nein. Sven ist gar nicht hier."

Im ersten Moment unfähig, auf diese Neuigkeit zu reagieren, ging sie langsam zurück ins Wohnzimmer und setzte sich auf die Lehne des Sessels. Bisher waren Sven und Marcel – wie alle Neuverliebten – unzertrennlich gewesen. Wo sonst also sollte sich der verdammte Junge herumtreiben und wieso wusste sein Freund nicht Bescheid?

„Sven ist nicht zu Hause?", fragte Marcel, seine Stimme so verunsichert, dass Monika sich schuldbewusst auf die Unterlippe biss. Sie mochte Marcel, dem sie das unbeschwerte Coming-out ihres Sohnes verdankte, nachdem er lange mit seinem Schwulsein gerungen hatte und darüber schweigsam und unausstehlich geworden war. Diese erste Beziehung war für Sven und auch für sie ein Segen gewesen, da er seitdem seine Selbstzweifel überwunden und sich seiner Mutter gegenüber geöffnet hatte.

Dass Monika gerade das Gefühl beschlich, in Marcels Tonfall einen deutlichen Vorwurf vernommen zu haben, ließ sie deshalb vorsichtiger werden.

„Tut mir leid, Marcel. Aber wenn er nicht bei dir ist, dann … dann ist er bestimmt bei seinem Vater. Soll er dich zurückrufen?"

Sehr überzeugend klang ihre Ausrede nicht. Doch etwas Besseres war ihr im ersten Moment nicht eingefallen. Am anderen Ende murmelte Marcel einige unverständliche Worte und legte auf. Verblüfft starrte sie auf das Telefon und fragte sich, warum sie Sven in Schutz nehmen musste, obwohl er Marcel gegenüber ganz offensichtlich gelogen hatte. Womöglich, befürchtete sie, bekam diese junge Liebe bereits ihre ersten Risse und Monikas pessimistische Vorahnungen eine Bestätigung.

Sie selbst wusste nur allzu gut, wie das Verliebtsein in jungen Jahren schmerzen konnte, weil jeder Moment einmalig und ewig erschien. Was sich in ihm nicht erfüllte, so die Befürchtung, wäre auf immer verloren. Doch dass die eigenen Wünsche und Hoffnungen keine Konstanten waren, dass sie sich wandeln und Zeit brauchen würden, um dauerhaft Gestalt anzunehmen, dies zu erkennen, erforderte unermessliche Geduld und zahlreiche Tränen.

Bis dahin war es für Sven und Marcel noch ein weiter Weg. Bei ihr hatte es Jahre gedauert, ehe sie sich nach langem Zögern eingestehen konnte, den falschen Mann geheiratet zu haben, ohne die Schuld dabei allein auf sich zu schieben. Einen Mann, mit dem Monika vollständig gebrochen und den sie dennoch als Mittel benutzt hatte, um Marcel eine unnötige Kränkung zu ersparen.

Da sie die Angelegenheit nicht regeln konnte, solange Sven verschwunden blieb und sich ihrer Vorwürfe entzog, entkorkte Monika endlich die Flasche Wein und füllte großzügig ihr Glas. Dann ließ sie sich in den Sessel fallen, legte ihre Füße auf den Schemel davor und war trotz allem erleichtert, die Wohnung nicht teilen zu müssen. Tief atmete sie das Bouquet des Zinfandels ein und nahm einen ersten Schluck. Nur im Schein der Bogenlampe neben dem Sessel würde sie ein, vielleicht zwei Gläser trinken, einige Seiten in dem Krimi, der auf dem Couchtisch lag, lesen und anschließend ins Bett gehen. Sollte Sven doch machen, was er wollte.

Die Ruhe, die Monika sich erhofft hatte, blieb ihr verwehrt und das Buch rührte sie gar nicht erst an. Ihre Gedanken waren unweigerlich auf den eigenen Krimi gerichtet, für dessen Lösung Harald und sie ganz allein zuständig waren. Denn so, wie sie selbst im Sessel saß, die Füße erhoben, hatte auch Frau Wohlfarth gesessen, bis jemand ihr die Pistole an die rechte Schläfe gehalten und abgedrückt hatte.

Der Schuss dürfte im ganzen Haus und vermutlich auch im Garten zu hören gewesen sein und hatte den Zeitpunkt des Mordes exakt bestimmt. Doch wie hatte der Täter das Zimmer unbemerkt verlassen können? Laut seiner Aussage traf Walter Wohlfarth etwa zwei, drei Minuten nach dem Schuss in der Eingangshalle ein, wo Anna und Philip Wohlfarth vor der verschlossenen Tür bereits warteten. Durch die Wohnzimmertür zu verschwinden, wäre für den Mörder also ein ziemliches Risiko gewesen, zumal er von außen die Tür noch hätte abschließen und davoneilen müssen. Wahrscheinlicher schien da die Flucht über die Terrasse oder durch das geöffnete Fenster in Frau Wohlfarths Schlafzimmer.

Nachdenklich nippte Monika an ihrem Wein. Sie musste abwarten, bis sie erfuhr, wo die anderen Gäste sich aufgehalten hatten, um den Fluchtweg näher zu bestimmen. Auf jeden Fall blieb der zeitliche Spielraum begrenzt, was auf ein unüberlegtes und spontanes Verbrechen hindeutete, bei dem der Mörder die Umstände nicht oder nur unzureichend berücksichtigen konnte. Ein vorangegangener Streit mit dem Opfer wäre denkbar, wie auch eine während der Geburtstagsfeier aufkeimende Erkenntnis, sich nicht anders aus einer misslichen Lage – sei es aufgrund von Geldproblemen oder anderen, ihr noch unbekannten Gründen – befreien zu können. Denn dass Frau Wohlfarth eine geladene Pistole in ihrem Nachttisch aufbewahrte, dürfte die gesamte Familie – mit Ausnahme von Frau Krumm und der neuen Geliebten des älteren Sohnes – gewusst haben.

Genau hier aber lag der Widerspruch. Wieso sollte der Mörder eine Waffe, von deren Existenz jeder wusste, vom Tatort entfernen? Viel einfacher und sicherer wäre es gewesen, Handschuhe zu tragen oder die Fingerabdrücke nach dem Schuss zu entfernen und die Pistole zurückzulassen. Das hatte der Täter nicht getan. Stattdessen hatte er die Waffe vor dem Eintreffen der Polizei an einem sicheren Ort deponieren müssen. Ein in Monikas Augen irrationales Verhalten. Der Mörder musste in Panik geraten sein. Oder er hatte tatsächlich einen triftigen Grund gehabt, den sie bisher nicht durchschauen konnte. Morgen, wenn die weiteren Zeugen vernommen worden waren und Baumbach die Kugel aus dem Leichnam entfernt und Herr Gökdal von der kriminaltechnischen Untersuchung sie identifiziert hatte, würde sie hoffentlich klarer sehen. Bis dahin blieben ihre Gedanken reine Spekulation.

Sie griff nach der Flasche, um sich nachzuschenken, als die Wohnungstür aufging und Sven den Flur betrat. Bereits aus der Entfernung konnte sie an seinem Gesicht ablesen, dass etwas nicht stimmte. Zwar hingen ihm seine blonden Haare wirr ins Gesicht und verbargen den Ausdruck in seinen Augen, der verkniffene Mund und die schlaksige Haltung jedoch sagten genug. Langsam, stellte Monika fest, trat mit den kantigeren Gesichtszügen und den Bartstoppeln die Ähnlichkeit zu seinem Vater stärker zum Vorschein. Eine Entwicklung, die sie wenig begeisterte, auch wenn sie zugeben musste, dass die Veränderungen ihn, im Vergleich zu den weichen Rundungen seiner Kindheit, attraktiver machten.

„Wo warst du?", fragte sie, bemüht, sich ihre Neugier nicht anmerken zu lassen. „Dein Zettel war etwas zweideutig."

Sven blieb im Flur stehen, die Hände in den Taschen seiner Armeejacke vergraben, und schielte sehnsüchtig zu seinem Zimmer, in das er am liebsten wortlos verschwunden wäre.

„Jetzt bin ich ja wieder da", sagte er und zuckte unbeteiligt mit den Schultern.

„Ist alles in Ordnung?"

„Klar. Was soll sein?"

Seine Weigerung, näher zu kommen, verärgerte Monika dermaßen, dass sie ebenso beharrlich sitzen blieb. „Marcel hat angerufen."

Svens Antwort konnte Monika nicht verstehen und war für sie wohl auch nicht bestimmt. Irgendein Schimpfwort, vermutete sie, wie „Scheiße" oder „Fuck".

„Er klang verwundert, dass du nicht zu Hause warst."

„Okay. Ich ruf ihn an. Sonst noch was?"

„Nein, das war's schon. Es sei denn …" Monika ließ den Satz unvollendet, in der Hoffnung, Sven würde ihren Wink verstehen und sich seiner Mutter anvertrauen. Er blickte seitlich zu Boden, wischte sich die Haare in einer ruppigen Geste aus dem Gesicht, als wollte er tatsächlich etwas sagen, verzog aber nur gequält seine Mundwinkel, flüchtete dann in sein Zimmer und schloss leise die Tür.

Was immer vorgefallen und wo immer er gewesen sein mochte, heute Abend würde Monika es nicht erfahren. In der Hoffnung, Sven könnte wie angekündigt zum Handy greifen und telefonieren, trank sie mehrere, kleine Schlucke Wein und spitzte die Ohren. Doch statt seiner drangen die fremden Stimmen einer Fernsehshow durch die Wände, die ihr verrieten, dass Sven auf seinem Bett sitzen würde, ein Kissen zwischen Brust und die angewinkelten Knie gepresst und die Fernbedienung lustlos in der Hand. Fernsehen, in dieser kauernden Haltung, war für

Sven eine seltene Zerstreuung, die er sich nur gestattete, wenn er die Welt vor seinem Zimmer nicht ertrug. So hatte Sven gesessen, als er von der Scheidung seiner Eltern erfahren und während der Zeit, als sein Schwulsein ihn erdrückt hatte. Wenn sie jetzt zu ihm ginge und ihn mit Fragen bedrängte, würde er sich weiter verschließen.

Mit der belastenden Erkenntnis, im Moment nichts ausrichten zu können, beschloss Monika, ein paar Seiten zu lesen. Sie beugte sich vor und hatte die Hand nach dem Buch bereits ausgestreckt, als ihr Blick auf das Telefon fiel. Die Diskrepanz zwischen dem, was sie von Sven verlangt hatte, und ihrem eigenen, ausweichenden Verhalten wurde ihr plötzlich schmerzlich bewusst. Auch sie schuldete jemandem einen Anruf, den sie seit Wochen mit fadenscheinigen Ausflüchten hinausschob, aus Angst, von Vincent zurückgewiesen zu werden. Eine Angst, die sich allein auf ihre eigene Interpretation des damals Vorgefallenen stützte und die umso stärker gewachsen war, je länger sie den Kontakt zu Vincent gemieden hatte.

Eine Angst, die womöglich völlig unbegründet war.

Monika trank ihr Glas in einem Schluck leer und rief Vincents Nummer im Display auf. Was konnte schon Schlimmeres passieren, als dass sie ihre Ängste bestätigt fand?

Während des zweiten Falls, den sie mit Vincent Schröter gemeinsam gelöst hatte, war ihre junge Beziehung auf eine harte Probe gestellt worden, da Monika, ohne sein Wissen, in seinem Privatleben geschnüffelt hatte. Ein unverzeihlicher Vertrauensbruch, ihrer ungezügelten Neugier geschuldet und mit nichts zu rechtfertigen, wäre dieses Wissen nicht ausschlaggebend gewesen, den gesuchten Serienkiller zu überführen und Vincent vor einem qualvollen Tod zu bewahren. Eine Pattsituation, wie Monika sich eingeredet hatte, weil ohne ihre vorherige Einmischung Vincent zweifellos gestorben wäre.

Damit aber war ihr Dilemma nicht behoben.

Das Motiv der Serienmorde hatte in der Vergangenheit von Vincents Mutter gelegen, die in jungen Ehejahren von einem Freund des Killers vergewaltigt worden war. In einem Akt der Vergeltung und der Notwehr hatte Frau Schröter ihn erschlagen und war, aufgrund eines falschen Alibis ihres Mannes, von allen Anklagepunkten freigesprochen worden. Seitdem hatte der Freund ihres Peinigers Rache geschworen, die er viele Jahre später, als Gras über die Sache gewachsen schien, in die grausame Tat umgesetzt hatte.

Und dieses Wissen war es, das Monika daran hinderte, sich bei Vincent zu melden.

Denn wie sollte sie mit der Gewissheit umgehen, dass Vincents Mutter einen Totschlag begangen hatte, und wie würde Vincent reagieren, wenn er wusste, dass sie es wusste? Ein Problem, das sie verwirrender fand, je länger sie darüber nachdachte.

Die ersten drei Wochen nach seiner Befreiung hatte Vincent im Krankenhaus verbracht, da die Verletzungen schwerwiegender gewesen waren als zunächst angenommen. Dort hatte Monika ihn besucht und Vincent hatte sich Zeit zum Nachdenken ausbedungen, die sie ihm schweren Herzens gewähren musste. Seit dieser Begegnung waren sie einander aus dem Weg gegangen. Später hatte sie von Kollegen erfahren, dass Vincent sich in Therapie befand, um das Erlebte zu verarbeiten, und dass er in den kommenden Wochen seinen Dienst wieder antreten würde. Deshalb drängte die Zeit, ihr Verhältnis, in welcher Form auch immer, wieder aufzunehmen.

Möglicherweise, dachte sie und starrte auf das Display, betrachtete Vincent es als ihre Pflicht, dass sie nach ihrem Vertrauensbruch den ersten Schritt tun müsste, und wartete sehnsüchtig auf ihren Anruf.

Möglicherwiese hatte sie auch alles bloß vermasselt.

Unterdessen hatte Monika die Anruftaste längst gedrückt. Das Freizeichen klang aufdringlich in ihrem Ohr, bis nach dem fünften Klingeln der Anrufbeantworter ansprang und seine vertraute Stimme sie aufforderte, eine Nachricht zu hinterlassen.

„Hi, hier ist Monika“, sagte sie unsicher und stockend. „Ich wollte mal hören, wie es dir geht und ob … Ich meine, wie wäre es, wenn wir uns treffen und in Ruhe über alles reden? Ich bin sicher, wir können das regeln, auch wenn … wenn einiges schiefgelaufen ist.“ Sie machte eine Pause, in der sie hoffte, Vincent hätte alles mitangehört und würde abnehmen. „Tja, ich … ich melde mich wieder. Bis dann."

Monika legte auf und warf das Telefon so heftig über den Tisch, das es am hinteren Ende zu Boden fiel. Sie ließ es dort liegen, löschte das Licht und ging ins Bett.

Kapitel 9

„Hier, sehen Sie. Genau, wie ich vermutet habe. Ein Kaliber von neun Millimetern, abgeschossen aus einer Walther P38, einem ziemlich alten Modell übrigens. Stammt wahrscheinlich aus dem Zweiten Weltkrieg."

Gunther Baumbach hielt ihr eine glänzende Nierenschale entgegen, in der die noch ungereinigte Patrone munter umherkullerte und rote Schlieren hinterließ. Übermüdet von der unruhigen Nacht, folgte Monika der rollenden Kugel mit an Hypnose grenzender Benommenheit, ständig bemüht, ihr aufkeimendes Gähnen zu unterdrücken. Geschlafen hatte sie kaum. Zu viele ungelöste Probleme waren ihr durch den Kopf gegangen, so dass sie erst gegen Morgen eingeschlafen war und den Wecker überhört hatte.

„Wissen Sie, ob die Kollegen von der KTU die Pistole gestern gefunden haben?", fragte sie und blickte an Baumbach vorbei zu dem Metalltisch mit der am Kopfende befindlichen Auffangwanne, auf dem, unter einem weißen Tuch, Frau Wohlfarths Leiche lag.

„Davon weiß ich nichts. Doch selbst wenn, wette ich meinen Kopf darauf, dass Sie auf ihr keine Spuren mehr finden werden. Und wir wissen ja sowieso, um was für eine Waffe es sich handelt. Das erkenne selbst ich an dieser Kugel hier. Ich schicke sie nachher rüber zu Herrn Gökdal, der Ihnen sicherlich dasselbe sagen wird. Wollen Sie die Tote sehen?"

Baumbach stellte die Nierenschale achtlos zur Seite und führte Monika die wenigen Schritte zum Seziertisch, an dem er mit einer theatralischen Geste das Tuch zurückschlug.

Frau Wohlfarth lag nackt, die Beine ausgestreckt und die Arme dicht an den Körper gelegt. Ihr Brustkorb war mit einem Y-förmigen Schnitt geöffnet und wieder verschlossen worden und auch die Kopfhaut, die Baumbach zur Untersuchung der Schädelhöhle gelöst hatte, befand sich zurück auf ihrem angestammten Platz.

Abgesehen von der Einschussstelle an der Schläfe, die im Vergleich zu den Obduktionsnarben wie ein unscheinbares und von Schorf umkreistes Loch aussah, konnte Monika nichts Auffälliges erkennen. Im Gegensatz zu den abgetrennten Körperteilen, die sie und Vincent im Zusammenhang mit den Serienmorden hatten untersuchen müssen, gab es an Frau Wohlfarths Leichnam nichts Bizarres oder sonderlich Abstoßendes. Sollte Vincent demnächst seine Arbeit wieder aufnehmen, wünschte sie ihm einen Mordfall wie diesen, um die selbst erlittenen Grausamkeiten besser verarbeiten zu können.

„Ihre Organe und Blutwerte", sagte Baumbach, „sind alle normal. Für ihr Alter war die Frau kerngesund. Abgesehen von dieser hässlichen, kleinen Stelle hier."

„Gibt es Anzeichen dafür, dass sie sich in irgendeiner Form gewehrt haben könnte?"

Baumbach schüttelte seinen kugelrunden Kopf und deutete auf die Wunde. „Nein, sie ist völlig ahnungslos geblieben", sagte er. „An den Haaren und im Schorf habe ich Fasern der Stola gefunden. Sie muss im Sitzen höher um ihren Hals gelegen haben, so dass ein Teil davon zwischen Schläfe und Pistole geraten ist, als der Schuss abgefeuert wurde. Wenn sie gewusst hätte, was auf sie zukommt, wäre sie aufgesprungen und der Schuss hätte sie aus einiger Entfernung getroffen."

„Hat die Stola den Knall des Schusses gedämpft?", wollte sie wissen.

„Auf keinen Fall. Die Versengungen befinden sich allesamt an den Rändern der Stola. Dem Mörder ging es nicht darum, seine Tat zu vertuschen."

„Was haben Sie sonst gefunden?"

„Leider nicht viel", sagte Baumbach und starrte dabei mit gerunzelter Stirn auf Frau Wohlfarths bleiches Gesicht, als wäre sie schuld an den dürftigen Erkenntnissen. „Der Tod trat zwischen halb drei und drei Uhr nachmittags ein, was mit den Aussagen der Gäste über den Zeitpunkt des Schusses gegen Viertel vor drei übereinstimmt. Dem Winkel der Einschussstelle nach zu urteilen, ist der Täter Rechtshänder und muss von hinten auf Frau Wohlfarth zugegangen sein. Die Kugel steckte in der gegenüberliegenden Schädeldecke, vermutlich, weil so eine alte Waffe ihre volle Durchschlagskraft bereits verloren hat. Ansonsten wäre die Kugel einfach quer durch ihr Gehirn gerast wie durch Wackelpudding."

Von seiner unsensiblen Ausdrucksweise ließ Monika sich schon lange nicht mehr irritieren. Vor Jahren, als Neuzugang in der Mordkommission, hatte Baumbach sich einen Spaß daraus gemacht, ihr mit ähnlichen Vergleichen das Blut aus den Wangen zu treiben. Daran hatte sie sich längst gewöhnt. Seitdem konnte Monika in seinem Showroom, wie Baumbach den Saal der Rechtsmedizin nannte, kaum etwas aus der Ruhe bringen. Im Gegenteil. Sollten ihm irgendwann seine makabren Sprüche ausgehen, würde sie sich ernsthaft Sorgen machen, da sie ansonsten niemanden kannte, der bei dieser unerfreulichen Arbeit eine solche Begeisterung an den Tag legte.

„Was ist mit anderen Spuren?", fragte sie. „Mit fremden Fasern, Haaren oder Ähnlichem an der Haut oder ihrer Kleidung?"

Erneut zeigten sich Falten auf Baumbachs Stirn, während er Frau Wohlfarth vorsichtig und liebevoll eine verirrte Strähne zurück in die ergraute Haarpracht führte. „Von jemand außerhalb der Familie, meinen Sie? Nein, keine einzige Spur."

„Sie glauben also nicht an einen Außenstehenden?"

Baumbach warf das Tuch zurück über den Leichnam, entledigte sich dann, mit zwei schnappenden Geräuschen, der Gummihandschuhe und warf sie in den Mülleimer neben dem Seziertisch. Alles in diesem sterilen Raum war aus Plastik oder Metall und glänzte auf dem gefliesten Boden im Schein der Neonlampen unterhalb der Decke.

„Als Rechtsmediziner halte ich das für ziemlich unwahrscheinlich. Wer immer der Mörder war, Frau Wohlfarth hat sich nicht bedroht gefühlt. Ihre Position im Sessel war völlig entspannt." Aus der Tasche seines weißen Kittels fischte Baumbach eine Rolle Pfefferminzdrops hervor, schob sich einen davon in den Mund und hielt Monika die Rolle entgegen. „Möchten Sie einen? Ich bekomme vom Hämmern und Bohren immer einen ganz trockenen Mund."

„Nein, danke“, winkte sie ab und schüttelte, in Gedanken an den Mord, verächtlich den Kopf. „Und das alles wegen ein bisschen Geld.“

„Tja, die Leute tun die merkwürdigsten Dinge. Und die entsetzlichsten.“ Baumbach hatte sich schulterzuckend abgewandt und wusch seine Hände mit Desinfektionsseife an dem metallenen Waschbecken. „Wir wissen beide, wozu Homo sapiens fähig ist. Sie hier“, sagte er mit einer Kopfbewegung hin zu Frau Wohlfarths zugedecktem Leichnam, „hat noch Glück gehabt. Ein glatter Kopfschuss ist ein Segen für jedes Opfer.“

Monika blickte zum Tisch und musste ihm zustimmen. Gelitten hatte Frau Wohlfarth offenbar nicht. „Bleibt wie immer die Frage, wer's getan hat.“

„Für die Folgen sind Sie zuständig. Meine Arbeit ist erst mal getan. Alles andere geht mich nichts an.“

Baumbach trocknete sich die Hände an Papiertüchern ab, warf sie zu den Einweghandschuhen in den Mülleimer und klaubte seine gebrauchten Utensilien zusammen, um sie später zu reinigen. Wie gewöhnlich verlor er, sobald die Obduktion abgeschlossen war, augenblicklich das Interesse. Mit der Todesursache war für ihn der Fall erledigt und Monika konnte sich nicht erinnern, dass er sie jemals nach dem Stand der Ermittlungen gefragt hätte. Womit bei ihr der Spaß an der Arbeit erst begann, hörte er für Baumbach schlagartig auf.

„Okay, ich fahre jetzt rüber zur kriminaltechnischen Untersuchung“, sagte sie und fügte aus reiner Neugier auf seine Antwort hinzu: „Ich erzähle Ihnen später, wie es gelaufen ist.“

„Ja, ja. Wie Sie meinen“, murmelte Baumbach erwartungsgemäß, während er bereits vor einem zweiten Metalltisch stand und das Tuch am Kopfende anhob. Ein ebenso überraschter wie freudiger Pfiff entkam seinen gespitzten Lippen. Über so viel Begeisterung an seinem Beruf schüttelte Monika verständnislos den Kopf, unterdrückte dabei die eigene Neugier und ließ Gunter Baumbach allein.

Vom Institut für Rechtsmedizin in Moabit – einer Außenstelle der Charité – fuhr Monika über den großen Stern, entlang dem

Landwehrkanal bis zum Halleschen Tor und von dort in Richtung des alten Flughafens Tempelhof zum Landeskriminalamt. Im Gegensatz zur Rechtsmedizin wirkten die Labors der Kriminaltechnik weit weniger bedrückend und verbreiteten eine Hektik, die der Umgang mit Leichen wohl nicht gestattete. In einem der Räume der Daktyloskopie traf sie Erkan Gökdal vor einem der riesigen Bildschirme an, auf dem er die Daten unzähliger Fingerabdrücke auswertete. Als Monika den Raum betrat, erhob er sich und reichte ihr, wie gestern, gutgelaunt die Hand. Einen Ehering, bemerkte sie, trug er nicht.

„Ich weiß, wie kurzfristig mein Besuch ist", sagte Monika entschuldigend, „aber vielleicht können Sie mir einige Ihrer Ergebnisse schon verraten."

Herr Gökdal schielte seitlich zu Boden und rümpfte unzufrieden die Nase. „Na ja, ich kann's zumindest versuchen."

„Sind das unsere Abdrücke?", fragte sie und deutete auf den Bildschirm.

„Ja, schon. Mit denen ist bloß nichts anzufangen", sagte er sichtlich niedergeschlagen und kratzte sich an der unrasierten Wange. „Ich kann Ihnen, wenn Sie wollen, eine vollständige Auflistung ausdrucken oder in Ihr Büro mailen. Im Allgemeinen befanden sich auf den Tür- und Fenstergriffen lauter verschiedene Fingerabdrücke über- und nebeneinander, teils völlig verschmiert. Besonders am Griff des Schlafzimmerfensters. Hier könnte jemand stümperhaft versucht haben, die Spuren zu entfernen. Soweit ich bisher allerdings feststellen konnte, handelt es sich überall ausschließlich um die Abdrücke der Familie. Kein einziger fremder Abdruck ist darunter."

„Also nichts, das uns weiterhelfen könnte?"

„Nichts. Hiç birşey", sagte Herr Gökdal, griff nach einem Müsliriegel, der halb gegessen neben dem Bildschirm lag, und biss hinein. „Das ist immer das Problem bei diesen Familiendramen. Jedes Haar und jede noch so kleine DNA-Spur ist völlig wertlos, weil jeder alles angefasst haben könnte, ohne dass es verdächtig erscheint."

„Und die drei Gläser, die Sie mitgenommen haben? Was ist mit denen?"

„Ah, richtig. Bei denen gibt es tatsächlich etwas Merkwürdiges. Auf einem der Gläser, die auf der Anrichte standen, befinden sich die Fingerabdrücke von Herrn Wohlfarth und von Frau Schubert. Auf dem zweiten nur die von Herrn Wohlfarth. Wahrscheinlich, weil er die Gläser gefüllt und weitergereicht hat. Dagegen sind auf dem Glas, das auf dem Tisch neben der Toten stand, die Abdrücke vollständig entfernt worden. Gut möglich also, dass der Mörder seinem Opfer noch etwas zu trinken angeboten hat und dass er deshalb seine Spuren beseitigen musste."

„Haben Sie wenigstens irgendwelche Fußabdrücke gefunden?", fragte Monika weiter, da sie mit der letzten Information nicht viel anfangen konnte.

„Sinnlos. Vor dem Schlafzimmerfenster liegt Kies, da werden Sie nie irgendwelche Spuren finden. Was übrigens auch für die gepflasterte Terrasse gilt."

„Wäre es möglich", stellte sie ihm die Frage, die sie Baumbach bereits gestellt hatte, „dass ein Außenstehender den Mord begangen hat?"

Herr Gökdal aß den letzten Bissen seines Riegels und steckte die Verpackung in die Tasche seiner Jeans. „Niemand", sagte er kopfschüttelnd, „wäre so blöd, während einer Feier dort einzudringen, wenn er das unbemerkt jede Nacht hätte tun können. Nein, das war einer der sieben Gäste, da bin ich mir sicher. Haben Sie die Leute schon befragt?"

„Nur den Bruder und die Frau vom Catering-Service. Kommissar Lüders müsste gerade bei der neuen Freundin des älteren Bruders sein. Und ich werde anschließend zu dem anderen Bruder fahren. So wie es aussieht, hängt wohl alles von deren Aussagen ab."

„Dann fragen Sie, wer von ihnen den Täter beobachtet hat", sagte er, dass Monika, die sich bereits verabschieden wollte, ihn verwundert ansah. „Der Sessel, in dem die Tote saß", erklärte Gökdal, „war schräg zur Fensterfront ausgerichtet. Wenn jemand zum Zeitpunkt des Mordes im Garten war oder auf der Terrasse gestanden hat, dann muss er den Mörder gesehen haben."

„Was ist mit dem zugezogenen Vorhang?"

„Der war ja nicht ganz zugezogen und ich habe es überprüft. Am Ende des hohen Zauns, der die Terrasse an der linken Seite begrenzt, gibt es auf dem Rasen einen Radius von vielleicht zwei oder drei Metern. Von dort aus kann man das halbe Zimmer sehen. Und der Mörder wird sicherlich nicht die ganze Zeit direkt neben dem Sessel gestanden haben. Immerhin hat er die Pistole aus dem Schlafzimmer holen und sich dabei quer durchs Wohnzimmer bewegen müssen."

„Hätte in diesem Fall nicht schon einer der Zeugen was gesagt?", fragte sie.

„Würden Sie Ihren Mann oder Ihren Bruder oder ein sonstiges Familienmitglied verraten, wenn es so wäre?", erwiderte Gökdal.

Schwer zu beantworten, dachte Monika, die sich unangenehm an ihre eigene Situation erinnert fühlte.

Niemandem hatte sie sich anvertraut, nachdem sie während Vincents Befreiungsaktion aus den Fängen des Serienkillers erfahren musste, dass seine Mutter, trotz ihres Freispruchs, den Totschlag am Freund des Killers begangen hatte. Aus Mitgefühl einer vergewaltigten Frau gegenüber hatte Monika geschwiegen. Ein Schweigen, das sich rechtfertigen ließe, aber das ihr zugleich, besonders als Kommissarin, Gewissensbisse bescherte, von denen Monika nicht wusste, wie sie sie loswerden sollte. Umso dringender hoffte sie, dass Vincent auf ihren gestrigen Anruf reagieren würde, damit sie gemeinsam und ausgiebig ihre Probleme besprechen konnten. Wie diese Gespräche allerdings enden, ob Vincent und sie erneut zueinanderfinden oder endgültig getrennte Wege einschlagen würden, lag außerhalb ihrer Vorstellungskraft.

„Möglicherweise haben Sie recht", antwortete Monika, da sie zu lange geschwiegen und Gökdal verwundert den Kopf zur Seite geneigt und sie kritisch beobachtet hatte. „Danke jedenfalls für die Auskünfte."

„Keine Ursache", sagte er und gab ihr lächelnd, wenn auch zögernd, die Hand.

Kapitel 10

Kommissar Harald Lüders hatte kaum geschlafen. Bis spät in die Nacht hinein hatte er, vor dem Computer im abgedunkelten Schlafzimmer sitzend, Informationen aus dem Internet gesammelt, die ihm bei seinen Gesprächen mit der Familie Wohlfarth behilflich sein konnten. Hinter ihm war Bernhard, sein Lebenspartner, längst eingeschlafen und schnarchte leise vor sich hin.

Was Harald zutage gefördert hatte, bezog sich meist auf das vor einigen Jahren verkaufte Familienunternehmen, von dessen Erlös sich zweifellos unbeschwert leben ließ. Des Weiteren war er auf einige Artikel der Boulevardpresse gestoßen, die vor zwei Jahren in reißerischer Aufmachung von einem tragischen Unfall berichtet hatten, bei dem einer der beiden Söhne von Philip und Anna Wohlfarth ertrunken war. Grobkörnige Aufnahmen in Schwarz-Weiß zeigten das Ufer des Grundstücks aus einiger Entfernung und Anna Wohlfarth mit Tim vor dem Gartenzaun. Mehr hatte Harald nicht erfahren können und war schließlich zu Bernhard ins Bett gekrochen, ohne ihn aufzuwecken und ohne selbst in den Schlaf zu finden.

Jetzt stand er müde vor einem Einfamilienhaus in Berlin-Zehlendorf. Weniger mondän als jenes in Kladow, dafür moderner, mit großen Fenstern und flachem Dach, lag es eingepfercht zwischen zwei alten Villen, die den Kontrast in den Bauweisen stärker hervorhoben. Der schmale Garten rund um das Haus war eine schmucklose Rasenfläche mit einem einzigen Rhododendronbusch in der vorderen linken Ecke und einer mannshohen Tanne in der gegenüberliegenden. Durch ein mit Videokameras gesichertes Gartentor in dem sichtgeschützten Zaun gelangte Harald über einen gepflasterten Weg zur geöffneten Eingangstür, in der Anna Wohlfarth ihn, nachdem er zuvor sein Gesicht in eine der kleinen Kameras gehalten hatte, bereits erwartete.

Frau Wohlfarth wirkte so unausgeschlafen wie er. Ihre Augen waren gerötet, die Haare streng zu einem Zopf gebunden und sie trug eine weite, dunkle Hose, kombiniert mit einem strassverzierten Sweatshirt, das ihre bleiche Haut unvorteilhaft hervorhob. Sie begrüßte ihn abwesend, den Kopf leicht gesenkt, führte ihn in ein helles, geräumiges Wohnzimmer mit Blick auf den rückwärtigen, ebenso schmucklosen Garten und bot ihm einen Platz an dem runden Esstisch an. Anna Wohlfarth setzte sich seitlich von ihm, von wo aus sie die Tür zum Flur ständig im Auge behielt, als erwartete sie einen weiteren, ungebetenen Gast.

Mit gedämpfter Stimme sprach Harald ihr sein Mitgefühl aus und belehrte sie über ihre Rechte, die sie nickend zur Kenntnis nahm.

„Und daher wäre es sehr hilfreich für uns", kam Harald schließlich zu seinem eigentlichen Anliegen, „wenn Sie und Ihr Mann mir berichten könnten, was aus Ihrer Sicht vorgefallen ist."

Anna Wohlfarth hob das Gesicht, das sie zu den auf der Tischplatte verschränkten Händen gesenkt hatte, und sah ihn unvermittelt an. „Mein Mann ist nicht hier", sagte sie kühl. „Sein Bruder Konrad hat Tim und mich gestern Abend nach Hause gefahren."

Den Grund dafür erwähnte sie nicht und die zu einem dünnen Strich gepressten Lippen unterstrichen ihre beharrliche Weigerung, darauf einzugehen. In ihren Augen lagen Abwehr und Vorsicht sowie der berechtigte Verdacht, dass Harald über den Zustand ihrer Ehe längst Bescheid wusste. Trauer um ihre Schwiegermutter, bemerkte er, empfand sie jedenfalls nicht. Ihre sichtliche Erschöpfung schien eher der Sorge um die kommenden Ereignisse zu entspringen, was ihre nächsten Worte bestätigten.

„Es war einer von uns, nicht wahr", sagte sie, mehr feststellend als fragend, ihr Blick dabei erneut auf die offene Tür gerichtet.

„Wir sind erst am Anfang unserer Ermittlungen", beschwichtigte Harald, „und müssen jede Möglichkeit in Betracht ziehen. Deshalb ist es wichtig, dass Sie uns helfen."

In ihre Wangen kehrte etwas Farbe zurück und sie spreizte die Finger beider Hände weit auseinander, wie ein Spieler seine Karten. „Ich war wohl“, sagte sie, „die Letzte, die Christin lebend gesehen hat. Nach dem Essen wollte sie sich ausruhen und fragte nach ihrer Stola, die sie nirgends finden konnte. Deshalb habe ich ihr meine aus dem Auto geholt. Wir besitzen beide die gleiche und ich habe meine immer auf dem Rücksitz dabei, weil mir beim Fahren oft kalt wird. In ihrem Zimmer hat sich Christin in den Sessel gesetzt, direkt vor die Fensterfront, wo sie noch etwas Sonne abbekam. Ich habe ihr die Stola um die Schultern gelegt und sie dann allein gelassen. Danach habe ich Sabine beim Aufräumen geholfen. Frau Krumm, meine ich. Die Frau, die für das Catering zuständig war.“

„Worüber haben Sie und Frau Wohlfarth gesprochen?“

Anna Wohlfarth zog die Brauen zusammen. „Gesprochen?“

„Ich nehme an, Sie haben miteinander geredet, während Sie bei ihr im Zimmer waren.“

„Natürlich, ja“, erwiderte sie nach kurzem Zögern und sah zum wiederholten Male an Harald vorbei. „Es ging um … um Julia. Um die Freundin meines Mannes. Wahrscheinlich wissen Sie ja, dass es in unserer Ehe ein wenig kriselt. Aber ganz egal, was die anderen Ihnen erzählt haben mögen, es ist keineswegs etwas Ernstes. Jede Ehe hat hin und wieder ihre Probleme, wie Sie vielleicht aus eigener Erfahrung wissen.“

Harald nickte und lächelte. „Wem sagen Sie das.“

„Na, jedenfalls, meine Schwiegermutter ist dieser Julia gestern das erste Mal begegnet und sie hat sie nicht leiden können. Wie jeder in der Familie hat auch Christin deutlich spüren können, dass Julia nur hinter Philips Geld her ist. Darüber haben wir geredet, oder besser, ich habe sie reden lassen.“

„Sprachen Sie auch über Ihre Scheidung?“

Da war ein Flackern in Anna Wohlfarths Augen, so kurz allerdings, dass Harald glaubte, sich geirrt zu haben.

„Ich bin erstaunt, Herr Lüders, wie gut Sie unterrichtet sind. Aber, nein. Darüber haben wir nicht gesprochen. Mir war bewusst, dass Christin niemals ihre Zustimmung geben würde.“

„Hätte sie denn zustimmen müssen?“

Jetzt umspielte ein überlegenes und herablassendes Lächeln ihre schmalen ungeschminkten Lippen. „Wenn Sie unsere Familie besser kennen würden, Herr Lüders, und vor allem meinen Mann, dann bräuchten Sie das nicht zu fragen. Für Philip ist das Wort seiner Mutter Gesetz."

„Ich verstehe. Fahren Sie fort."

„Unser Gespräch dauerte nicht sehr lange. Wie gesagt, Christin wollte ein wenig die Augen schließen. Diese Feiern strengten sie immer etwas an."

„Und da haben Sie den Vorhang geschlossen und den CD-Player eingeschaltet, bevor Sie sie verlassen haben?"

„Keines von beidem, nein. Wieso sollte ich?" Die Verwunderung in Anna Wohlfarths Stimme klang echt. „Wir wussten doch, dass mein Sohn jederzeit anfangen würde, auf seiner Trompete zu spielen. Weitere musikalische Untermalung hätte da nur gestört. Außerdem hat meine Schwiegermutter, soweit ich weiß, nie Musik gehört. Mag sein, dass man einfach vergessen hat, den CD-Player mit nach oben zu nehmen, als Christin letztes Jahr ins Erdgeschoss gezogen ist. Und was den Vorhang anbelangt, ja, ich erinnere mich, dass er halb zugezogen war, als wir sie später fanden. Aber als ich Christin verließ, war er offen. Ganz bestimmt."

„Sie ließen Frau Wohlfarth also allein und halfen Frau Krumm in der Küche."

„Ja. Wenn ich allerdings gewusst hätte, dass ich die Letzte war, die …" Anna Wohlfarth unterbrach sich und holte tief Luft.

„Falls es Sie beruhigt …", sagte Harald. „Sie waren nicht die Letzte. Walter Wohlfarth war nach Ihnen noch bei ihr im Zimmer."

Ihre Augen weiteten sich, dann senkte sie den Kopf und nickte. „Das beruhigt mich tatsächlich ein bisschen, danke."

„Sie haben Frau Krumm geholfen, sagten Sie."

„Nicht sofort. Vorher war ich oben in der Bibliothek, um nach Tim zu sehen. Er wirkte schon den ganzen Tag ziemlich traurig und ich wollte mich vergewissern, dass alles in Ordnung war. Er las in den Partitur-Auszügen, indem er wie gewöhnlich vor sich hin summte und Notizen an den Rand schrieb. Ich selbst bin völlig unmusikalisch, ebenso wie Philip. Von wem er seine Begabung geerbt hat, ist uns deshalb ein Rätsel. Es freute mich aber, ihn so zufrieden zu sehen, und ich ging wieder nach unten, um mit Frau Krumm den Tisch abzuräumen und für den Nachmittag neu zu decken. Ich bin mir nicht sicher, wie lange Sabine und ich damit beschäftigt waren. Nur dass Tim bereits Trompete spielte, weil man das durchs ganze Haus hören konnte, daran kann ich mich erinnern. Als wir fertig waren, bin ich rüber in die Garage gegangen und habe nach einem alten Werkzeugkasten gesucht. Ungefähr fünf oder zehn Minuten lang, bevor ich aufgegeben habe. Keine Ahnung, wo der geblieben ist. Anschließend bin ich wieder zurück in die Küche. Sabine war aber nicht mehr da. Sie muss wohl draußen gewesen sein, den Müll rausbringen."

„Bevor Sie weiterreden", unterbrach Harald ihre Schilderung. „Hat Sie irgendjemand gesehen, als Sie zur Garage gingen?"

Anna Wohlfarth brauchte nicht zu überlegen. „Nein, niemand."

„Welchen Weg haben Sie genommen? Durch den Haupteingang?"

„Durch den Seiteneingang neben der Treppe, das ist kürzer. Man braucht nur über den schmalen Weg und kann die kleine Tür an der Querseite der Garage benutzen."

„Und auf dem Rückweg? Ist Ihnen da jemand begegnet? Oder haben Sie etwas Ungewöhnliches bemerkt oder gehört?"

„Nichts, es war alles ganz still. Selbst Tim hatte aufgehört zu spielen und …" Frau Wohlfarth hielt inne und zog ruckartig die Hände vom Tisch auf ihren Schoß. Ihren ersten Impuls, die unterschwellige Anschuldigung empört zurückzuweisen, unterdrückte sie mit einem gekünstelten Räuspern. „Sie irren sich, Herr Lüders", sagte sie. „Ich habe meine Schwiegermutter nicht erschossen."

„Ich habe nichts dergleichen andeuten wollen."

„Sie brauchen meinetwegen nicht unnötig höflich zu sein. Natürlich verdächtigen Sie mich. Immerhin ist es Ihr Beruf, in jedem das Böse zu sehen. Doch was mich angeht, liegen Sie falsch. Ich vergaß nämlich zu erwähnen, dass ich mit einer Nachbarin telefoniert habe, als ich allein im Esszimmer saß, um auf Sabine zu warten. Und genau während unseres Gesprächs fiel der Schuss. Manuela, meine Nachbarin, hat den Knall durch das Telefon gehört und wird es bestätigen können. Wenn Sie wollen, gebe ich Ihnen ihre Adresse."

„Das wäre sehr hilfreich, danke. Weshalb haben Sie diese Nachbarin denn angerufen?"

„Bitte?"

„Der Anruf", wiederholte Harald, „aus welchem Grund haben Sie mit ihr telefoniert?"

Das erste Mal wirkte Frau Wohlfarth verunsichert. Die anfängliche Erschöpfung, die sich im Laufe des Gesprächs mehr und mehr gelegt hatte, zeigte sich erneut auf ihrem schmalen Gesicht.

„Ich … ich weiß nicht mehr genau. Irgendetwas habe ich sie fragen wollen. Ist das wichtig?"

„Wahrscheinlich nicht. Reine Neugier", sagte er und bat sie, in ihrer Schilderung fortzufahren.

„Wie gesagt, ich habe telefoniert und Manuela und ich, wir haben uns gewundert. Ich war auch ein wenig beunruhigt und wollte mich vergewissern, dass nichts Schlimmes passiert war. Deshalb haben wir den Anruf beendet und ich bin durchs Esszimmer in die Eingangshalle gelaufen. Philip stand bereits vor Christins Tür und versuchte vergeblich, sie zu öffnen. Ich habe mich gefragt …" Sie ließ den Satz ins Leere gleiten und schüttelte leicht den Kopf, als wollte sie ihn von einem unangenehmen Gedanken befreien.

„Was haben Sie sich gefragt?", bekräftigte Harald, während Frau Wohlfarth durch das Fenster hinaus in den leeren Garten starrte und schwieg. „Sie haben sich gefragt, ob Ihr Mann vielleicht gar nicht versucht hatte, die Tür zu öffnen, sondern im Gegenteil gerade dabei war, sie zu verschließen, nicht wahr?"

„Philip hätte seiner Mutter nie etwas antun können", antwortete sie, ohne den Blick von dem Garten abzuwenden. „Er hat viel zu sehr an ihr gehangen. Niemand von uns hätte Christin erschießen können."

„Und doch", sagte er, „ist sie tot."

Langsam wandte Anna Wohlfarth den Kopf. In ihren Augen lag plötzlich eine Entschiedenheit, die Harald ihr nicht zugetraut hätte.

„Nicht jeder der Anwesenden", entgegnete sie hart, „gehört zu Familie."

„Aber Frau Schubert, wenn ich das recht verstanden habe, war immerhin kurz davor, dazuzugehören."

Über diese Äußerung war Frau Wohlfarth sichtlich erbost. Für einen kurzen Moment erschien eine senkrechte Falte zwischen ihren Brauen, bevor sie ihren Mund, den sie entrüstet geöffnet hatte, in ein schwaches, zynisches Lächeln verwandelte. „Demzufolge dürfte Ihnen Frau Schuberts Motiv keineswegs verborgen geblieben sein, da sich mit dem Tod meiner Schwiegermutter ihr ärgstes Hindernis einfach in Luft aufgelöst hat. Ein erstaunlicher Zufall, finden Sie nicht? Jetzt gibt es niemanden mehr, der sich ernsthaft zwischen sie und meinen Ehemann stellen kann. Niemanden, der Philip endlich zur Vernunft bringt."

„Wissen Sie denn, wo Frau Schubert sich aufgehalten hat, als der Schuss abgefeuert wurde?"

„Sie war im Garten. Jedenfalls kam sie von dort, nachdem wir Christin im Wohnzimmer gefunden hatten. Sie und Philip mussten sich gestritten haben. Ansonsten hätten wohl beide gemeinsam vor der verschlossenen Zimmertür gestanden. Julia wäre also durchaus in der Lage gewesen, sich vorher unbemerkt durch die Terrassentür zu Christin zu schleichen und wieder hinaus."

„Wir werden das selbstverständlich überprüfen. Können Sie sich an die Reihenfolge erinnern, in der die Anwesenden das Wohnzimmer betraten?"

„Zuerst kam mein Schwager", antwortete Frau Wohlfarth. „Er rannte über die Terrasse und kurz darauf, wie gesagt, kam Frau Schubert. Frau Krumm war die Letzte, die das Zimmer betrat, und zwar durch die Eingangshalle."

„Und Ihr Sohn?"

„Tim? Nun, ich … ich weiß nicht genau. Ich bin aus dem Zimmer gestürmt, weil ich ihn aufhalten wollte und damit er nicht mitansehen musste, wie … Aber an mehr kann ich mich gar nicht erinnern. Ich glaube, er ist durch die Seitentür zur Garage gekommen, weil …"

Etwas in Haralds Rücken erregte unerwartet ihre Aufmerksamkeit. In ihren Augen lag Verwunderung, gepaart mit etwas, das Harald schwer einschätzen konnte. Verärgerung vielleicht oder die schamhafte Erkenntnis, einen Fehler begangen zu haben.

„Tim! Wie lange stehst du schon da?"

Harald wandte sich zu ihrem Sohn, der im Türrahmen stand, in einem dünnen, weißen T-Shirt und langen Trainingshosen. Seine rotbraunen Haare fielen ihm ungeordnet um sein schmales Gesicht. Den unbekannten Gast würdigte er keines Blickes.

„Ich bin die Treppe runter, Mama. Das hab ich dir schon gesagt."

„Natürlich, mein Schatz, das hast du. Mama ist bloß so schrecklich durcheinander und traurig. Ich weiß nur, dass du an mir vorbeirennen wolltest und ich dich festhalten musste."

„Wann fahren wir endlich meine Trompete holen?", fragte er, ohne erkennbaren Zusammenhang.

„Später vielleicht. Du siehst doch, dass ich Besuch habe. Außerdem bin ich nicht sicher, ob …" Frau Wohlfarth sah Harald fragend an. „Wir haben in der Aufregung seine Trompete in Kladow vergessen. Sie liegt oben in der Bibliothek."

„Ich bin sicher, Sie können sie jederzeit abholen. Die Spurensicherung hat ihre Arbeit abgeschlossen", sagte Harald und erhob sich von seinem Stuhl. „Hallo, Tim. Ich bin Kommissar Lüders von der Kriminalpolizei und würde dir gern ein paar Fragen stellen. Vorausgesetzt, deine Mutter hat nichts dagegen."

Tim blieb im Türrahmen stehen. Er vergrub die Hände in den Taschen seiner Trainingshose, den Blick unschlüssig und verunsichert auf seine Mutter gerichtet. Auch Frau Wohlfarth schien uneins darüber, ob sie die Bitte ohne rechtlichen Beistand gewähren sollte, bevor sie zustimmend nach links rückte, um ihrem Sohn am Esstisch Platz zu machen. Misstrauisch folgte Tim dieser stummen Aufforderung und setzte sich auf den freigewordenen Stuhl. Die Arme vor der Brust verschränkt, starrte er stur auf die Tischplatte und streckte, als seine Mutter ihm fürsorglich durch die Haare streichen wollte, murrend den Kopf zur Seite.

„Ich weiß, wie schwer das für dich sein muss“, begann Harald, obwohl er den Eindruck verspürte, dass Tim mehr seiner vergessenen Trompete nachtrauerte als seiner toten Großmutter. „Trotzdem, es ist wichtig, mir genau zu sagen, was du gestern getan hast.“

Ohne aufzusehen, zuckte Tim mit den Schultern. „Nichts. Ich war oben und hab gespielt. Genau eine halbe Stunde, wie Oma erlaubt hat.“

„Aber als der Schuss fiel, da hattest du bereits aufgehört zu spielen.“

Bei dieser Feststellung verzog Tim seine Mundwinkel zu einem Schmollen. Mit gesenktem Kopf sah er auf seine Mutter, die auffordernd die Brauen hob. „Nach dem Üben hab ich die Trompete geputzt“, gestand er unwillig. „Weil sich beim Spielen Kondenswasser bildet. Das Innere muss mit einem Stab und einem Lappen dran trockengewischt werden.“

„Ja, das kenne ich aus meiner Kindheit. So habe ich früher meine Blockflöte gesäubert“, sagte Harald, um zwischen ihnen eine Gemeinsamkeit herzustellen, die Tim mit einem abschätzigen Grunzen verwarf.

„Bist du auf dem Balkon gewesen?“, fragte er.

„Nein.“

„Hast du vielleicht etwas gehört? Geräusche oder Stimmen? Versuche bitte, dich genau zu erinnern.“

„Ich hab nichts gehört. Gar nichts.“

„Auch später nicht, als alle unter dir im Wohnzimmer waren und deine Mutter nach dir gerufen hat?“

Dem Jungen jede Antwort aus der Nase zu ziehen, ließ in Harald eine Gereiztheit aufkommen, die sich in seiner Stimme niederschlug und die er mit einem übertriebenen Lächeln zu kaschieren versuchte. Tim, dem dieser Tonfall nicht entgangen war, blickte endlich zu ihm auf.

„Ach so“, verbesserte er sich. „Doch. Das hab ich natürlich gehört. Deshalb bin ich ja runtergegangen.“

„Hast du gewusst, dass deine Großmutter eine Waffe besaß?“

Von dieser Frage offensichtlich irritiert, fuhr sich Tim durch die struppigen Haare und wandte sich hilfesuchend an seine Mutter.

„Jeder in der Familie wusste davon“, antwortete Frau Wohlfarth, während Tim diesmal die Berührung ihrer Hand auf der seinen gestattete. „Das war kein Geheimnis.“

„Ich möchte mich bloß vergewissern, das ist alles“, sagte Harald und wieder an Tim gerichtet: „Haben du oder dein Bruder jemals damit gespielt?“

Bei der Erwähnung des Verstorbenen reagierten Mutter und Sohn auf unterschiedliche Weise. Anna Wohlfarths Gesicht versteinerte, ihre Augen dabei geweitet, als glaubte sie sich verhört zu haben. Tim dagegen schien von einer plötzlichen Erinnerung gestreift, die seine verschlossene Miene ein wenig aufzuhellen vermochte.

„Wir haben sie uns mal angesehen“, bestätigte er. „Irgendwann, vor Jahren. Alle waren draußen im Garten und wir sind in Omas Schlafzimmer geschlichen und Oliver hat sie aus dem Nachttisch geholt. Er hat sogar auf mich gezielt. Die hat meinem Ur-Opa gehört.“

„Und seitdem?“

Tim schüttelte den Kopf. „Das war das einzige Mal, ehrlich.“

„Ich weiß wirklich nicht, was diese Frage für einen Sinn haben soll!“, fiel Frau Wohlfarth erbost dazwischen. „Das muss Jahre her sein. Und ich denke, mein Sohn und ich haben Ihnen bereits alles erzählt, was wir wissen.“

„Natürlich, entschuldigen Sie“, lenkte Harald ein. „Gestatten Sie mir nur eine letzte Frage.“

Anna Wohlfarths Blick blieb argwöhnisch auf ihn gerichtet, ohne jedoch die Bitte abzulehnen. Harald bedankte sich mit einem Nicken und lehnte sich, auf beide Unterarme gestützt, über den Tisch.

„Warum belügst du mich?“, fragte er so leise, dass Tim es kaum hören konnte.

Wie erwartet, zeigte sich Anna Wohlfarth über diese Anschuldigung brüskiert. Sie setzte bereits zum Widerspruch an, bevor sie Tims gesenktes und errötetes Gesicht bemerkte und erschrocken schwieg. Diese Stille nutzte Harald, um seine Karten auf den Tisch zu legen.

„Nachdem du aufgehört hattest zu spielen“, sagte er, „bist du hinaus auf den Balkon gegangen und bist an dem hölzernen Sichtschutz, der an der linken Seite die Terrasse begrenzt, heruntergeklettert. Die Balkontür stand, wie ich gestern feststellen konnte, einen Spalt weit offen und von dort das Gatter als Leiter zu benutzen, dürfte kein besonderes Geschick erfordert haben. Jedenfalls nicht für einen Jungen wie dich. Ich fand ein paar abgerissene Blätter des wilden Weins auf dem Boden des Balkons und auf der Terrasse sowie einige frisch geknickte Zweige. Anschließend bist du über die Terrasse an der Garage vorbei ums Haus gelaufen und durch den Seiteneingang wieder hinein, wo deine Mutter dich gesehen hat. Daran besteht kein Zweifel. Was ich jetzt aber von dir wissen will, ist, was du von der Terrasse aus gesehen hast. Wenn du mir das verrätst, werde ich vergessen, dass du der Polizei gegenüber gelogen hast.“

Tim blickte nicht auf, sondern zuckte stumm mit den Schultern. Dass Anna Wohlfarth sich nicht einmischte, zeigte Harald, dass auch sie an die Version ihres Sohnes nie geglaubt hatte.

„Ich habe nichts gesehen“, sagte Tim. „Wirklich nicht. Der Vorhang war halb zugezogen und das Glas hat gespiegelt.“

„Warum“, fragte Frau Wohlfarth erstaunt, „bist du überhaupt vom Balkon gestiegen?“

Erneut zuckte Tim mit den Schultern. „Warum nicht? Das geht schneller, als durchs Haus zu laufen. Früher haben wir das immer so gemacht, wenn wir oben in Omas Zimmer waren. Es war Olivers Idee gewesen, nicht meine. Er hat …“

Frau Wohlfarths Wangen erblassten und für einen kurzen Moment hob sie abwehrend ihre ansonsten flach auf dem Tisch ruhenden Hände. Eine stille, leicht bedrohliche Geste, die Tim mühelos verstand und befolgte.

„Weißt du, wann genau du heruntergeklettert bist?“, fuhr Harald unbeirrt fort, damit Tim nicht den Faden verlor. „War das vor oder nach dem Schuss?“

„Vorher. Den Knall hab ich erst gehört, als ich hinter der Garage war. Zwischen der Wand und der Hecke hat ein Igel sein Nest gebaut und ich wollte gucken, ob ich ihn finde. Er war aber nicht da.“

„Hast du wirklich niemanden im Zimmer gesehen?"

„Nein. Das hab ich doch gesagt!" Tims Stimme wurde ungehalten und sein Blick, als er Harald ansah, war der eines bockigen, des Lügens überführten Kindes.

„Bitte, Tim, denk nach. Es ist wichtig. Was hast du gesehen? Hast du den Sessel mit deiner Großmutter erkennen können?"

„Das schon", gab er schließlich zu. „Aber nur die Lehne. Da war niemand sonst im Zimmer, ehrlich. Wie hätte ich denn wissen sollen, dass …" Unerwartet fing Tim an zu weinen. „Außerdem hat doch die … die Sonne geblendet. Ich hab nichts gesehen. Wirklich nicht."

„Und die Tür zum Schlafzimmer? War sie geschlossen oder stand sie offen?"

„Die war zu", schniefte er, kurz abgelenkt von den Tränen, bevor er seine Aussage relativierte. „Glaub ich jedenfalls."

„Ich denke, das genügt jetzt, Herr Lüders", unterbrach Frau Wohlfarth das Verhör und nahm ihren Sohn in den Arm.

Zufrieden lehnte Harald sich in seinem Stuhl zurück und stimmte ihr, zumindest vorübergehend, stillschweigend zu.

Augenblicklich verstummten mit dem Klingeln die erregten Stimmen, die bereits im Treppenhaus deutlich zu hören gewesen waren und die Monika Seyfarth unmissverständlich den Weg gewiesen hatten. Sie war dicht an die gesuchte Tür herangetreten, den Finger ausgestreckt am Klingelknopf, und hatte gelauscht. Philip Wohlfarths mürrischer Bariton war von den schrillen und hysterischen Beschimpfungen seiner Geliebten fast vollständig verschluckt worden und hatten den Sinn hinter ihren zwar lauten, aber durch die Tür gedämpften Worte verzerrt. Trauergespräche jedenfalls, hatte Monika gedacht, während sie die Klingel betätigte, hörten sich anders an.

In der folgenden Stille ging Monika gedanklich noch einmal die Aussage von Konrad Wohlfarth durch, von dessen Galerie in Charlottenburg sie anschließend hierher in die Nähe des Winterfeldtplatzes gefahren war. Seinen Angaben zufolge hatte er sich nach dem Mittagessen in dem Schuppen im Garten aufgehalten und war, kurz nachdem der Schuss abgefeuert wurde, von dort über die Terrasse ins Wohnzimmer geeilt. Etwas Ungewöhnliches wollte er nicht bemerkt und auch niemanden im Garten gesehen haben. Im Laufe des Gesprächs hatte sich sein Freund dicht neben ihn gesetzt und war Monika mit unverhohlenem Misstrauen begegnet. Mit seinen ständigen Kommentaren und der Berufung auf Konrads Recht, die Aussage jederzeit verweigern zu können, hatte er ihre Geduld gehörig strapaziert. Erst mit der Frage, wo er selbst sich zum Zeitpunkt des Mordes aufgehalten habe, war er schweigsamer geworden, obwohl Monika an seiner Unschuld nie wirklich gezweifelt hatte. Unbemerkt hätte Martin Dörfler den Tatort sicherlich weder betreten noch verlassen können.

Enttäuscht darüber, keine wesentlichen Neuigkeiten erfahren zu haben, hatte sie die Galerie verlassen. Gegenüber, im Hochparterre, hatte eine ältere Frau am Fenster gehockt, ihre Arme auf ein Kissen gestützt und ihre Hände um einen riesigen Kaffeebecher gelegt. Mit neugierigen Blicken war diese Frau ihr gefolgt, wie sie frustriert ins Auto gestiegen und erst nach mehreren Anläufen aus der engen Parklücke gefahren war.

Sollten die Befragungen weiterlaufen wie bisher und niemand jemanden gesehen haben, dann würde sich, wie Harald gestern Abend orakelnd verkündet hatte, die Lösung dieses so einfach erscheinenden Mordfalls weit schwieriger gestalten als gedacht. Denn auch von ihrem jetzigen Besuch versprach sich Monika nicht sonderlich viel Neues und konnte bloß hoffen, dass Harald, wenn sie später ihre Ergebnisse austauschen würden, mehr Erfolge vorzuweisen hatte und dass …

„Was wollen Sie?"

Versunken in ihre Gedanken hatte Monika die Schritte hinter der Tür nicht kommen hören und für einen Augenblick starrte sie irritiert auf einen Mann Mitte vierzig, dessen dunkle Augen unter zusammengewachsenen Brauen und über ausgeprägten Tränensäcken sie argwöhnisch musterten. Er trug eine schwarze Strickjacke über einem fliederfarbenen Hemd und eine zu kurze Bundfaltenhose, deren Saum dunkelblaue Socken in altmodischen Pantoffeln preisgaben. Sein pechschwarzes, sorgfältig geschnittenes und im Licht der Flurbeleuchtung violett schimmerndes Haar hatte er offensichtlich gefärbt.

„Hauptkommissarin Seyfarth", sagte sie und hielt ihm den Dienstausweis entgegen. „Ich hätte da ein paar Fragen an Sie."

„Philip, wer ist das?", drang die schrille Stimme von vorhin durch die Wohnung, die Herr Wohlfarth mit den über seine Schulter zurückgerufenen Worten „die Polizei" zum Schweigen brachte. Zu Monika gewandt sagte er: „O ja, natürlich. Im Moment ist es allerdings etwas unpassend. Vielleicht könnten Sie …"

„Mord ist immer etwas unpassend, Herr Wohlfarth", erwiderte Monika und trat einen Schritt nach vorn, so dass ihr Gegenüber gezwungenermaßen zurückwich. „Andernfalls können Sie mich auch gern aufs Kriminalamt begleiten."

„Nein, nein. Ich meinte nur, dass … Es ist der Schock, wissen Sie. Meine Freundin und ich, wir können überhaupt nicht begreifen, was geschehen ist."

Widerwillig hielt ihr Philip Wohlfarth die Tür auf und führte sie durch den breiten, hellen Flur in ein riesiges Zimmer mit Ausblick auf einen begrünten Innenhof. Moderne, kalte Möbel standen verstreut auf teurem Parkett und vermittelten das Gefühl gepflegter Überheblichkeit. Rechts von Monika ging das Zimmer in eine offene Küche mit freistehender Kochinsel über, neben der Julia Schubert in einem samtroten Morgenmantel wartete. Ihre Hand hatte sie leicht auf der Arbeitsplatte abgestützt und richtete einen unfreundlichen, beinahe feindseligen Blick auf den Eindringling.

„Es tut mir aufrichtig leid, Sie in Ihrer Trauer stören zu müssen", sagte sie und konnte den Sarkasmus in ihrer Stimme nicht vollständig unterdrücken. „Trotzdem muss ich wissen, wo Sie beide sich gestern Nachmittag zur Tatzeit aufgehalten haben."

Peinlich berührt über den vorangegangenen und nicht unbemerkt gebliebenen Streit, wirkte Julia Schubert jünger und mädchenhafter, als sie es anscheinend war. Ihr gebräuntes Gesicht errötete und ließ den Altersunterschied zwischen den beiden Neuverliebten deutlicher hervortreten.

„Wir haben nichts damit zu tun", erwiderte sie, ohne Monika anzusehen. Sie konzentrierte sich auf Philip Wohlfarth, der sich an einen Tisch auf Stahlbeinen gesetzt hatte, die Ellenbogen auf die gläserne Platte gestützt und die Hände gegen die Schläfen gepresst. „Wir waren gemeinsam im Garten, unten am Ufer."

„Und später? Immerhin sind Sie, meinen Informationen zufolge, getrennt am Tatort erschienen."

„Hat seine Frau Ihnen das erzählt?", fragte Frau Schubert zurück, während sie demonstrativ die Arme vor der Brust verschränkte und sich seitlich gegen den Herd lehnte. „Natürlich ist es Anna gewesen. Wer sonst?"

„Das tut nichts zur Sache. Ich hätte nur gern die Wahrheit gehört, das ist alles."

Julia Schubert starrte erneut an Monika vorbei auf ihren Geliebten, der, den Kopf gesenkt, weiterhin schwieg. In ihren blauen Augen lag eine Mischung aus Mitleid und leiser Verachtung. „Philip ist mir durch die Seitentür der Küche vorausgeeilt. Deshalb war er vorher dort."

Monika, der niemand einen Platz angeboten hatte, wandte sich ihm zu. „Stimmt das, Herr Wohlfarth?"

Der Angesprochene reagierte mit einem vorsichtigen Blick auf Frau Schubert. „Nein, so war es nicht", sagte er mit einem vorwurfsvollen Unterton an seine Freundin gerichtet. „Ich bin zur Terrasse gegangen, um mit meiner Mutter wegen der Scheidung zu reden. Kurz davor allerdings habe ich meine Meinung geändert. Mir ging es nicht besonders. Ich hatte Magenschmerzen und bin von der anderen Seite, von der Garage aus, ins Haus gelangt. Julia ist die ganze Zeit über im Garten geblieben. Sie hat wirklich nichts damit zu tun."

„Hat Sie jemand gesehen?"

„Nein, ich … Ja, doch, natürlich. Mein Bruder kam aus der Gegenrichtung, gleich nachdem ich hinter der Terrasse um die Ecke gebogen bin. Er wollte hinunter zum Schuppen. Ansonsten habe ich niemanden bemerkt."

„Haben Sie wenigstens einen Blick ins Wohnzimmer werfen können, als Sie daran vorbeigegangen sind?"

Philip Wohlfarth schüttelte den Kopf. „Ich wollte auf keinen Fall, dass Mutter mich sieht. Sonst hätte sie mich sicherlich hereingebeten, was ich ja vermeiden wollte. Ich bin also auf dem Rasen geblieben und so schnell wie möglich hinterm Haus verschwunden."

„Verstehe", sagte Monika enttäuscht, da anscheinend jeder jedem absichtlich aus dem Weg gegangen war. „Wann genau war das?"

„Ich bin nicht sicher. Tim spielte noch Trompete. Das weiß ich, weil er diesen einen Ton nicht getroffen hat und ich mich gewundert habe, weil er diese Stelle ansonsten fehlerfrei beherrscht. Da war ich schon an der Tür gegenüber der Garage. Ich musste dringend auf die Toilette. Etwas beim Mittagessen ist mir gehörig auf den Magen geschlagen."

„Du hast dich vor deiner Mutter drücken wollen, das ist alles!", rief Julia Schubert dazwischen. Ihre Stimme erreichte wieder diese schrille Höhe, die Monika bereits durch die Wohnungstür hatte hören können. „Wir waren uns hundert Prozent einig darüber, dass du endlich Klartext mit ihr redest."

„Das hätte ich ja auch, ehrlich. Doch dann fiel der Schuss und … und deshalb war ich so schnell an Mutters Tür, weil ich von der Toilette nur quer durch die Halle musste."

„Sie hätten also gesehen", fragte Monika, „wenn jemand aus dem Zimmer Ihrer Mutter gekommen wäre?"

Philip Wohlfarth wurde unsicher. „Ich denke schon, ja. Obwohl ich mir erst die Hände gewaschen habe, bevor ich rausgelaufen bin. Das kann aber nicht lange gedauert haben. Der Täter muss durch den Garten geflüchtet sein."

„Wo waren Sie in der Zwischenzeit?", wandte Monika ihre nächste Frage an Frau Schubert, die von der Kücheninsel auf ihren Geliebten zugegangen war. Jetzt stand sie hinter ihm, eine Hand wie zum Schutz oder zur Warnung auf seine Schulter gelegt.

„Ich bin im Garten geblieben und habe mir das verlassene Grundstück nebenan angeschaut. Daraus ließe sich einiges machen, wenn man das Geld dazu hätte."

„Könnte das jemand bezeugen?", wollte Monika wissen und war versucht, sich zu Herrn Wohlfarth an den Tisch zu setzen. Da Frau Schubert ebenfalls stand und Monika ungern zu ihr aufgesehen hätte, entschied sie sich dagegen.

„Nein", antwortete Julia Schubert. „Ich bin inmitten der Bäume geblieben. Und ich bezweifle stark, dass sich irgendjemand aus der Familie Gedanken um mich gemacht hätte."

„Warum das?"

„Weil alle gegen unsere Verbindung sind, besonders Anna. Sie will einfach nicht kapieren, dass ihre Ehe am Ende ist." Philip Wohlfarth sah zu ihr auf, verzichtete aber auf einen Kommentar. Diesen Blick konnte Julia Schubert nicht schweigend auf sich beruhen lassen. „Du weißt genau", verteidigte sie sich, „wie starrköpfig Anna ist und wie sie mich behandelt hat. Ebenso wie deine Mutter!"

„Bitte, Schatz, lass uns jetzt nicht darüber streiten."

„Warum nicht? Ich habe mir nichts vorzuwerfen. Und schon gar nicht gegenüber der Polizei", sagte sie mit einer herablassenden Handbewegung hin zu Monika. „Und wir wissen beide, dass Anna alles getan hätte, uns auseinanderzubringen, und dass sie deiner Mutter Lügen über mich erzählt hat."

„Von welcher Art Lügen reden Sie, wenn ich fragen darf?"

Mit leichter Verzögerung wurde sich Julia Schubert ihres kleinen Gefühlsausbruchs und des Inhalts ihrer Worte unangenehm bewusst. Sie kräuselte die Lippen und rückte ausweichend den Kragen ihres Morgenmantels zurecht, der Gefahr lief, von ihrer rechten Schulter zu rutschen.

„Was weiß ich", sagte sie schnippisch. „Irgendwas, um mich schlechtzumachen, natürlich. Warum sonst hat seine Mutter mich behandelt wie … wie Abschaum!"

„Hören Sie nicht auf sie, Frau Kommissarin", fiel Philip Wohlfarth mit einem aufgesetzten Lachen dazwischen. „Julia steht unter Schock, wie wir alle. Es gab keine Unstimmigkeiten, wirklich nicht. Dass meine Mutter sie zu ihrer Geburtstagsfeier eingeladen hat, zeigt doch eindeutig, wie vernünftig wir damit umgehen können. Es kann also nur ein Verrückter gewesen sein."

Es entstand eine Pause, in der Frau Schuberts Hand den Druck auf seiner Schulter sichtlich verstärkte und Herr Wohlfarth, den Blick weiterhin auf Monika gerichtet, nach der ihren suchte, um eine Harmonie zu signalisieren, die beinahe lächerlich wirkte. Davon unbeeindruckt, entschied sich Monika, das Gespräch zu beenden. Was sie erfahren wollte, hatte sie erfahren und würde darüber hinaus keine ehrlichen Antworten mehr erhalten. Motive lagen auf der Hand. Da schien es egal, wie sehr Herr Wohlfarth diese herunterzuspielen und Frau Schubert sie verzweifelt auf ihre Nebenbuhlerin abzuwälzen versuchte.

Nach einer knappen Verabschiedung begleitete Herr Wohlfarth sie zurück zur Wohnungstür. Er wirkte niedergeschlagener als am Anfang ihres Gesprächs und die gefärbten Haare hoben sein Alter, anstatt es zu vertuschen, stärker hervor.

„Ich hoffe", sagte er, während Monika in den Hausflur trat, „Sie finden den Verbrecher. Auch wenn niemand von uns ihn gesehen hat." Dann schloss er die Tür.

Sein Beharren auf einem Außenseiter, dachte Monika und stieg langsam die Treppe hinab, war nachvollziehbar, obwohl die ständige Betonung darauf diese Möglichkeit nicht wahrscheinlicher werden ließ. Das sollte Philip Wohlfarth längst begriffen haben. Seine Geliebte schien sich dahingehend keinerlei Illusionen zu machen. Ihr hatte lediglich daran gelegen, den Verdacht von sich abzulenken, was ihr, wie Monika mit Befriedigung feststellte, nicht einmal annähernd gelungen war.

Im Foyer des Apartmentgebäudes angekommen, sah Monika auf die Uhr. Wahrscheinlich wartete Harald bereits in seinem Büro auf ihre Rückkehr, damit sie gemeinsam die Ergebnisse besprechen konnten. Sie würde sich beeilen müssen.

Vorher aber wollte sie noch einmal in die Galerie.

Kapitel 11

Beide Hände über die oberste Verstrebung der Stuhllehne geklammert, blieb sie regungslos stehen und wartete.

Der Auftritt der Kommissarin war zum denkbar schlechtesten Zeitpunkt erfolgt und hatte den nahenden Sieg ihres Streits mit Philip zunichtegemacht. Ihre Argumente erneut durchsetzen zu müssen, nachdem Philip ihr in Gegenwart einer Zeugin widersprochen und sich für Anna so ins Zeug gelegt hatte, dazu fehlte ihr die Geduld. Was war bloß in ihn gefahren? Ohne mit der Wimper zu zucken, hätte sie ihm ein Alibi verschafft, hätte geschworen, bis zum Zeitpunkt des Schusses mit ihm zusammen gewesen zu sein, und beide wären sie von der Liste der Verdächtigen gestrichen worden. Seine Ehrlichkeit aber hatte alles vermasselt und Julia wusste niemanden vorzuweisen, der bezeugen konnte, wo sie zum Zeitpunkt des Mordes gewesen war. Zugunsten der Wahrheit hatte Philip ihr Alibi rücksichtslos geopfert und es blieb der nagende Verdacht, dass er dadurch jemand anderen – nämlich Anna – in Schutz nehmen wollte.

Dass Philips Zuneigung zu seiner Ehefrau nie vollständig abgeklungen sein könnte, war eine Befürchtung, die Julia schon immer beschäftigt und misstrauisch gemacht und die sich seit gestern verstärkt in ihr eingenistet hatte. Christin Wohlfarths plötzlicher Tod war nicht, wie anfänglich erhofft, zur Lösung ihres Problems geworden, sondern schien Philip – aus Gründen des Mitleids oder der Fürsorglichkeit – zurück in die Arme seiner Familie zu treiben. Damit hatte Julia nicht gerechnet und die Aussicht auf Annas Unterschrift auf den Scheidungspapieren verblasste wie die Tinte eines zynischen Magiers.

Aus dem Flur hörte Julia das Schließen der Wohnungstür. Sie löste die Kordel ihres Morgenmantels, unter dem sie ein azurblaues, seidenes Nachthemd trug, und setzte sich, das eine Bein über das andere geschwungen, den Kragen des Morgenmantels weit nach hinten über die Schulterblätter gelegt, lasziv auf den Stuhl. Wie erwartet, ließ Philip, im Wohnzimmer angekommen, seinen Blick gefällig über ihren jungen und trainierten Körper gleiten, seine Pupillen sichtlich geweitet, den Mund nicht ganz geschlossen, als hätte ein weiterer Zauber ihm die Sprache verschlagen.

„Glaubst du“, fragte Julia, ihre blauen Augen auf ihn gerichtet, die gezupften Brauen besorgt erhoben, „sie werden mich verhaften?“

„Was redest du da für einen Unsinn!“, erwiderte Philip und eilte zu ihr. Er ging sogar auf die Knie, eine Hand zum Halt gegen die Stuhllehne, die zweite zärtlich auf ihren entblößten Oberschenkel gelegt. „Niemand wird dich verhaften, mein Schatz. Sie werden dieses Scheusal schon finden, ganz bestimmt.“

Sein Glaube an einen Unbekannten war so unerschütterlich wie dumm. Sie fuhr ihm sanft durch die Haare, von seiner Naivität gerührt und abgestoßen zugleich.

„Bitte, bleib bei mir“, sagte Julia. „Ich ertrage es heute nicht, allein zu sein. Hast du bemerkt, wie diese Kommissarin mich angesehen hat? Sie denkt, ich hätte es getan.“

„Das bildest du dir ein. Die Polizei verdächtigt jeden, das ist ihr Job.“

Sie wandte den Kopf und schloss die Augen. „Ja, vielleicht …“

Das Streicheln seiner Hand geriet merklich ins Stocken. Schwerfällig stand er auf, sein Atem ging schneller und sie spürte, wie seine Finger, einer nach dem anderen, von ihrem Oberschenkel glitten.

„Ich weiß, wie furchtbar das für dich ist“, sagte er, seine Unentschlossenheit deutlich hörbar, „aber ich kann Tim nicht einfach hängen lassen. Nicht in dieser Situation. Das musst du verstehen.“

„Tim, Tim, du redest immer nur von Tim. Dabei geht es dir doch bloß um Anna! Tim hat seine Mutter, die sich um ihn kümmert.“ Ihre Stimme klang gereizt. Sie setzte sich aufrecht und wechselte in einen kindlichen, leicht weinerlichen Tonfall. „Und ich? Was ist mit mir?“

Philip fühlte sich sichtlich bedrängt. Er vermied den direkten Augenkontakt, starrte neben den Stuhl auf das dunkle Eichenparkett und kratzte sich verlegen an der unrasierten Wange.

„Ich bleibe ja nicht lange“, sagte er schließlich und wandte sich, als könnte er damit dem Gespräch ein vorzeitiges Ende bereiten, von ihr ab. An der Tür zum Schlafzimmer blieb er stehen. „Ich ziehe mir schnell was anderes an, dann fahre ich los. Kannst du dir überhaupt vorstellen, was er durchmachen muss?“, fragte er, sein Gesicht, dessen Alter man ihm ansah, nur im Profil für sie erkennbar. „Das ist schon das zweite Mal innerhalb von zwei Jahren, dass ...“ Weiter kam Philip nicht.

„Was?“ Julia sprang auf. „Was ist es zum zweiten Mal?“

„Vergiss es. Ich möchte nicht darüber reden.“

„Sag es! Na los, sag es endlich“, rief sie ihm nach, da sich Philip im Schlafzimmer ihrem Blickfeld entzogen hatte. „Du meinst seinen toten Bruder, nicht wahr? Glaubst du, das weiß ich nicht längst? Wie lange wolltest du mir das verheimlichen? Bin ich dir wirklich so unwichtig, dass du mit mir nicht darüber reden willst? Was bin ich für dich? Etwa nichts weiter als eine ... eine Affäre?“

Philip antwortete nicht. Bereits beim Sprechen wusste Julia, dass sie zu weit gegangen war. Ihr Ärger über das Verschweigen seines zweiten Sohnes, als sie gestern das Foto in den Händen gehalten hatte, schwelte seitdem ungebrochen und war aufgrund der Ereignisse vorübergehend überschattet worden. Doch selbst jetzt in der Aufregung hätte sie niemals darauf eingehen dürfen.

„Es tut mir leid“, sagte sie und folgte ihm bis zur offenen Tür. Sie zog den Morgenmantel fester um ihre Hüften, verknotete die Kordel und lehnte ihren Kopf gegen den hölzernen Rahmen. „Ich verstehe bloß nicht, warum du es nie erwähnt hast.“

Philip stand in Unterhosen und Socken, die Bundfaltenhose ordentlich auf dem Bett zusammengelegt, seine Jeans bereits in der Hand. Er wirkte unbeholfen und seltsam verschreckt. Sein Adamsapfel zuckte und er brauchte mehrere Ansätze, ehe er antworten konnte.

„Ich wollte doch nur, dass es aufhört“, sagte er stockend. „Und jetzt ... Jetzt geht alles wieder von vorne los.“

Julia konnte seinem Gedankengang nicht folgen. „Was?“, fragte sie und schlang ihre Arme dicht um ihren Körper, aus Angst, etwas zu hören, was sie nicht hören wollte. „Was geht wieder los?“

Er zuckte mit den Schultern und ließ seinen Blick gehetzt durch das Zimmer gleiten, als suchte er nach einem Kleidungsstück oder dem Beginn einer möglichen Erklärung.

„Du hast ja keine Ahnung", sagte er, während er schwankend seine behaarten, blassen Beine in die Jeans steckte, „wie das war, nach seinem Unfall. Olivers Unfall, meine ich. Ich wollte endlich mal zur Ruhe kommen. Deshalb habe ich nie etwas zu dir gesagt. Sein Tod hat alles kaputt gemacht. Er hat meine Ehe ruiniert, weil ich wie Anna nicht so tun konnte, als wäre nichts geschehen. Als würde das Leben einfach so weitergehen wie zuvor. Doch jetzt", fügte er hinzu und schloss energisch den Reißverschluss, „jetzt ist es genau wie vor zwei Jahren. Auch wir streiten uns und … und ich weiß nicht, was ich dagegen machen soll."

„Warum lässt du Tim nicht etwas Zeit, das Ganze zu verarbeiten? Er ist kein Kind mehr."

„Nein, das geht nicht! Ich muss zu ihm. Ich muss wissen, was in ihm vorgeht. Ansonsten …"

Philip hatte den Gürtel aus der Bundfaltenhose gezogen und steckte ihn durch die Schlaufen der Jeans, wobei er das Ende seines Satzes zu vergessen schien. Allerdings beschlich Julia der Verdacht, dass die fehlenden Worte sowieso für sie nie gedacht gewesen waren.

„Also meinetwegen", willigte sie ein. „Dann geh. Aber lass dich von Anna nicht wieder um den kleinen Finger wickeln. Und erinnere sie an ihre Unterschrift!"

„Mach ich. Versprochen", erwiderte Philip halbherzig und gab ihr einen Kuss auf die Wange. „Ich werde auch nicht lange bleiben."

Weiterhin an den Türrahmen gelehnt, blickte Julia ihm nach und wartete, bis er im Flur die Schuhe und die Jacke angezogen und die Wohnungstür hinter sich geschlossen hatte. Philips Beharren, Tim in seiner Trauer Gesellschaft leisten zu müssen, hinterließ ein ungutes Gefühl. In den Monaten zuvor hatte er nie das Bedürfnis gespürt, seinen Sohn auch nur sehen zu wollen, und selbst gestern Abend war ihm sein Gemütszustand kaum eines Wortes wert gewesen. Erst heute Vormittag, kurz vor dem

Eintreffen der Kommissarin, hatte Philip seine Meinung dahingehend geändert. Ein plötzlicher Sinneswandel, der für Julia keinen erkennbaren Sinn ergab und der die Befürchtung in ihr verstärkte, über den eigentlichen Grund seines Besuchs bei Tim betrogen worden zu sein.

Konrad schloss die Tür zur Galerie und blickte der Kommissarin hinterher. Bereits zum zweiten Mal an diesem Vormittag eilte sie zwischen den parkenden Autos hindurch auf die andere Straßenseite, wo im Hochparterre Frau Hiller an ihrem Fenster saß, ein Kissen unter die verschränkten Arme gelegt, und der Kommissarin mit versteinerter Miene einen Gruß zuwarf.

Konrad blieb an der Glasfront stehen, verwundert über Frau Hiller, die gewöhnlich keinen der Passanten oder Nachbarn eines Grußes würdigte. Draußen hatte es angefangen zu regnen. Ein leichter Nieselregen, der den Asphalt und die Autos zum Glänzen brachte und der in ungeordneten Bahnen den angesammelten Feinstaub von der Glasscheibe wusch. Frau Hiller an ihrem Fenster schien davon unbeeindruckt. Den ganzen Tag konnte sie dort sitzen und hinausstarren, als wäre dies ihre einzig verbleibende Beschäftigung in einem gescheiterten und vereinsamten Leben. Eine Vorstellung, die Konrad unerwartet berührte und sentimental werden ließ, obwohl er all die Jahre über, in denen Frau Hiller auf ihrem Kissen lehnte, nie einen einzigen Gedanken an sie verschwendet hatte. Wahrscheinlich, dachte er, war dies eine Folge der eigenen tragischen Umstände und der klägliche Versuch, sein Leid auf andere zu projizieren.

„Ist sie weg?“, fragte Martin, dessen Schritte er längst aus dem Atelier hatte näherkommen hören. Ohne sich umzudrehen, hakte er seine Daumen in die Taschen seiner Jeans und sprach gegen das vom Regen verschmierte Fenster.

„Was wollte sie überhaupt von dir?“

Die Schritte verstummten und Konrad konnte sein Spiegelbild in der reflektierenden Scheibe erkennen, wie er mit den Schultern zuckte und die Hände angespannt zu Fäusten ballte.

„Nichts weiter“, antwortete Martin gleichgültig. „Sie wollte wissen, wann ich gestern nach Hause gekommen bin.“

„Das hatten wir doch schon geklärt."

„Vielleicht hat sie es vergessen. Keine Ahnung."

Konrad wandte sich ihm zu und Martin begegnete seinem skeptischen Blick, als müsste er sich gegen irgendetwas verteidigen. Dass Martin der Bitte der Kommissarin, mit ihm unter vier Augen sprechen zu dürfen, widerstandslos entsprochen und um die Anwesenheit seines Freundes nicht einmal gebeten hatte, war verletzend gewesen und für Konrad kaum nachvollziehbar. Was hatte es zu bereden gegeben, das er nicht hören sollte?

„Das war alles?"

„Ich war gerade mal zehn Minuten hinten im Atelier", sagte Martin. „Für mehr hatten wir gar keine Zeit." Seine Stimme klang, wie sein Blick gewirkt hatte: defensiv und arrogant. Das grelle Licht der Neonröhren in dem leeren, weißgestrichenen Raum ließ sein ohnehin bleiches Gesicht noch bleicher erscheinen und die Ringe unter seinen Augen deutlicher hervortreten. Das Kinn erhoben, löste er die Spannung in den Fäusten und setzte, als suchte er einen stabileren Halt, einen Fuß vor den anderen. Offensichtlich war das Gespräch ihm unangenehm und seine Abwehrhaltung der stumme Appell, es zu beenden.

„Hat sie über mich etwas wissen wollen?", fragte Konrad, der sich das Verhalten seines Freundes nicht anders erklären konnte. „Über mich und meine Mutter? Über uns?"

Martin widersprach nicht sofort, sondern rang nach Worten, die ihm Konrad jetzt nicht mehr glauben würde. Seit Langem, dessen war Konrad sich bewusst, stand ihre Beziehung auf der Kippe. Zu viele private und geschäftliche Rückschläge, die sich gegenseitig verstärkt und unentwirrbar ineinander verstrickt hatten, und zu viel Unausgesprochenes, das zwischen ihnen lag und dem Konrad bisher erfolgreich ausgewichen war. Ihr Schweigen, hatte er immer geglaubt, war die Bestätigung einer inneren Zufriedenheit gewesen, die der Sprache nicht bedurfte. In dieser Stille hatte Konrad es sich behaglich gemacht. Und auch wenn er insgeheim spüren konnte, dass Martin darunter zu leiden begann, war er weiterhin überzeugt gewesen, dass Reden mehr schaden als nutzen würde. Dass ihr jetziges Schweigen die Zweifel und Unsicherheiten deutlicher zum Ausdruck brachte als jedes gesprochene Wort, verunsicherte Konrad zutiefst. Wie viel Wert durfte er da noch Martins gestriger Bemerkung beimessen, von seiner Unschuld überzeugt zu sein?

„Wir haben nicht über dich geredet", sagte Martin und schüttelte leicht den Kopf. „Und selbst wenn? Glaubst du, ich hätte irgendetwas gesagt, das dir schaden könnte?"

„Ich weiß nicht", erwiderte er. „Ich weiß überhaupt nicht mehr, was ich denken soll."

Gekränkt verzog Martin seine dichten Brauen, die er manchmal zurechtschnitt, aber die seit Wochen in alle Richtungen wuchsen und den Blick auf seine Augen vergitterten. Was gestern geschehen war, darüber hatte Konrad ihm nicht die volle Wahrheit gesagt. Er könnte es nachholen und Martin das Verschwiegene mitteilen, wäre in ihm nicht der quälende Verdacht aufgestiegen, dass auch Martin, verborgen hinter buschigen Brauen, gelogen hatte.

„Ich werde wieder malen", sagte Martin unerwartet und wies auf die leeren, weißen Wände. Ein abrupter Themenwechsel, der Konrad völlig aus der Luft gegriffen schien, bis sein Freund hinzufügte: „Und ich möchte eine neue Ausstellung. So bald wie möglich."

Martin breitete die Arme aus und drehte sich um die eigene Achse, als würden sich mit dieser Geste die Wände magisch mit Bildern und die Galerie mit Besuchern füllen. Seine Stimme klang freudig erregt, wie in der Gewissheit, allein durch seinen Wunsch einen neuen Anfang zu erschaffen. Eine Wiederherstellung ihrer fragilen Beziehung und der einstigen Allianz zwischen Künstler und Galerist, die sie früher so eng miteinander verbunden hatte. Gleichzeitig aber klang diese Stimme wie eine Forderung, wie eine leise, kaum hörbare Drohung.

„Was meinst du?", fragte Martin, der seine Pirouette beendet hatte, und lächelte.

„Ja, warum eigentlich nicht?", stimmte Konrad ihm zu. „Wenn es das ist, was du willst."

Ihm diese Bitte auszuschlagen, dazu fehlten Konrad im Moment die passenden Argumente. Denn am Geld, das wussten sie beide, würde es jetzt nicht mehr scheitern.

Kapitel 12

Im Gegensatz zu ihrem eigenen bot Kommissar Lüders Büro ausreichend Platz für eine gemütliche, aus zwei Sesseln und einem Glastisch bestehende Sitzecke, neben der auf einem Sideboard zum wiederholten Male der Espresso aus einem teuren Kaffeeautomaten in die Tassen gluckerte. Vor einer halben Stunde hatte Harald damit begonnen, ihr seine an diesem Vormittag gesammelten Ergebnisse mitzuteilen. Nachdem auch Monika mit ihren Ausführungen geendet und den letzten Schluck ihres zweiten Espressos getrunken hatte, spitzte ihr Kollege verdrossen die Lippen und rückte penibel genau die dunkelblaue Krawatte über der Knopfleiste seines weißen, vom Bauch gewölbten Hemdes zurecht. Mit den Resultaten sichtlich unzufrieden, dauerte es einige Minuten, ehe er seine Enttäuschung in Worte fassen konnte.

„Hast du die Aussage von Herrn Dörfler schon überprüft?", fragte er, weiterhin mit der Krawatte beschäftigt, als würde er sich von ihrer Antwort nicht allzu viel erhoffen.

„Bisher nicht", sagte Monika erwartungsgemäß und starrte in die winzige, leere Tasse in ihren Händen. „Ich gehe aber davon aus, dass er diesmal die Wahrheit sagt. Immerhin gibt es jetzt eine Zeugin und er hätte mir problemlos irgendeine andere Geschichte auftischen können, die weitaus schwerer zu durchschauen gewesen wäre."

„Was sagt sein Freund dazu?"

Monika zuckte mit den Schultern. „Er weiß nichts davon. Herr Wohlfarth war bei dem Gespräch nicht dabei."

„Klingt verdächtig nach einer Beziehungskrise", sagte Harald, so dass sie eilig zur Seite blickte, auf das Sideboard und den röchelnden Kaffeeautomaten. Jede Erwähnung einer misslingenden Partnerschaft empfand sie ungewollt als einen Seitenhieb auf ihre eigene – ganz egal, wie absurd der Vergleich auch sein mochte. Dass sie dabei ausgerechnet vor Harald einen roten Kopf bekam, verschlimmerte nur ihr Schamgefühl. Auf ihre Nachricht gestern Abend hatte Vincent, soweit sie wusste, nicht reagiert. Ihr Handy zeigte weder einen verpassten Anruf noch eine übersehene SMS an. Möglicherweise hatte er zu Hause auf ihren Anrufbeantworter gesprochen. Das allerdings würde sie erst später erfahren, ohne wirklich damit zu rechnen. So langsam, dachte sie, musste sie sich mit dem Gedanken wohl anfreunden, dass sich Vincent aus ihrem privaten Leben klammheimlich verabschiedet hatte.

Harald war aufgestanden und ging an ihr vorbei zum Sideboard. Auf ihr gerötetes Gesicht, dessen Ursache er natürlich erkannt hatte, ging er nicht ein. Als vollendeter Gentleman wusste er mühelos und diszipliniert darüber hinwegzuschreiten, wie ein Fakir über glühende Kohlen, um dann ebenso geschickt wie offensichtlich das Thema zu wechseln.

„Noch einen Espresso?", fragte er und reichte Monika eine der beiden Tassen, die gefüllt unter dem Automaten gestanden hatte. Eine Tasse zweimal zu benutzen, wäre Harald nie in den Sinn gekommen, weshalb er eine stattliche Anzahl davon besaß, die er täglich vor Feierabend im Vorzimmer abwusch und nach Größe sortiert neben der Maschine stapelte.

„Das ist dein Letzter für heute. Sonst wirst du die ganze Nacht nicht schlafen können."

Sie nahm den Espresso dankbar entgegen und drückte ihm gleichzeitig die gebrauchte Tasse in die Hand, während sie ihre Gedanken zurück in sichere Gefilde lenkte.

Ihr zweiter Besuch in der Galerie war notwendig geworden, nachdem Monika sich in Julia Schuberts Wohnung an die Frau im Fenster erinnert hatte. Eine ältere, unscheinbare Frau, die ihre Zeit damit verstreichen ließ, stundenlang fremde Menschen zu beobachten und wachsam wie ein Geier auf Skandale hoffte. Zu dieser Frau also war Monika zurückgekehrt und tatsächlich hatte Frau Hiller auch am Tag zuvor auf ihrem Kissen gelehnt und Herrn Dörfler in seinem Wagen heimkehren sehen. Nicht, wie dieser zunächst behauptet hatte, gegen Mittag, sondern erst einige Stunden später, um Viertel vor vier. Darauf angesprochen, hatte Herr Dörfler ihr unter vier Augen gestanden, diese Stunden in einem Sex-Kino verbracht zu haben, wovon Herr Wohlfarth nichts ahnte und weshalb Herr Dörfler während der ersten Befragung, in Anwesenheit seines Freundes, gelogen hatte. Die Beziehung wegen eines Seitensprungs in einem dunklen Kino aufs Spiel zu setzen, wäre aus seiner Sicht – in Erwartung einer nicht unerheblichen Erbschaft – wohl der schlechtmöglichste Zeitpunkt gewesen. Seiner anschließenden, verschämt und flehentlich vorgetragenen Bitte, Herrn Wohlfarth gegenüber nichts zu erwähnen, hatte Monika unter Vorbehalt entsprochen. Soweit seine neue Aussage für ihre Ermittlungen irrelevant blieb, würde sie die Privatangelegenheiten ihres Zeugen respektieren.

„Es ist unwahrscheinlich, dass sich in solch einem Laden jemand an ihn erinnern wird", sagte Harald und setzte sich zurück auf den Sessel. Seinen Espresso stellte er auf dem Glastisch ab und griff eine Handvoll Erdnüsse, die in einer Schale bereitstanden.

Monika sah ihn über die Tasse hinweg an und nippte an ihrem zu heißen Espresso ohne Zucker. Sie liebte Kaffee. Je stärker, desto besser, und im Moment tröstete er sie über ihre erst durch den Nieselregen feucht- und dann in der klimatisierten Luft des Landeskriminalamts krausgewordenen Haare hinweg. Ein Phänomen, das sie ebenso erstaunte wie verteufelte, gegen das sie bisher aber kein Wundermittel gefunden hatte. Was half, um zumindest das Bild einer Vogelscheuche aus ihrem Kopf zu vertreiben, war einzig und allein heißer Kaffee.

„Vermutlich nicht", antwortete Monika nachdenklich. „Doch selbst wenn Herr Dörfler uns erneut belogen haben sollte, bleibt weiterhin das Problem, wie er unbemerkt bis ins Haus gelangen konnte. Das wäre so gut wie unmöglich." Sie nippte erneut am Kaffee und erinnerte sich an Haralds Ermittlungen. „Was ist mit dem Enkel und seinem Abstieg vom Balkon? Davon hat keiner der Befragten etwas erwähnt. Obwohl wir wissen, dass sich mindestens drei von ihnen im Garten aufgehalten haben."

„Ja, das ist merkwürdig", stimmte er zu, während er eine Erdnuss in seinem Mund verschwinden ließ. Die restlichen behielt er in der hohlen Hand, um sie eine nach der anderen, zwischen jedem Satz, hinterherzuwerfen. „Auch Tim behauptet, niemanden gesehen zu haben. Weder im Garten noch im Zimmer seiner Großmutter."

„Glaubst du, er will mit seinem Schweigen jemanden in Schutz nehmen?"

„Gut möglich. Laut seiner Aussage ist Philip Wohlfarth quer durch den Garten gegangen und von dort zur Garage und durch die Seitentür ins Haus. Seine Freundin ist im Garten nahe dem Nachbarzaun geblieben und sein Bruder hat sich vor oder im Schuppen aufgehalten. Vom Balkon aus hätte Tim sie alle drei beobachten können. Vor allem, wenn sich einer von ihnen der Terrasse genähert hätte."

„Hat er erwähnt, wie er zu der neuen Freundin seines Vaters steht?"

„Leider nein." Und nachdem eine weitere Erdnuss in seinem Mund verschwunden war: „Seine Mutter war das gesamte Gespräch über dabei gewesen. Vielleicht hat er deshalb nichts sagen wollen, weil er sich beobachtet fühlte. Andererseits hatte ich eher den Eindruck, dass ihn die ganze Aufregung nicht sonderlich interessierte. Er hat sich mehr Sorgen um seine Trompete gemacht als um alles andere."

Monika trank den letzten Schluck ihres Espressos und blickte nachdenklich auf den Boden der Tasse. „Tim muss etwas gesehen haben. Entweder vom Balkon oder von der Terrasse aus. Als der Schuss fiel, hast du gesagt, hätte er hinter der Garage nach einem Igel gesucht. Wie lange braucht ein Junge für diesen kurzen Weg? Doch bestimmt nicht länger als eine Minute. Was bedeutet, dass der Mörder bereits im Zimmer gewesen sein muss, als Tim das Gatter heruntergeklettert kam."

„Und wenn der Vorhang ihm die Sicht versperrt hat? Oder der Täter nebenan im Schlafzimmer war, um die Pistole aus dem Nachttisch zu holen?"

Diese Möglichkeit musste Monika in Betracht ziehen, auch wenn sie ihr nicht behagte. Immerhin dürfte Tim einen triftigen Grund gehabt haben, weshalb er seine Abkürzung über den Balkon verschweigen wollte.

„Hat Tim nicht behauptet, die Schlafzimmertür sei geschlossen gewesen?", fragte sie.

„Seine Angaben waren ziemlich widersprüchlich. Zuerst wollte er nichts gesehen haben, weil die Sonne in der Fensterscheibe ihn geblendet hatte. Kurz darauf konnte er sich an die Tür aber genau erinnern."

„Da ist was faul", murmelte sie. „Wenn der Bengel bloß schon volljährig wäre."

Harald senkte sein doppelt und dreifach gewelltes Kinn auf die Brust und blickte sie grinsend an. „Dir ist hoffentlich bewusst, dass wir alle Aussagen, die er ohne Beisein eines Elternteils abgibt, vor Gericht nicht verwenden können."

„Ja, ja, natürlich. Doch wie sollen wir ihm die Wahrheit entlocken, wenn seine Mutter oder sein Vater ständig danebensitzen und ihn beeinflussen?" Die Tasse, die sie mit Nachdruck auf die Untertasse stellte, klapperte laut und unterstrich ihre aufkommende Frustration über den schleppenden Fortgang der Ermittlungen. „Bisher haben wir nicht das Geringste in der Hand. Niemand will irgendetwas gesehen haben, jeder war irgendwo allein unterwegs und alles, was wir vorzuweisen haben, sind ein paar verschmierte Fingerabdrücke, die jeder der Verdächtigen irgendwann hinterlassen haben könnte."

Darauf antwortete Harald nicht sofort, sondern warf sich die letzten Erdnüsse in den Mund, kaute und klatschte das Salz von den Handflächen. „Du hast recht", sagte er. „Wir haben nichts, außer einer scheinbar zufällig zusammengewürfelten Konstellation."

„Was meinst du damit?", fragte Monika, die den Zweifel in seiner Stimme gehört hatte.

„Ich finde es merkwürdig, das ist alles. Dass sich sieben Personen ausgerechnet im Augenblick des Mordes an sieben verschiedenen Orten aufgehalten haben sollen, ohne zu wissen, wo die jeweils anderen gewesen sind. Weder der Garten noch das Haus sind so riesig, als dass man sich lange aus den Augen verlieren kann. Für den Mörder eine mehr als ungünstige Ausgangslage, da er jederzeit hätte beobachtet werden können. Und dennoch will niemand ihn gesehen haben. Das ist es, was ich mit zufällig meinte. Der Mörder hat riesiges Glück gehabt und es fällt mir schwer, das einfach zu akzeptieren."

„Wenigstens können wir drei der Anwesenden ausschließen", bemerkte sie und zählte, nachdem Harald fragend die Augenbrauen erhoben hatte, diese drei an den Fingern ab. „Martin Dörfler, der im Sex-Kino war. Walter Wohlfarth, der sich im oberen Stockwerk aufgehalten hat und vor Zeugen die Treppe herunterkam, sowie Anna Wohlfarth, die mit einer Freundin telefonierte. Hast du das Telefonat überprüft?"

„Ja, hab ich. Ich bin kurz bei ihr vorbeigegangen. Bei einer Frau Jankowski. Sie wohnt zwei Häuser von Anna Wohlfarth entfernt und hat die Aussage bestätigt. An den Grund des Anrufs konnte sie sich nicht mehr erinnern. Nur an den Schuss, den sie gleich nach der Begrüßung deutlich gehört hat. Die Möglichkeit, dass er aus demselben Zimmer gekommen sein könnte, von dem aus Frau Wohlfarth telefonierte, hat sie ausgeschlossen. Dafür hätte der Schuss zu weit entfernt geklungen."

„Außerdem hat Philip Wohlfarth seine Frau gleich nach dem Mord aus dem Esszimmer kommen sehen", fügte Monika entlastend hinzu. „Also sollten wir uns auf die Personen im Garten konzentrieren. Es scheint mir weitaus plausibler, dass der Täter über die Terrasse oder durch das Schlafzimmerfenster eingedrungen ist und auf demselben Weg den Tatort wieder verlassen hat."

„Was schlägst du jetzt vor?"

„Wieso ich?", fragte Monika zurück, da sie wusste, wie gern Harald das nun folgende Spiel spielte, dessen harmlosen Spaß sie ihm nicht verderben wollte. „Mach du doch einen Vorschlag."

Wie nicht anders erwartet, hob Harald defensiv beide Hände vor seinen Oberkörper und schüttelte so übertrieben den Kopf, dass sich eine Strähne aus den mit Pomade verschmierten Haaren zu lösen begann und wie der Stiel einer seiner selbstgezüchteten Tomaten schräg von seinem geröteten Kopf abstand.

„Oh, nein, nein, nein", wehrte er dienstbeflissen ab. „Du bist hier die Hauptkommissarin, nicht ich. Als Leiterin des Falls erteilst du die Befehle, schon vergessen? Wo kämen wir denn da hin, wenn Untergebene anfangen würden, Anweisungen zu erteilen und das System in Frage zu stellen?"

Dieser kleine Monolog war nicht ernst gemeint. Er war ein Seitenhieb auf die Hierarchiegläubigkeit innerhalb des Kriminalamts, der sich Harald, so weit wie möglich, entzog. Die einseitige und rigide Befehlskette vom höchsten Amt des Polizeipräsidenten bis hinunter zum niedrigsten Beamten lehnte er weitestgehend ab. Er glaubte an eine allgemeine Vernetzung und demokratische Teilung der Zuständigkeiten. Gerade im Bereich des Morddezernats, wo die Ideen und der Spürsinn jedes Einzelnen gefordert waren, um den Verbrechern so effektiv und zeitnah wie möglich das Handwerk zu legen, wären lange Entscheidungswege ein Hindernis.

Mit dieser Einstellung hatte sich Harald bei seinen Vorgesetzten nicht unbedingt beliebt gemacht und war bei Beförderungen mehr als einmal übergangen worden. Zum Glück hatte Harald sich um die eigene Karriere nie geschert, obwohl es niemand gab, der ihm – was Erfahrung und Scharfsinn betraf – das Wasser reichen konnte. Sein Rang als Kommissar war ihm Erfolg genug gewesen und er hegte keinerlei Groll gegen jene, die im Laufe seiner langen Dienstzeit auf der Karriereleiter an ihm vorbeigezogen waren. Im Gegenteil. Bereits als Kommissaranwärterin hatte Harald sie wie eine Ebenbürtige behandelt, wofür Monika ihm, in dieser männerdominierten Enklave, dankbar gewesen war. Und auch jetzt, nachdem sie vor zwei Jahren seine Vorgesetzte geworden war, behandelte er sie um keinen Deut besser oder schlechter.

„Dann sitzen Sie hier nicht so rum, Herr Lüders!“, sagte Monika scherzhaft, während sie aufstand und die benutzten Tassen auf das Sideboard stellte. „Fahren wir zurück nach Kladow und betrachten wir uns den Tatort etwas genauer. Wir sollten überprüfen, was man vom Garten aus tatsächlich hätte beobachten können und was nicht.“

„Wie immer, Frau Hauptkommissarin“, antwortete Harald, der sich mit Mühe aus seinem tiefen Sessel erhob, „bewundere ich Ihren äußerst brillanten Scharfsinn.“

„Keine Schmeicheleien am Arbeitsplatz. Wir verlieren bloß kostbare Zeit.“ Monika hielt ihm die Tür auf und wartete, bis Harald gemächlich aus seinem Büro geschlendert war. Nächstes

Jahr, dachte sie und blickte ihm wehmütig hinterher, wenn er endgültig in den Ruhestand ging, würde sie hier einiges vermissen.

„Ach, und Kommissar Lüders", rief sie ihm nach. „Kämmen Sie sich mal die Haare."

Selbst von seinem Zimmer aus konnte er sie streiten hören.

Nicht die einzelnen Worte, nur den verzerrten und durch die Entfernung und die geschlossenen Türen gedämpften Brei aus ewig sich wiederholenden Vorwürfen, deren genauen Inhalt er gar nicht verstehen musste. Der Sinn dahinter blieb immer derselbe. Ebenso wie ihr einfältiger Glaube, er würde, weil er nicht anwesend war, von all dem Gezänk nichts mitbekommen.

Später, wenn er runter ins Wohnzimmer kam, würden sie lächeln, ihn wie ein Kleinkind verhätscheln und er würde dieses dumme Theater mühelos mitspielen. Sich einzumischen und sein Recht als Betroffener einzufordern, hatte er lange schon aufgegeben. Was vordergründig klang wie die Sorge um den verbliebenen Sohn, war lediglich das alberne Ringen um die eigene Vormachtstellung. Da waren Mama und Papa sich gleich.

Es ging nicht um ihn, war es nie gegangen, ganz gleich, wie oft er seinen Namen aus dem lauten Stimmengewirr auch heraushören konnte. Er war lediglich der Vorwand, um dem Scheitern ihrer Ehe ein Gesicht zu geben.

Sobald das Geschrei ein Ende hatte, sobald die Haustür geknallt und Papa zu Julia geflüchtet war, dachte niemand mehr an ihn. Da könnte er ebenso gut aufhören zu existieren. Wen würde es kümmern?

Seit Oliver ertrunken war, wichen sie seinen nach Erklärung suchenden Blicken aus und erstickten jede Erwähnung seines Bruders im Keim. Quäl dich nicht damit, hieß es, wenn er lieb und teuer gewordene Erinnerungen teilen wollte. Lenk dich ab, dann wird der Schmerz schon vergehen.

Dabei empfand er gar keinen Schmerz. Er fühlte Trauer und ein wenig Schuld, aber keinen Schmerz.

In seiner Schreibtischschublade bewahrte er Fotos von Oliver auf sowie eine dünne Silberkette und sein Tagebuch, von dem seine Eltern nicht einmal wussten, dass er je eins geschrieben hatte. Die Kette trug er manchmal verdeckt unter seinem T-Shirt und das billige, in schwarzes Lederimitat gehüllte Buch berührte er gern. Nie im Leben würde er in dem Tagebuch lesen, nie Olivers Vertrauen missbrauchen. Ihm gefiel allein der Gedanke, dass die in seiner krakeligen Handschrift verfassten und zwischen den Deckeln konservierten Sätze, solange niemand sie las, ausschließlich und für immer seinem Bruder gehörten, als wäre Oliver noch nicht völlig und unwiderruflich gegangen.

Von diesen Gefühlen wollten seine Eltern nichts hören. Sie schoben es auf seinen Schmerz, der keiner war, und meinten die eigene Unfähigkeit, den Tod eines ihrer Kinder zu akzeptieren. Seine Mutter, die jedes Mal, wenn der Name fiel, seltsam blinzelte, als wollte sie sagen: Oliver, wer? Und sein Vater, der tatsächlich glaubte, dass Julia ihn liebte und dass ein neuer Anfang alte Fehler auszulöschen vermochte. Sogar er, mit seinen sechzehn Jahren, wusste, wie dämlich das war. Doch gegen den Starrsinn seiner Eltern kam er nicht an.

Vielleicht hätte er niemals erwähnen dürfen, vom Balkon der Villa aus im Boot beobachtet worden zu sein, wie er verzweifelt und erfolglos nach Hilfe geschrien hatte, weil Oliver zu lange unter Wasser geblieben war. Vielleicht hatte hier der Auslöser für alles Verschweigen und Verdrängen gelegen, das folgte. Wer weiß? Zugehört jedenfalls hatte ihm niemand und geglaubt erst recht nicht. Einbildung, hatte es abfällig geheißen, eine Reflexion des Lichts in der Balkontür oder der ohnmächtige Versuch, für das Unerklärliche eine Erklärung zu finden.

Oder einfach nur gelogen.

Zu dumm bloß, dachte Tim ein wenig schadenfroh, dass sich alles irgendwann rächt. Diesmal wird keiner behaupten können, Oma sei wie Oliver vom Schicksal getroffen worden. Diesmal konnten sie nichts unter den Teppich kehren und vor nichts die Augen verschließen. Geschieht ihnen recht. Sollen sie alle …

„Darf ich reinkommen?"

Erschrocken über die Stimme seines Vaters, schoss Tim daneben. Routiniert und gedankenverloren hatte er die Werwölfe und Zombies auf dem Monitor seines Computers in Schach gehalten und nicht gehört, dass der Streit seiner Eltern verebbt und Papa die Treppe heraufgestiegen war.

„Moment“, sagte er, den Finger am Joystick, um seinen Avatar mit einem Sprung über die Schlucht in Sicherheit zu bringen und das Spiel zu unterbrechen. Erst dann drehte er sich, dreifach verärgert, auf seinem Stuhl um hundertachtzig Grad. Verärgert über seinen Vater, der nie anklopfte, bevor er sein Zimmer betrat, verärgert über das kommende Gespräch, das weder Papa noch er ernsthaft zu führen bereit waren, und verärgert über sich selbst, weil er den Mut nicht aufbrachte, ihm seinen Frust und seine Hilflosigkeit ins Gesicht zu schreien.

„Was gibt's?“, fragte er.

Papa blieb stehen, die geschlossene Tür in seinem Rücken, und ließ den Blick durch das Zimmer schweifen, wie jemand, der nie zuvor hier gewesen und von der Einrichtung sichtlich irritiert war. Von den Superhelden auf den Filmplakaten an den Wänden, von den verstreut umherliegenden Notenblättern, dem Berg getragener Klamotten in der Ecke und dem Stapel unendlich vieler Videospiele, die Tim, laut freiwilliger Selbstkontrolle, noch gar nicht spielen durfte. Überallhin wanderte Papas ratloser Blick.

Nur nicht auf ihn.

„Wir machen uns Sorgen, deine Mutter und ich“, sagte er. „Ob du das alles verkraftest. Natürlich ist es für jeden von uns ein riesiger Schock, aber für dich …“ Er zuckte mit den Schultern. „Na ja, ich meine, du hast schon so viel durchmachen müssen und wir verstehen, wenn dich Omas Tod jetzt … also, wenn du traurig bist deswegen.“

„Ich komme schon klar, keine Sorge.“

Sein Vater schien erleichtert. Die wellenförmigen Falten auf der Stirn verschwanden, wie auch das bange Tremolo in seiner Stimme. „Gut. Das ist gut. Falls du trotzdem lieber bei Julia und mir wohnen möchtest, so lange, meine ich, bis all das …“ Seine Hand kreiste unbestimmt in der Luft. „… das alles vorbei ist, dann kann ich das verstehen.“

„Wieso sollte ich lieber bei euch wohnen wollen?“

„Keine Ahnung. Ich dachte, weil sich Julia um dich kümmern könnte. Sie ist den ganzen Tag zu Hause und … Na ja, du sollst halt wissen, dass du jederzeit willkommen bist. Dass wir für dich da sind, Julia und ich.“

„Okay, danke. Aber ich denke, ich bleibe besser hier. Auch Mama, wie du weißt, ist den ganzen Tag zu Hause.“

Papa nickte und starrte stumm an ihm vorbei auf den Monitor, wo eine brutale Fantasiewelt im Ruhemodus auf die Wiederbelebung wartete. Tim strich sich mit der flachen Hand über den Oberschenkel, den Kopf ein wenig erhoben, um aus seiner sitzenden Position heraus seinen Vater verwundert anzusehen. Nie zuvor hatte er vorgeschlagen, bei ihm zu wohnen. Bisher war es immer seine Mutter gewesen, die ihren Sohn abgeschoben und vor Papas neuer Wohnung abgesetzt hatte, wenn sie das Wochenende mal für sich alleine haben wollte. Dabei ging es ihr gar nicht ums Alleinsein oder um Ruhe oder weil sie ein paar Tage verreisen wollte, sondern um einen weiteren, kleinen Machtkampf seiner Eltern, ausgetragen auf seinem Rücken.

„Deine Mutter hat gesagt“, sagte sein Vater und blickte ihm unerwartet ins Gesicht, „dass du vom Balkon geklettert wärst.“

Mit dieser Bemerkung hatte Tim natürlich gerechnet und spürte dennoch, wie ihm das Blut in die Wangen schoss. Das also war der Grund, warum Papa sich die Mühe gemacht hatte, in sein Zimmer zu kommen. Nicht wegen seiner Einladung oder der Besorgnis um die Befindlichkeit seines Sohnes, sondern weil er unbedingt wissen wollte, was Tim gesehen hatte. Etwas anderes interessierte ihn nicht.

„Das ist kein Klettergerüst“, fuhr sein Vater belehrend fort. „Dafür ist das Holz viel zu morsch. Du hättest runterfallen und dir was brechen können.“

„Es ist ja nichts passiert.“

Papa biss sich auf die Unterlippe und wusste nicht, wohin mit seinen Händen. Die offensichtliche Frage zu stellen, schien ihm ein Ding der Unmöglichkeit und Tim war nicht bereit, ihm entgegenzukommen. Was würde es nützen? Er und seine Mutter und alle anderen aus der Familie hatten ihm schon einmal nicht geglaubt und würden ihm auch diesmal nicht glauben. Selbst der Kommissar heute Morgen hatte ihm nicht geglaubt und deshalb war es egal, ob er etwas sagte oder nicht.

Lange hielt sein Vater dem Schweigen nicht stand. Erneut glitt sein hilfloser Blick durch das Zimmer, um schließlich doch die Frage zu stellen, weswegen er gekommen war.

„Und du bist dir ganz sicher“, fragte er in Richtung des zerwühlten Bettes, „dass du dieses Mal nichts gesehen hast?“

„Wenn ich den Mörder gesehen hätte“, erwiderte Tim, gereizt und verärgert über die unmissverständliche Wahl seiner Worte, „dann hätte ich es gesagt. Aber ich habe nichts gesehen. Warum sollte ich lügen?“

„Entschuldige, Tim. So war das nicht gemeint.“

Ein abfälliges Grunzen entkam seinem verbissenen Mund und er schwang seinen Stuhl zurück vor den Schreibtisch, damit dieses sinnlose Gespräch ein Ende hatte und damit sein Vater endlich verschwand.

„Ich möchte nur, dass du verstehst, dass …“ Sein Vater unterbrach sich selbst und holte hörbar tief Luft. „Oma ist ermordet worden, Tim. Jemand hat sie erschossen. Und dieser Jemand …“

Tim hörte nicht zu. Mit der Maus erweckte er seinen Avatar zu neuem Leben und sofort drangen die Werwölfe zurück durch den Wald.

„Ganz egal, wen du womöglich schützen willst … Du kannst mir vertrauen, Tim, hörst du?“

Den ersten der Werwölfe erlegte Tim mit dem Schwert. Mit einem einzigen Hieb, dass der Kopf des Tieres durch die Luft flog und der Körper dumpf auf den Waldboden fiel.

„Julia und ich, wir sind genauso ratlos und schockiert wie du. Und deine Mutter, sie macht sich solche Sorgen um dich. Das musst du mir glauben.“

Dem zweiten Werwolf schlitzte er im Sprung den Bauch auf, dass die Gedärme hervorquollen und sich das Blut über ihn ergoss.

„Vielleicht sollte ich dich jetzt besser allein lassen. Aber du musst mir versprechen, mir zu sagen, wenn dich etwas bedrückt. Versprichst du mir das?“

„Ja, ja. Wie du willst“, murmelte Tim, ohne den konzentrierten Blick von dem Monitor zu wenden, auf dem sich massenhaft Zombies zu den Wölfen gesellt hatten, die ihn gemeinsam in einer schier ausweglosen Situation umzingelten.

Hinter ihm schloss sich leise die Tür. Tim musste kurz die Augen schließen, um die Tränen zurückzuhalten, die sich ungewollt in ihnen gesammelt hatten und die er auf keinen Fall zulassen konnte.

Er durfte nicht weinen, weil er auch wegen Oliver nicht geweint und Oma ihm weniger bedeutet hatte als sein Bruder. Das wäre nicht fair. Er würde tun und sagen, was er für richtig hielt, ganz egal, was seine Eltern von ihm verlangten. Er war stark genug, das alles, falls nötig, allein durchzustehen. So, wie er auch stark genug gewesen war, als Einziger aus der Familie und gegen ihren Widerstand Oliver nicht zu vergessen.

Als er die Augen wieder öffnete, war es zu spät. Sein Avatar lag zerfleischt am Boden und hatte das zweite seiner neun Leben bereits verwirkt.

Kapitel 13

Es hatte endlich aufgehört zu regnen und unter einem grauen, wolkenverhangenen Himmel lag der Wannsee glatt und glänzend wie vergossenes Blei. Monika Seyfarth stand mit dem Rücken zum Wasser, eingepackt in eine Regenjacke, ihre Hände in die kleinen Seitentaschen gesteckt, und blickte über den nassen Rasen auf die etwa dreißig Meter weiter oben gelegene Villa. Die Terrasse mit den Kübeln und den zusammengeklappten Gartenmöbeln war von ihrem Standort aus gut zu erkennen. Die Fensterfront des Wohnzimmers spiegelte selbst in diesem getrübten Licht und der Balkon im ersten Stock warf seinen müden Schatten schräg über das mit wildem Wein bewachsene Holzgatter, von dem Tim gestern Nachmittag heruntergestiegen war.

Links von Monika verschwand der Rasen in einem winzigen Wäldchen, das sich bis hinüber auf das verwaiste Nachbargrundstück erstreckte und durch dessen Bäume der Zaun vom Ufer bis hinauf zur Straße verlief. Keine zehn Meter entfernt, zu ihrer Rechten, befand sich der Bootsschuppen, dessen Tor zum Wannsee hin ausgerichtet war.

„So wie es aussieht, könnten alle drei der Befragten die Wahrheit gesagt haben“, musste sie mit einem gewissen Bedauern feststellen, da sich ihre Hoffnung, wenigstens eine der Aussagen aufgrund der örtlichen Begebenheiten widerlegen zu können, in Luft aufgelöst hatte.

„Das kommt darauf an, wie man die Aussagen interpretiert“, entgegnete Harald, der neben ihr kniete und mit einem weißen Stofftaschentuch seine schwarzen Lederschuhe von Schlammspritzern befreite. „Dieser verdammte, nasse Sand! Ich hätte wie du meine billigen Schuhe anziehen sollen.“

Monika wartete, bis Harald sich wieder erhoben hatte. „Dann interpretiere mal für mich“, sagte sie und starrte kurz auf ihre braunen Halbschuhe, die, wie sie fand, selbst im Schlussverkauf noch ziemlich teuer gewesen waren.

„Julia Schubert behauptet, dort drüben zwischen den Bäumen geblieben zu sein“, begann er und faltete sein Taschentuch sorgfältig zu einem kleinen Quadrat, „nachdem Philip Wohlfarth quer über den Rasen und an der Terrasse vorbei ums Haus gegangen war, wo ihm sein Bruder entgegenkam. Da beide das Trompetenspiel erwähnt haben, muss es ungefähr halb drei gewesen sein, also fünfzehn Minuten vor dem Mord. Bis dahin hätte Frau Schubert weder jemanden gesehen noch wurde sie selbst von einem der anderen Gäste bemerkt.“

„Weil die Bäume sie verdeckt haben?“

„Mag sein. Wir reden hier aber nicht von einem undurchdringlichen Urwald, sondern von einer Ansammlung von mehr oder weniger weit auseinander stehenden Kiefern. Und sie trug ein ziemlich auffälliges rotes Kleid.“

„Du meinst also, Frau Krumm hätte sie sehen müssen, als sie von ihrem Lieferwagen zurück zur Küchentür ging.“

Harald zuckte mit den Schultern und ging die wenigen Meter zum Schuppen. Monika folgte ihm.

„Zur selben Zeit“, fuhr er fort, „befand sich Konrad Wohlfarth bereits in diesem Schuppen. Eine Aussage, für die es ebenfalls keinerlei Zeugen gibt.“

Vor dem Tor angekommen, öffnete Monika es und sah hinein. Der Schuppen war nicht besonders groß. An der rechten Wand lehnte unter einer Plane ein altes Ruderboot für zwei Personen auf zwei verrosteten Ständern. Die beiden Ruderblätter lagen darunter auf dem Boden. Weiter hinten standen Umzugskartons und auf einer schmalen Bank vor der linken Wand lagen wahllos Werkzeuge und elektronisches Zubehör.

„Ziemlich beengt hier drin“, sagte sie und verzichtete darauf, hineinzugehen.

„Und dennoch will sich Herr Wohlfarth zur Tatzeit in diesem schmalen, stickigen Schuppen aufgehalten haben.“

„Es sei denn, er hat direkt davor gestanden. Von der Villa aus hätte der Schuppen ihn verdeckt“, gab Monika zu bedenken und bestätigte ihre Behauptung, indem sie sich mit dem Rücken gegen die Holzwand lehnte.

„Aber jeder, der bei den Bäumen oder auf dem Balkon gestanden hat, muss ihn gesehen haben. Und zwar, sobald er einen einzigen Schritt zur Seite gemacht hätte …“ Harald trat einen Schritt nach rechts, raus aus dem toten Winkel, und fügte hinzu: „Komm her und überzeuge dich selbst.“

Als Monika seiner Aufforderung gefolgt war, erkannte sie Walter Wohlfarth, der ihre Arbeit von Balkon aus beobachtete. Von seiner erhöhten Position hatte er einen uneingeschränkten Blick über den Garten, so wie ihn auch Tim gehabt haben musste, bevor er über die Balustrade geklettert war.

„Entweder“, schlussfolgerte Harald und winkte Herrn Wohlfarth überschwänglich zu, „waren Julia Schubert, Konrad Wohlfarth und selbst Frau Krumm und der Junge allesamt blind gewesen, oder mindestens einer von ihnen hat sich nicht dort befunden, wo er vorgab, gewesen zu sein.“ Haralds Mundwinkel verzogen sich zu einem selbstgefälligen Lächeln. „Das ist reine Logik“, sagte er und tippte sich mit dem Zeigefinger gegen die Stirn. „Am besten, wir gehen jetzt rauf zur Terrasse und überprüfen anschließend die Eingangshalle.“

Erneut eilte Monika ihrem Kollegen hinterher. Seine Bemerkung vorhin im Büro, sie als Hauptkommissarin würde den Fall leiten und deshalb die Entscheidungen treffen, schien ihm entfallen zu sein. Wie immer in solchen Momenten war Harald vollkommen in seinem Element und scherte sich keinen Deut mehr um das, was er irgendwann einmal gesagt haben könnte. Typisch Harald, dachte sie amüsiert und beschloss, ihm den Spaß zu gönnen.

„Dass Tim uns vermutlich etwas verschweigt“, sagte Harald, als sie auf der Terrasse angekommen waren, „hatten wir ja schon geklärt. Denn wenn Tim hier tatsächlich gestanden haben sollte, dann hätte er, wie du siehst, alles im Zimmer erkennen können. Selbst bei strahlendem Sonnenschein und einer reflektierenden Scheibe.“

Der Vorhang hinter dem Fenster war noch immer halb zugezogen, was den Blick in das Zimmer jedoch kaum beeinträchtigte. Lediglich der Sessel, in dem die Ermordete gesessen hatte, wurde von ihm fast verdeckt.

„Der Mörder könnte sich versteckt gehalten haben, als Tim auf der Terrasse erschien", sagte sie.

„Unwahrscheinlich", schmetterte Harald ihren Einwand ab. „Niemand würde damit rechnen, dass plötzlich jemand von oben herabgeklettert käme. Doch wen auch immer Tim in dem Zimmer gesehen hat, zu diesem Zeitpunkt gab es für ihn überhaupt keinen Anlass, deswegen beunruhigt zu sein. Er hat sich umgedreht und ist hinter diesem hölzernen Sichtschutz, oder was das sein soll, zu seinem Igel gerannt."

Er deutete in die entsprechende Richtung und gemeinsam folgten sie dem Weg, den Tim nach eigenen Angaben genommen hatte. Bevor Monika die Terrasse verließ, drehte sie sich um. Bereits aus dieser kurzen Entfernung spiegelte sich das Licht so stark in dem Fenster, dass die Sicht hindurch nicht mehr möglich war. Nur aus unmittelbarer Nähe schien dieser Effekt aufgehoben zu sein.

Nach dem Igel in der Hecke zu suchen, daran zeigte Harald kein Interesse. Er ging auf den Steinplatten zwischen Haus und Garage geradewegs zur Seitentür, durch die Philip Wohlfarth auf die Toilette geeilt war, während seine Frau die Garage nach dem verlorenen Werkzeug durchstöbert hatte. Dieser schmale Abschnitt zwischen den Gebäuden wirkte auf Monika, im Vergleich zum restlichen Garten, ziemlich vernachlässigt. Unter dem Schlafzimmerfenster, dessen niedrige Lage jedem Eindringling den Ein- und Ausstieg erleichtert hätte, war grober Kies gestreut worden und vor der Betonwand der Garage wuchsen, in einem schmalen Streifen Erde, lediglich zwei kümmerliche Rosenstöcke.

Sie betraten die Eingangshalle unterhalb der Treppe, neben der sich links die Toilette befand, gefolgt von Frau Wohlfarths Schlafzimmer. Ihre Schritte auf dem Marmor hallten laut von den tapezierten Wänden wider, bis sie vor der Wohnzimmertür stehenblieben und Monika ihrem Kollegen mit einer übertriebenen Handbewegung zu verstehen gab, dass er mit seinem Monolog jetzt fortfahren durfte. Ein ironisch gemeinter Wink, den er gar nicht bemerkte oder – wie sie eher vermutete – einfach ignorierte.

„Angeblich“, sagte er, um den Hergang zu rekonstruieren, „verbrachte Philip Wohlfarth aufgrund einer Magenverstimmung einige Zeit auf der Gästetoilette. Als der Schuss fiel, beendete er gerade das Händewaschen und eilte hierher zur verschlossenen Tür. Anna Wohlfarth kam nach ihrem Telefonat von dort aus dem Esszimmer. Da die Nachbarin ihre Aussage bestätigt hat, gibt es keinerlei Anlass, daran zu zweifeln. Ihr Mann dagegen könnte das Zimmer ebenso gut verlassen haben, anstatt es betreten zu wollen. Frau Wohlfarth hat nur gesehen, wie er an der Tür gerüttelt hat. Nicht aber, woher er kam. Und kurz danach …“

Harald unterbrach sich und Monika folgte seinem Blick die Treppe hinauf. Walter Wohlfarth stand auf halber Höhe, eine Hand um das Geländer gelegt und sichtlich errötet, als erlebte er in diesem Moment ein Déjà-vu. Er trug dieselbe Cordhose wie gestern, ein zerknittertes Hemd und Sandalen an den Füßen. Seine Augen wirkten glasig und übermüdet und seine Stimme, während er die letzten Stufen herabstieg, klang angeschlagen und rau.

„Entschuldigen Sie bitte meine Verwunderung“, sagte er. „Im ersten Moment dachte ich …“

„Wir wollten Sie auf keinen Fall erschrecken, Herr Wohlfarth“, erwiderte Monika und ging ihm ein paar Schritte entgegen.

„Schon in Ordnung.“ Walter Wohlfarth fuhr sich durch die zerzausten Haare und starrte an ihr vorbei auf die Wohnzimmertür. Sein Atem roch unangenehm nach Alkohol. „Wie … wie geht es jetzt eigentlich weiter? Ich meine, wegen der Beerdigung. Wann, glauben Sie …?“

„Das muss die Gerichtsmedizin entscheiden“, erläuterte sie. „Sobald die Untersuchungen abgeschlossen sind, wird man den Leichnam Ihrer Schwester freigeben und das Bestattungsinstitut wird sich um alles Weitere kümmern.“

Herr Wohlfarth senkte leicht den Kopf und nickte. Weitere Fragen, die ihn offensichtlich beschäftigten, unterdrückte er.

„Aus welchem Grund“, durchbrach Harald das kurze Schweigen, „hatten Sie eigentlich einen Schlüssel dabei?“

„Einen …?“ Für einen Augenblick verwirrt, blickte er erst auf Harald, dann auf Monika und befeuchtete, ehe er sich besann, seine Lippen. „Ach so, ja, der Schlüssel. Den hatte ich in meiner Hosentasche. Es sind überall die gleichen Schlösser in den Türen und ich habe immer einen Schlüssel für Notfälle bei mir. Ich weiß, das klingt merkwürdig, aber … Ich bin früher mal eingeschlossen gewesen und seitdem … Eine Marotte von mir, die ich nicht abstellen kann.“

„Ist Ihnen das in diesem Haus passiert?“

Mit dem Zeigefinger deutete Herr Wohlfarth in die Luft. „Oben, in meinem alten Kinderzimmer. Meine Schwester hatte sich einen dummen Scherz erlaubt, bevor sie und unsere Eltern zu Verwandten gefahren sind. Ich war den ganzen Tag über eingesperrt. Ich muss so fünf oder sechs Jahre alt gewesen sein.“

Monika lächelte verständnisvoll, ging aber nicht weiter darauf ein, sondern lenkte das Gespräch zurück in die Gegenwart. „Sie haben mit Ihrem Neffen und seiner Frau also versucht“, sagte sie, „die verschlossene Tür zu öffnen. Warum sind Sie nicht einfach durch die Tür zum Schlafzimmer gegangen und von dort aus ins Wohnzimmer? Wäre das nicht viel einfacher gewesen?“

Von dieser Frage erneut irritiert, zuckte er mit den Schultern. „Daran hat keiner von uns gedacht. Wir waren wohl alle in Panik und ich hatte ja den Schlüssel.“

„Vielen Dank, Herr Wohlfarth. Sie können jetzt gehen. Sollte uns später noch etwas einfallen, werden wir auf Sie zukommen.“

Dieser forsche Rausschmiss aus dem eigenen Haus verschlug ihm sichtlich die Sprache. Doch Männer, die nach Alkohol stanken und ihr vermeintlich unbemerkt auf den Busen starrten, verdienten in Monikas Augen keine Rücksichtnahme. Wie ein Fisch an Land öffnete und schloss Herr Wohlfarth seinen Mund und blickte hilfesuchend auf Harald, der so tat, als wäre er ebenso konsterniert, aber unfähig einzugreifen.

„Wie Sie wollen“, konnte er schließlich erwidern, das Gesicht schamhaft errötet. „Falls Sie mich brauchen, ich … ich bin draußen bei der Garage. Ich habe gestern versäumt, die neuen Rosen einzupflanzen.“

Monika nickte ihm mit versteinerter Miene zu und wartete, bis er durch die Seitentür verschwunden war.

„Hat er wieder geglotzt?", wollte Harald wissen.

„Ja, hat er. Gestern habe ich ihm das ja durchgehen lassen, wegen der ganzen Aufregung und so. Meinst du, ich war zu grob?"

„Du warst noch viel zu sanft, Monika. Wenn mir jemand derart penetrant auf die … also, auf die …"

„Schon gut, schon gut", wehrte Monika lachend mit beiden Händen ab. „Reden wir nicht mehr davon. Reden wir lieber darüber, was uns dieser zweite Besuch hier gebracht hat."

Sofort wechselte Harald zurück in seine Rolle als gewissenhafter Beamter. Auch das schätzte Monika an ihm. Dass er scherzen konnte, ohne das Eigentliche aus den Augen zu verlieren.

„Zumindest", sagte er ernsthaft, „kann ich mir den Ablauf jetzt besser vorstellen."

„Neues herausgefunden haben wir allerdings nicht."

„Vielleicht, weil es gar nichts Neues mehr herauszufinden gab."

„Wie meinst du das?", fragte sie.

Harald kniff die Brauen zusammen und rieb sich mit Daumen und Zeigefinger nachdenklich über das Kinn. „Ich habe das unbestimmte Gefühl", murmelte er, „als wüssten wir bereits alles, was wir wissen müssen. Wir kennen den genauen Zeitpunkt des Mordes und wir wissen, wo jeder der Gäste vorgibt, gewesen zu sein. Das Einzige, was uns noch fehlt, ist der entscheidende Hinweis darauf, wer von den Anwesenden uns belügt. Und das werden wir nicht durch neue Indizien erfahren, sondern allein durch unseren Verstand. Ergibt das", fragte Harald abschließend, da er ihren skeptischen und seltsam abwesenden Blick bemerkt hatte, „für dich einen Sinn?"

„Entschuldige bitte. Ich war mit meinem Gedanken woanders." Monika wandte sich von ihm ab und deutete quer durch die Eingangshalle. „Hat Herr Wohlfarth nicht gerade gesagt, er wollte die Rosen einpflanzen?"

„Ja, wieso?"

„Wir sind eben erst daran vorbeigelaufen, Harald. Da waren keine Rosen, die eingepflanzt werden müssen."

Einen Moment lang schien Harald zu überlegen. „Du meinst …?"

„Lass uns nachsehen."

Monika rannte, von ihrem Kollegen schnaufend gefolgt, durch die Halle und die Seitentür hinaus ins Freie. Herr Wohlfarth stand vor der grauen Betonwand der Garage, beide Hände in die Hüften gestemmt, und schüttelte, als er sie kommen sah, verwundert den Kopf.

„Ich bin mir ganz sicher", sagte er, „dass ich gestern bloß die zwei Löcher gegraben und die Rosen daneben abgestellt habe. Keine Ahnung, wer sie eingebuddelt hat."

„Treten Sie bitte einen Moment beiseite."

Monika ging in die Hocke und beugte sich dicht über die Rosenstöcke. Der Regen hatte den Boden aufgeweicht. Wo die zuvor ausgehobene Erde unsauber und mit offensichtlicher Eile zurück in das Loch geschaufelt und die überschüssige Erde daneben verteilt worden war, ließ sich dennoch deutlich erkennen. Mit einem kurzen Blick auf Harald, der mit einem Nicken seine Zustimmung signalisierte, griff sie in die beschnittenen Äste und zog mit einem einzigen, kräftigen Ruck den rechten Rosenstock aus dem lockeren Boden.

„Was ist das?", fragte Herr Wohlfarth, der wie Harald und sie erstaunt in das Loch sah.

„Das werden wir gleich erfahren", antwortete Harald und eilte in Richtung der Straße davon.

Unterdessen stellte Monika den entwurzelten Rosenstock neben den zweiten. Was sie in dem Loch erkannte, war ein verdrecktes und zerknülltes Tuch aus mehrfarbiger Wolle, das um einen klobigen Gegenstand gewickelt war, über dessen Identität sie nicht weiter zu rätseln brauchte. Vermutlich hatte der Mörder nach seiner Tat diesen Weg genommen, die beiden vorgegrabenen Löcher bemerkt und die Waffe in einem spontanen Einfall vergraben.

„Hier, für dich."

Harald war zurück und reichte ihr ein Paar Latexhandschuhe, die er für solche Eventualitäten im Handschuhfach seines Volvo mit sich führte. Erwartungsvoll streifte Monika sie über und hob das Knäuel mit beiden Händen aus dem Loch.

„Das ist ihre Stola!“, rief Herr Wohlfarth. „Die, die Christin die ganze Zeit vermisst hat.“

Behutsam legte Monika das Beweisstück auf die feuchte Erde und faltete die Enden des gehäkelten Stoffes auseinander. Wie vermutet, befanden sich darin die Walther P38 und ein Schlüssel.

„Da sind Löcher und Versengungen in dem Umhang“, stellte Monika fest und deutete auf die entsprechenden Stellen. „Sind Sie sicher, dass es sich um die Stola Ihrer Schwester handelt?“

„Ja, ja, natürlich“, antwortete Herr Wohlfarth erregt. „Nach dem Mittagessen hat Christin keine Ruhe gegeben, bis Anna ihr ihre eigene aus dem Wagen holen musste. Beide sehen genau gleich aus, weshalb ich mir absolut sicher bin.“

„Doch wozu hat der Mörder sie gebraucht?“, überlegte Monika und spürte Haralds Hand auf ihrer Schulter.

„Benachrichtigen wir Herrn Gökdal“, sagte er. „Soll er sich darum kümmern.“

„Einen Augenblick noch.“ Sie nahm die Pistole an sich und öffnete vorsichtig das Magazin. „Sieh dir das an!“

Harald beugte sich vor und runzelte die Stirn. In den Kammern fehlten zwei Patronen.

„Ist die Waffe schon mal benutzt worden?“, fragte er Herrn Wohlfarth, dessen ansonsten so gerötetes Gesicht ungewöhnlich blass geworden war. „Aus Versehen vielleicht? Oder weil jemand Schießübungen damit gemacht hat?“

Walter Wohlfarth schüttelte energisch den Kopf. „Nein, mit der hat nie jemand geschossen. Nach dem Tod unseres Vaters war die Pistole vollständig geladen, das weiß ich genau. Und seitdem hat Christin sie in ihrem Nachttisch aufbewahrt.“

Monika legte die Pistole zurück auf die Stola und richtete sich auf. Dann grinste sie Harald offen ins Gesicht. „Und du hast behauptet“, sagte sie schelmisch, „es gäbe nichts Neues mehr herauszufinden.“

„Sieht ganz so aus“, erwiderte er, den Blick nachdenklich auf die Fundstücke gerichtet, „als hätte ich mich geirrt.“

Seine Stimme klang wenig überzeugt. Gewöhnlich lag es Harald fern, einen Fehler zu ignorieren und auf seinem Standpunkt zu beharren. Dass er jetzt, trotz seiner Worte, die neuen Tatsachen nicht akzeptieren wollte, erstaunte sie und war Grund genug, ihre eigene Meinung noch einmal gründlich zu überdenken.

Die laute, mit tiefen Bässen unterlegte Musik, die unablässig aus Svens Zimmer dröhnte, ging Monika seit ihrer Rückkehr gehörig auf die Nerven. Selbst bei geschlossener Wohnzimmertür war es unmöglich, sie zu ignorieren, und wenn Sven das akustische Inferno nicht innerhalb der nächsten Minuten beendete, würde sie ihm ihren eigenen Marsch blasen müssen. Eine Aktion, auf die sie lieber verzichtet hätte, da sie einfach nur mit einer Flasche Rotwein vor dem Fernseher sitzen und sich von einer Liebeskomödie oder einer Seifenoper berieseln lassen wollte. Leicht durchschaubare Verwirrungen, ohne komplizierte Handlungsstränge und vor allem mit der Garantie eines vorprogrammierten Happy Ends. Mehr würde sie heute nicht ertragen.

Nachdem Erkan Gökdal mit seinen Kollegen endlich am Tatort eingetroffen war, hatte Harald sie nach Hause gefahren. Und mit jedem Kilometer, den sie sich von Kladow entfernt und der Innenstadt genähert hatten, waren die beruflichen Probleme von ihr abgefallen und die privaten zurück in ihr Bewusstsein gelangt. Eine Verschiebung, die Harald neben ihr am Steuer sehr wohl bemerkt und anstandshalber übersehen hatte. Stattdessen hatte er das Gespräch auf die zwei fehlenden Patronen gelenkt, bevor sie seine Mutmaßungen mit ihrer schroffen Bemerkung, sie sollten lieber Gökdals Ergebnisse abwarten, als wüste Spekulationen anzustellen, abrupt beendet hatte. Solche Gedankenspiele waren Monika in diesem Moment unerträglich gewesen. Dieses Was-wäre-wenn hatte sie zu sehr auf die schwelende Ungewissheit bezogen, eventuell eine Nachricht von Vincent auf dem Anrufbeantworter vorzufinden. Eine Frage, mit der Monika die gesamte Heimfahrt über beschäftigt geblieben war und die sie beim Betreten der Wohnung mit einem sofortigen Nein hatte beantworten müssen.

Aus diesem Grund waren Trinken und Fernsehen für sie die einzig logische Ablenkung gewesen, die Svens Musik ihr unmöglich machte. Mit eiligen Schritten ging sie deshalb zu seinem Zimmer und öffnete energisch die Tür.

„Mach endlich diesen verdammten Krach aus!“, rief sie, wütender als gewollt, so dass Sven, der ihre Rückkehr wohl gar nicht bemerkt hatte, erschrocken zusammenfuhr. „Das dröhnt ja durchs ganze Haus.“

Sven griff nach der Fernbedienung und gehorchte. Er saß, nur mit einer Jogginghose bekleidet, vornübergebeugt auf der Kante seines Bettes, die Knie weit nach oben gegen die Brust gezogen, und warf die Fernbedienung wieder achtlos zur Seite. Seine Augen waren gerötet, als hätte er eben noch geweint. In dieser kauernden Haltung wirkten seine Arme und Beine im Verhältnis zum Oberkörper viel zu lang. Monikas Hoffnung, dass die Pubertät diese Asymmetrie zumindest teilweise ausgleichen würde, hatte sich nicht erfüllt. Er war schlank und schlaksig geblieben und ihr in unregelmäßigen Abständen erteilter Rat, es mal mit Sport oder Fitness zu probieren, hatte bisher kein Gehör gefunden.

„Was ist los?“, fragte sie besorgt, den Ärger über die Musik vergessend, und setzte sich unaufgefordert neben ihn. Sven sah sie nicht an, sondern starrte wie zuvor auf seine großen, nackten Füße und spielte gedankenverloren mit den Zehen auf der hölzernen Bettkante.

„Nichts“, grummelte er. „Was soll sein?“

„Keine Ahnung. Sag du es mir.“ Monika erhielt keine Antwort und musste ihm die Erklärung aus der Nase ziehen. „Ist es wegen Marcel?“

Einen Moment lang zeigte Sven keinerlei Reaktion. Jegliche Art von Gefühlen war ihm suspekt und darüber zu reden ein unüberwindbares Hindernis. In diesem Punkt verhielt er sich genau wie sein Vater. Was in Fred vorgegangen war, hatte Monika jahrelang entweder nicht bemerkt oder missverstanden und sein Schweigen wie auch später das Leugnen seiner Affären, hatte erst zu heftigen Auseinandersetzungen, dann zu körperlicher Gewalt und schließlich zur Scheidung geführt. Eine derart gestörte Kommunikation konnte sie ihrem Sohn nicht durchgehen lassen. Falls nötig, würde sie die ganze Nacht hier hocken bleiben und warten, bis er endlich den Mund aufmachte.

Von der Nähe seiner Mutter unangenehm berührt, verzog Sven das Gesicht und rang verzweifelt nach einer Antwort. Dabei war der Satz, den er nicht über die Lippen brachte, längst kein Geheimnis mehr. Um den Auslöser seines Kummers zu erkennen, dafür bedurfte es keiner Kristallkugel. Dafür genügte sein knallroter Kopf als Bestätigung.

„Marcel“, stotterte er schließlich mit Tränen in den Augen, „hat Schluss gemacht.“

Sofort schlang Monika beide Arme um den Oberkörper ihres Sohnes und drückte ihn an sich. Sven ließ es geschehen, viel zu niedergeschlagen, um wie üblich ihren Zärtlichkeiten auszuweichen. „Das tut mir so leid, mein Schatz. Was ist passiert?“, fragte sie leise. „Habt ihr euch gestritten?“

Sven schüttelte den Kopf.

„Was ist es dann? Hat er einen anderen?“

Monika spürte, wie er innerlich verkrampfte, und sah, als er sich aus der Umarmung löste, wie die Röte schlagartig aus seinem Gesicht verschwand.

„Ach, Gott…“, entfuhr es ihr und nur mit Mühe konnte sie das ‚-chen‘ am Ende unterdrücken, das die Situation ins Lächerliche gezogen hätte.

Kein Wunder, dachte Monika, dass Sven so abweisend reagiert hatte, nachdem er gestern Abend nach Hause gekommen und von Marcels früherem Anruf überrascht worden war. Er machte sich Vorwürfe und fühlte sich für die Konsequenzen, mit denen er nicht gerechnet hatte, verantwortlich. Und womöglich wollte er jetzt von seiner Mutter einen tröstenden Rat. Doch was sollte sie dazu bloß sagen? Sollte sie sagen: Mach dir nichts draus? Oder: Selber schuld? Das Erste klang falsch und das Zweite, auch wenn es den Tatsachen am ehesten entsprach, zu gefühllos. Am liebsten hätte sie beides miteinander kombiniert: Selber schuld, aber mach dir nichts draus.

„Hast du dich neu verliebt?“, fragte sie stattdessen, um ihr Urteil aufzuschieben.

Sven schüttelte erneut den gesenkten Kopf und murmelte: „Ich wollte ja gar nicht. Es ist einfach passiert. Und es hat mir überhaupt nichts bedeutet."

„Es ging dir also nur um den Sex."

Dieses Wort aus dem Mund seiner Mutter hatte Sven schon immer peinlich berührt und so war es auch diesmal. Seine Wangen bekamen ihre gesunde Farbe zurück, dann schob er verlegen die Hände unter die Oberschenkel und nickte.

„Und wenn du versuchst, es Marcel zu erklären?"

„Das hab ich ja vorhin. Ich war ehrlich zu ihm, aber trotzdem."

Ganz so, vermutete sie, war es sicherlich nicht gewesen. Wahrscheinlich hatte Sven keine einzige Silbe herausgebracht, bis Marcel eine Erklärung für das versäumte Treffen gefordert und Sven den Seitensprung notgedrungen gestanden hatte.

„Ich hab alles vermasselt", sagte er, diesmal erstaunlich gefasst.

Monikas Erleichterung, durch seine selbsterlangte Einsicht von ihrer eigenen Stellungnahme verschont zu bleiben, veranlasste sie zu einer weiteren Umarmung, die Sven mit einem tiefen und herzzerreißenden Seufzer gestattete. Für eine passende Antwort fehlten ihr einfach die Worte. Sven hatte bewusst seine Beziehung aufs Spiel gesetzt und verloren. Daran konnte er, aller Gewissensbisse zum Trotz, nichts mehr ändern. Die Jugend, mit ihren verklärten Vorstellungen von Liebe und Treue, verzieh einem solche Verfehlungen äußerst selten.

Wenn Monika jedes Mal, wenn ihr Exmann fremdgegangen war, ihn verlassen hätte, wäre ihre Ehe wie das Flackern einer Glühbirne mit Wackelkontakt gewesen. Ein ständiges An und Aus. Sie hatte lernen müssen, Kompromisse zu schließen, da Beziehungen mehr beinhalteten als den alleinigen Anspruch auf den Körper des anderen. Und solange die Liebe und Zuneigung zum Partner unter den Eskapaden keinen Schaden nahmen, solange war zumindest sie in der Lage gewesen, darüber hinwegzusehen.

Andererseits, musste sie sich rückblickend eingestehen, wäre ihr, hätte sie die Scheidung früher vorangetrieben, so einiges erspart geblieben.

„Wie würdest du denn reagieren, wenn Marcel dich betrogen hätte?“, fragte sie, mehr aus Neugier als aus der Absicht heraus, ihn bloßzustellen.

Sven überlegte, wischte sich die Tränen aus dem Gesicht und richtete sich auf. Er fröstelte leicht und schlang seine Arme um die flache Brust, auf der ein paar spärliche, dunkle Haare sprossen. Er war noch so jung, dachte sie, gerade mal achtzehn geworden, und die jetzige Enttäuschung war gewiss nur die erste von vielen.

„Ich weiß nicht genau“, sagte er und verzog den Mund zu einem zynischen Grinsen. „Wahrscheinlich genauso.“

Dabei ließ Monika es bewenden. Von Moralpredigten hielt sie nicht sonderlich viel. Erst recht nicht, wenn sie von einer Mutter vorgetragen wurden, die in Sachen Liebe und Beziehung keine einzige Trophäe vorweisen konnte. Besser also, sie ließ Sven mit seinem Kummer vorerst allein. Sobald er bereit war, darüber zu reden, wäre sie jederzeit für ihn da. Und vielleicht würde er in der Zwischenzeit erkennen, dass Marcel nicht der Richtige gewesen war oder Sven nicht für ihn und dass deshalb die Welt nicht zwangsläufig unterging. Eine Binsenweisheit, die zum Erwachsenwerden nun mal dazugehörte und von der selbst Sven nicht verschont bleiben würde.

Monika stand auf und fuhr ihrem Sohn durch die blonden, struppigen Haare. „Du wirst schon darüber hinwegkommen, ganz bestimmt“, tröstete sie ihn und biss sich im selben Moment auf die Zunge, da sie genau diese Art von Klischee hatte vermeiden wollen. Niemand, der gerade verlassen worden war, wollte solch einen neunmalklugen Spruch vorgehalten bekommen. Das galt auch für Sven, der erwartungsgemäß die Augen verdrehte, sich eilig unter der Bettdecke verkroch und ihr den Rücken zuwandte.

Dies war für Monika das Zeichen zu gehen. Sie verließ das Zimmer und schloss leise die Tür. Im Flur fiel ihr Blick unweigerlich auf den Anrufbeantworter, als glaubte sie tatsächlich, eine Nachricht von Vincent übersehen oder während ihres Gesprächs mit Sven seine Stimme überhört zu haben. Sie drückte sogar die Abspieltaste und kam sich anschließend kindisch und dumm vor. Im Wohnzimmer dann füllte sie das Glas mit Rotwein, den sie mehr soff als trank und der ihr augenblicklich zu Kopf stieg. Nach dem vierten Schluck musste sie husten, stellte das Glas zurück auf den Couchtisch und fühlte sich, wie Sven sich gefühlt haben musste, als Marcel ihm den Laufpass gegeben hatte: irgendwie schuldig und zutiefst gedemütigt zugleich.

„Sei nicht albern“, sagte sie laut, mit Blick auf ihr verzerrtes Abbild im Fenster, und fügte mit einem Schuss bitterer Selbstironie hinzu: „Und komm endlich darüber hinweg!“

Kapitel 14

Unter grellem Neonlicht lagen die drei Fundstücke ausgebreitet auf einem länglichen Tisch der kriminaltechnischen Untersuchung. Die gehäkelte Stola, der Wohnzimmerschlüssel und die Walther P38. Erkan Gökdal, in bester Laune und, im Gegensatz zu ihr, ohne dunkle Schatten unter den Augen, fuhr mit einer ausladenden Handbewegung über die Gegenstände hinweg, wie ein aufgeregtes Kind über sein neues Spielzeug. Er trug ein kariertes Hemd, tailliert und die beiden obersten Knöpfe offen. Seine kurzen Haare hatte er kunstvoll mit Gel durcheinandergebracht.

Ihm zuzuhören kostete Monika einige Überwindung, da sie die Nacht zuvor kaum ein Auge zugemacht, sich im Bett hin und her gewälzt und bereits vor Sonnenaufgang den Schlaf für beendet erklärt hatte. Das war vor über vier Stunden gewesen, die sie mit viel zu viel Kaffee und mit drei Scheiben Toast mit Marmelade überbrückt hatte. Gegen neun Uhr war sie dann ins Landeskriminalamt gefahren, um ihr privates Mysterium im beruflichen zu ersticken. Eine Strategie, die erst langsam Wirkung zeigte.

„Fangen wir mit dem Einfachsten an", sagte Gökdal und deutete auf den Schlüssel in der Mitte. „Es handelt sich hierbei mit höchster Wahrscheinlichkeit um den Schlüssel, mit dem der Tatort verschlossen wurde. Jedenfalls behauptet das Herr Wohlfarth und er passt in das Schloss in der Wohnzimmertür. Fingerabdrücke sind keine vorhanden." Herr Gökdal legte eine Pause ein und wartete auf mögliche Fragen. Da Monika nicht reagierte, sondern lediglich ein Gähnen unterdrückte, fuhr er fort: „Auf der Waffe sind ebenfalls keinerlei Abdrücke zu finden und es fehlen, wie Sie bereits festgestellt haben, zwei Patronen. Am Lauf befinden sich Spuren von Wolle, die von der Stola stammen, und wie man deutlich erkennen kann …"

„Einen Moment", fiel sie ihm ins Wort und trat dichter an den Tisch heran. „Von welcher Stola sprechen Sie? Wir haben ja plötzlich zwei davon. Eine, die Frau Wohlfarth bei ihrem Tod um ihre Schultern trug, und eine, die hier vor uns liegt."

„Das kann ich Ihnen leider nicht beantworten. Die Wolle ist bei beiden identisch. Die gleichen Fasern und derselbe Hersteller. Eine bekannte Marke, die es in jedem Fachgeschäft zu kaufen gibt. Und da wir bereits an der ersten Stola Versengungen gefunden haben …"

„Was ist mit den Löchern?", unterbrach sie ihn erneut und beugte sich tief über den in Dreiecksform gehäkelten Umhang. Er war mehrfarbig abgestuft, von dunkelblau bis gelb und ringsherum mit roten Wollfransen besetzt.

„Dazu wollte ich gerade kommen." Gökdal fuhr mit der Hand unter die Stola und hob sie ein wenig an. „Es gibt drei Löcher, jeweils mit Versengungen an den Rändern, die von einem oder mehreren Schüssen stammen könnten. Ich gehe allerdings davon aus, dass der Umhang zusammengelegt wurde und dass eine einzelne Kugel alle drei Löcher verursacht hat."

„Um den lauten Knall zu unterdrücken?"

„Gut möglich. Die Wolle ist dick genug und würde wie ein Schalldämpfer wirken."

Monika nickte, obwohl die neuen Ergebnisse sie mehr verwirrten als befriedigten. Sie wandte sich kurz an Harald, der in einiger Entfernung gegen einen der Schreibtische lehnte und bisher wie eine graue Eminenz dem Gespräch kommentarlos gefolgt war. Er hielt, scheinbar desinteressiert, den Kopf gesenkt und spielte gedankenverloren mit seiner Krawatte.

„Was ist mit den fehlenden Patronen?", fragte sie an Gökdal gerichtet. „Kann man feststellen, wann sie jeweils abgefeuert wurden?"

„Nein. Außer, dass zumindest einer der beiden Schüsse erst kürzlich erfolgt ist. Das zeigen die relativ frischen Rückstände am Lauf der Pistole und die Versengungen an den beiden Stolen. Oder sagt man Stolas? Stoli? Na, jedenfalls, ob diese Spuren von einer oder von zwei Patronen stammen, kann ich nicht mit Bestimmtheit sagen. Da wir am Tatort aber nur eine Patronenhülse gefunden haben, gab es vermutlich auch nur einen Schuss. Was uns schließlich alle Zeugen unabhängig voneinander bestätigen konnten."

Die Lippen gespitzt und von den Ausführungen ernüchtert, starrte Monika auf diese zweite, von dunkler Erde verschmutzte Stola, deren Existenz sie sich zurzeit nicht erklären konnte.

„Haben Sie wenigstens am Fundort irgendwelche brauchbaren Spuren entdeckt? Fußabdrücke vielleicht?"

Erkan Gökdal entkam ein resignierender Seufzer. „Nach dem anhaltenden Regen gestern? Keine Chance. Das ganze Blumenbeet war feucht. Doch ich bezweifle, dass es überhaupt welche gegeben hat. Die hätten die Kollegen sicherlich bemerkt, als sie am Tag des Mordes den Garten durchsucht haben. Und selbst wenn es Fußabdrücke oder so gegeben hätte … Es ist wie mit allen Spuren am Tatort. Jeder aus der Familie hätte sie hinterlassen können, egal, ob schuldig oder nicht."

„Ist Herrn Wohlfarth noch irgendetwas eingefallen, das er Ihnen gegenüber erwähnt hat? Wer die Rosen eingegraben hat, zum Beispiel?"

„Mir hat er nichts gesagt", verneinte Gökdal. „Er hat bloß andauernd betont, dass er es nicht gewesen sei. Zigmal hat er das heruntergebetet, bis ich ihn ins Haus schicken musste, damit wir in Ruhe unsere Arbeit machen konnten. Ein ziemlich seltsamer Typ, wenn Sie mich fragen."

Zum wiederholten Male ließ Monika den Blick über die drei Gegenstände wandern, die ihr Geheimnis nicht preisgeben wollten. Es schien, als gehörte eines der Fundstücke nicht wirklich zu den anderen, als hätte eines von ihnen sich eingeschlichen, um sie absichtlich zu verwirren. Aber welches?

„Harald, steh da nicht so rum!", rief sie und winkte ungeduldig in seine Richtung. „Du hast dich überhaupt noch nicht dazu geäußert."

Schwerfällig löste sich Harald von dem Schreibtisch und trat mit schlurfenden Schritten vor den grell beleuchteten Tisch. Die rechte Hand um sein Kinn gelegt, trommelte er mit dem Zeigefinger gegen die Wange und schwieg. Monika wartete. Neben ihr verkniff sich Herr Gökdal bei Lüders' Anblick das Lachen.

„Mit der Stola stimmt was nicht“, sagte Harald, so unerwartet wie knapp.

„Und was, meinst du, stimmt damit nicht?“, fragte Monika.

„Sie ist überflüssig. Es sei denn …“

Hinter ihnen öffnete sich lautstark die Tür.

Pikiert über die Unterbrechung drehte sich Harald in einer tänzelnden Drehung um die eigene Achse, während Monika – zu irritiert von dem, was er angedeutet hatte – nicht auf den Neuzugang achtete. Erst, als sie die vertraute Stimme vernahm, wandte sie notgedrungen den Kopf.

„Hier also steckt ihr“, sagte Vincent, der seinen eiligen Gang verlangsamte und mitten im Raum einfach stehenblieb. Die anfängliche Euphorie in seiner Stimme wandelte sich in eine fast kindliche Unsicherheit, da er wohl plötzlich befürchtete, hier nicht willkommen zu sein. „Ich war oben bei Unterberg, um … um Bescheid zu geben, dass ich nächsten Monat meinen Dienst wieder aufnehmen werde. Und ich wollte zumindest Hallo sagen.“

Monika wusste nicht, wie sie reagieren sollte. Vincents Blick, der zwischen Harald und Gökdal auf sie gerichtet war, wich sie erschrocken aus. Die Freude darüber, ihn zu sehen, verschwand unter einer Flut von Enttäuschung und Verbitterung, mit deren Wucht sie niemals gerechnet hätte. Nach dem wochenlangen Schweigen und der unbeantworteten Nachricht auf seinem Anrufbeantworter, ohne die Möglichkeit einer Aussprache unter vier Augen, empfand sie es als eine Zumutung, ihm so unvorbereitet und unter Zeugen gegenüberstehen zu müssen. Was hatte er sich bloß dabei gedacht?

Während Harald auf Vincent zuging, ihm die Hand schüttelte und auf die Schulter klopfte, rührte sich Monika nicht von der Stelle. Blass sah er aus, hagerer im Gesicht und in seinen blauen Augen erkannte sie die Erinnerung an die durchlebte Angst, die er mit seinem charmanten Lächeln nicht vollständig zu überspielen wusste.

Die Glückwünsche über seine baldige Rückkehr nahm er freudig zur Kenntnis. Über den Grund seiner Abwesenheit verlor Harald kein einziges Wort, so als hätte Vincent nur einen verlängerten und erholsamen Urlaub verbracht. Es war eine gekünstelte Begrüßung, die Monika abstieß, weil sie all das unter den Teppich kehrte, was ihre Beziehung zu Vincent seit der Begegnung mit dem Serienkiller zerstört hatte.

Endlich schien Harald dies zu begreifen. Mit einem verständnisvollen Blick erriet er den Grund ihrer Befangenheit und klopfte Vincent erneut auf die Schulter. „Es war schön, Sie wiederzusehen, Herr Schröter", sagte er. „Willkommen zurück. Leider habe ich heute nicht viel Zeit. Herr Gökdal und ich müssen dringend die alten Fingerabdrücke inspizieren." Erkan Gökdal, dem der Grund dieser Bemerkung völlig entging, hob verwundert die Augenbrauen. „Doch, doch, jetzt gleich. Ich bin sicher, wir haben was übersehen. Na los, worauf warten Sie? Die Abdrücke sind in der Daktyloskopie, nehme ich an."

„Ja, schon, aber ich weiß wirklich nicht, was …"

Harald fasste Gökdal am Arm und zog ihn unsanft beiseite. Vincent lächelte sichtlich verunsichert und murmelte eine kurze Verabschiedung, bevor beide aus dem Zimmer flüchteten.

Monika setzte sich auf die Kante des Tisches, ohne die Beweisstücke dabei zu berühren. Innerlich fühlte sie sich noch immer zerrissen zwischen der Freude, ihn zu sehen, und der Wut über seine Unverfrorenheit, unangemeldet hier aufzutauchen.

Die Hände in den Hosentaschen vergraben, wandte Vincent sich ihr zu und zuckte verlegen mit den Schultern. „Die haben es ja verdammt eilig gehabt", begann er scherzhaft und wartete auf eine Antwort.

Am liebsten wäre Monika ihren Kollegen wortlos gefolgt. Sie wollte kein Gespräch mit ihm führen, jedenfalls nicht in diesem neonbeleuchteten Raum, der ihre Gefühle unangenehm verstärkte und in dem kein Platz für Versöhnung blieb. Im Privaten wäre es anders gewesen. Bei ihm oder bei ihr zu Hause, gemeinsam auf dem Sofa, hätten sie entspannt und offen den gegenseitigen Argumenten und den nachfolgenden Entschuldigungen gelauscht und hätten in der abschließenden Umarmung alles vergeben und vergessen.

„Wieso …?", fragte sie stockend, während ihre Wut verflog und einer bitteren Enttäuschung wich, die um ein Vielfaches schwerer zu ertragen war. Denn so wie Vincent dort stand, verschämt und verschüchtert, den Kopf leicht gesenkt, wusste Monika wieder genau, warum sie sich, trotz des Altersunterschieds und der Tatsache, dass er beruflich ihr Untergebener war, auf ihn eingelassen hatte. Im Gegensatz zu ihrem Exmann und den anderen Männern in ihrem Leben war Vincent, was seine Vorgänger nie gewesen waren: ein intelligenter, einfühlsamer Mann, dem sie bedingungslos vertrauen konnte. Das jedenfalls hatte sie bisher geglaubt.

„Wieso hast du nicht zurückgerufen? Wozu dieser peinliche Auftritt für uns beide?"

„Ich weiß es nicht", antwortete er. „Ich weiß es wirklich nicht, Monika. Die letzten Wochen habe ich über alles nachgedacht, erst im Krankenhaus und dann allein in meiner Wohnung. Du hast mich ja kaum besucht. Ich bin weiterhin in Therapie, weil ich die Bilder und die Angst nicht aus meinem Gedächtnis kriege. Ich sehe die Leichenteile noch vor mir und ich spüre die körperlichen Schmerzen, besonders im Traum. Es wird besser, weshalb ich unbedingt wieder arbeiten will. Aber für mehr habe ich einfach nicht die Kraft."

Vincent hatte sich keinen Schritt auf sie zubewegt und Monika blieb auf der Tischkante hocken, die Distanz zwischen ihnen wie ein Graben, dessen Überquerung nur mit Vorsicht zu bewältigen war.

Was hatte Vincent gemeint, wenn er sagte, er habe über alles nachgedacht? Was bedeutete für ihn alles und wofür genau fehlte ihm die Kraft?

„Ich hatte gehofft", sagte sie, „du würdest mit mir darüber reden. Ich habe dich in Ruhe gelassen, weil ich wusste, dass du Zeit brauchst."

„Ich will nicht reden, Monika. Ich will vergessen."

Seine Stimme klang hart und er presste die Lippen entschlossen aufeinander. In seinen Hosentaschen, bemerkte sie, ballte er die Hände zu Fäusten. Mit dieser Antwort hatte Monika gerechnet und doch auf eine andere gehofft. Vergessen war kein Akt des Wollens, den Vincent bewusst erzwingen konnte. Dazu waren ihre Beziehung und die traumatische Begegnung mit dem

Serienkiller zu sehr ineinander verwoben, als dass Vincent sich die gewünschten Ereignisse einfach herauspicken konnte, wie es ihm gerade in den Kram passte.

„Wenn du vergessen sagst …“, sagte sie, um Gewissheit einzufordern, und konnte dennoch den Satz nicht beenden.

„Ich denke, das wäre im Moment für uns beide das Beste.“

„Wir werden weiterhin zusammen arbeiten müssen“, wandte Monika ein.

„Ich behaupte ja nicht, dass es leicht werden wird. Im Gegenteil. Es liegt ja auch nicht an dir, es …“

Monika richtete sich auf und hob abwehrend die Hände. „Ja, ja, schon klar. Es liegt ganz allein an dir“, erwiderte sie, verärgert über diese Standardformel, als würde das völlige Auf-sich-Nehmen der Schuld die Schwere der Trennung irgendwie mindern. „Erspare uns bitte die Banalitäten. Alles andere ist hart genug.“

Vincent errötete und sein Blick schweifte unkontrolliert durch den Raum. Ihm war nicht wohl zumute und das ständige Verlagern seines Gewichts von einem Bein auf das andere zeugte von seiner Bereitschaft zur Flucht. Was Monika an ihm geschätzt und weswegen sie ihn geliebt hatte – seinen Humor, seine Direktheit, seine Ausgeglichenheit und seine männliche Schönheit –, schien er vollständig verloren zu haben. Nichts davon erkannte sie wieder, was wohl der Grund dafür war, dass sie beängstigend wenig empfand.

Monika starrte ihn an, mehr verwundert als gedemütigt, mehr mitfühlend als gekränkt und mit der erstaunlichen Erkenntnis, dass ihr letzter, gemeinsamer Mordfall sie auf weit vielfältigere Weise verletzt hatte, als sie jemals hätte ahnen können.

„Ist es wegen deiner Mutter?“, fragte sie, obwohl sie eigentlich in dieser Wunde nicht hatte bohren wollen.

„Meiner Mutter? Was hat meine Mutter damit zu tun?“ Vincent runzelte die Stirn und schien tatsächlich nicht zu wissen, wovon sie sprach. Dabei war Monika überzeugt gewesen, dass hier die eigentliche Ursache für das abrupte Ende ihrer Beziehung lag, an der es, aus ihrer Sicht, ansonsten nicht das Geringste zu bemängeln gegeben hatte.

„Natürlich ist es schmerzhaft für dich", sagte sie vorsichtig. „Und ich kann mir vorstellen, wie unangenehm es für dich sein muss, dass ich es weiß. Aber …"

„Wovon redest du?", unterbrach er sie, die Augen geweitet, weil er trotz allem ahnte, worum es ging.

„Muss ich das wirklich wiederholen?" Monika hielt inne, um ihm Gelegenheit zu geben zu verneinen. Doch Vincent schwieg. „Der Totschlag am Freund des Serienmörders vor vierzehn Jahren, von dem deine Mutter freigesprochen wurde, weil sie ein Alibi vorweisen konnte. Ein Alibi, das dein Vater gefälscht hatte. Sie hat es getan, Vincent. Und wir beide wissen es."

Vincent schloss kurz die Augen. Er nahm die Hände aus den Hosentaschen und wusste nicht, wohin mit ihnen. Monika wäre endlich auf ihn zugegangen und hätte ihn in den Arm genommen, wenn er nicht plötzlich den Kopf geschüttelt und alles geleugnet hätte. Womöglich, befürchtete sie, hatte er mit dem Vergessen bereits begonnen.

„Das ist nicht wahr", sagte er. „Und du kannst es nicht beweisen."

„Nein, das kann ich nicht, selbst wenn ich wollte. Wozu auch? Hast du denn wirklich geglaubt, ich würde deine Mutter nach all den Jahren noch einmal vor Gericht zerren wollen? Nach dem, was diese Männer ihr und uns angetan haben?"

Er hob den Kopf und sah Monika fragend an. Dieser Blick enttäuschte sie unendlich, da Vincent in ihm zu erkennen gab, dass er diese Möglichkeit in Erwägung gezogen hatte. „Hast du das wirklich von mir geglaubt?", wiederholte sie.

„Ich … Keine Ahnung. Es geht mir so viel durch den Kopf in letzter Zeit, dass ich einfach nicht mehr weiß, was ich denken soll. Ich … sollte jetzt besser gehen."

Es entstand eine Pause, in der weder er noch sie zu einer Entscheidung bereit waren. Vincent, trotz seiner Ankündigung, blieb stehen, wischte sich die Handflächen an der Hose trocken und wirkte blasser und müder als zu Beginn des Gesprächs. Monika dagegen fühlte sich hilflos. Vincents Verwandlung von dem Mann, den sie zu kennen geglaubt hatte, zu dem in sich gekehrten und abweisenden, der ihr jetzt gegenüberstand und den sie nicht einmal zu berühren wagte, bewirkte in ihr ein Gefühl der Ohnmacht. Denn natürlich wusste sie, was in ihm vorging und welche Qualen und Ängste er durchlitt. Sie war dabei gewesen. Sie kannte die Gründe und konnte Vincent verstehen. Und dennoch ertrug sie es nicht, mit den Auswirkungen konfrontiert zu werden und die Konsequenzen mit ihm zu teilen.

„Ja", sagte sie, beide Hände fest um die Tischkante geklammert, als befürchtete sie, die Balance zu verlieren. „Es ist besser, du gehst."

Harald Lüders saß an seinem Schreibtisch, schlürfte Cappuccino und wartete. Nach zwanzig Jahren mit ein und demselben Mann erschienen ihm die Probleme anderer, vor allem jüngerer Paare unverständlich und trivial. Die meisten Unstimmigkeiten waren nichts weiter als aufgeschäumte Milch, mehr Luft als Substanz, die mit der Zeit in sich zusammenfiel oder, wie das Milchbärtchen auf seiner Oberlippe, sich mit der Zunge einfach fortwischen ließ. Einmal darüber hinweg und gut. Sich stattdessen Gedanken zu machen, was dem jeweils anderen durch den Kopf gehen mochte, ohne selbst das Wort zu ergreifen, das hinterließ, wenn man nicht rechtzeitig eingriff, bösartige Flecken und führte immer weiter ins Labyrinth der Hypothesen und falschen Schlussfolgerungen, aus dem man selten unbeschadet wieder herausfand.

Und genau das, mutmaßte Harald, dürfte nur eine von vielen Beziehungsfallen gewesen sein, in die Monika und Vincent, geleitet von guten Absichten, gestolpert waren.

Was keineswegs heißen sollte, dass er ihre Verbindung nicht guthieß. Er mochte die beiden gut leiden, besonders Monika, deren Gespür für Männer in der Vergangenheit leider einiges zu wünschen übrig gelassen hatte.

Mit Vincent dagegen war sie zweifellos einem Partner begegnet, der ihr ebenbürtig schien. Ein gutaussehender, junger Kerl mit Ambitionen, dem Monika mit ihrer Beziehung einigen alten Ballast aufgebürdet hatte: eine gescheiterte Ehe und einen pubertären Sohn. Zwei Dinge, die nicht zu unterschätzen waren.

Zwar hatte Harald keine Ahnung, wie Vincent dazu stand, aber er konnte sich vorstellen, dass nach der anfänglichen Verliebtheit, die einem die Sicht verklärte, solche Gegebenheiten an Gewicht gewannen und mit den eigenen Vorstellungen von einer Familie kollidierten.

Was erhoffte sich Vincent von dieser Beziehung, in der eine Zweisamkeit von vornherein ausgeschlossen war, weil auch Sven in ihr seinen Platz beanspruchte? Vincent war ehrgeizig und jung. Ersatzvater zu spielen, mochte seinen Reiz gehabt haben, doch für wie lange? Und wie sah es mit dem späteren, eigenen Kinderwunsch aus, dem Monika, wie Harald wusste, nicht entsprechen würde? All das waren Fragen, die Vincent durch den Kopf gehen und die die Funkstille zwischen ihnen womöglich ausgelöst haben mochten, wenn man von seinem traumatischen Erlebnis, das sicherlich seinen Beitrag geleistet hatte, einmal absah.

„Schade, schade", murmelte Harald kopfschüttelnd und schlürfte seinen Cappuccino, dessen Schaum sich bedauerlicherweise verflüchtigt hatte.

„Was ist schade?", fragte Monika, die im selben Moment das Büro betrat.

„Der Schaum", log er und deutete in die Tasse. „Dabei mag ich den Schaum am liebsten. Der ist wie kalorienarme Eiscreme."

„Nicht mit all dem Zucker, den du da reinstreust. Soll ich dir einen neuen machen? Ich jedenfalls brauche einen."

Harald sah ihr zu, wie sie die alte Kapsel entsorgte, eine unbenutzte Tasse unter den Kaffeeautomaten stellte und die frische Kapsel aus der Packung nahm. Rein äußerlich sah man Monika das Gespräch mit Vincent nicht an. Sie hatte weder geweint noch zitterten ihre Hände. Wären ihre Wangen nicht leicht gerötet gewesen und hätten ihre Augen nicht diesen starren, leicht glasigen Blick angenommen, wäre selbst Harald von ihrer gespielten Gelassenheit getäuscht worden.

Als sie ihm die neue Tasse an den Schreibtisch brachte, begegneten sich ihre Blicke und Harald hob neugierig die Augenbrauen.

„Was willst du hören?", fragte sie und kümmerte sich um die zweite Tasse. „Dass ich ihn angefleht und versucht habe, ihn umzustimmen?"

„Hast du?"

„Natürlich nicht. Was sollte das bringen?" Monika wartete, bis die letzten Tropfen aus der Maschine getröpfelt waren, und setzte sich zu ihm an den Schreibtisch. „Er war gar nicht bereit, darüber zu reden. Er sah furchtbar aus. Ich halte es für keine gute Idee, dass er so schnell wieder arbeiten will."

Sie blies in den Schaum ihres Cappuccinos, prüfte mit den Lippen die Temperatur, blies erneut und trank vorsichtig den ersten Schluck. Dann stellte Monika die Tasse ab, schlug die Beine übereinander und ließ ihre Blicke wahllos durch sein Büro schweifen.

Harald lächelte verständnisvoll und fasste ihre Körpersprache in Worte. „Gehe ich recht in der Annahme, dass du lieber das Thema wechseln möchtest?"

Monika erwiderte mit einem Schulterzucken und steckte sich eine Haarsträhne hinter das rechte Ohr. Ihre Frisur wirkte durcheinander und bedurfte, wie er fand, eines längst überfälligen Besuchs beim Friseur. „Na, von mir aus", sagte sie, so bemüht gleichgültig, als wäre es seine Entscheidung. „Also, wo waren wir stehengeblieben?"

„Bei den drei neuen Beweisstücken. Ich sagte …"

„Ja, richtig. Obwohl wir uns über den Schlüssel wohl keine Gedanken zu machen brauchen. Wohin der gehört, ist eindeutig. Doch was machen wir mit den zwei fehlenden Patronen? Niemand hat einen zweiten Schuss gehört und wir haben nirgends ein weiteres Einschussloch in der Wand oder sonst wo gefunden. Unter diesem Aspekt, denke ich, ist es wahrscheinlicher, dass die zweite Patrone immer schon gefehlt hat. Womit wir bei der neuen Stola wären, die mich ziemlich irritiert. Du hast selbst bemerkt, dass sie eigentlich überflüssig sei, und ich stimme dir zu." Endlich machte Monika eine Pause, griff nach dem Cappuccino und trank.

Harald gingen diese Ausführungen zu schnell, auch wenn er nachvollziehen konnte, wie angestrengt sie mit ihrem Redeschwall ihre privaten Probleme begraben wollte.

„Nicht so hastig“, hielt er Monika zurück, noch bevor sie zu trinken aufgehört hatte und weiterreden konnte. „Herr Wohlfarth hat immerhin behauptet, dass das Magazin der Pistole voll gewesen sei.“

„Glaubst du wirklich, es gab einen zweiten Schuss, weil der Mörder beim ersten Mal nicht getroffen hat? Aus dieser kurzen Entfernung?“

Nein, daran glaubte er nicht. Er hatte lediglich ihre Konzentration schärfen und die Aufmerksamkeit uneingeschränkt auf den Fall lenken wollen. Und tatsächlich beugte Monika sich interessiert nach vorn, die Ellenbogen auf die Knie gestützt, und hielt ihre Tasse zwischen beiden Händen fest umklammert. Seine Bemerkung wischte er beiseite.

„Du hast recht, das ergibt keinen Sinn. Sprich weiter.“

„Der Schlüssel und die Walther“, fuhr Monika deutlich ruhiger fort, „wurden vor der Garagenwand vergraben. Der kürzeste Weg vom Tatort dorthin führt durch Frau Wohlfarths Schlafzimmerfenster und nicht über die Terrasse oder durch die Wohnzimmertür. Also muss der Täter nach dem Mord diesen Weg genommen haben.“

Harald spitzte missvergnügt die Lippen. „Das würde allerdings bedeuten“, sagte er, „dass wir erneut einige der Verdächtigen von unserer Liste streichen müssten. Und zwar nicht bloß die drei Wohlfarths, Anna, Philip und Walter.“

„Julia Schubert, zum Beispiel“, führte Monika seinen Gedankengang zu Ende. „Sie befand sich nach eigener Aussage auf der anderen Seite des Hauses und hätte Konrad Wohlfarth in die Arme laufen müssen, wenn sie nach dem Schuss von der Garage zur Terrasse gerannt wäre.“

„Anders als Konrad Wohlfarth selbst. Ihm hätte es durchaus gelingen können, sollte er uns belogen und sich gar nicht unten beim Schuppen aufgehalten haben.“

„Du vergisst“, wandte sie ein, „dass sein Bruder ihm auf dem Weg dorthin begegnet ist. Er muss also dort gewesen sein.“

Harald stöhnte auf. „Dann bleibt uns nur noch Frau Krumm. Sie hätte ohne Weiteres durch die Eingangstür und die Halle ins Wohnzimmer eilen und Frau Wohlfarth erschießen können, und zwar, nachdem sie sich mit Konrad Wohlfarth am Lieferwagen unterhalten hatte. Obwohl auch hier die Gefahr bestand", fügte er hinzu, „von Philip oder Anna Wohlfarth gesehen zu werden. Außerdem ist sie wohl die Einzige ohne ein überzeugendes Motiv."

Beide sahen sich enttäuscht in die Augen.

„Das würde bedeuten", schlussfolgerte Monika, „dass es niemand gewesen ist."

„Und dennoch haben wir bedauerlicherweise diese Leiche", sagte Harald, den Kopf in den Nacken gelegt, und starrte nachdenklich auf den Wasserfleck an der Decke. „Übrigens ... Was ist mit dem Enkel? Tim hockte zum Zeitpunkt des Mordes angeblich hinter der Garage, bei seinem Igel. Für ihn wäre es ein Leichtes gewesen, die Beweisstücke zu vergraben." Einen Augenblick lang war es still, so dass er den Kopf wieder senkte und Monika interessiert ansah.

„Was für ein Motiv sollte Tim denn gehabt haben?", fragte sie ausweichend, da ihr die Vorstellung, einen Sechzehnjährigen eines Mordes zu verdächtigen, offensichtlich ebenso wenig behagte wie ihm. „Er profitiert am wenigsten vom Tod seiner Großmutter und wenn, dann nur indirekt. Das Erbe geht an seine Eltern und an Walter und Konrad Wohlfarth, nicht an Tim. Und dass er auf einen frühen Tod seiner Eltern hofft ... das traue ich ihm nun wirklich nicht zu. Andererseits", überlegte sie, um auf seine Bemerkung zurückzukommen, „könnte er wiederum von der Garage aus etwas beobachtet haben. Ganz egal, wie wir die Sache drehen und wenden, Tim bleibt unser wichtigster Zeuge."

„Vielleicht solltest du mal mit ihm reden. Mir gegenüber war er ziemlich abweisend."

„Ich kann es zumindest versuchen", stimmte Monika zu und nippte, bevor sie fortfuhr, an ihrem Getränk. „Es wäre natürlich auch denkbar, dass der Mörder das Bündel mit der Waffe zunächst versteckt gehalten hat, im Schlafzimmer zum Beispiel, um es erst später, in der allgemeinen Aufregung, zu vergraben. Zwischen dem Anruf bei der Polizei und dem Eintreffen der Kollegen gab es sicherlich die Gelegenheit dafür."

„Die beiden Löcher für die Rosenstöcke“, gab Harald zu bedenken, „hat Herr Wohlfarth erst eine Stunde zuvor ausgehoben. Der Mörder muss ihn entweder dabei gesehen und gewusst haben, dass die Löcher existierten, oder er hat sie zufällig entdeckt. Etwa, weil er die Indizien woanders verstecken wollte und sich auf dem Weg dorthin anders entschieden hat.“

„Unser Täter hat ziemlich viel dem Zufall überlassen, wie es scheint. Eigentlich war es völlig unmöglich, irgendwann nicht beobachtet zu werden. Und dennoch“, seufzte sie, „scheint er Erfolg gehabt zu haben.“

„Obwohl …“ Harald kniff konzentriert die Augen zusammen und trommelte mit den Fingern auf der Tischplatte. „Bei ihrem Tod trug Frau Wohlfarth bereits eine Stola um den Hals. Wozu dann, frage ich mich, brauchte der Täter eine zweite?“

„Wir wissen, dass Frau Wohlfarth ihre Stola seit dem Mittagessen vermisst hat und dass Anna Wohlfarth ihr ihre eigene aus dem Auto holen musste.“

„Was der Mörder nicht ahnen konnte.“

„Wahrscheinlich nicht.“ Monika lehnte sich ruckartig in ihrem Stuhl zurück und rieb sich mit Daumen und Zeigefinger die Nasenwurzel. „Und das wiederum wirft unsere bisherige Theorie über den Haufen.“

„Du meinst unsere Annahme, es habe sich um eine spontane Tat gehandelt.“

„Ja. Denn wenn die erste Stola nicht zufällig verschwunden ist, sondern absichtlich entwendet wurde, dann war die Tat längst geplant gewesen. Es brauchte an diesem Nachmittag also gar keinen Streit oder eine Kurzschlusshandlung des Mörders gegeben haben. Es war Kalkül.“

„Ein ziemlich schlampiges Kalkül, wenn du mich fragst. Immerhin bleiben die äußeren Umstände dieselben. Warum sollte sich der Mörder der Gefahr aussetzen, entdeckt zu werden, wenn es hundert andere Gelegenheiten gegeben hätte, bei der es weit weniger riskant für ihn zugegangen wäre? Warum bei einer Geburtstagsfeier mit so vielen potenziellen Zeugen?“

„Weil es für ihn oder für sie die einzige Möglichkeit war, an Frau Wohlfarth heranzukommen.“

„Ah!“, entfuhr es ihm. „Du denkst wieder an die Damen Schubert und Krumm.“

Monika nickte, über ihre Schlussfolgerung sichtlich erfreut. „Julia Schubert war das erste Mal in der Villa. Sie konnte nicht wissen, wie Frau Wohlfarth sich ihr gegenüber verhalten würde. Womöglich wäre sie danach nie wieder eingeladen worden. Und so ein Catering-Service wie der von Sabine Krumm, der kommt auch nicht alle Tage ins Haus.“

„Allerdings“, sagte Harald und konnte sich den erhobenen Zeigefinger nicht verkneifen, „sind es genau diese beiden Verdächtigen – selbst wenn wir das fehlende Motive von Frau Krumm und das bestehende Alibi von Frau Schubert mal außer Acht lassen –, die von der Pistole im Nachttisch nichts gewusst haben dürften.“

„Verdammt“, rief Monika, um gleich darauf eine Erklärung zu liefern. „Es sei denn“, betonte sie, ebenfalls mit gestrecktem Zeigefinger, „dass Philip oder Anna Wohlfarth ihnen irgendwann davon erzählt haben.“

„Natürlich. Das wäre möglich.“

Sehr überzeugt klang seine Stimme nicht. Monika stellte ihre leere Tasse auf dem Schreibtisch ab und sah ihn enttäuscht an.

„Sieht ganz so aus“, murmelte sie, „als stecken wir in einer Sackgasse. Wir haben nichts, außer ein paar vagen Vermutungen, die wir ständig hin- und herschieben. Damit lässt sich leider nichts beweisen.“

„Oh, das mag daran liegen“, sagte er und legte seine schräg nach oben gerichteten Finger zu einem Spitzdach gegeneinander, „dass unser Blickwinkel ein falscher ist.“

„Könntest du bitte etwas konkreter werden und weniger orakeln?“

Harald räusperte sich. Ihm gefiel seine Pose und vor allem amüsierten ihn Monikas Ungeduld und der leichte Unmut auf ihrem Gesicht, der ihre Augen zum Strahlen und ihre Wangen zum Glühen brachte. In solchen Momenten, das wusste er, ärgerte sie sich weit mehr über sich selbst als über andere, weil sie annahm, etwas Offensichtliches nicht erkannt zu haben.

„Ich wollte damit sagen“, erklärte er, „dass es Dinge gibt, die wir nicht wirklich in Erwägung gezogen oder bisher außer Acht gelassen haben.“

„Zum Beispiel?“

„Na ja“, sagte er und fühlte, wie seine Zuversicht schwand. „Es sind selbstverständlich nur Hypothesen, obwohl ich irgendwie das Gefühl habe, dass wir Folgendes nicht einfach vernachlässigen sollten. Zum einen die zweite Stola, mit der der Mörder erfolglos versucht hat, den lauten Schuss zu dämpfen. Dann das Champagnerglas auf dem kleinen Couchtisch neben dem Sessel, auf dem die Fingerabdrücke abgewischt wurden. Außerdem dieser einsame CD-Player im Schrank, ohne eine einzige CD weit und breit, sowie Tims Behauptung, niemanden bei seiner Kletterpartie gesehen zu haben. Und zuletzt denke ich da an Verdi.“

„An Verdi? Was soll Verdi damit …?“

„Ich weiß, ich weiß“, würgte er Monika ab. „Ich sagte ja, es sind reine Spekulationen. Ich kriege den Triumphmarsch bloß nicht mehr aus meinem Kopf.“

„Warum ausgerechnet Verdi? Warum nicht dieser andere Komponist, den Tim gespielt hat?“

„Telemann?“

„Ja. Warum nicht der?“

Harald überlegte angestrengt, ohne eine passende Antwort zu finden. „Keine Ahnung“, sagte er. „Der Triumphmarsch ist halt ein Ohrwurm, den man so schnell nicht wieder loswird.“

„Und das soll ein Indiz sein? Deine Vorliebe für Verdi?“, fragte Monika und verzog ihren Mund zu einem spöttischen Grinsen, das Harald mit einem hilflosen Schulterzucken erwiderte.

Kapitel 15

„Entschuldige bitte, wie es hier aussieht", sagte Sabine Krumm und lenkte Anna durch die im Flur verstreut umherstehenden Kartons in die Küche. „Setz dich einfach irgendwohin. Ich mach uns einen Tee."

Anna hängte ihre Handtasche über die Lehne eines Klappstuhls vor dem kleinen, viereckigen Tisch und nahm Platz. „Ich hoffe, ich komme nicht ungelegen."

„Ganz und gar nicht. Ich bin sogar froh, dass du da bist." Sie füllte den Kessel mit Leitungswasser, dann das Sieb mit den Teeblättern und sah über die Schulter auf ihre Freundin. Anna trug eine teure Bluse und um den Hals eine goldene Kette mit Smaragdanhänger. Die rotbraunen Haare hatte Anna diesmal nicht zu einem strengen Zopf gebunden, sondern ließ sie offen und gescheitelt in den Nacken fallen, wodurch ihre dezent geschminkten Augen besser zur Geltung kamen.

„Ich meine", fügte sie hinzu, da Anna fragend den Kopf zur Seite geneigt hatte, „weil ich mir Sorgen mache. Es muss furchtbar für dich sein, mit Tim so allein in deinem Haus, bei all den Verhören und Anschuldigungen."

Sabine wandte sich wieder dem Kessel zu und goss das kochende Wasser über das Sieb in die Kanne. Dass die Situation Anna mitgenommen hatte, davon war, zumindest äußerlich, nichts zu erkennen.

„Ich fühle mich wie in einem Alptraum", sagte Anna in ihrem Rücken. „Deshalb musste ich dringend mal raus. Ich war einkaufen. Gleich hier, um die Ecke, in der Schloßstraße. Und ich dachte, ich klingle bei dir, weil mir noch etwas Zeit bleibt, bis …"

Sabine stellte die Zuckerdose und das Sahnekännchen auf den Tisch.

„Ich muss danach zur Polizei", ergänzte sie ihren unvollendeten Satz, während Sabine sich zu ihr setzte und anteilnehmend Annas Hand, die unruhig auf der Tischdecke hin und her gewandert war, in die ihre nahm. „Anscheinend gibt es neue Beweise und die Kommissarin möchte, dass ich sie mir ansehe."

„Beweise? Heißt das, die Polizei weiß, wer es getan hat?“

„Na ja, vielleicht sind es gar keine richtigen Beweise“, wiegelte Anna ab, „sondern einfach nur irgendwelche Fingerabdrücke oder sonstigen Dinge, die keiner zuordnen kann. Genaueres wollte man mir am Telefon nicht sagen.“

Annas Hand, spürte Sabine, war kalt. Sie verstärkte den Griff um deren Finger, als Zeichen des Mitgefühls, und vor allem, um die eigene Anspannung zu kanalisieren. Seit dem Abend des Mordes und dem Besuch der beiden Kommissare bei ihr in der Wohnung hatte sie niemand über den Fortgang der Ermittlungen in Kenntnis gesetzt und es war ihrer Fantasie überlassen geblieben, sich aus den kargen, bekannten Fakten ein Urteil zu bilden.

„Ich bewundere dich, wie gefasst du damit umgehst“, sagte Sabine, was Anna zu einem gequälten Lächeln zwang.

„Was bleibt mir denn anderes übrig?“, erwiderte sie. „Ich versuche halt, nicht ständig daran zu denken, was mir schwerfällt. Wenigstens habe ich Tim, der das alles erstaunlich gelassen nimmt. Manchmal habe ich den Eindruck, dass er überhaupt nicht realisiert, was geschehen ist.“

Sabine nickte, obwohl sie anderer Ansicht war. Sie hatte Tim des Öfteren getroffen und beobachten können, dass er sehr wohl begriff, was um ihn herum geschah. Sicherlich verarbeitete er den jetzigen Schock, wie er jeden seiner Schicksalsschläge bisher verarbeitet hatte, ganz gleich, ob es sich dabei um den Tod seines Bruders, die Trennung seiner Eltern oder um den Mord an seiner Großmutter handelte. Er schob einen Riegel vor und sperrte das Erlebte in eine verborgene Kammer seines Bewusstseins, aus der sich unerwünschte Gefühle nicht unkontrolliert befreien konnten. Tim allein entschied, wann und in welcher Intensität er sich den Erinnerungen stellen wollte, und vermittelte damit seinen Mitmenschen eine Gleichgültigkeit den Geschehnissen gegenüber, die ihn als unsensibel und gefühllos erscheinen ließen. Eine über die letzten Jahre gewachsene und perfektionierte Vermeidungsstrategie, an der seine Eltern nicht ganz unschuldig waren. Darüber gesprochen aber hatte Sabine mit ihrer Freundin nie. Aus Angst, sich in etwas einzumischen, das sie genau genommen nichts anging.

Den Blicken ihrer Freundin war Sabine ausgewichen. Ihr jetzt das eigene Versagen im Umgang mit Olivers Tod und den daraus entstandenen Problemen aufzuzeigen, dafür fehlte Sabine die Geduld. Lieber ertrug sie das plötzliche Schweigen, das ihr deutlich zu verstehen gab, dass Anna ihre Meinung zu diesem Thema längst vermutete.

Anna befreite ihre Hand aus Sabines Umklammerung und wechselte, nach einem hörbar tiefen Atemzug, das Thema.

„Bist du dir ganz sicher", fragte sie, „dass du niemanden gesehen hast, als du zum Lieferwagen gegangen bist?"

Zunächst von der Frage irritiert, begriff Sabine die darin versteckte Anschuldigung und unterdrückte ihren aufkeimenden Protest. Um ihre Antwort hinauszuschieben, stand sie auf und entfernte das Sieb aus der Teekanne.

„Bitte versteh mich nicht falsch", sagte Anna. „Aber ich muss es wissen. Ganz gleich, wen von uns du belasten könntest. Diese Ungewissheit ist das Schlimmste."

Sabine goss den Tee in die bereitgestellten Tassen und brachte sie an den Tisch. Annas Gelassenheit schien verschwunden zu sein. Ihre Haut wirkte unnatürlich blass und ihre Hand, als sie nach der Zuckerdose griff, zitterte.

„Weshalb denkst du, ich könnte gelogen haben?", fragte Sabine und setzte sich behutsam zurück auf den Stuhl. Sie beobachtete Anna, wie sie übertrieben lange den Zucker in den Tee rührte und verlegen nach passenden Worten suchte.

„Ich habe mir Gedanken gemacht", antwortete sie schließlich. „Als ich aus der Garage ins Haus gekommen bin, warst du nicht in der Küche. Du warst vorne an der Straße, hast du gesagt."

„Ja, weil ich noch was aus dem Lieferwagen brauchte. Aber …"

„Der Wagen stand links vom Haupteingang. Von dort hättest du den Weg zwischen Haus und Garage gut erkennen können. Und jeden, der durch das Fenster ins Schlafzimmer gestiegen wäre. Vielleicht …"

„Anna, bitte", unterbrach Sabine ihre Freundin, die immer schneller und aufgeregter gesprochen hatte, „da war wirklich niemand, ehrlich. Weder du noch irgendjemand sonst. Ich habe auch gar nicht darauf geachtet."

Errötend legte Anna den Löffel beiseite und umklammerte mit beiden Händen die wärmende Tasse. „Entschuldige, ich wollte dir nichts unterstellen. Ich versuche bloß, eine Erklärung zu finden und meine Familie zu schützen. Ich kann einfach nicht glauben, dass einer von uns so etwas Schreckliches getan haben soll."

„Und da hast du gehofft", führte Sabine ihren Gedankengang zu Ende, „ich könnte Julia gesehen haben, wie sie durch das Fenster geklettert ist?"

Anna nickte und sah sie schuldbewusst an. „Ich weiß, das klingt furchtbar. Andererseits … Julia ist die Einzige, die Christin nicht wirklich gekannt hat. Und sie ist herzlos genug, um … um zu erreichen, was sie will."

„Das mag ja sein. Aber Julia kann es gar nicht gewesen sein. Denn ich habe sie tatsächlich gesehen." Annas geplagter Gesichtsausdruck hatte sich augenblicklich so verhärtet, dass Sabine sich genötigt fühlte, ohne Pause fortzufahren. „Nicht, als ich vorne beim Lieferwagen stand, sondern später, als ich durch die Seitentür zurück in die Küche gegangen bin, also kurz vor dem Knall. Sie stand zwischen den Bäumen, weiter unten im Garten. Aus dieser Entfernung wäre sie mir normalerweise gar nicht aufgefallen, wenn sie das rote Kleid nicht getragen hätte. Es tut mir leid, Anna, aber sie war da."

Sabine nahm ihre Tasse und trank, den Blick starr geradeaus gegen das Fenster gerichtet. Ganz im Klaren darüber, warum sie Julias Anwesenheit im Garten überhaupt erwähnen musste, war sie sich nicht. Sie hätte es Anna ebenso gut verschweigen oder schon viel eher damit herausrücken können, anstatt in ihr eine falsche Hoffnung zu wecken, die die Familie Wohlfarth entlastet hätte.

Doch eben diese Hoffnung hatte Sabine ihrer Freundin nicht gegönnt. Es ärgerte sie, dass sich Anna seit dem Mord nicht ein einziges Mal bei ihr gemeldet hatte. Weder um sie über die Nachforschungen der Kripo auf dem Laufenden zu halten noch um sich nach ihrem Befinden zu erkundigen. Mit ihren Befürchtungen und Ängsten war Sabine allein geblieben. Und dass Anna ihren jetzigen Besuch lediglich als eine Überbrückung der Zeit zwischen dem Einkauf und ihrem Termin bei der Polizei eingeschoben hatte, glich die fehlende Anteilnahme keineswegs aus.

„Warum hast du das nicht früher erwähnt?", fragte Anna, nachdem sie schweigend das Gehörte verarbeitet hatte. Ihre Stimme klang vorsichtig und leise, als hätte sie den Unmut ihrer Freundin gespürt. „Weiß die Polizei denn davon?"

„Ich … ich kann mich gar nicht genau erinnern", antwortete Sabine und bedauerte bereits, eine derart wichtige Information so rücksichtslos vermittelt zu haben. „Mir ist nicht einmal bewusst gewesen, dass ich Julia damit ein Alibi verschaffen könnte. Als die Polizei mich verhört hat, war ich mit den Nerven völlig am Ende. Es ist mir erst später wieder eingefallen."

Darauf erwiderte Anna nichts. Gekränkt kniff sie die Lippen zusammen, schob die Tasse unangerührt über den Tisch und sah auf die Uhr. Was ihr durch den Kopf ging, konnte Sabine erahnen: Der Kreis der möglichen Täter hatte sich weiter verengt und wer immer des Mordes überführt werden würde – so viel schien sicher –, hieß mit Nachnamen Wohlfarth.

„Ich sollte wohl besser gehen", sagte Anna. „Sonst komm ich zu spät." Sie erhob sich, nahm ihre Handtasche von der Lehne und suchte darin nach dem Autoschlüssel.

„Wenn du anschließend noch reden möchtest", schlug Sabine vor und folgte ihrer Freundin in den Flur. „Ich werde den Nachmittag über hier sein."

An der Wohnungstür blieb Anna stehen, in ihren Augen eine merkwürdige Unruhe, die Sabine sich nicht erklären konnte. Hatte sie wirklich geglaubt, die Schuld auf Julia oder – aller Wahrscheinlichkeit zum Trotz – auf einen Unbekannten abwälzen zu können, der sich ohne Motiv und ohne bemerkt zu werden auf das Grundstück geschlichen hatte? So naiv konnte Anna nicht sein. Eher, vermutete Sabine, hatte sie längst erkannt, wer als Mörder in Frage kam, und ihre Erkenntnis verdrängt.

„Danke für das Angebot", sagte Anna. „Aber ich möchte Tim nicht den ganzen Tag allein lassen. Du weißt ja, wie er ist. Äußerlich benimmt er sich, als ginge ihn das alles nichts an, und innerlich macht er sich unnötig Sorgen. Gefühle zu zeigen, war nie seine starke Seite."

„Du glaubst doch nicht etwa“, fragte Sabine besorgt, „dass er …?“

„Sich was antut?“ Anna lachte auf und öffnete eiligst die Tür. „Nein, nein. Natürlich nicht. Ich möchte nur zu Hause sein, falls er mich braucht.“

„Wie lange, denkst du, wird es dauern? Bei der Polizei, meine ich.“

„Nicht allzu lange, hoffentlich“, sagte Anna und sah erneut auf die Uhr. „Ein, zwei Stunden vielleicht. So lange muss Tim sich gedulden.“

Sabine nickte verständnisvoll und blickte Anna, die bereits winkend zum Fahrstuhl eilte, hinterher. Die Fragen, die sie am liebsten gestellt hätte, waren ihr nicht über die Lippen gekommen. Über das Erbe, zum Beispiel, und was Anna zu tun gedachte, sollte Philip die Scheidung weiterhin vorantreiben und ihr einen Unterhalt zahlen müssen, der seit dem Tod ihrer Schwiegermutter auf einem mehrstelligen Millionenbetrag basierte.

Beim Betreten der Galerie erklang von ferne ein schwaches, elektronisches Klingeln. Unentschlossen darüber, ob er sich mit Rufen bemerkbar machen oder einfach über die Wendeltreppe hinauf in die Wohnung steigen sollte, blieb Philip Wohlfarth an der Eingangstür stehen und hoffte, dass sein Klingeln gehört worden war. Nach der Eröffnung vor einigen Jahren hatte er die Galerie nie wieder betreten und ihn beschlich das unangenehme Gefühl, dass er seine Berechtigung, diese verlassenen Räume unaufgefordert durchqueren zu dürfen, seither verloren hatte.

Sein Blick an den weißen Wänden entlang, hoch an die weiße Decke und vorbei an dem Schreibtisch, ließ ihn schmerzlich gewahr werden, wie wenig er seinen Bruder kannte, dessen Leben ihm so leer und farblos erschien wie dieser Ort. Schon als Kind war Konrad ein verschlossener, in sich gekehrter Junge gewesen, der lieber in seinem Zimmer hockte und Bücher wälzte, anstatt mit Gleichaltrigen Fußball zu spielen oder Dummheiten anzustellen. Über solche Beschäftigungen hatte er nur abfällig die Nase gerümpft, bis Philip seine Bemühungen um Konrads Freundschaft irgendwann aufgegeben und dessen Gesellschaft gemieden hatte. Ein Zustand, der noch immer anhielt, weil Konrad kein Interesse zeigte und weil Philip seinen Lebenswandel nicht begreifen konnte. Seine Liebe zu Männern nicht und vor allem nicht sein Bedürfnis, mit Kunst und Krempel den eigenen Unterhalt zu finanzieren, als wollte er damit seine Unabhängigkeit beweisen.

Diesen Trugschluss hatte Konrad sich nie eingestanden. Denn trotz der Galerie war er auf ein Vermögen angewiesen geblieben, das ihnen von Geburt an in den Schoß gefallen war und das ihnen plötzlich, nach dem gewaltsamen Tod ihrer Mutter, uneingeschränkt zur Verfügung stand. Nie wieder würden die Brüder betteln und sich ihrem Willen unterwerfen müssen. Sie konnten endlich selbstbestimmt entscheiden. Er über seine Ehe und Konrad über seine Partnerschaft mit Martin. Vielleicht, dachte Philip, würde dieser Umstand sie einander näherbringen und die neugewonnene Freiheit, sobald ihre Trauer verarbeitet war, die Kluft zwischen ihnen zumindest ein Stück weit verringern.

Diese Gedanken ermutigten ihn. Lange Zeit hatte er schließlich gezögert, ob er überhaupt hier vorbeikommen sollte, da auch Konrad sich bisher nicht bei ihm gemeldet hatte. Die vergangenen Ereignisse aber ließen einen weiteren Aufschub nicht zu. Er musste wissen, wo er bei seinem Bruder stand und was ihm durch den Kopf ging, bevor die polizeilichen Ermittlungen und die gegenseitigen Verdächtigungen eine Aussprache gänzlich unmöglich machten.

Als Philip endlich Schritte vernahm, ging er seinem Bruder entgegen, um erst am Fuße der Treppe seinen Irrtum zu bemerken. Die Floskeln, die er sich zurechtgelegt hatte und mit denen er die jahrelange Entfremdung überspielen wollte, verloren augenblicklich an Bedeutung.

„Philip!“, rief Martin und streckte ihm die Hand entgegen. „Was für eine seltene Überraschung.“

Die Ironie in seiner Stimme war kaum zu überhören und selbst sein Lächeln verriet eine gewisse Spitzfindigkeit, die Philips Abneigung ihm gegenüber bestätigte. Was ging es Martin an, wann und wie oft er seinen Bruder besuchen kam? Immerhin gab es heute einen triftigen Grund dafür, über den zu lächeln einer Geschmacklosigkeit entsprach.

„Ich wollte zu Konrad“, sagte Philip und erwiderte halbherzig den Händedruck. „Ist er oben?“

„Leider ist es im Moment etwas unpassend. Warum hast du nicht vorher angerufen?“

„Entschuldige. Mir war nicht bewusst, dass ich einen Termin brauche, um meinen Bruder zu sehen.“

„Selbstverständlich nicht. Konrad ist nur … er ist ziemlich mitgenommen, wie du dir denken kannst.“

„Das geht allen in der Familie so. Und genau deshalb muss ich mit ihm reden. Eine Familienangelegenheit. Ich bin sicher, das wirst du verstehen.“

Philip hielt Martins Blick stand, der sein falsches Lächeln keine Sekunde lang aufgegeben, sondern im Gegenteil weiter verstärkt hatte. Schon immer hatte Philip den Verdacht gehegt, dass Martin sich zu sehr in Konrads Leben eingemischt und ihm Entscheidungen aufgezwungen hatte, die er allein nie getroffen hätte. Diese Galerie, die wohl zuallererst Martins Interessen und seinem Ego dienen sollte, war ein typisches Beispiel dafür. Und selbst Anna, die sich stets bemüht hatte, beide in ihren Freundeskreis zu integrieren, war letztendlich daran gescheitert. Mehr als einmal war es vorgekommen, dass Konrad ihre Einladungen absagen musste, weil Martin sich entweder nicht fühlte oder zeitgleich etwas geplant hatte, das sich nie verschieben ließ.

Nein, wirklich leiden konnte Philip ihn nicht. Und dass er versuchte, den Wächter vor Konrads Wohnung zu spielen, missfiel ihm zutiefst.

Martin, der die Anspielung auf die Familienzugehörigkeit sehr wohl verstanden hatte, blieb vor der untersten Stufe der Treppe stehen und versperrte ihm den Weg.

„Was passiert ist“, sagte er kopfschüttelnd und senkte scheinheilig den Blick, „ist schrecklich. Zu wissen, dass einer aus der eigenen Familie …“

„Lass deine Spielchen, Martin. Dein Motiv ist so gut wie jedes andere. Was wärst du denn ohne Konrad und sein Geld?“

„Das Gleiche, was Julia ohne dich wäre, nehme ich an."

Darauf ging Philip nicht ein. Vielleicht, weil genau in diesem Punkt eine Ähnlichkeit mit seinem ihm ansonsten so unähnlichen Bruder bestand, die nicht zu übersehen war. Die Beziehung mit einem jüngeren Partner und der für Außenstehende damit verbundene Verdacht, dass diese Beziehung nicht uneingeschränkt auf gegenseitiger Zuneigung beruhte. Ein Vorwurf, den sich Philip des Öfteren hatte anhören müssen und den er beharrlich als Dummheit verworfen hatte. Zugleich aber ein Vorwurf, der ihm selbst über die Lippen gekommen war, als Konrad und Martin ihre erste gemeinsame Wohnung bezogen hatten.

Wie hätte er zu diesem Zeitpunkt denn ahnen können, dass er Anna jemals mit einer weitaus jüngeren Frau betrügen würde?

Martins bewusst gezogene Parallele erzeugte in Philip eine Mischung aus Scham und Wut. Er war nicht länger bereit, seinen Bosheiten zuzuhören, und drängte sich unsanft an ihm vorbei.

Bisher war zwischen Martin und ihm nie ein abfälliges Wort gefallen. Eher hatten sie, in den wenigen Momenten, in denen sie allein gewesen waren, Nichtigkeiten ausgetauscht oder schweigend gehofft, dass jemand sie aus ihrer Situation erlösen kam. Warum Martin ihm plötzlich derart feindselig entgegentrat, ergab für Philip keinen erkennbaren Sinn. In der Hoffnung, mit einem letzten Blick auf ihn sich sein Verhalten erklären zu können, sah Philip auf halber Treppe nach unten.

„Wo ist er hin?", fragte Konrad, der ihn am oberen Treppenabsatz erwartete. Das elektronische Klingeln der Eingangstür schnarrte leise durch die Galerie.

„Keine Ahnung", antwortete Philip. „Er hat sich nicht verabschiedet. Und er wollte mich nicht zu dir lassen."

„Unsinn. Warum sollte er das tun?"

„Weil er offenbar befürchtet, ich könnte dich beeinflussen oder …" Philip verstummte, da er selbst keine vernünftige Erklärung fand.

Konrad sah ihn an und schien erst jetzt zu begreifen, wer da vor ihm stand. Seine Augen wirkten tatsächlich, wie Martin behauptet hatte: mitgenommen und müde, als hätte er die letzten Tage kaum geschlafen.

„Du hast ihn missverstanden“, sagte er. „Warum bist du überhaupt hier?“

Ein weiteres Mal blickte Philip die Wendeltreppe hinab ins Erdgeschoss, unangenehm vom Anlass seines Besuchs berührt. Doch er hatte keine Wahl. Ganz egal, welche Schlussfolgerungen sein Bruder aus den Fragen, die er stellen musste, auch ziehen würde.

„Es geht um Tim“, sagte er.

„Tim? Was ist mit ihm?“

„Nichts. Es geht ihm gut“, wiegelte Philip ab. „Glaube ich jedenfalls. Es ist bloß … können wir uns irgendwo setzen?“

„Natürlich, entschuldige.“ Konrad führte ihn ins Wohnzimmer im vorderen Teil der Wohnung und bot ihm einen Platz auf dem Sofa an. Konrad blieb zunächst stehen, ebenso verunsichert wie Philip, bevor er sich langsam auf den Sessel gegenüber setzte, seine Hände im Schoß ineinander verschränkt.

„Wie du weißt, ist es für uns alle ein Schock“, begann er, ohne Konrad dabei anzusehen.

Philip konnte sich nicht erinnern, jemals hier gesessen zu haben, und er war überrascht, ja beinahe bestürzt darüber, wie viele gerahmte Fotos in den Regalen standen oder an den Wänden hingen. Fotos von ihren Eltern, mal allein, mal gemeinsam und manchmal mit den beiden Neffen, doch immer mit Mutter im Wandel der Zeit. Von den zwei Kinderporträts über ihre Jugendjahre – im Brautkleid und in Schürze – bis hin zu ihren letzten Lebensjahren und den beiden Bildern, die sie mit ihren Enkeln zeigten. Mit Tim und Oliver. Bilder, über deren Verbleib er sich in den vergangenen Jahren keine Gedanken gemacht hatte, weil er sie selbst nie wieder betrachten wollte.

„Sie wird uns fehlen“, sagte Konrad, dem sein schweifender Blick durch das Zimmer nicht entgangen war.

Angestrengt richtete Philip seine Aufmerksamkeit zurück auf seinen Bruder. Konrad hatte die Beine übereinandergeschlagen und in seiner Stimme wollte Philip den gleichen ironischen Unterton vernommen haben wie bei Martin.

„Wie dem auch sei“, fügte Konrad hinzu. „Es geht dir ja nicht um Mutter. Du wolltest über Tim reden. Obwohl ich nicht weiß, wie ich dir dabei helfen soll. Er ist dein Sohn, nicht meiner.“

„Aber du hast dich mit ihm unterhalten. Während der Feier. Was hat er dir gesagt?“

Konrad hob das Kinn, was seinem Gesicht einen herablassenden Ausdruck verlieh. Womöglich, dachte Philip, hatte er zu fordernd und ein wenig verzweifelt geklungen.

„Ja, das war kurz vor dem Mittagessen, auf dem Bootssteg. Wieso willst du das wissen?“

„Mit mir redet er nicht. Er …“ Philip senkte den Kopf, weil er wusste, wem Konrad die Schuld dafür gab. „Die Polizei ist der Meinung, Tim hätte etwas gesehen. Und wenn das stimmt, dann … dann könnte er einen von uns in Schwierigkeiten bringen.“

„Was hat das mit dem zu tun, was er mir Stunden zuvor gesagt hat?“

„Weil ich befürchte …“, antwortete Philip und stockte, bevor er den Satz beendete, „dass Tim vielleicht eine Dummheit begeht. Ihr habt über den Bootsunfall geredet, oder nicht?“

Konrad kniff die Augen zusammen, bemüht, seinen Gedankengängen zu folgen, die er deutlicher nicht zu formulieren wagte. Philip wusste selbst, wie paranoid seine Worte klingen mussten, und wartete auf den Spott seines Bruders.

Dieser Spott blieb aus. Stattdessen lehnte Konrad sich im Sessel zurück, den Blick starr auf ihn gerichtet und den Mund leicht geöffnet.

„Der Steg und das Wasser“, sagte er schließlich, „sind für Tim Orte des Trauerns und Erinnerns. Etwas anderes ist ihm von seinem Bruder ja nicht geblieben. Ich habe versucht, ihn zu trösten, das ist alles.“

„Ich habe es ihm verboten! Dort herumzulungern macht die Sache für ihn bloß noch schlimmer. Ich verstehe nicht, warum er das nicht begreift.“

„Weil du ihn nicht begreifst, Philip. Er braucht diesen Ort. Und vor allem braucht er Verständnis für seinen Verlust. Das haben weder du noch Anna geschweige denn Mutter verstanden.

Kein Wunder, dass Tim sich Theorien über Olivers Tod zurechtlegen muss, damit er sich euer herzloses Schweigen irgendwie erklären kann."

Da war sie wieder, diese Schuldzuweisung, die Tims Verhalten rechtfertigen sollte und die sich Philip oft genug hatte anhören müssen. Darauf nicht zu reagieren, fiel schwer. Und dennoch gelang es ihm, seine Gegenargumente herunterzuschlucken und sich auf das für ihn im Moment Wesentliche zu konzentrieren.

„Seine Theorien, wie du es nennst", sagte er, „sind Hirngespinste. Er hat niemanden auf dem Balkon gesehen, als er im Boot saß. Niemanden. Ganz egal, wie überzeugt er davon auch sein mag. Aber wenn er das glaubt, wenn er wirklich einem von uns die Schuld an dem Unfall geben will, dann braucht er jetzt nur ..." Philip hielt inne. Trotz aller Anstrengung hatte er sich in Rage geredet, während Konrads Gesicht immer blasser geworden war.

„Willst du deinem eigenen Sohn etwa unterstellen", erwiderte Konrad, „er würde lügen, um sich dadurch in irgendeiner Form zu rächen? Dass er eine Falschaussage machen und einen von uns als Mörder bezichtigen könnte?"

Wahrscheinlich war Philip zu weit gegangen. Die Blässe seines Bruders war wohl nicht, wie er zunächst angenommen hatte, der Besorgnis um die eigene Sicherheit geschuldet gewesen. Viel eher war sie der bestürzte Ausdruck über seine Anschuldigung, die er schnellstens zurücknehmen oder zumindest entschärfen sollte.

„Tim muss jemanden gesehen haben, Konrad! Er stand direkt vor der Glastür. Minuten vor dem Schuss."

„Und selbst wenn. Wen glaubst du hat er im Zimmer gesehen?"

Sie sahen sich an. Genau diese Frage hatte Philip befürchtet. Eine Frage, die er gar nicht beantwortet haben wollte und die ihm dennoch keine Ruhe ließ. Tims Weigerung, ein Familienmitglied zu benennen, war zermürbend, und die Möglichkeit, dass er sein Schweigen jederzeit brechen könnte, unerträglich.

„Du warst ihm am nächsten", fuhr Philip unbeirrt fort. „Du musst Tim vom Schuppen aus bemerkt haben, wie er heruntergeklettert ist oder auf der Terrasse gestanden hat."

„Ich war im Schuppen und nicht davor. Ich habe gar nichts bemerkt."

„Und vorher, auf dem Steg? Hat er dort einen Namen genannt?"

Konrad war aufgestanden, sichtlich erbost. „Welcher Name wäre dir recht?", fragte er. „Meiner? Annas? Oder willst du einfach nur, dass ich deinen eigenen ausschließe? Dass Tim über Olivers Tod nicht hinwegkommt, daran bist du ... seid ihr alle selber schuld. Wo wart ihr denn, als er euch gebraucht hat? Hast du ihm jemals zugehört, warst du jemals für ihn da? Nein, du hast dich in Julias Arme geflüchtet und deine Ehe, deine Familie, lieber auseinandergetrieben, als dich der Situation zu stellen. Und jetzt hast du plötzlich Angst, dein Sohn könnte dich fälschlicherweise oder wer weiß, sogar berechtigterweise beschuldigen? Das ist erbärmlich, Philip."

„Ich habe Mutter nicht umgebracht!", rief Philip und erhob sich ebenfalls. „Wie kannst du das behaupten?"

„Einer von uns hat es getan. Ganz egal, wie wir es drehen und wenden. Das weißt du ebenso gut wie ich. Aber bitte, lass Tim aus dem Spiel. Vielleicht hat er ja wirklich niemanden gesehen. Und selbst wenn. Er wird keinen von uns verraten, da bin ich mir sicher."

„Wie sicher bist du dir? Oder ist das bloß deine Hoffnung?", konterte Philip, seine Stimme so zynisch, dass er selbst darüber erschrak. Er war nicht gekommen, um sich mit Konrad zu zanken, und schon gar nicht, um sich gegenseitig Vorhaltungen zu machen oder Tim in irgendeiner Weise zu verleumden. Alles, was er gewollt hatte, war, sich abzusichern, weil er die Ungewissheit nicht länger ertrug. Ein Streit hatte ihm ferngelegen. Wieso, fragte er sich, endeten Gespräche mit seinem Bruder jedes Mal gleich?

Auf seine Bemerkung hatte Konrad geschwiegen. Er schüttelte, wie es aussah, mitleidig den Kopf und sah auf die Armbanduhr, als hätte Philip die Zeit seiner Anwesenheit bereits überschritten.

„Du bist es doch", erwiderte er schließlich, „der sich Sorgen macht, nicht ich. Und ich frage mich, wieso? Geht es dir dabei nur um dich und um Julia? Oder was steckt dahinter? Alle anderen scheinen dir ja, wie immer, egal zu sein."

Philip errötete. „Das muss ich mir nicht anhören!", sagte er und eilte, bevor Konrad ihn rausschmeißen konnte, an ihm vorbei.

„Was hast du denn hören wollen?", rief Konrad, noch bevor er die Wendeltreppe erreichte.

Einen Moment lang zögerte Philip, die Hand um das Geländer verkrampft. Er blickte durch den Flur und die offene Tür zurück auf seinen Bruder, der interessiert die Augenbrauen gehoben hatte und tatsächlich auf eine Antwort zu warten schien. Eine Antwort, die Philip, auch wenn er sie gewusst hätte, nicht zu geben bereit war.

Tim war froh, endlich allein zu sein.

Selbst in seinem Zimmer im oberen Stockwerk, mit der geschlossenen Tür im Rücken, fühlte er sich beobachtet. Er konnte sie körperlich spüren. Die bohrenden Blicke seiner Mutter, die durch die Decke des Wohnzimmers drangen, und ihre quälenden Gedanken, als könnte er sich, zu lange ihrer Aufsicht entzogen, etwas antun. Diese Befürchtung war ebenso lächerlich wie dumm. Wenn er Selbstmordabsichten gehegt hätte, dann nach Olivers Unfall. Doch damals hatte sich niemand darum geschert. Die Sorge um ihn war im Kampf um die eigene Selbstbeherrschung und das zwanghaft bemühte Verdrängen verblasst. Ob er dem Drogenrausch verfallen, an den Schnittwunden an seinen Pulsadern verblutet oder einfach verschwunden wäre, seine Eltern hätten es nicht bemerkt.

Dass sie ihm jetzt eine psychische Labilität unterstellten, Tage nach Omas gewaltsamem Tod – der ihn, genau genommen, nicht sonderlich berührte –, zeigte ihm ein weiteres Mal, wie wenig sie ihn verstanden. Beide hatten sie nichts begriffen, weder damals noch heute. Sie kreisten blind umeinander, in einer Ellipse aus schrumpfender Zuneigung und wachsendem Hass, mal näher, mal weiter vom anderen entfernt, in schwindelerregenden Umlaufbahnen, aus denen er lange schon herausgeschleudert worden war. Ein Zustand, der ihm anfangs noch Angst eingejagt und mit dem zu leben er sich abgefunden hatte.

Dass die Familie sich irgendwann zusammenraufen und vertragen würde, erwartete er längst nicht mehr. Wozu auch? Mit dem jetzigen Zustand war Tim zufrieden. Und die Genugtuung, seine Eltern trauernd und vor allem verzweifelt zu sehen, weil der Mörder unerkannt unter ihnen weilte, so wie er trauernd und verzweifelt nach Olivers Tod gewesen war, erweiterte seine Zufriedenheit um den Grad einer Schadenfreude, die er gar nicht erst zu unterdrücken versuchte.

Mit diesen Gedanken im Kopf, die im Haus niemand stören konnten und die die Stille weiter verstärkten, rannte Tim die Treppe hinunter. Er war hungrig geworden, nachdem er die letzten Stunden vor dem Computer gesessen und darauf gewartet hatte, dass seine Mutter verschwand. Sie hatte sich kurz bei ihm im Zimmer verabschiedet und anschließend hatte er aufmerksam die Ohren gespitzt, bis die Haustür ins Schloss gefallen war.

In der Küche nahm er Butter und Leberwurst aus dem Kühlschrank, dazu eine Dose Cola, stellte alles neben das Schneidebrett auf dem Küchentisch und zog eines der scharfen Messer aus dem Block zwischen Brotkorb und Mikrowelle. Wie würden seine Eltern reagieren, wenn er tatsächlich die Klinge quer über sein Handgelenk führen und wenn er blutüberströmt ins Krankenhaus eingeliefert werden würde, als einer jener Patienten, die im Ringen nach Aufmerksamkeit zu feige gewesen waren, es richtig zu machen?

Mit dem Daumen prüfte Tim die Schärfe der Klinge, entschied sich für das Schwarzbrot im Korb und schnitt auf dem Brett zwei dicke Scheiben ab. Von seinen düsteren Gedanken abgelenkt, hatte er ein Messer mit glatter Klinge gewählt. Geeignet zum Tranchieren, aber unzweckmäßig für das Schneiden von Brot.

Oliver war der Einzige gewesen, dem er sich jemals anvertraut hatte. Sein Geständnis, wenige Wochen vor dem Unfall, hatte Oliver weder überrascht noch schockiert. Schockiert hatten ihn nur die Verzweiflung und die schleichende Introvertiertheit seines Bruders, die Oliver nicht entgangen waren und die Tim mürrisch und streitbar werden ließen, weil er befürchten musste, seinem Onkel Konrad ähnlicher zu werden, als ihm lieb war. Denn was geschah, wenn man wurde wie Onkel Konrad, das wusste Tim ganz genau. Man wurde geduldet, aber nicht geliebt.

Oliver dagegen hatte mit den Schultern gezuckt, gegrinst und gesagt, er hätte es längst geahnt. Er würde Tims Geheimnis bewahren, hatte er gesagt, weil Zwillinge einander nie verraten und weil dieser kleine Unterschied sie noch enger zusammenschweißen würde. Dafür hatte Tim ihn verehrt.

Wenn er im Boot nicht Olivers Kappe und sein T-Shirt getragen hätte, die eine Verwechslung erst möglich gemacht hatten, dann wäre Oliver nicht gestorben. Dann hätte niemand gezögert, ihm zu helfen. Olivers Andenken wäre nie gelöscht und jede Erwähnung seines Namens nie zum Bruch eines stillschweigenden Paktes erhoben worden. Davon war Tim überzeugt und die Folgen des Unfalls gaben ihm recht. Was blieb, waren die eigene Schuld und die erdrückende Gewissheit, dass die Familie sich nicht zerstritten und die Ehe seine Eltern gehalten hätte, wäre er anstatt Oliver ertrunken.

Die Scheiben Brot waren ungleichmäßig dick und die Kruste zerfleddert. Mithilfe von ordentlich Butter und Leberwurst kittete Tim die Bruchstellen und klappte die Scheiben zusammen. Die Wurstreste wischte er dann mit Daumen und Zeigefinger von der Klinge und lutschte die Finger ab. Dass er anders war als sein Bruder, hatte sich seit ihrer Kindheit herauskristallisiert und ihn zunächst fasziniert. Endlich gab es etwas, das er sich zwar nicht erklären konnte, das ihn von Oliver aber unterschied. Denn eine Kopie hatte Tim nie sein wollen. Er hasste den permanenten Vergleich, der kein Vergleich war, sondern das ewige Suchen nach dem Identischen, und der ihm das Gefühl gab, einer eigenständigen Identität beraubt zu werden. Dafür hatten seine Eltern und seine Oma gesorgt. Es schien, als wäre er ohne seinen Zwilling in ihren Augen kein vollwertiges Individuum und nur in der Gegenüberstellung heil. Das Auseinanderdriften ihrer Persönlichkeiten empfand Tim daher als Erlösung. So lange jedenfalls, bis er einsehen musste, dass niemand sonst seine Überzeugung teilte und dass ein Abweichen von der Norm und vor allem von Olivers Perfektion nicht geduldet wurde.

Tim biss in sein Brot und überhörte das erste Klingeln an der Tür. Das zweite drang fordernder und langanhaltender an sein Ohr, so dass er das Brot zur Seite legte und die Küche verließ. Er erwartete keinen Besuch. Seine wenigen Freunde kämen niemals auf die Idee, unangemeldet vorbeizuschauen, da sie aus Erfahrung wussten, dass Tim niemanden empfing, den er nicht empfangen wollte.

Auch diesmal hätte er das Klingeln ignoriert, wäre die Neugier nicht stärker gewesen. Vielleicht war es die Polizei oder ein Journalist oder einer der aufdringlichen Nachbarn, die scheinheilig Anteilnahme heuchelten und die er gern mit ein paar blutigen Details schockiert hätte.

Durch das Gartentor, das Tim mit dem Summer öffnete, ohne zuvor auf den kleinen Monitor der Videoüberwachung geachtet zu haben, trat ein Mann, den er zunächst nicht erkannte.

„Hi, Tim", rief dieser ihm zu. „Entschuldige den Überfall, aber ich muss dringend mit dir reden."

Martin hatte sich, seit Tim ihm das letzte Mal begegnet war, verändert. Seine Haare waren kürzer und glatter und es schien, als hätte er zugenommen. Tim schüttelte die ihm entgegengestreckte Hand, verwundert über Onkel Konrads Abwesenheit. Nie zuvor war Martin ohne seinen Freund hier aufgetaucht.

„Ist deine Mutter nicht da?", fragte Martin und blickte an ihm vorbei ins Haus.

„Nein, die ist einkaufen und dann zur Polizei."

Martin lächelte. „Umso besser. Ich wollte sowieso mal mit dir unter vier Augen reden. Lässt du mich rein?"

Eigentlich hatte Tim keine Lust dazu. Andererseits wusste er nicht, wie er Martin abwimmeln sollte. Er drehte sich einfach um und ging zurück in die Küche.

„Ich hab mir eine Stulle gemacht", sagte er, während Martin hinter ihm die Haustür schloss und ihm folgte. „Willst du auch eine?"

„Nein, danke. Ich habe keinen Hunger."

Den Küchentisch zwischen ihnen, nahm Tim sein Leberwurstbrot in beide Hände und biss ein zweites Mal ab. Martin sah sich neugierig um, als suchte er eine Veränderung. Neue

Möbel vielleicht oder neue Vorhänge. Irgendetwas, das den Einstieg in ein Gespräch erleichtern sollte. Tim blickte ihn aufmerksam an, kaute und wartete.

„Konrad macht sich Sorgen um dich", sagte Martin und starrte auf die Tischplatte, auf das Schneidebrett, das Brot und das Messer.

„Um mich? Wieso das?"

Tim legte die Stulle beiseite und fühlte sich plötzlich unwohl. Martins Augen wirkten seltsam abwesend, glasig und hell. Bisher hatten sie nie allein miteinander gesprochen. Immer war Konrad dabei gewesen und Tim hatte sich nie Gedanken darüber gemacht, wer Martin überhaupt war. Für ihn war er ein Anhängsel seines Onkels, so wie Julia bei seinem Vater. Eine Person, die man wahrnahm, ohne sie deshalb zu kennen.

„Weil er glaubt", sagte Martin und trat dicht an den Tisch, „dass du weißt, wer deine Oma getötet hat."

Augenblicklich schoss ihm das Blut in den Kopf und am liebsten hätte er sich auf einen der Stühle gesetzt. Doch solange Martin stehenblieb, wollte auch er nicht sitzen. Die Aussage an sich hatte ihn nicht beunruhigt, da Konrad keineswegs der Erste war, der das zu glauben schien. Es war der Tonfall seiner Stimme gewesen, der hinter der Neutralität des Satzes eine unüberhörbare Drohung mitschwingen und Tim unweigerlich aufhorchen ließ.

„Warum sagt er mir das nicht selbst?", fragte er.

„Du kennst ihn ja." Martin zuckte mit den Schultern, die Augen nach oben verdreht, als hielte er Tims Ausweichmanöver für eine übertriebene, kindliche Loyalität. „Er grübelt still vor sich hin und schweigt. Dabei hasse ich es, ihn so zu sehen. Ich kann zwar verstehen, dass du niemanden beschuldigen möchtest, aber … Ich muss es einfach wissen."

„Du hast doch bloß Angst, ich könnte Onkel Konrad gesehen haben", erwiderte Tim, zu laut und erregt und ohne genau zu wissen, warum. Er war es leid, sich ständig rechtfertigen zu müssen, besonders vor Martin, dem die Antwort offensichtlich egal war, solange sie ihn nicht direkt betraf.

„… oder dich", fügte er deshalb boshaft hinzu.

„Mich?“ Martin lachte.

„Warum nicht? Du kannst dich ins Haus geschlichen und die Pistole aus dem Nachttisch gestohlen haben.“

Das Lachen auf seinem Gesicht verschwand. Martin beugte sich ruckartig vor, beide Hände auf die Tischplatte gepresst, dass Tim sich zwingen musste, vor der unerwarteten Geste nicht zurückzuschrecken. Seinen Vater hatte er einmal sagen hören, dass Martin nur hinter Konrads Geld her war und alles tun würde, es an sich zu reißen. Womöglich war er deshalb gekommen. Um festzustellen, ob Tim diese Quelle gefährden könnte.

„Hör zu“, sagte Martin, seine Stimme diesmal ruhig und kontrolliert. „Du weißt genau, dass das Unsinn ist. Aber gut. Du bist aufgebracht und verwirrt und ich werde deine lächerliche Bemerkung überhören. Allerdings …“ Sein Blick wanderte über den Tisch. Dann griff er nach dem Messer und richtete die Klinge auf Tim. „Bist du dir eigentlich im Klaren darüber, wie überaus dumm du dich verhältst?“

„Wieso dumm?“ Mehr verwundert als verängstigt folgte er der Klinge, die Martin mit seinen Worten hin und her schwenken ließ. Stärker denn je spürte Tim das Bedürfnis, allein zu sein. Er wollte in sein Zimmer, die Tür verriegeln und erst wieder rauskommen, wenn der ganze, verwirrende Spuk ein Ende hatte.

„Du bist der Einzige“, sagte Martin, „der etwas gesehen hat. Und du denkst, dass dir nichts passieren kann, solange du das Gegenteil behauptest. Aber das ist falsch, Tim. Völlig falsch. Denn der Mörder deiner Oma weiß, dass du irgendwann reden könntest und irgendwann reden wirst. Deshalb bist du für ihn eine ständige Gefahr. Eine Gefahr“, betonte er, „die er ausschalten muss.“

Tim hob den Blick von dem Messer zu Martins Gesicht, dessen Ausdruck er nicht verstand. Einerseits schien Martin besorgt. Gleichzeitig aber umspielte ein Grinsen seine weit nach oben verzogenen Mundwinkel und erzeugte den Eindruck von einem, der getrieben nach seinem Ausweg suchte.

Kapitel 16

Zwei der Beweisstücke, deren kriminaltechnische Untersuchung abgeschlossen war, hatte Monika Seyfarth in ihr Büro bringen lassen, um Anna Wohlfarth den Weg in die Asservatenkammer im Untergeschoss des Kriminalamts zu ersparen. Dass sie jedoch vergessen hatte, Frau Wohlfarth in Haralds Büro zu bestellen, das wesentlich einladender war, verärgerte sie. Hier gab es lediglich die beiden Stühle vor und hinter dem Schreibtisch, der eine unfreiwillige Barriere bildete und einer zwanglosen Befragung im Wege stand. Zudem wusste Monika nicht, wohin mit all den Akten und Papieren, die sich seit Monaten auf dem Tisch stapelten und den Eindruck vermittelten, sie wäre unorganisiert und schlampig. Ein Vorwurf, den Vincent des Öfteren mit einem verständnislosen Kopfschütteln zum Ausdruck gebracht und den sie jedes Mal mit der Behauptung, es handelte sich um ein ausgeklügeltes und für Außenstehende schwer durchschaubares System, zurückgewiesen hatte.

Dabei spiegelte die Unordnung in den Papieren nur die Erweiterung ihres Lebens wider: ein Stapel ungelöster Probleme, die sie mit dem nächsten einfach überdeckte. Aus den Augen, aus dem Sinn.

Wie beruhigend musste es dagegen sein, vor Aktenordnern zu stehen, in denen alle Widrigkeiten – nach Datum oder Alphabet sortiert – als erledigt gelten konnten. Dann wäre vieles nicht passiert. Angefangen von ihrer übereilten Eheschließung mit Fred bis hin zu ihrer Unfähigkeit, das Rumpelstilzchen ihrer Beziehung mit Vincent beim Namen zu nennen. Dann wenigstens könnte sie mit gutem Gewissen behaupten, alles in ihrer Macht Stehende getan zu haben. So aber landete der ganze Kram erneut auf einem Berg von Vermutungen, gespeist aus Halbwahrheiten und falschen Schlussfolgerungen, die sie als Kommissarin verabscheute und vor denen sie als Privatperson die Augen verschloss, wann immer es ihr gelang.

Monika sah auf die Uhr. Für weitere Selbsterkenntnis blieb keine Zeit. Sie nahm die Akten und Papiere vom Schreibtisch und stopfte das ganze Zeug auf den Boden des schmalen Kleiderschranks neben der Tür. Abschließend wischte sie mit dem Ärmel über die angestaubte Tischplatte und legte die beiden Beweisstücke nebeneinander.

Einigermaßen zufrieden, begutachtete sie das Ergebnis, während im selben Moment Frau Kurz das Zimmer betrat und den Besuch ankündigte.

„Was ist denn hier passiert?", fragte diese kleine, rundliche Frau, die Monika noch nie hatte lächeln sehen und die selbst bei dieser positiven Verwandlung des Büros keine Miene verzog.

„Gefällt es Ihnen nicht?"

Frau Kurz machte ein schnalzendes Geräusch mit der Zunge und schüttelte den Kopf, als hätte ihre Chefin den Verstand verloren. „Wenn Sie vorhaben, hier auch noch Blumen reinzustellen, dann ist das Ihre Sache. Ich kann mich nicht um alles kümmern."

„Keine Sorge. Es genügt, wenn Sie weiterhin den Kaffee kochen und den Tratsch verbreiten."

Für diese Äußerung erntete Monika einen ihrer eiskalten Blicke, den sie mit spöttischem Lächeln an sich abprallen ließ. Immerhin war Frau Kurz, die das gesamte Landeskriminalamt mit indiskreten Geschichten versorgte, an den ersten Rissen in ihrem Verhältnis zu Vincent nicht ganz unschuldig gewesen.

„Sie können Frau Wohlfarth jetzt hereinbitten", sagte sie, bevor Frau Kurz einen weiteren Kommentar abgeben konnte, und wartete, bis sie, begleitet von einem abfälligen Schnaufen, aus dem Büro gestürmt war. Vielleicht, dachte Monika, hatte sie unfair reagiert. Frau Kurz mochte zwar der Katalysator für ihre Beziehungskrise gewesen sein, an den Ursachen jedoch waren Vincent und sie ganz allein schuld.

Das leise Klopfen riss Monika aus ihren Gedanken.

Nach einer kurzen Begrüßung bat sie Anna Wohlfarth, vor dem Schreibtisch Platz zu nehmen, und blieb selbst auf der gegenüberliegenden Seite des Tisches stehen.

„Zunächst einmal", sagte sie, „möchte ich mich bedanken, dass Sie so kurzfristig kommen konnten. Ich weiß, wie unangenehm das für Sie sein muss, inmitten Ihrer Trauer und den ungelösten Fragen."

Anna Wohlfarth nickte, die Handtasche in ihrem Schoß, und vermied den direkten Augenkontakt. Mit ihren offenen Haaren und der eleganten Bluse wirkte sie weiblicher und weniger altbacken, als Harald sie geschildert hatte. Gleichzeitig aber schien sie nervös und misstrauisch, was bestenfalls der fremden Umgebung geschuldet sein mochte.

„Sie sagten, es gäbe neue Beweise?"

„Ja. Oder zumindest neue Indizien. Ich möchte Sie bitten, sich diese einmal anzusehen." Monika deutete auf die beiden gehäkelten Tücher, die sie so sorgfältig auf dem Schreibtisch drapiert und die Frau Wohlfarth bisher ignoriert hatte.

„Oh, ja, natürlich", flüsterte sie. „Christins Stola."

„Es gibt zwei davon. Die zweite haben wir gestern im Garten gefunden. Vergraben unter einem Rosenstock, zusammen mit der Tatwaffe."

Frau Wohlfarth nickte, als wäre dies keine Überraschung für sie, und zwang sich, die Fundstücke anzusehen. „Meine Schwiegermutter hatte eine davon vermisst", sagte sie. „Die andere gehört mir."

„Wissen Sie, wann und wo Ihre Schwiegermutter ihre Stola das letzte Mal gesehen hat?"

„Nein, sie konnte sich nicht erinnern. Die Stola war schon vor dem Mittagessen verschwunden. Deshalb habe ich meine aus dem Auto geholt. Ist das wichtig?", fragte sie und hob den Kopf. Monikas Blicken wich sie erneut um wenige Millimeter aus.

„Genau das würde ich gern erfahren. Können Sie mir sagen, welche der beiden Ihnen gehört und welche Ihrer Schwiegermutter?" Monika wartete auf eine Reaktion, die nicht kam. „Sie können sie gern in die Hand nehmen, wenn Ihnen das hilft."

„Das ist nicht nötig", antwortete Frau Wohlfarth und deutete mit dem Finger. „Die linke ist meine. Mir ist die blaue Wolle ausgegangen und ich musste die restliche rote verwenden. Hier, an den Fransen."

Monika beugte ihren Oberkörper nach vorn und überzeugte sich von dem winzigen Unterschied. Es war die Stola, die Christin Wohlfarth um die Schultern getragen hatte, als man sie fand.

„Sind Sie sich absolut sicher?"

„Oh, ja. Immerhin habe ich sie gehäkelt."

„Verstehe. Was mich und meinen Kollegen allerdings verwundert", sagte Monika, griff nach der rechten Stola und ließ sie über ihre ausgestreckte Handfläche gleiten, bis die drei Einschusslöcher deutlich zu erkennen waren, „ist die Tatsache, dass der Täter diese Stola hier benutzt hat, um den Schuss damit zu dämpfen."

Unfreiwillig musste Anna Wohlfarth auf die Löcher starren, die Monika ihr entgegenhielt. Dabei verloren ihre Wangen an Farbe und ihre Finger krallten sich stärker um das Leder ihrer Handtasche.

„Doch warum", fuhr Monika fort, „benutzte der Mörder nicht einfach die Stola, die Ihre Schwiegermutter bereits trug?"

Sie legte die Stola zurück neben die andere und setzte sich auf ihren Stuhl. Ihre Frage war nicht ernst gemeint gewesen, da sie die Antwort längst kannte. Der Mörder hatte nicht wissen können, dass Anna Wohlfarth eine zweite Stola dabei haben würde, die den Diebstahl der ersten im Nachhinein überflüssig und den beabsichtigten Eindruck, es hätte sich um eine spontane Tat gehandelt, zunichtemachte. Das alles war Monika bewusst. Was sie vielmehr mit ihrer Frage bezweckt hatte, war eine entsprechende Reaktion und die Hoffnung, dass diese neue Erkenntnis neue Erinnerungen wecken könnte, die Frau Wohlfarth bisher als unwichtig abgetan hatte.

„Ich … ich habe keine Ahnung", stammelte Frau Wohlfarth und betrachtete weiterhin die noch sichtbaren Einschusslöcher.

„Entschuldigen Sie bitte. Das war eine rein rhetorische Frage", sagte Monika. „Hatten Sie eigentlich selbst nach der ersten Stola gesucht?"

„Ob ich …?" Frau Wohlfarth hob den Blick und verzog nachdenklich die Stirn. „Ja, doch, das habe ich. Gemeinsam mit Christin. In ihrem Wohnzimmer und im Schlafzimmer nebenan. Wir haben nicht überall nachgesehen, nur an den offensichtlichen Stellen, weil wir ja glaubten, Christin hätte sie einfach irgendwo liegenlassen."

„Es hätte also genügend Verstecke im Wohnzimmer gegeben, die Stola bis zum Zeitpunkt der Tat aufzubewahren?"

„Das wäre kein Problem gewesen, ja."

Monika lehnte sich vor und verschränkte ihre Hände auf der Tischplatte ineinander. Frau Wohlfarth wirkte sichtlich mitgenommen. Die Stola hatte die schreckliche Gewissheit, dass der Mörder im Kreis der Familie zu suchen war, weiter erhärtet. Und wie Monika würde auch Anna Wohlfarth sich ihre Gedanken gemacht und bemerkt haben, dass sehr wenige in Frage kamen, denen die Tat unbemerkt gelungen wäre.

„Bevor ich das Gespräch beende, habe ich noch eine Bitte", sagte Monika, da sie ihren Gast nicht länger beunruhigen wollte. Die Zuordnung der beiden Stolen hatte Frau Wohlfarth bestätigt und den eigentlichen Grund für ihren Besuch damit erfüllt. Was folgte, war lediglich eine Formalität. „Ich würde gern mit Ihrem Sohn sprechen und brauche dafür selbstverständlich Ihre Einwilligung."

„Mit Tim? Aber der andere Kommissar – leider ist mir sein Name entfallen – hat doch bereits …"

„Darüber weiß ich Bescheid. Trotzdem möchte ich persönlich mit ihm reden. Manchmal gelingt es Zeugen, sich mit etwas zeitlichem Abstand genauer an die Einzelheiten zu erinnern."

„Tim hat nichts gesehen", entgegnete Frau Wohlfarth mit einer Entschlossenheit, die für Monika völlig unerwartet kam. „Weshalb sollte er sich nicht erinnern können? Er hat keinen Grund, Sie anzulügen."

„Das hat niemand behauptet, Frau Wohlfarth. Doch Tim ist nun mal der Einzige, der etwas gesehen haben könnte. Und diese Möglichkeit stellt für den Täter ein gewisses Risiko dar."

„Das ist völlig absurd!", rief sie. Ihre Körperhaltung allerdings verriet das Gegenteil. Sie ließ sich verängstigt gegen die Stuhllehne fallen, während ihre Hände den sicheren Halt um die Handtasche verloren. „Niemand aus der Familie würde Tim etwas antun."

„Und dennoch", bekräftigte Monika, „hat dieser Jemand keinerlei Skrupel gehabt, Ihre Schwiegermutter kaltblütig zu erschießen. Wo befindet sich Tim denn im Augenblick?"

Anna Wohlfarth schwieg. Ihr starrer Blick drang durch Monika hindurch, als spielten sich hinter ihr all die Szenarien ab, die die letzte Bemerkung heraufbeschworen und an die sie bisher keinen einzigen Gedanken verloren hatte. Dann senkte sie ruckartig den Kopf, öffnete die Handtasche und zog ihr Handy hervor.

„Er … er ist zu Hause", sagte sie verunsichert und suchte nach einer gespeicherten Nummer. „Einen Moment bitte, ich möchte mich vergewissern. Ich kann nicht glauben, was Sie da eben gesagt haben. Wie können Sie andeuten, dass …" Frau Wohlfarth unterbrach sich und lauschte dem Freizeichen.

„Wirklich, Frau Wohlfarth, ich wollte keineswegs den Eindruck erwecken, dass Ihr Sohn in akuter Gefahr sei. Ich wollte bloß, dass Sie zumindest in Erwägung ziehen, was sein Schweigen für Auswirkungen haben könnte und wie wichtig es für mich ist, ihn deshalb noch einmal zu vernehmen."

Diese Beschwichtigungsversuche drangen zu Anna Wohlfarth nicht durch. Sie hob abwehrend die Hand, das Handy fest gegen ihr Ohr gepresst. „Er geht nicht ran", sagte sie und starrte irritiert auf das Display.

„Vielleicht hat er das Handy ausgeschaltet."

„Nein, das würde er niemals tun." Frau Wohlfarth unterbrach die Verbindung und tippte eine weitere Nummer.

Dieses Argument schien einleuchtend. Auch Sven würde sich eher die Hand abhacken, als eine einzige Minute nicht erreichbar zu sein. Anna Wohlfarths plötzliche Unruhe aber, die an Panik grenzte, hielt Monika für überzogen. Es sei denn, sie hatte einen triftigen Grund dafür. Einen Grund, der ihr gerade erst eingefallen sein musste.

„Philip?" Der zweite Anruf hatte Erfolg gehabt und Frau Wohlfarth sprach aufgeregt und hektisch in ihr Handy. „Ja, ich bin etwas außer Atem, aber … Nein, ich … Wo bist du denn? Ich kann dich kaum verstehen … Natürlich ist es wichtig. Ist …? Lass mich bitte aussprechen, Philip. Ist Tim bei dir? Er geht nicht ans Telefon … Keine Ahnung, warum. Ich mache mir Sorgen … Nein, ich bin bei der Polizei, wegen … Darum geht es doch gar nicht. Aber die Kommissarin hier, Frau …" Anna Wohlfarth sah Monika fragend an.

„Seyfarth."

„Frau Seyfarth glaubt, dass er vielleicht … dass er zu viel weiß und dass … Deshalb bin ich ja so beunruhigt … Ja, in Ordnung. Ich fahre sofort hin … Okay, bis gleich.“ Sie klappte das Handy zu und legte es, mit einer beinahe stoischen Ruhe, zurück in die Handtasche.

„Es wäre wohl besser“, schlug Monika vor, „wenn ich Sie begleite.“

„Das ist wirklich nicht nötig.“

„Ich denke schon. Obwohl es bestimmt eine ganz einfache Erklärung dafür gibt und Sie sich unnötig Sorgen machen. Und sollte ihm trotz allem etwas zugestoßen sein, dann können Sie meine Hilfe gut gebrauchen. Was ich übrigens nur deshalb sage“, fügte Monika eilig hinzu, bevor Frau Wohlfarths Erregung weiter zunehmen konnte, „um alle Eventualitäten zu berücksichtigen. Außerdem hätte ich gleich die Gelegenheit, Tim ein paar Fragen zu stellen.“

Diesen kleinen Monolog ließ Frau Wohlfarth auf sich wirken. Langsam drang die Farbe erneut in ihr schmales Gesicht und wich ihre Bestürzung aus den geweiteten Pupillen. „Wahrscheinlich haben Sie recht“, sagte sie, nicht gänzlich überzeugt. „Ich würde mich sicherer fühlen, wenn jemand bei mir ist.“

„Falls Sie nichts dagegen haben, werde ich meinen Kollegen bitten, sich uns anzuschließen. Einen Moment.“ Monika griff nach dem Telefon und tippte Haralds Durchwahl.

Frau Wohlfarth stand auf, die Handtasche in beiden Händen, und blickte unruhig zur Tür.

„Warum wolltest du mich dabeihaben?“, fragte Harald, während er Anna Wohlfarths Wagen nach Zehlendorf folgte. „Glaubst du ernsthaft, dass Tim in Gefahr ist?“

Monika zuckte mit den Schultern. „Ich weiß nicht, was ich glauben soll“, sagte sie und sah durch das Seitenfenster auf die vorbeiziehenden Passanten. „Ich fand ihre Reaktion bloß so merkwürdig, das ist alles. Als wäre ihr nie der Gedanke gekommen, dass Tim etwas zustoßen könnte. Erst nachdem ich diese Möglichkeit angesprochen habe, schien sie besorgt zu sein.“

„Worüber habt ihr gesprochen?“

„Ich habe ihr die beiden Umhänge gezeigt. Ich wollte sichergehen, welcher wem gehört. Und dann habe ich sie gebeten, Tim ein weiteres Mal vernehmen zu dürfen."

„War sie einverstanden gewesen?"

„Na ja, sehr erfreut war sie nicht. Sie fand es überflüssig."

Haralds Finger trommelten einen nicht identifizierbaren Rhythmus auf dem Lenkrad. Verdis Triumphmarsch, vermutete sie, oder irgendeinen ihr unbekannten Popsong. Oder es war einfach nur ein nervöses Zucken, da der Berufsverkehr eingesetzt und die Straßen verstopft hatte. Zudem wechselte Frau Wohlfarth ständig, ohne zu blinken, die Fahrspur.

„Ihr muss etwas Wichtiges eingefallen sein", sagte Monika. „Anders kann ich mir ihr Verhalten nicht erklären."

An einer gelben Ampel bog Frau Wohlfarth nach links und ließ Harald an der Kreuzung zurück.

„Möglicherweise hat Tim seiner Mutter mehr anvertraut, als einer von beiden es zugeben will."

„Du meinst, weil Frau Wohlfarth den Täter in Schutz nehmen will und Tim geraten hat, den Mund zu halten?"

Die Ampel sprang auf Grün und Harald gab Gas. Auf ihre Frage hatte er nicht geantwortet, sondern biss sich konzentriert auf die Unterlippe. Der Verkehr abseits der Hauptstraße war zum Glück weniger stockend und Harald verzichtete auf die Einhaltung der Geschwindigkeitsbegrenzung, bis Frau Wohlfarths Wagen erneut in Sicht kam.

„Ich habe mir Gedanken gemacht über das, was du heute Vormittag gesagt hast", fuhr Monika fort. „Über das Champagnerglas und die zweite Stola. Und über Verdi."

„Was ist damit?", fragte Harald und wandte seinen Blick von der Straße, um sie anzusehen. „So früh am Morgen darfst du meine Worte nicht auf die Goldwaage legen. Ich habe laut gedacht, das ist alles."

„Sieh nach vorn", warnte sie und fuchtelte mit dem Zeigefinger in Richtung der Windschutzscheibe. Frau Wohlfarth hatte verlangsamt und fuhr in eine der Nebenstraßen.

„Nichts passiert", sagte Harald lächelnd und folgte ihr. „Jetzt sag schon, was sind das für Gedanken?"

„Ach, nichts Konkretes. Obwohl ich einfach nicht darüber hinwegkomme, wie dumm unser Mörder gewesen sein muss."

„Dumm? Bisher jedenfalls ist er schlau genug gewesen, sich von uns nicht erwischen zu lassen."

„Ich meine ja auch das Risiko, das er eingegangen ist. Wenn er die Tat geplant hat – was die verschwundene Stola offensichtlich beweist –, warum sollte er dann für den Mord einen Zeitpunkt gewählt haben, der sein Alibi gefährden musste? Die Wahrscheinlichkeit, von einem der Gäste gesehen zu werden, war viel zu hoch. Und genau das ist es, was ich nicht begreifen kann. Wieso dieses Spiel mit dem Feuer?"

„Du vermutest also einen Zusammenhang zwischen dem unzureichenden Alibi, dem Glas und der Opernmusik?"

Den Zweifel in seiner Stimme hatte Monika gehört. „Fahr rechts ran", sagte sie ausweichend. „Wir sind da."

Ihr war bewusst, wie haltlos sich diese Überlegungen anhören mussten, die sie selber nicht sinnvoll verknüpfen konnte. Wahrscheinlich lag es an ihrer Enttäuschung, seit Tagen keinen einzigen Schritt vorangekommen zu sein. Sie begann wirres Zeug zu denken und sich an Halme zu klammern, die keiner Beweisführung standhalten würden. Da wäre es besser, sie fokussierte ihre Aufmerksamkeit auf Frau Wohlfarth und das kommende Verhör mit ihrem Sohn.

Harald hielt am Straßenrand und löste den Gurt. Seine kleinen Augen blickten gespannt in ihre Richtung, als wartete er weiterhin auf eine Erläuterung.

„Vergiss es einfach", sagte Monika und deutete mit dem Kinn auf Frau Wohlfarth, die in der Einfahrt vor dem Haus geparkt hatte und wartend neben ihrem Auto stand.

Das zweistöckige Haus zwischen den beiden älteren Villen empfand sie als eine architektonische Zumutung. Wie eine unausgereifte Mischung aus Bauhausstil und Plattenbau, die durch den kargen Garten und den sichtgeschützten Zaun vor dem Grundstück weiter verunstaltet wurde. Mit seiner Betonfassade, den schmalen Fenstern und dem flachen Dach ähnelte das Gebäude einer modernen Festung, deren Zugang sich Frau Wohlfarth mit einem Code neben dem eisernen Gartentor erst verschaffen musste. Eine übertriebene Vorsichtsmaßnahme, wie Monika fand, während Harald und sie der Hausherrin über den gepflasterten Weg zur Eingangstür folgten.

Seit ihrer Ankunft hatte Anna Wohlfarth kein einziges Wort gesagt. Sie wirkte nervös und schreckhaft, was Monika erneut den Eindruck vermittelte, dass sie mehr wusste, als sie preisgegeben wollte.

„Es wird alles in Ordnung sein", versuchte Monika zu beruhigen und wartete geduldig, bis Frau Wohlfarth ihren Hausschlüssel aus der Handtasche gezogen und ins Schloss gesteckte hatte. Nach einer einzigen Umdrehung ging die Tür auf.

„Sie war nicht abgeschlossen", sagte Frau Wohlfarth verunsichert und blieb wie angewurzelt stehen. Den Schlüssel vergrub sie übertrieben langsam in den Untiefen ihrer Tasche.

Harald, der seitlich von ihnen stand und hinauf zu den Fenstern im ersten Stock geblickt hatte, kam Monika mit der logischen Erklärung zuvor. „Dann ist Tim wohl daheim", sagte er. „Gehen wir rein und reden mit ihm." Mit seiner ausgestreckten Hand an Frau Wohlfarth vorbei schob er die Tür weiter auf und betrat als Erster das Haus.

Monika folgte ihm. Der Flur war ein rechteckiger, heller Raum mit einer Garderobentür gleich neben dem Eingang, einer dunklen Holzkommode, einigen Aquarellen an den Wänden und einer Treppe, die rechts von ihr ins obere Stockwerk führte. Am Ende des Flurs öffnete sich ein schmaler Durchgang zum Wohnbereich.

„Tim? Tim! Bist du da?"

Anna Wohlfarths Zögern hatte sich endlich gelegt. Sie überwand die Türschwelle, warf die Handtasche auf die Kommode und hastete die Stufen hinauf. Harald rümpfte die Nase.

„Was ist bloß los mit dieser Frau?", fragte er kopfschüttelnd und schlenderte gelassen den Flur entlang, um einen Blick in die hinteren Räume zu werfen.

Über ihnen hörte Monika Frau Wohlfarths Schritte von einem Zimmer ins nächste eilen.

„Tim scheint nicht da zu sein", sagte sie und ging zu Harald ins Wohnzimmer.

Ähnlich wie in der Villa am Wannsee gab es auch hier ein einziges, riesiges Fenster, vor das beigefarbene Gardinen gespannt waren, die die Aussicht in den Garten behinderten. Links von Monika, neben dem Esstisch und der Durchreiche, befand sich die Küche. Dort auf dem Tisch lag ein Brett mit einem angebissenen Wurstbrot darauf und einem Smartphone daneben.

„Wie ich vermutet habe", sagte sie und trat vor den Tisch. „Er hat es liegenlassen."

Die Küche endete an einer Glastür, die hinaus in den Garten führte und einen Spalt weit offen stehen musste, da der Vorhang davor leicht im Wind wehte.

„Und sogar seine Trompete liegt hier", fügte sie hinzu und deutete auf den Instrumentenkoffer, der auf einem der Stühle lag.

„Tims Trompete?" Harald klang seltsam irritiert. „Ich dachte, die liegt in Kladow. Wann hat er sie …?" Weiter kam er nicht.

Monika blickte ihn verwundert an und bemerkte zu spät, dass ein Schatten von außen auf den Vorhang gefallen war.

„Ich. Die habe ich ihm gebracht."

Der Vorhang wurde zur Seite geschoben. Das Licht der untergehenden Sonne blendete und Monika musste die Augen zusammenkneifen, um überhaupt etwas erkennen zu können. Was sie sah, war ein Messer mit breiter Klinge in der Hand eines Mannes. Dann hörte sie Schritte, die durch das Wohnzimmer in die Küche gerannt kamen und gleich darauf Anna Wohlfarths aufgebrachte Stimme.

„Tim ist nicht oben", rief sie und hielt schlagartig inne. „Walter! Was machst du denn hier? Warum …?" Auch sie hatte das Messer bemerkt und Monika streckte seitlich den Arm aus, um Frau Wohlfarth an einer unüberlegten Handlung zu hindern.

„Wo ist Tim?", fragte Frau Wohlfarth, den entsetzten Blick auf das Messer gerichtet, ihre Stimme klar und energisch. „Was hast du mit ihm gemacht?"

„Er ist draußen. Im Garten", erwiderte Walter Wohlfarth schwerfällig, als wäre er betrunken und nicht mehr Herr seiner Sinne. Das Hemd war ihm halb aus der Cordhose gerutscht, sein Haar ungekämmt und die Haut seines Gesichts fleckig und fahl. „Wir haben uns unterhalten, weil … Dein Sohn hat viel durchgemacht, Anna. Weißt du das überhaupt? Habt ihr euch jemals überlegt, was ihr ihm antut?"

„Herr Wohlfarth", unterbrach Harald scharf und hielt ihm die offene Hand entgegen. „Legen Sie bitte das Messer ab."

Er achtete nicht auf Haralds Aufforderung, sondern sprach unbeirrt weiter. „Tim hat das alles nicht verdient. Er ist ein guter Junge, Anna, ehrlich. Er … Ich musste doch endlich was tun."

„Das Messer, Herr Wohlfarth. Legen Sie es hin", wiederholte Harald. „Sofort!"

Der Angesprochene senkte den Kopf und runzelte die Stirn. „Oh, ja, das Messer. Entschuldigen Sie." Er hielt es wie ein Pendel, nur mit Daumen und Zeigefinger, am Ende des Griffes, und ließ es auf den Küchentisch fallen. Anschließend richtete er sich kerzengerade auf.

„Ich möchte ein Geständnis ablegen, Frau Kommissarin", sagte er an Monika gerichtet und fügte, nach einem tiefen Atemzug und sichtlicher Anstrengung, hinzu: „Ich habe meiner Schwester in den Kopf geschossen."

Kapitel 17

Erst kurz nach dreiundzwanzig Uhr betrat Monika Seyfarth die Wohnung. Ihre Jacke ließ sie zu Boden fallen, warf sich im Wohnzimmer in den Sessel, streifte die Schuhe ab und hob ihre Füße mühevoll, aber erleichtert auf den Schemel. Am liebsten, dachte sie, den Kopf gegen das Polster gelehnt, würde sie jetzt die Augen schließen und schlafen.

Als sie die Augen wieder öffnete, stand Sven neben ihr und blickte sie völlig verständnislos an. „Was ist denn mit dir los?", fragte er. „Bist du betrunken?"

Monika rutschte in eine aufrechte Position und wischte sich eine verirrte Strähne aus dem Gesicht. Tatsächlich, stellte sie fest und sah auf die Armbanduhr, musste sie für einige Minuten eingenickt sein. „Nein, natürlich nicht. Ich war bis eben im Dienst."

„Vincent hat angerufen", sagte Sven ohne Vorwarnung und ohne weiter darauf einzugehen. Er blieb stumm neben dem Sessel stehen, die Hände in den Taschen seiner Jogginghosen vergraben, und sah teilnahmslos zu ihr herab.

Über ihre Beziehung mit Vincent hatte sich Sven nie geäußert, und wenn Monika es recht bedachte, hatte sie ihn nach seiner Meinung nie gefragt. Nach einigen Startschwierigkeiten, die sich in kleinen Eifersüchteleien und missmutigem Verhalten offenbart hatten, war sie davon ausgegangen, dass er Vincent letzten Endes akzeptiert oder zumindest toleriert hatte. Eine offene Ablehnung jedenfalls hatte es zu keiner Zeit gegeben. Dass Sven über das bevorstehende Ende ihrer Beziehung allerdings so wenig Anteilnahme zeigte wie bei ihrem Anfang, erstaunte sie. War ihm das Glück seiner Mutter wirklich derart egal? Oder versuchte Sven eine Haltung zu bewahren, die ihn vor dem Verlust einer weiteren Vaterfigur und dem damit verbundenen Schmerz beschützen sollte? Monika wusste es nicht und fühlte sich im Moment nicht in der Lage, es herauszufinden.

„Und?", fragte sie. „Was hat er gesagt?"

„Nicht viel. Er wollte sich bei dir entschuldigen, glaube ich. Genau hab ich das nicht verstanden. Hattet ihr euch gestritten?"

„Ja. Ja, das haben wir wohl", antwortete sie und fuhr sich mit der Hand über ihr müdes Gesicht. Warum hatte Vincent überhaupt anrufen müssen? Was bezweckte er damit, nachdem er ihr heute Morgen erst deutlich zu verstehen gegeben hatte, dass er ihre gemeinsame Zeit beenden wollte? Dieses Hin und Her war unerträglich. Unerträglicher als jede noch so drastische Abfuhr.

„Sorry, Mama", sagte Sven. „Tut mir echt leid."

Von dem ehrlichen Tonfall seiner Stimme überrascht, blickte Monika auf. Sven hatte schon immer mit seinen Gefühlen hinter dem Berg gehalten, weshalb jedes Mal ihr die Aufgabe zugefallen war, die wenigen Zeichen deuten und sich in ihren Sohn hineinversetzen zu müssen, wollte sie erfahren, was ihn bewegte. Da war es erleichternd und wohltuend zugleich, derart unerwartet eine aufrichtig gemeinte Reaktion zu erhalten.

„Danke", sagte sie lächelnd und konnte gerade noch rechtzeitig das bereits auf den Lippen geformte „Mein Schatz" unterdrücken, das Sven so verabscheute. „Was ist mit dir?"

„Was soll sein? Alles super."

„Bist du sicher?", hakte sie nach, weil sein Blick zur Seite ausgewichen war und der gespielten Gleichgültigkeit widersprach. „Es schadet dir nicht, wenn du mal zugeben würdest, traurig oder deprimiert zu sein. Das kann sogar hilfreich sein."

„Ich bin nicht traurig! Ich … ich hab's halt vergeigt."

„Ja, das hast du", sagte sie. „Doch falls es dich irgendwie tröstet, das habe ich auch."

Beinahe argwöhnisch wandte Sven leicht den Kopf und sah sie an. Er schien verunsichert darüber, womöglich einen schlechten Scherz vernommen zu haben, bevor er das echte Mitgefühl im Gesicht seiner Mutter erkannte.

„Ist das erblich?", fragte er ironisch und nahm endlich die Hände aus den Taschen, was Monika als Zeichen der Entspannung verstand.

„Gut möglich. Heutzutage scheint ja alles erblich zu sein. Aber vielleicht", antwortete sie ebenso ironisch, „liegt's auch nur an deiner Erziehung. Sorg also dafür, dass du was dagegen unternimmst."

„Ich hab Marcel nicht verletzen wollen. Es war ..." Sie fand es rührend, wie Sven erfolglos versuchte, seine Sexualität und den Drang nach ihrer Befriedigung in erklärbare Worte zu fassen. „Verdammt, ich weiß auch nicht, was es war. Es ist einfach über mich gekommen. Obwohl ich wusste, dass ich Scheiße baue."

„Mir gegenüber brauchst du dich nicht zu rechtfertigen, Sven. Wirklich nicht."

„Okay. Ich will bloß nicht, dass du denkst ..."

„Ganz bestimmt nicht", erwiderte sie und fügte, um ihm die Peinlichkeit seiner aufkommenden Tränen zu ersparen, hinzu: „Warum gehst du nicht in dein Zimmer und siehst etwas fern? Deine Mutter ist vollkommen fertig und braucht ihre Ruhe. Wir können morgen über alles reden."

Sven nickte und ließ sie allein. Monika sah ihm nach. In seinem Alter, dachte sie, kämpften wohl alle Jugendlichen mit denselben Problemen. Mit ihren eigenen, hochgesteckten Idealen, die unausweichlich mit der Wirklichkeit kollidierten und mühevoll angepasst werden mussten. Davon blieb niemand verschont und das Ringen mit dem Zwiespalt war jedem Heranwachsenden deutlich ins Gesicht geschrieben, als hätten sie kollektiv beschlossen, ihr Leiden zur Schau zu stellen. Da war Sven keine Ausnahme. Auch Tim Wohlfarth hatte diesen verbissenen, leicht tragischen Ausdruck präsentiert, mit seiner ständig unter Anspannung stehenden Kinnpartie und dem in die Ferne gerichteten, vergrämten Blick.

Doch welche Konflikte waren es, die Tim heimlich mit sich herumtrug und auszufechten hatte? Lag in ihnen womöglich der entscheidende Hinweis verborgen, nach dem Monika bisher erfolglos gesucht hatte?

Ihre Müdigkeit war plötzlich verflogen. Sie erhob sich aus ihrem Sessel, nahm den Notizblock und den Stift, die beide im Flur neben dem Telefon lagen, und setzte sich im Wohnzimmer an den Esstisch. Sie würde die Einzelheiten des Mordes Revue passieren lassen und jeden noch so kleinen oder unbedeutend erscheinenden Sachverhalt notieren. In der Hoffnung, dass in der neuen Anordnung ein neues Bild entstehen würde, das endlich einen Sinn ergab.

Chronologisch und gewissenhaft arbeitete Monika sich vorwärts, bis sie bei den Ereignissen des heutigen Nachmittags angelangt war und den Stift beiseitelegte.

Walter Wohlfarth hatte den Mord gestanden. Er war, wie er behauptete, eine Stunde vor seiner Festnahme in Zehlendorf eingetroffen und hatte Tim seine Trompete gebracht. Weil die Sonne sich unerwartet gezeigt und er unbedingt die Stelle begutachten wollte, an der Anna Wohlfarth im nächsten Frühjahr neue Beete anlegen wollte, waren Tim und er in den Garten gegangen. Aus lauter Gewohnheit hatte Herr Wohlfarth alte Blätter und Zweige aus den verwahrlosten Sträuchern entfernt und Tim gebeten, ihm eine Gartenschere zu bringen. Da Tim keine geeignete Schere gefunden hatte, war er mit einem langen Messer zurückgekehrt. Seinen Großneffen zu bedrohen, geschweige denn ihm etwas anzutun, hätte Herr Wohlfarth niemals in Betracht gezogen. Im Gegenteil. Seit dem Mord hätte sein Gewissen ihn gequält, und als er die Stimmen durch die offene Küchentür erkannt hatte, sah er den Zeitpunkt gekommen, sich der Polizei zu stellen.

Das war alles. Mehr hatte Herr Wohlfarth nicht sagen wollen.

Und Tim? Nachdem er trotz aller Befürchtungen die Küche unbeschadet betreten hatte, war ihm seine Mutter erleichtert in die Arme gefallen und er hatte ihre Küsse und verbalen Zärtlichkeiten stumm über sich ergehen lassen. Die Aussage seines Großonkels hatte Tim uneingeschränkt bestätigt, obwohl der Ausdruck auf seinem Gesicht völlig unbeteiligt und sein Blick seltsam entrückt geblieben war. Es schien, als hätte sich vor seinem geistigen Auge eine andere Wahrheit abgespielt, die er nicht in Worte fassen konnte oder wollte.

Denn Herr Wohlfarths Geständnis ergab keinen Sinn. Zur Tatzeit war er oben in seinem Zimmer gewesen und sowohl Anna als auch Philip Wohlfarth hatten ihn die Treppe herunterkommen sehen. Den Mord zu begehen, wäre unmöglich gewesen. Weshalb also log er? Dass sich sein Geständnis mit seinem Alibi nicht decken konnte, hätte ihm bewusst sein müssen.

Oder war sie es, die etwas Entscheidendes übersehen hatte?

Monika starrte auf ihre Notizen und begann, die einzelnen Stichpunkte neu zu gliedern. Anschließend verwarf sie die entstandene Reihenfolge und begann von vorn. Immer und immer wieder, bis sie den Ablauf des Mordes durchschaut hatte.

Ja, dachte sie, so muss es gewesen sein.

Von ihren Überlegungen überwältigt, eilte sie zum Telefon und tippte Haralds Privatnummer. Er sollte augenblicklich davon erfahren, zumal sie ohne seine Hinweise – von denen er heute Vormittag geglaubt hatte, sie wären nichts als wirres Zeug – zu diesem Schluss nie gekommen wäre.

„Weißt du überhaupt, wie spät es ist?", grummelte seine Stimme, als er beim zehnten Klingeln endlich abnahm.

„Was spielt das für eine Rolle?", erwiderte Monika, da sie auf sein Befinden keine Rücksicht nehmen konnte. „Ich habe den Fall gelöst."

„Ach, ja? Hättest du das nicht morgen früh machen können?"

„Du kannst dich gleich wieder hinlegen, aber hör mir bitte erst zu", sagte sie und begann, ihm ihre Erkenntnisse anhand der Notizen darzulegen. Während sie sprach, wurde es am anderen Ende der Leitung immer stiller. Haralds Grummeln und seine tiefen Atemzüge verstummten, und als Monika schließlich geendet hatte, herrschte Schweigen.

„Harald? Bist du noch dran?"

„Natürlich bin ich noch dran. Wie willst du jetzt vorgehen?"

Dass ihr Kollege keinerlei Einwände vortrug oder gar ihre Theorie in der Luft zerriss, empfand sie als gutes Zeichen. „Ich will, dass wir Herrn Wohlfarth morgen Vormittag in der Untersuchungshaft erneut in die Mangel nehmen. Und zwar, bevor sein Anwalt bei ihm aufkreuzt. Könntest du das bitte übernehmen? Ich kümmere mich derweil um Tim. Von ihm wird alles abhängen."

„Kein Problem, mach ich. Was ist mit den Beweisen?"

Hier sah Monika ihre einzige Schwachstelle. Doch sollte sich alles, was sie soeben durchdacht hatte, bewahrheiten, dann müsste sie ohne Schwierigkeiten fündig werden.

„Ich brauche zwei Durchsuchungsbefehle", sagte sie. „Der Rest ist ein Kinderspiel."

„Monika?"

„Ja?", fragte sie zögernd und überzeugt davon, dass Harald trotz allem einen Denkfehler ausgemacht hatte.

„Gute Arbeit!", antwortete er und gähnte. „Kann ich jetzt wieder ins Bett?"

Erleichtert lächelte Monika in den Hörer. „Aber stell dir den Wecker", ermahnte sie. „Du musst früh aufstehen!"

Dann unterbrach sie die Verbindung, ließ alles in einer chaotischen Zettelwirtschaft auf dem Tisch liegen und löschte das Licht.

Zwölf Stunden später, im oberen Stockwerk des Hauses in Berlin-Zehlendorf, verließ Monika Seyfarth das Zimmer, schloss leise die Tür und stieg langsam die Stufen hinab. Harald wartete am unteren Ende der Treppe, die Hände auf dem Rücken verschränkt, und wippte, als Zeichen einer inneren Zufriedenheit, auf den Fußballen vor und zurück.

„Wie lange bist du schon hier?", fragte sie, den Blick durch den Flur und ins angrenzende Wohnzimmer gerichtet. Julia Schubert stand dort vor dem riesigen Fenster, bemerkte Monikas Anwesenheit und verschwand in Richtung der Küche.

„Zehn Minuten vielleicht", erwiderte Harald, der zuvor ins Untersuchungsgefängnis nach Moabit gefahren war, um Herrn Wohlfarths Aussage auf den Zahn zu fühlen. „Anna Wohlfarth hat mich reingelassen. Und so wie es aussieht, hat sie den Rest der Familie bereits zusammengetrommelt."

„Das hatte ich befürchtet. Na, egal. Wie ist es gelaufen bei dir?"

„Er beharrt weiterhin auf seinem Geständnis", sagte Harald schulterzuckend.

„Was ist mit dem Alibi? Hat er dir wenigstens erklärt, wie er den Mord begangen haben will?"

„Nein, er hat sich stur geweigert. Wenngleich ihm deutlich anzusehen war, dass ihm die Frage nicht sonderlich behagt hat. Er ist wütend geworden und meinte, das sei unsere Aufgabe, nicht seine."

„Zum Glück haben wir unsere Hausaufgaben gemacht. Bist du allein hergekommen?“

Harald schüttelte den Kopf. „Die Kollegen sind draußen beim Streifenwagen. Das hielt ich für ratsamer. Und die anderen habe ich mit dem Durchsuchungsbefehlt nach Kladow geschickt.“

„Okay, gut“, sagte Monika und deutete mit dem Daumen zum Wohnzimmer. „Bist du bereit, dich der Meute zu stellen?“

„Moment, Moment. Was ist mit dir und mit Tim?“

Monika wandte sich um und sah besorgt die Treppe hinauf.

Die Einwilligung, mit ihrem Sohn unter vier Augen reden zu dürfen, wäre ihr von Frau Wohlfarth beinah verweigert worden, hätte Tim sich nicht unerwartet über den Willen seiner Mutter hinweggesetzt. Notgedrungen hatte Frau Wohlfarth einlenken müssen und Monika war ihrem Sohn auf sein Zimmer gefolgt. Die ersten Minuten dann hatten sie schweigend dagesessen, Tim auf seinem Stuhl, den Blick zu Boden gerichtet, und sie auf der Kante seines Schreibtischs. Nur zögernd war er auf ihre Fragen eingegangen, bis die Anspannung nach und nach von ihm abgefallen war und Tim ihr erzählt hatte, was an jenem Nachmittag geschehen war.

Vermutlich, dachte Monika, war es nicht völlig nutzlos gewesen, einen eigenen Sohn großgezogen zu haben, der ungefähr im selben Alter war und sich mit ähnlich gelagerten Problemen herumschlagen musste wie Tim.

„Letztendlich“, beantwortete sie Haralds Frage, nicht ohne Mitleid in der Stimme, „hat er meine Theorie bestätigt. Zum Schluss war er sogar ziemlich gesprächig.“

„Willst du, dass er dabei ist, wenn wir uns zu den anderen gesellen?“

„Nein. Es ist besser, er wartet oben, bis alles vorbei ist. Ich habe ihn vor die Wahl gestellt und er hat selbst darauf verzichtet.“

„Na denn. Gehen wir.“

Monika wappnete sich mit einem tiefen Atemzug und ging voran. Harald, bemerkte sie mit einem Blick über die Schulter, begutachtete im Spiegel oberhalb der Kommode den Sitz seiner geölten und akkurat gescheitelten Haare, schien zufrieden und folgte ihr.

Als Monika und Harald das Wohnzimmer betraten, verstummten die leise geführten Gespräche rund um den Esstisch. Die Konstellation der Anwesenden wirkte wie eine ausgeklügelte Inszenierung. Wie die durchdachte Komposition eines Gruppenbildes, als hätten die einzelnen Mitglieder erst nach wiederholt wechselnder Anordnung zu ihrer jetzigen Position gefunden. Anna Wohlfarth, mit streng gebundenem Zopf und auf der Tischdecke ineinander verschränkten Händen, saß aufrecht in der Mitte. Links neben ihr Konrad Wohlfarth, den Kopf gesenkt und sichtlich erschöpft. Sein Bruder stand seitlich dahinter, in einem schwarzen Anzug mit schwarzer Krawatte, die zusammengewachsenen Brauen weit nach unten gezogen. Julia Schubert, beide Arme eng um ihre Brust geschlungen, in einem schwarzen, figurbetonten Kostüm, blickte abseits vor dem Fenster stehend auf ihren Geliebten, während vor ihr, am Ende des Tisches, Martin Dörfler saß, der als Einziger bereit war, Monika direkt anzusehen.

„Ist es wahr?", fragte er. „Dass Walter sie erschossen hat?"

Anna Wohlfarth zuckte sichtlich zusammen und Konrad Wohlfarth setzte zum Sprechen an, wohl um seinen Freund für dessen direkte Wortwahl zurechtzuweisen.

„Das behauptet er jedenfalls", bestätigte Monika.

„Aber das ist unmöglich", sagte Philip Wohlfarth. „Ich habe ihn die Treppe herunterkommen sehen. Wie kann er da …?"

„Warum sollte er uns belügen?", unterbrach Frau Schubert ihn scharf, trat einen Schritt nach vorn und hielt verschämt inne. Vielleicht von dem Bewusstsein gelähmt, trotz allem die Fremde zu sein. Die unerwünschte Geliebte, für die selbst Philip Wohlfarth im Moment nicht die Kraft besaß, sie in den geschlossenen Kreis der Familie zu integrieren. Also blieb Frau Schubert, wo sie war, wütend und erstaunt darüber, dass niemand ihr beistand. „Was ist?", fügte sie hinzu. „Einer muss es schließlich gewesen sein."

Monika blickte abwechselnd auf die Personen am Tisch. In ihre leeren Gesichter und auf ihr übertriebenes Bemühen, einander nicht in die Augen zu sehen. Hinter ihr war Harald umhergelaufen, hatte die Bilder an der Wand betrachtet, dann die Aussicht auf den ungepflegten Garten, der ihm – als passioniertem Hobbygärtner – ein Graus sein musste, und blieb dicht neben ihr stehen. Wie immer in solchen Situationen überließ er Monika das Reden und beschränkte sich auf die Beobachtung der Reaktionen, die ihre Ausführungen unweigerlich hervorrufen würden.

„Genau dies war auch unsere Überlegung gewesen", ging sie auf Frau Schuberts Äußerung ein und war froh über die Entscheidung, sich nicht zu den anderen an den Tisch gesetzt zu haben, da die Distanz ihr die bevorstehende Aufgabe erleichterte. „Warum sollte Herr Wohlfarth sich selbst eines Mordes bezichtigen, wenn er unschuldig ist und zudem ein Alibi vorzuweisen hat, das ihn entlastet? Nun, darauf kann es nur zwei logische Antworten geben. Erstens, er sagt die Wahrheit, weil wir einen entscheidenden Punkt übersehen haben, der sein Alibi zum Einsturz bringen würde. Und zweitens, weil er mit seinem Geständnis den eigentlichen Mörder zu decken versucht."

„Walter? Jemanden decken?", fiel Philip Wohlfarth höhnisch dazwischen und warf einen gehetzten Blick auf seine Geliebte. „Das ist absurd!"

Julia Schubert schüttelte leicht den Kopf. Ob aus Unverständnis über seinen Ausruf oder um ihn zum Schweigen zu bringen, konnte Monika nicht einschätzen.

„Lass die Kommissarin ausreden, Philip", wies Konrad Wohlfarth ihn zurecht und erhob sich von seinem Stuhl. So dicht nebeneinander, traten die Ähnlichkeiten wie auch der Altersunterschied der beiden Brüder deutlicher hervor. Das markante Kinn, das bei Konrad Stärke signalisierte, wirkte bei dem um acht Jahre älteren Philip erschlafft, und seine zusammengewachsenen Augenbrauen, die sein Bruder künstlich getrennt hielt, zeigten ihre ersten grauen Haare.

Das entstandene Schweigen nutzte Monika, um mit ihrer Beweisführung fortzufahren. „Diese zweite Möglichkeit mussten wir dennoch in Betracht ziehen", sagte sie. „Herr Wohlfarth glaubte zu wissen, wer seine Schwester auf dem Gewissen hatte. Entweder, weil der- oder diejenige von ihm beobachtet worden oder weil ihm während eines späteren Gesprächs ein Widerspruch aufgefallen war, der ihn unweigerlich zu diesem Schluss geführt hatte."

„Das klingt so gar nicht nach Walter", sagte Anna Wohlfarth und hob hilfesuchend den Kopf zu ihrem Mann. „Nicht wahr? Um die Familie hat er sich nie groß gekümmert. Mir ist er immer wie ein Einzelgänger vorgekommen."

„Ein Säufer ist er, mehr nicht", bemerkte Konrad Wohlfarth mürrisch. „Wen sollte Walter denn schützen wollen? Nein, Sie irren sich. Walter würde für niemanden von uns den Kopf hinhalten."

„Lassen Sie mich erklären", entgegnete Monika und wartete, bis sich die entstandene Unruhe gelegt und die Aufmerksamkeit zurück auf sie gerichtet hatte. „Wie Kommissar Lüders und ich nach unseren ersten Befragungen feststellen mussten, hatte der Täter einen äußerst ungünstigen Moment gewählt. Sowohl von der Terrasse aus als auch später, beim Verlassen des Wohnzimmers, hätte er jederzeit von einem der Anwesenden gesehen werden können. Ein solches Risiko einzugehen, ergibt keinen Sinn. Es sei denn, dass das Verbrechen im Affekt begangen wurde. Aus einer unüberlegten und spontanen Eingebung heraus, ausgelöst durch einen Streit vielleicht, der ein rationales Nachdenken über die Folgen blockierte. Ohne sich Gedanken über mögliche Zeugen oder das Alibi zu machen, erinnerte sich der Täter an die Pistole im Nachtschrank, eilte ins Schlafzimmer, um anschließend von hinten an sein nichtsahnendes Opfer heranzutreten und abzudrücken.

Das zumindest war der erste Eindruck, den der Tatort auf uns hinterließ. Doch wer von den Gästen hätte die Gelegenheit gehabt, das Verbrechen zu begehen?

Da allgemein bekannt war, dass Frau Wohlfarth nicht gestört werden wollte, und der Täter davon ausgehen konnte, sie allein im Zimmer anzutreffen, musste die Antwort lauten: Jeder von Ihnen.

Wider Erwarten zeigte sich allerdings, dass genau das Gegenteil der Fall gewesen war. Niemand wäre in der Lage gewesen, den Mord zu begehen. Sie, Herr Wohlfarth", betonte Monika mit einer Handbewegung zu Philip, „standen vor der verschlossenen Tür, als Ihre Frau aus dem Esszimmer und Ihr Onkel die Treppe hinunterkamen. So kurz nach dem Schuss wäre es für Sie unmöglich gewesen, die Pistole zu entsorgen, das Wohnzimmer zu verlassen und die Tür von außen abzuschließen. Sie dagegen, Herr Wohlfarth", sagte sie, diesmal an seinen Bruder gerichtet, „wären Frau Schubert oder Ihrem Neffen in die Arme gelaufen, wenn Sie versucht hätten, nach der Tat das Zimmer über die Terrasse beziehungsweise durch das Schlafzimmerfenster zu verlassen. Eine Schlussfolgerung, die selbstverständlich auch für Sie gelten würde, Frau Schubert.

Und was Frau Krumm anbelangt ... Nun, sie hätte ebenfalls von jemandem gesehen werden müssen, wenn sie aus dem Wohnzimmer zurück in die Küche geeilt wäre."

„Also war es doch ein Einbrecher", sagte Philip Wohlfarth, im ersten Moment wohl erleichtert über ihre Beweiskette. „Genau wie ich immer behauptet habe."

„Leider muss ich Sie enttäuschen", widersprach Monika. „Denn wir haben bisher den Einzigen außer Acht gelassen, dem es tatsächlich gelungen wäre, die Tat auf diese Weise zu begehen."

„Das kann nicht Ihr Ernst sein!", rief Konrad Wohlfarth und legte seiner Schwägerin beschützend die Hände auf die Schultern.

„Tim befand sich unmittelbar vor dem Schuss auf der Terrasse", fuhr Monika unbeirrt fort, „und es wäre ein Leichtes für ihn gewesen, anschließend durch das Schlafzimmerfenster zu steigen, die Stola mit der Pistole und dem Schlüssel zu vergraben und später zu behaupten, er hätte hinter der Garage nach einem Igel gesucht."

Diese Anschuldigung ließ Monika auf die Anwesenden wirken, die allesamt schwiegen und sie entgeistert ansahen. Konrad Wohlfarth war der Erste, der die Stille durchbrach.

„Sie beschuldigen einen Jugendlichen des Mordes?", fragte er so verunsichert, als glaubte er, sich verhört zu haben. „Welche Beweise gibt es dafür? Tim hatte ja nicht mal ein Motiv. Er wird, außer vielleicht einem kleinen Pflichtteil, keinen einzigen Cent erben."

„Da gebe ich Ihnen recht“, antwortete sie, nachdem Harald ihr unterstützend zugenickt hatte. „Geld war tatsächlich nicht das Motiv. Aber es gab einen anderen, ebenso nachvollziehbaren Grund, von dem Tim mir vorhin in seinem Zimmer erzählt hat. Und vor allem Sie, Herr Wohlfarth, sollten wissen, wovon ich rede.“

Konrad Wohlfarth ließ die Hände von Annas Schultern gleiten und setzte sich zurück auf den Stuhl. Sein Freund, der bisher stumm dem Gespräch gefolgt war, richtete sich kerzengerade auf und verlangte eine Erklärung. „Was, zum Teufel, redet sie da, Konrad?“

„Ich rede vom Tod seines Bruders, Herr Dörfler. Davon, dass jemand aus der Familie den Unfall vom Balkon aus beobachtet hatte, ohne rechtzeitig einzugreifen. Und davon, dass Oliver noch am Leben wäre, hätte Tim nicht das T-Shirt und die Kappe seines Bruders getragen. Aus der Entfernung musste es ausgesehen haben, als säße Oliver im Boot und nicht Tim und als wäre Tim der Ertrinkende. Nur deshalb, so seine Überzeugung, sei ihnen niemand zur Hilfe geeilt.“

„Das ergibt keinen Sinn!“, rief Konrad Wohlfarth erregt. „Warum hätte man Tim nicht helfen wollen?“

„Weil Christin Wohlfarth“, erläuterte Monika, „aus ihrer Abneigung denen gegenüber, die ihren moralischen Ansprüchen nicht genügten, nie einen Hehl gemacht hatte. Eine tief verwurzelte Verachtung, die Ihnen, wie jedem anderen hier, durchaus bewusst gewesen ist.“

Darauf erwiderte Konrad Wohlfarth nichts, weil er gar nichts zu erwidern brauchte. An seinem Gesicht war deutlich abzulesen, dass Tim ihr die Wahrheit gesagt hatte. Dieses Problem jedoch weiter zu beleuchten, dafür fühlte sich Monika im Moment weder zuständig noch bereit.

„Was ich damit sagen will“, ergänzte sie, „ist, dass Tim sowohl ein Motiv als auch die Gelegenheit hatte, die Tat zu begehen. Offenbar war sich Walter Wohlfarth dessen bewusst und hat sich, wenn Sie so wollen, für Tim geopfert. Er hat wiedergutmachen wollen, was seine Schwester zwei Jahre zuvor nicht verhindert hatte.“

Philip Wohlfarth war erblasst und sah schuldbewusst zu seinem Bruder. Anna Wohlfarth, ihre Hände weiterhin ineinander verschränkt, starrte regungslos ins Leere. Martin Dörfler spitzte die Lippen und schüttelte den Kopf, wohl um seine Verachtung dieser Familie gegenüber zum Ausdruck zu bringen, und Julia Schubert konnte sich ein verstohlenes Lächeln nicht verkneifen.

Monika blickte von einem zum anderen und hoffte, dass Tim irgendwann den Mut aufbringen würde, seine Gefühle vollständig zu akzeptieren: über seine Trauer und seine Wut auf Olivers unverdienten und vermeidbaren Tod sowie über die Gedanken an seine für ihn verwirrende Sexualität. Sie erinnerte sich genau, wie lange Sven dafür gebraucht und wie schwer er sich damit getan hatte, obwohl er, wie sie glaubte, in einer verständnisvolleren Familie als der der Wohlfarths aufgewachsen war.

„Allerdings", sagte Monika, da sie die Tränen bemerkte, die sich in Anna Wohlfarths Augen gesammelt hatten, „gibt es einige Ungereimtheiten, die Kommissar Lüders und mich an dieser Version haben zweifeln lassen. Warum, zum Beispiel, hat Tim so energisch bestritten, jemanden im Wohnzimmer gesehen zu haben, nachdem er vom Balkon heruntergeklettert war? Aus seiner Sicht wäre es viel einleuchtender gewesen, irgendjemanden zu benennen oder zumindest einen Schatten erkannt haben zu wollen, um von der eigenen Schuld abzulenken. Warum dieses Beharren auf seiner ursprünglichen Aussage, es sei niemand dort gewesen?

Wir alle waren überzeugt davon, dass Tim gelogen hatte, weil so kurz vor dem Mord jemand im Zimmer gewesen sein musste. Immerhin hatten alle den Schuss um vierzehn Uhr siebenundvierzig gehört. Eine Uhrzeit, die mit dem Eintritt des Todes, den der Obduktionsbericht zwischen halb drei und drei Uhr festgelegt hat, vollkommen übereinstimmt.

Doch angenommen, Tim hätte tatsächlich die Wahrheit gesagt und außer Frau Wohlfarth hätte sich niemand im Zimmer aufgehalten. Was dann? Dann gäbe es für seine Behauptung nur eine einzige sinnvolle Erklärung. Nämlich dass Christin Wohlfarth zu diesem Zeitpunkt bereits tot gewesen war."

„So ein Blödsinn!“, schnaubte Martin Dörfler verächtlich und schlug zur Bekräftigung mit der flachen Hand auf den Tisch. „Sie haben selber gerade gesagt, dass alle den Schuss gehört hätten. Und zwar nachdem Tim auf der Terrasse gestanden hat.“

Monika nickte ihm nachsichtig zu. „Das stimmt. Aber ziehen Sie bitte folgende Dinge in Betracht: Eine Stola, zwei Pistolenkugeln, ein Champagnerglas, ein CD-Player und vor allem Verdis Triumphmarsch.“ Sie hielt selbstzufrieden inne, blickte in entgeisterte Gesichter und bat Harald mit einer dezenten Handbewegung, diese irrelevant erscheinenden Details in einen Kontext zu setzen.

Harald räusperte sich, verschränkte die Hände auf dem Rücken und hob gemächlich den Kopf, als wollte er seine Schlussfolgerungen von der Decke ablesen. Eine theatralische Geste, die Monika zum Schmunzeln brachte und Martin Dörfler ein missfälliges Grunzen abverlangte.

„Sie mögen amüsiert sein“, sagte Harald, den Blick weiterhin nach oben gerichtet, „obwohl in genau diesen Dingen, die meine Kollegin Ihnen gerade aufgezählt hat, der Schlüssel verborgen liegt. Der Schlüssel, mit dem wir den Mord an Frau Christin Wohlfarth endgültig aufklären und den Schuldigen überführen können.“ Harald machte eine kleine, dramaturgische Pause, während der, wie erwartet, niemand etwas anzumerken wagte. „Unsere Ermittlungen, wie Sie wissen, drehten sich allesamt um den vermeintlichen Zeitpunkt des Mordes, da jeder den tödlichen Schuss gehört haben wollte und jeder die genaue Uhrzeit bestätigen konnte. Doch was, frage ich Sie, haben Sie eigentlich gehört?

Sie hörten einen lauten Knall, ähnlich einem Feuerwerkskörper oder einem zerplatzenden Ballon, wie Frau Krumm und Walter Wohlfarth ihn uns beschrieben haben. Als einen Pistolenschuss identifizierten Sie den Knall erst, nachdem Frau Wohlfarth erschossen aufgefunden worden war, weil jede andere Erklärung im Nachhinein gar keinen Sinn ergeben hätte. Selbst wir, Kommissarin Seyfarth und ich, beschränkten uns deshalb auf diesen einen, unumstößlich erscheinenden Hinweis. Ein Hinweis“, betonte er, den Zeigefinger erhoben, „mit dem uns der Mörder bewusst in die Irre führen und den Zeitpunkt der Tat verschleiern wollte.

Wie ich darauf gekommen bin? Nun, betrachten wir uns zunächst jene Stola von Frau Wohlfarth, die bereits Stunden vor dem Mord verschwunden und später im Garten vergraben worden war. Beide Ereignisse lassen darauf schließen, dass der Mörder nicht spontan gehandelt, sondern dass er sein Verbrechen sorgfältig geplant und die dicke Wolle der Stola dazu benutzt hatte, den Schuss zu dämpfen – was die drei Einschusslöcher beweisen. Und dennoch soll dieser Schuss – abgegeben durch eine dreifach zusammengelegte Stola – so laut gewesen sein, dass man ihn im gesamten Haus und im Garten, bis hinunter zum Schuppen, gehört haben konnte? Für mich klingt das ziemlich unwahrscheinlich.

Nehmen wir als Nächstes die zwei fehlenden Kugeln in der Tatwaffe. Die meisten von Ihnen waren sich einig darüber, dass das Magazin voll gewesen war, weil die Pistole nie jemand benutzt hatte. Wäre dies jedoch der Fall gewesen, müsste es folgerichtig einen weiteren, zweiten Schuss gegeben haben, von dem seltsamerweise niemand etwas gehört haben will."

„Sie bringen mich ganz durcheinander", unterbrach ihn Julia Schubert und hob irritiert die Arme. „Erst behaupten Sie, wir hätten gar keinen Schuss gehört, und dann, dass es gleich zwei gewesen sind?"

„Ich kann Ihre Verwirrung verstehen", sagte Harald lächelnd, „und bitte um ein klein wenig Geduld. Ich komme jetzt zu Verdis Triumphmarsch. Einem Stück, das Tim, wie man mir mehrfach versichert hat, einwandfrei beherrscht und bei dem ihm ausgerechnet auf der Geburtstagsfeier seiner Großmutter – ein Patzer unterlaufen war."

„Das kann jedem mal passieren", bemerkte Konrad Wohlfarth und zuckte unbeeindruckt mit den Schultern.

„Natürlich", entgegnete Monika. „Andererseits ist Tim sich absolut sicher, das Stück fehlerfrei gespielt zu haben, und zwar ohne einen einzigen falschen Ton."

„Der Triumphmarsch", übernahm Harald, „ist, wie der Name schon sagt, ein Marsch. Eine militärische und kraftvolle

Komposition mit hoch angelegten Noten, von denen eine anscheinend danebenging. Hatte Tim sich also, trotz seiner Gegendarstellung, verspielt? Oder klang der Ton nur deshalb so falsch, weil er von einem anderen Ton überlagert wurde – von einem durch eine Stola gedämpften Schuss vielleicht? Eine Theorie, die sowohl die Einschusslöcher in der Stola erklären würde, wie auch die Aussage von Tim, niemanden im Wohnzimmer gesehen zu haben. Und zwar aus dem einfachen Grund, weil es zu diesem Zeitpunkt – etwa zehn Minuten nach halb drei – tatsächlich nichts mehr zu sehen gab. Frau Wohlfarth war, als Tim auf der Terrasse stand, bereits seit einigen Minuten tot und der Mörder längst aus dem Zimmer verschwunden."

„Und was, Ihrer Meinung nach, haben wir gehört? Einen Silvester-Knaller? Oder glauben Sie wirklich, wir hätten uns alle geirrt?" Konrad Wohlfarths Stimme klang ungehalten und gereizt und auch die anderen, bemerkte Monika, wurden sichtlich nervös.

„Was Sie gehört haben, Herr Wohlfarth", erläuterte sie, „war ein Schuss, der keiner war. Im Schrank Ihrer Mutter befindet sich, wie Sie sicherlich wissen, ein CD-Player. Dieser CD-Player war leer, da Frau Wohlfarth, laut Ihren eigenen Aussagen, selten Musik gehört und es im Wohnzimmer gar keine CDs gegeben hat. Warum aber war der CD-Player eingeschaltet gewesen, als die Polizei am Tatort eintraf? Ein dummer Zufall? Oder hatte sich dort trotz allem eine CD befunden, die nach einer festgelegten Zeitspanne die Aufnahme eines Schusses wiedergeben sollte? Jenen Schuss nämlich, den Sie alle gehört hatten. Nach einer Zeitspanne von – sagen wir mal – zehn Minuten, gezählt ab der von Ihnen als falsch wahrgenommenen Note im Triumphmarsch. Lange genug also, um dem Mörder sein Alibi zu verschaffen, und dennoch kurz genug, um bei der Obduktion keinen Verdacht über den Eintritt des Todes aufkommen zu lassen. Alles, was der Mörder für dieses Verwirrspiel brauchte, war eine authentische Aufnahme, die dem Klang der Mordwaffe entsprach oder, besser noch, mit dem Klang dieser Waffe identisch war.

Sie alle wussten um die Pistole im Nachtschrank und hätten sie unbemerkt bei einem früheren Besuch entwenden, sie irgendwo im Geheimen abfeuern, den Schuss auf CD brennen und die Pistole zum Geburtstag wieder mitbringen können. Problematisch waren lediglich die zweite, fehlende Patrone sowie die Einschusslöcher in der Stola. Weshalb die Pistole und die Stola nach der Tat beseitigt werden mussten."

„Wenn ... wenn das stimmt, was Sie da behaupten", sagte Anna Wohlfarth mit aufkeimender Hoffnung in der Stimme, „dann glauben Sie, dass Tim unschuldig ist?"

Als müsste er die frühere Geste seines Bruders kopieren, legte Philip Wohlfarth eine Hand auf ihre Schulter, die seine Frau mit der ihren dankbar umklammerte. Julia Schubert hatte diese fürsorgliche Geste bemerkt und wandte sich ab.

„Tim kann es nicht gewesen sein", bestätigte Monika, „da sein Großonkel bei seinem Geständnis von völlig falschen Voraussetzungen ausgegangen ist."

„In diesem Fall", sagte Martin Dörfler nachdenklich, „hätte Walter überhaupt kein Alibi mehr. Er hat sie kaltblütig erschossen, ist hoch auf sein Zimmer gerannt und hat seelenruhig auf den falschen Schuss gewartet. Und seine gestrige Heldentat war nichts weiter als ein cleveres Ablenkungsmanöver, mit dem er absichtlich den Verdacht auf Tim lenken wollte."

Monika sah zu Harald, spitzte die Lippen und deutete mit dem Kinn in Richtung des Flurs. Er verstand und verließ das Zimmer, während Monika Herrn Dörfler halbherzig zustimmen musste. „Dieser Gedanke ist auch uns gekommen", sagte sie und fügte, an alle gerichtet, hinzu: „Dummerweise gibt es da ein winziges Indiz, das dieser Theorie widerspricht.

Auf dem kleinen Tisch neben Frau Wohlfarths Sessel befand sich ein Champagnerglas, von dem die Fingerabdrücke entfernt worden waren. Von den beiden anderen Gläsern auf der Anrichte dagegen waren die Abdrücke nicht beseitigt worden. Mit diesen drei Gläsern hatten Christin und Walter Wohlfarth, gemeinsam mit Ihnen, Frau Schubert, vor dem Mittagessen auf den Geburtstag angestoßen. Wie wir wissen, hatte Herr Wohlfarth den Champagner eingeschenkt und die Gläser verteilt.

Anschließend waren die Gläser auf der Anrichte zurückgeblieben. Der Täter muss später Christin Wohlfarths Glas aufgefüllt und es ihr vor dem Mord gereicht haben.

Warum aber sollte Herr Wohlfarth seine Fingerabdrücke von diesem Glas entfernen, da es doch einen Zeugen gab, der bestätigen konnte, dass er die Gläser berührt hatte? Das ergibt keinen Sinn. Die Abdrücke müssen also von jemandem entfernt worden sein, der die Gläser zuvor nicht berührt haben konnte!"

„Ich verstehe nicht ganz", sagte Anna Wohlfarth, ihr Gesicht blass und hager und die Hände noch immer auf dem Tisch verschränkt, als wollte sie ein Zittern ihrer Finger vermeiden.

„Leider", erwiderte Monika, „verstehen Sie nur allzu gut. Immerhin haben Sie selbst das Glas von Ihren Fingerabdrücken befreit."

Frau Wohlfarth hob leicht den Kopf und sah Monika direkt in die Augen. Ohne eine erkennbare Regung wartete sie auf eine Reaktion der anderen, da sie ihrer eigenen Stimme offensichtlich misstraute.

„Sie beschuldigen meine Frau des Mordes?", rief Philip Wohlfarth entrüstet, bevor er auf seinen Bruder starrte, der nicht bereit schien, ihm beizustehen. Martin Dörfler weitete stumm seine Augen und Julia Schubert verzog, als hätte sie nichts anderes erwartet, angewidert ihr Gesicht.

Monika überhörte die Frage und konzentrierte sich auf ihre Beweisführung.

„Lassen Sie mich erklären, was wirklich geschehen ist", sagte sie. „Und zwar ab dem Zeitpunkt, an dem Tim im oberen Stockwerk zu spielen begann. Er übte, wie es ihm erlaubt worden war, exakt eine halbe Stunde lang und beendete die Musik mit dem Triumphmarsch. Zwei Vorgaben übrigens, auf die Sie, Frau Wohlfarth, während des Essens bestanden hatten und die Ihnen den Ablauf der Tat erleichtern sollten. Nachdem die Musik um zwei Uhr fünf eingesetzt hatte, verließen Sie unter einem Vorwand die Küche. Doch anstatt, wie Frau Krumm gegenüber erwähnt, in der Garage nach einem Werkzeugkasten zu suchen, betraten Sie das Wohnzimmer, verstrickten Ihre Schwiegermutter in ein Gespräch und boten ihr ein weiteres Glas Champagner an. Währenddessen verschlossen Sie die Tür von innen, holten die Waffe aus dem Nachttisch oder zogen sie, falls Sie sie noch bei sich trugen, aus der Handtasche und befreiten die Stola aus ihrem Versteck. Da Sie die Stola selbst hatten verschwinden lassen, war es kein Wunder, dass Christin Wohlfarth sie, mit Ihrer Hilfe, nicht wiederfinden konnte.

Sie wickelten die Wolle um den Lauf der Pistole, lauschten auf den Triumphmarsch und warteten hinter dem Sessel auf den geeigneten Moment. Bei einem der lauten, hohen Töne drückten Sie ab. Das war um kurz nach halb drei. Mit einem Taschentuch wischten Sie Ihre Fingerabdrücke von der Pistole und dem Glas und verknoteten die Waffe zusammen mit dem Schlüssel in der Stola. Anschließend zogen Sie den Vorhang halb vor die Terrassentür, um genau das zu verhindern, was Tim kurz darauf trotz Ihrer Vorsichtsmaßnahme bemerken sollte. Nämlich, dass sich nach Ihnen niemand mehr im Wohnzimmer aufgehalten hat.

Was dann geschah, hatten Sie sorgfältig geplant. Sie legten eine CD in den Player, drückten auf Start und verließen den Tatort durch das Schlafzimmerfenster. Die CD würde erst Minuten später einen lauten Schuss wiedergeben, der den eigentlichen Zeitpunkt des Mordes auf vierzehn Uhr siebenundvierzig vorverlegen sollte. Einen Schuss, den Sie wahrscheinlich Tage zuvor hier in diesem Haus abgefeuert und aufgezeichnet hatten.

Ich nehme an, dass Sie die Indizien tatsächlich in der Garage verstecken wollten, sich aber umentschieden, als Sie die Löcher neben den Rosen bemerkten. Sie vergruben hastig das Bündel in der Erde, weil Sie wussten, wie verräterisch die fehlende Patrone und die Einschusslöcher in der Stola gewesen wären, und eilten durch die Seitentür zurück in die Küche.

Hier jedoch drohte ihr Plan zu scheitern.

Der Schuss auf der CD würde jeden Moment zu hören sein und für diesen Moment brauchten Sie dringend ein Alibi. Dass Frau Krumm unvorhergesehen die Küche verlassen würde und Ihre Anwesenheit nicht bezeugen konnte, damit hatten Sie nicht gerechnet. Ihr einziger Ausweg war der Anruf bei einer Nachbarin, die später bezeugen sollte, den Knall durch das Telefon gehört zu haben. Merkwürdig nur, dass weder die Nachbarin noch Sie selbst sich später daran erinnern konnten, warum Sie sie eigentlich angerufen hatten.

Als der Schuss endlich fiel, eilten Sie in die Eingangshalle und von dort mit Philip und Walter Wohlfarth ins Wohnzimmer. Sie entnahmen unbemerkt die CD und vergaßen dabei, den Player auszuschalten. Eine CD, selbst wenn man sie bei Ihnen gefunden hätte, wäre zu diesem Zeitpunkt niemandem verdächtig vorgekommen und ich gehe mal davon aus, dass Sie sie längst vernichtet haben.

Was Sie leider nicht vollständig beseitigen konnten, waren die Pistole und die Stola. Und hier lag der eigentliche Fehler, in einem – wenn ich das so sagen darf – ansonsten äußerst raffinierten Plan.

Ach, ja, eine winzige Kleinigkeit gab es da noch, auf die Sie letztendlich keinerlei Einfluss hatten. Während des Triumphmarsches standen Ihr Mann und Frau Schubert zusammen unten im Garten und Ihr Schwager sprach vor dem Haus mit Frau Krumm. Martin Dörfler war von uns nie ernsthaft als Täter in Betracht gezogen worden und Walter Wohlfarth ... nun, es waren die von Ihnen beseitigten Fingerabdrücke, die ihn entlastet haben", sagte Monika abschließend. „Bedauerlicherweise hatten alle Anwesenden ein Alibi und somit waren Sie die Einzige, die den Mord begangen haben konnte."

Das Schweigen, das folgte, war erdrückend. Julia Schubert und Martin Dörfler schwiegen aus Erleichterung und die beiden Brüder aus einer furchtbaren Erkenntnis heraus. Anna Wohlfarth dagegen schwieg, weil sie die Worte auf ihren Lippen formte, die Monika an ihrem versteinerten Gesicht bereits ablesen konnte.

„Das werden Sie nicht beweisen können!"

„Ich habe hier", sagte Monika unbeirrt und zog aus der Jackentasche ein gefaltetes Stück Papier, „einen Durchsuchungsbefehl. Die Beamten vor der Tür, die Kommissar Lüders jeden Moment hereinbitten wird, werden mit ihrer Arbeit sofort beginnen. Ich bin sicher – auch wenn Sie die Datei mit dem aufgezeichneten Schuss von Tims Computer gelöscht haben –, dass wir die Spuren dieser Datei auf der Festplatte aufspüren werden. Wohin haben Sie den Schuss eigentlich abgegeben? Unter dem Schreibtisch oder in eine der Ecken hinter dem Schrank? Ganz egal wo, auch diese Spuren werden wir zweifellos finden. Zudem sind weitere Beamte in der Villa am Wannsee gerade damit beschäftigt, nach Fingerabdrücken in der Garage zu suchen, die sie aller Wahrscheinlichkeit nach gar nicht finden werden. Die aber vorhanden sein müssten, hätten Sie dort tatsächlich nach einem Werkzeugkasten gesucht."

Monika trat vor und schob ihr den Durchsuchungsbefehl über den Tisch entgegen. Wie vor einer Stichflamme zog Anna Wohlfarth beide Hände zurück und starrte ungläubig auf das amtliche Dokument. Neben ihr rückte Konrad Wohlfarth von ihr ab und auch sein Bruder entfernte sich schrittweise von seiner Frau, hin zu seiner Geliebten, die bereitwillig ihren Arm nach ihm ausgestreckt hatte. Martin Dörfler schloss kurz die Augen, wohl erleichtert darüber, dass sein Aufenthalt in einem Sex-Kino nie zur Sprache gekommen war.

Ihre Aufgabe hier war erledigt. Das Feld würde Monika jetzt den Kollegen überlassen, die sie im Flur bereits hören konnte. Leise Stimmen, darunter die von Harald, und vermutlich die Schritte des Polizeipsychologen, der die Stufen hinaufeilte, um Tim die Situation zu erklären und ihm beizustehen. Gleichzeitig würde die Spurensicherung ihre Arbeit aufnehmen, man würde Anna Wohlfarth wegen des Mordes an Frau Christin Wohlfarth verhaften, ihr ihre Rechte verlesen und sie abführen.

Sie hingegen würde ins Kriminalamt zurückfahren, auf die abschließenden Ergebnisse warten und den Bericht schreiben müssen.

Kapitel 18

Kriminalhauptkommissarin Monika Seyfarth saß in ihrem Büro, die Ellenbogen auf den Schreibtisch gestützt und das Gesicht in den Händen vergraben. Wie so oft nach einem gelösten Mordfall, wenn die geballte Konzentration auf das eine, alles beherrschende Ziel verschwand und die Opfer ihren gerechten Platz in den Gedanken einzufordern begannen, fühlte sie sich emotional erschöpft.

Sie hatte keine Ahnung, wie Tim auf die Verhaftung seiner Mutter reagiert, ob er geweint und seine Vorahnung bestätigt gefunden hatte und wie dieser Tag sein weiteres Leben beeinflussen könnte. Spurlos an ihm vorüberziehen jedenfalls würde er nicht. In Monikas Akten gab es genügend Beispiele von seelisch Verwundeten, die ihr erlittenes Trauma nie überwunden hatten. Sie konnte nur hoffen, dass Tim von solch extremen Folgen verschont blieb.

„Bist du wieder am Grübeln?", hörte sie Haralds Stimme, der ins Zimmer getreten war, ohne dass sie die Hände von ihrem Gesicht nahm.

„Der Junge tut mir leid. Erst der Tod seines Bruders, dann die Trennung der Eltern, der Mord an seiner Großmutter und jetzt auch noch die Mordanklage seiner Mutter! Von seiner verdrängten Homosexualität ganz zu schweigen." Monika ließ die Hände fallen und stöhnte. „Was für eine Familie."

„Ich denke, du brauchst dir um Letzteres keine Sorgen zu machen. Sein Onkel wird sich gewiss um ihn kümmern, wenn Tim so weit ist."

„Glaubst du, sie hat es wegen des Geldes getan?"

Harald rückte seine Hose zurecht, die ihm zu tief unter den Bauch gerutscht war, und ließ sich vorsichtig auf den Stuhl vor dem Schreibtisch fallen.

„Nein", sagte er, Daumen und Zeigefinger nachdenklich um sein Kinn gelegt. „Sicherlich spielte das Geld eine Rolle und war vielleicht sogar ausschlaggebend, weil die Scheidung im Raum stand. Aber ich bin sicher, Anna Wohlfarth hat genau gewusst, was an dem Tag von Olivers Unfall geschah, und wird ihrer Schwiegermutter die unterlassene Hilfeleistung nie verziehen haben. Was auch der Grund dafür gewesen sein dürfte, warum keiner aus der Familie je über den Tod gesprochen hat. Sie wussten alle, was Christin Wohlfarth vom Balkon aus beobachtet hatte, und haben gemeinsam geschwiegen, um das Familienheil nicht weiter zu gefährden."

„Mit anderen Worten, es war Rache."

Harald zuckte mit den Schultern. „Zumindest wäre dies für mich nachvollziehbarer als reine Geldgier. Immerhin war es ihr Kind, das sie durch die Unterlassung der Schwiegermutter verloren hat."

„Das kann ich gut verstehen", pflichtete Monika ihm bei, auch wenn sie die Maßnahme, die Anna Wohlfarth gewählt hatte, natürlich nicht gutheißen konnte.

„Was ist?", fragte Harald, der ihren abwesenden Blick und das in sich gekehrte, zynische Lächeln bemerkt hatte.

„Entschuldige. Ich musste an meinen Exmann denken."

„Hast du ihm endlich gesagt, dass sein Sohn schwul ist?"

Monika hasste es, wenn Harald unaufgefordert Parallelen zu ihrem eigenen Leben zog, ganz egal, wie sehr sie diese auch provoziert und er mit seiner unterschwelligen Kritik auch recht haben mochte.

„Nein, habe ich nicht", antwortete sie trotzig. „Außerdem sollte Sven den Zeitpunkt bestimmen, nicht ich. Ansonsten würdest du mir bloß wieder vorwerfen, mich zu sehr einzumischen." Harald konnte sich ein Grinsen nicht verkneifen, während Monika die Augen verdrehte und sich rechtfertigen musste. „Fred würde das niemals begreifen. In dieser Hinsicht ist er ebenso stur, wie Christin Wohlfarth es war. Es kostet mich Überredung genug, damit er sich überhaupt mal um seinen Sohn kümmert. Weißt du, wann ich das letzte Mal Alimente von Fred bekommen habe? – Ich auch nicht. Klar, wenn eine seiner unzähligen Freundinnen ihn verlassen hat, ja, dann ruft er an und meint, den fürsorglichen Vater spielen zu müssen. Aber sobald er eine neue Eroberung gemacht hat … nichts. Nada. Dann ist Sven heiße Luft für ihn. Soll er, von mir aus, selber irgendwann merken, was los ist. Und solange Sven nicht bereit ist, mit ihm darüber zu reden, halte ich mich da raus."

Wie immer, wenn es um Fred und seine Pflichten als Vater ging, hatte Monika sich in Rage geredet. Harald hatte sie stumm dabei beobachtet, seine Augenbrauen weit in die Stirn gehoben. Er kannte diese kleinen Ausbrüche, die ihr guttaten, weil Harald zuhören und sie den angestauten Frust ablassen konnte, den sie vor Sven unterdrückte. Es wäre ihm gegenüber nicht fair, Fred in seiner Anwesenheit schlechtzumachen, auch wenn Monika nicht begreifen konnte, warum Sven – nach allem, was vorgefallen war – so sehr an ihm hing.

„Okay, das war's", sagte sie und richtete sich kerzengerade auf. „Genug gejammert. Ich werde Fred sowieso nicht mehr ändern können und erschießen werde ich ihn auch nicht. Vorerst jedenfalls nicht. Und?", fügte sie ausweichend hinzu. „Warst du schon unten in der Kriminaltechnik?"

„Da komme ich gerade her", sagte Harald, der ihren Themenwechsel stillschweigend akzeptierte. „Natürlich haben sie in der kurzen Zeit nicht alles auswerten können, aber was Herr Gökdal mir gezeigt hat, dürfte bereits genügen, um Frau Wohlfarths Schuld vor Gericht zu beweisen." Er hielt inne und rückte schwerfällig in eine andere Position. „Was Tims Computer angeht, da sind unsere IT-Experten gerade dabei, die Festplatte nach gelöschten Daten zu durchforsten. Auf jeden Fall aber gibt es in seinem Zimmer Spuren einer Einschussstelle. Nicht hinter dem Schrank, wie du vermutet hast, sondern unter dem Bett, ganz hinten an der Fußleiste. Anna Wohlfarth muss bei ihrem Probeschuss auf ein dickes Kissen oder so gezielt haben, da die Wand dahinter nur leicht beschädigt wurde. Ob es sich tatsächlich um die Patrone aus der Mordwaffe handelt, sagt uns Gökdal, sobald er die Ergebnisse vorliegen hat. Ach ja, und die Kollegen in Kladow waren schneller fertig als gedacht. Niemand scheint die Garage seit Langem betreten zu haben, weil alles verstaubt war. Es gab keine neueren Fingerabdrücke, weder an einem Werkzeugkasten noch irgendwo sonst."

„Tja, damit wäre der Fall wohl erledigt", sagte sie und blickte seufzend auf die Berge von Akten, die sie nach Anna Wohlfarths

Besuch aus dem Schrank geholt und zurück auf den Schreibtisch gestapelt hatte. „Wenn bloß der ganze Papierkram nicht wäre."

„Was hast du jetzt vor?"

Verwundert sah Monika ihn an. „Wie meinst du das, vorhaben? Ich werde hier eine ganze Weile zu tun haben und später nach Hause fahren. Wieso?"

„Hör zu", sagte er und hielt vorsichtshalber beide Handflächen abwehrend in ihre Richtung. „Ich habe dir zwar versprochen, mich nie wieder einzumischen, aber …"

„Keine Sorge, Harald", unterbrach sie ihn, bevor er, trotz aller Versprechen, weiter darauf eingehen konnte. „Vincent und ich haben das geklärt. Es ist alles in Ordnung."

Skeptisch hob Harald seine linke Augenbraue. Eine Geste, die Monika bei ihm zuvor nie gesehen hatte und von der sie nicht einmal wusste, dass er diese Art der Gesichtsakrobatik überhaupt beherrschte. Vincent konnte das perfekt: seine eine Braue tief nach unten und die andere weit nach oben ziehen, mit einem stechenden Blick aus seinen blauen Augen, der sie von Anfang an fasziniert hatte. Dass Harald ihn plötzlich nachäffte, ob bewusst oder unbewusst, versetzte ihr einen ungewollten und vor allem quälenden Stich.

„Na schön, wenn du das sagst", erwiderte Harald, schlug mit den Handflächen auf die Stuhllehnen und stand auf. Sehr überzeugt klang er nicht. Eher pikiert und ein wenig gekränkt. „Ich muss zurück in mein Büro. Wenn du Hilfe bei deinem Bericht brauchst, ruf mich an."

„Ich hoffe, das wird nicht nötig sein. Trotzdem, danke."

Monika blickte ihm nach, wie er gemächlich aus ihrem Büro verschwand. Dass Harald sie aus ihrer beruflichen Lethargie befreit hatte, dafür war sie ihm unendlich dankbar und seine ständigen Versuche, ihr beizustehen, fand sie rührend. Befolgen aber würde sie seine Ratschläge nicht. Es gab Bereiche in ihrem Leben, die sie alleine meistern sollte, damit sie später, wenn die gutgemeinte Hilfe versagte, die Schuld nicht bei anderen suchte. Lieber wollte sie den Finger auf sich selber richten, als dass sie Haralds Freundschaft leichtfertig aufs Spiel setzte.

Was konnte sie schließlich verlieren, das sie nicht schon verloren hatte?

Ihre Beziehung mit Vincent, davon musste Monika ausgehen, war gescheitert. Zerbrochen an den äußeren Umständen, die die vergangenen Serienmorde heraufbeschworen hatten, sowie an ihrer beider Unfähigkeit, sich über die schrecklichen Ereignisse hinwegzusetzen und nach vorn zu schauen. Vermutlich hatte ihrer kurzen Liebe einfach die Zeit gefehlt und ihrer bisherigen Vergangenheit die nötige Kraft. Den Anforderungen einer derart belasteten Beziehung waren weder Vincent noch sie gewachsen gewesen.

Darüber hinaus mochte in Vincent der Verdacht aufgestiegen sein, dass seine Gefühle zu ihr für eine solche Zerreißprobe niemals stark genug sein würden und dass ein vorzeitiges Aus deshalb leichter und schmerzloser für ihn zu verkraften gewesen war.

Eine Möglichkeit, die Monika, so verletzend sie war, in Betracht ziehen musste.

Die eigenen Gefühle hingegen ließ sie gar nicht erst an sich heran. Ihre Wut auf Vincent war ein idealer Schutz und obendrein ein zuverlässiger Garant, an den eigenen Vorwürfen nicht zu verzweifeln, bei denen erfahrungsgemäß ihre Selbstachtung auf der Strecke blieb. Nein, so tief wollte sie keinesfalls sinken. Ihr genügte die niederschmetternde Erkenntnis, dass an der Trennung kein Weg mehr vorbeiführen würde. Ebenso wenig wie an der Tatsache, dass sie sich mit Vincent in Zukunft irgendwie arrangieren musste, sollte er nächsten Monat seinen Dienst wieder aufnehmen.

Sich dies allerdings vorzustellen, ging über ihre momentane Bereitschaft hinaus. Daran wollte sie jetzt nicht denken. Sie würde sich hinter ihrer Arbeit verstecken, Ablenkung suchen und dem Schicksal nicht ins Handwerk pfuschen.

Denn was sonst, dachte sie und schob ihre Notizen zusammen, um mit dem Bericht zu beginnen, blieb ihr anderes übrig?